跑者無疆

第二部

示单 著

天津出版传媒集团

天津人民出版社

图书在版编目（CIP）数据

跑者无疆. 第二部 / 示单著. -- 天津 ：天津人民
出版社，2025. 5. -- ISBN 978-7-201-21149-7

Ⅰ．I267

中国国家版本馆 CIP 数据核字第 2025FN7469 号

跑者无疆·第二部

PAOZHE WUJIANG · DI-ER BU

出　　版　天津人民出版社
出 版 人　刘锦泉
地　　址　天津和平区西康路 35 号康岳大厦
邮政编码　300051
邮购电话　（022）23332469
电子信箱　reader@tjrmcbs.com

责任编辑　伍绍东
策划编辑　汪　鑫
特约编辑　李诗雅
装帧设计　青年作家网

印　　刷　三河市华东印刷有限公司
经　　销　新华书店
开　　本　787 毫米×1092 毫米　1/16
印　　张　24.75
字　　数　345 千字
版次印次　2025 年 5 月第 1 版　2025 年 5 月第 1 次印刷
定　　价　98.00 元

序一

　　未医学柯龙瑞者（柯龙瑞乃本书作者示单之本名），以奔跑之姿，探生命之广邈，书就《跑者无疆》，此诚为勇者之华章。

　　大凡世间之人，皆因于一方天地，或为名利缰锁，或为俗务拘绊。然柯龙瑞恰似不羁之鹏，脱樊笼而翔于旷野，着跑鞋而奔于长途。其足迹所至，山川异域，城乡殊景，皆为心印，皆化情长。每一步踏出，如叩问大地之魂；每一滴汗落，似润泽生命之壤；每一次呼吸，若奏响与风的协奏，于天地间编织起独属于跑者的旋律之网。譬如登泰山而沐朝露，过黄河而揽江湖；行至长安街看宫阙叠影，驻足滕王阁听汽笛穿云。这般行脚，已非皮囊之游历，实乃将山河城郭化作文脉经络，以奔跑串联古今文心。

　　古人云："天地有大美而不言。"柯龙瑞于奔跑间，亲睹自然之盛景，朝晖夕阴，春荣秋润，皆纳于胸臆，凝为墨韵。观其文字，如见太华峰顶松涛漫卷，似闻洞庭湖畔芦荻萧萧。其笔锋起落间，晨雾在字缝里蒸腾，月色于行距中流转，竟将奔跑的顿挫化作文字的韵律。这般文气跌宕处，恰似马拉松途中气息调伏，平缓处又如林间小径信步从容。这般文体之妙，非深谙奔跑三昧者不可为也。

　　且其身为未医，于跑动之中，思生命之机理，索健康之要旨，此等体悟，别开生面，独具匠心。医家讲"治未病"，跑者求"修未身"，柯龙瑞以双足为银针，以路线为经脉，在城乡肌理间行导引之术。当其掠过市井巷陌，看众生伏案伛偻如秋后残荷；当其穿越山野古道，见老者负薪登阶犹似劲松。遂悟奔跑非独强筋健骨，实乃以动破静，唤醒蛰伏之生机。这般医跑相济之道，恰如古时游方郎中踏遍青山尝百草，将悬壶济世化作云水行脚。

　　观此书，非独记奔跑之事，实乃抒灵魂之慨，探存在之谛。读之，仿若随其风驰电掣，感其心跳，悟其神思，于字里行间，见生命之力喷薄，闻自由之音回荡。尤妙在写城市奔跑章回，钢筋森林竟生草木气息，柏油路上恍见青苔暗生；叙乡野疾行段落，分明是两腿交替，却似驾鹤御风。这般物我两忘之境，恰应了老庄"天地与我并生"之玄机。

　　柯龙瑞以奔跑之笔，绘无疆之图，为众生呈一别样之境。其文字如跑者足迹，时而工整如田径场白线，时而恣意若山径野蔓；其思理似马拉松补给站，既有清水润喉之畅快，亦含能量胶稠密之回味。更难得将预防医学之道，化作春风化雨，使人不觉间已循其步调，欲弃车马而亲履途。

　　愿诸读者，展卷而阅，入其跑者之天地，觅己身于尘世之通途，共品生命无界之妙趣。须知此书乃活物，字字皆在奔跑，页页俱带风声。若能以指腹摩挲纸页，或可触到山河余温；若肯以心神追摹墨迹，定能听见远古夸父的跫音，正与今朝跑者的足音，在天地间交响共鸣。

贾平凹

2025 年元月

_____

　　（作者系中国当代著名作家、第九届中国作家协会副主席、陕西省作家协会主席）

序
二

　　与示单先生相识，源于北京中华文化学院组织的一次文化交流活动。示单先生丰富多彩的人生阅历、温润如玉的君子气质、娓娓道来的不凡谈吐，令我印象深刻，倾盖如故。自古江西出才俊，示单先生不仅在中医养生领域建树颇多，同时也是一位儒雅商人、运动达人、文化传人。在过去两年多时间里，他继续突破自我，用双脚丈量祖国大地，足迹遍布天山南北、大漠戈壁、辽阔草原、江南水乡、南海岛屿，一路奔跑、一路思考，从不同地域、文化和风景中汲取灵感，给读者呈现又一精品力作，值得祝贺。

　　青山看不厌，流水趣何长。遨游天地、寄情山水，是中国文人士大夫的传统志趣。晋代法显西行求法记载的《佛国记》，在世界文化史上留下了浓墨重彩一笔。北魏郦道元所作《水经注》，对我国游记文学发展产生深远影响。明代徐霞客系列游记，为中华民族文学宝库增添了不少脍炙人口的名篇。不同于古人的徐徐漫游，示单先生选择用跑步的方式，跨越大江大河，跑过春夏秋冬，从城市到乡村、从车站到校园，访老友、忆故人，品香茗、尝美食，记录人间烟火的美好，追忆峥嵘岁月的甘辛，实现自证菩提的圆满。对作者而言，跑遍中国不只为"跑马圈地"式的打卡，更多是对自由的向往、对奔跑的热爱、对未知的探索、对自我的超越。他的每一步都像是在与自己对话，在奔跑中思考人生意义与梦想方向，也寄托对历史变迁、时代风云、众生百态的关切与沉思。

　　奔跑路上，有风有雨是常态，风雨兼程是状态，风雨无阻是心态。在现代社会的快节奏生活中，跑步不仅是一种健身方式，更蕴含某种生活哲学。"跑"字拆开来看，左边是"足"，右边是"包"，意味着跑的过程中应该充盈着知足和包容。人生漫漫征途，我们既要有咬定青山、一往无前的姿态，也要包容自己的不足，包容身体的疲劳，包容前行路上的磕绊。诚如作者所言，要保持"出离心、敬畏心、慈悲心"，不贪恋成绩，不纠结配速，不硬撑跑量，有快有慢、有张有弛，方才符合马克思主义的辩证法。只有把跑步当作保持健康、享受生活的方式，才能真正跑出豁达的心境和广阔的天地。

与《跑者无疆》第一部相比，本书的思想性、文学性有了较大提升，融运动、游记、养生、健康为一体。对跑步爱好者而言，它像是一位良师益友，激励大家超越自我，勇于探索更多未知的路；对旅游爱好者而言，它像是一本游记指南，通过作者的细腻描写，让读者足不出户就能领略祖国的大好河山；对历史爱好者而言，它更像是一场心灵之旅，引领读者触摸每一座城市的灵魂，感知五千年中华文明的厚重与沧桑。

生命不息，奔跑不止。健康是促进人的全面发展的必然要求，是经济社会发展的基础条件。《跑者无疆》生动反映了作者对于未医健康、亲近自然、文化传承的躬耕自觉和深切体悟。希望每一名读者在翻开这本书的时候，都能感受到奔跑的魅力，在人生征途中找到属于自己的"无疆"之旅，勇做健康中国建设的行动派、奔跑者、实干家。

是为序。

吕仕杰

2025 年元月

（作者系中共北京市委统战部副部长、北京社会主义学院党组书记）

目录

贵州篇

内蒙古篇

福建篇

广西篇

广西跑，桂林龙胜遇马瑶医

　　一直在期盼 2022 年第十五届南宁马拉松赛的抽签结果，直至今日，马拉马拉 APP 上依旧呈现着"报名成功，待抽签"的字样。此次报名的是 12 月 5 日于南宁举办的马拉松赛事。我心中不禁揣测，不知是否因故取消了这一线下活动，又或是组委会在持续拖延。我已然有些按捺不住了，毕竟今日已是 12 月 2 日。虽说组委会行事拖沓，但我们参赛者却不可如此。于是，我毅然决定今日奔赴广西，倘若马拉松赛无法举行，那便环广西全区跑上一圈，以此达成我跑遍中国三十分之一地域的心愿。马拉松这项运动，万人同跑与一人独跑所带来的感受与效果截然不同，万人奔腾之际的你追我赶，仿若一幅欣欣向荣的盛景，亦是举办城市繁荣昌盛的鲜明象征，故而各个城市争办马拉松赛犹如争办奥运会那般踊跃。

　　我亦时常热衷于凑此热闹，报名参与线下马拉松赛事，这般行为不仅能愉悦自我那略显虚空的灵魂，且在万人簇拥之下跑完那原本难以企及的漫长距离后，我的内心便会洋溢着欣然之意，甚至还会涌起向人炫耀一番的强烈冲动。

　　若暂且抛开南宁马拉松赛不谈，此次选择在这个时间点奔跑于广西大地，大抵源于我 10 年前的一次身体"变故"。也是在这个季节，大约 12 月上旬的某一日，我被多年的颈椎病折磨得难以成眠。朋友力荐我前往广西龙胜县寻访一位姓马的瑶医，听闻此人仅需三副外敷药便能使颈椎病"药到病除"。朋友所提供的案例是他的表兄，因罹患腰肩盆突出，几近瘫痪，两人将其抬至龙胜，在那位马瑶医家中治疗了15天后，他竟能自行走回家中。

我深受震撼，遂决定前去拜会这位瑶医"大神"。龙胜是桂林市下辖的一个县。那享誉世界摄影界的龙胜梯田，将龙胜之美推向了人间仙境的高度，甚至在某种程度上令部分桂林山水都稍显逊色。初冬的龙胜依旧是美不胜收，我却无暇对梯田细细品赏，径直奔赴马瑶医的住所。

马瑶医的家位于龙胜县城老城西边的山坡之上，那山坡极为陡峭高耸，于老年人而言实非适宜居家之所。初见马瑶医，其神态与我心中所构想的神医形象颇为契合，寡言少语、性情温和、面容祥和。然而，当我打量其家中布置时，只见家具简陋，亦未瞧见成架的古书或药柜之类的物件，更不见一个前来求医的病人，原本兴奋的心情仿若被一团寒雪所包裹，就连方才爬坡时那咚咚作响的心跳亦渐渐沉静下来。

一番交流之后，马瑶医告知我，他既非正宗瑶医，更谈不上是神医，他本职是一名公务员，在龙胜县税务局任职，已然年逾50。一杯香茗入腹，他语调平和地对我说道："我仅持有这一副专治腰、颈、肩疾病的配方，除此之外，并无其他医术。你若信得过，便留下来接受治疗。此药方是我舅舅传授于我。"他那平淡的话语不疾不徐、不温不火，令我难以捉摸其究竟是希望我留下还是离开。马瑶医的舅舅是瑶族人，无儿无女，这方子当属祖传秘方。他又对我言："你所听闻的那些病例皆属实，我只是依舅舅所言的方法为人治病，对于药理却一无所知。因公务繁忙，我亦无暇去深入探究，只是单位有一同事被我以此药方治愈，消息便不胫而走。我平日并无闲暇为人治病，只是有人主动上门求医，才会施治。前些年分文不收，有时朋友的朋友介绍来的病友，我还需招待几顿饭食，权当是交个朋友。自去年起，有病友执意要我收取些许费用，我这才开始收费，但亦不敢大张旗鼓，毕竟仍在公职岗位上。"

此后，我便尊称他为马老师了。马老师似因收费一事略显难为情，

连忙说道："你先试用三服药贴看看，每日一副，每日下午5点30来我家，我为你敷好，你便可回旅馆休憩。3日之后，若有好转，你便可返程，我总共收取你390元，款项可最后支付。"

他仿若一位初涉此道的义工，满心想要多尽些心力，却又不知从何着手。这下反倒令我有些局促不安了，来此之前，自己低声下气地恳请人家，如今见人家如此谦逊，自己反倒像是壮起了胆子，主次全然颠倒了。人啊，便是这般奇怪，身体失去尊严之时，却妄图在心理上寻得平衡，当真是身心皆失。我曾见过诸多此类之人，病急乱投医之际，对医生几近下跪恳求。我为自己先前的那份傲慢而深感愧疚。

马老师转身去研磨各类中草药，那刺耳的破碎声令我的脊椎隐隐发凉。未过多久，马老师停了下来，手持一根形状酷似脊椎骨的树根对我说道："瑶族人称之为龙骨，是生长于瑶族大山深处的一种植物根茎，是我舅舅遗留之物，腰椎脊柱病主要仰仗其药性得以修复。舅舅所留的龙骨经我这几年使用已所剩无几，去年我回舅舅的老家，拿着这药材去找村里采挖草药的村民收购，你猜这一根价值几何？"

我眨动双眼，摇了摇头。

"这一根竟需800块钱。挖药的山民还言，如今这龙骨在山上已极为稀少，极难采挖。"马老师轻叹一声，其言语间满溢着对资源枯竭的忧虑。

我大致明了，他开始为治疗收费也是出于现实所需。果真是一位清正磊落、与人为善之人。

我在龙胜县城留宿了四个夜晚，至第三个夜晚时，已然能够安然入睡，无论何种睡姿皆不会影响次日的正常起身。药效之奇，我已深有感触。第四日，我决意晚间宴请马老师，与其深入畅谈一番。

在我再三诚挚邀请之下，马老师选定了一家寻常的家常菜馆，点了三道菜肴，要了一瓶白酒。我们二人边吃边聊，一杯酒落肚，马老师原本祥和的面容却略显凝重起来。他说道："我实不喜做这般事情。自己对中草药知识所知寥寥，总觉得舅舅临终之际本欲将这秘方带入棺木之中，却迟迟未能咽气，最终将这秘方与制法告知于我，并附上一句：你将它传承下去吧！而后才溘然长逝。想来老人家对这秘方满怀数辈子的信任，甚至将来世的期望皆寄托于我。有时思及此，我便备感压力。"

马老师轻抿一口酒。

"我亦有一难处。我父亲是汉族，母亲是瑶族，我实则为汉族，而这瑶医方乃是瑶族人的文化瑰宝，依照瑶族人的规矩理应由瑶族后裔来传承。倘若我继续以瑶医方为人治病，一旦被瑶族人知晓，我舅舅岂不是要背负千古骂名？"

我说道："马老师，这是您亲舅舅传予您的，您亦有传承之资格！这药方如此灵验，您当真要将其传承下去！"

或许是我的言辞触动了他，又或许这本就是他心中应有的逻辑。他渐渐流露出些许兴奋之色："待我退休之后，便开办一家中医理疗馆，光明正大地为患者解除病痛。"

"您退休之后，我邀您前往北京，咱们携手开办一家瑶医馆。"我神色庄重地向他发出邀约。自广西龙胜返回京城后，我的颈椎病便再未发作。我曾多次与马老师联络以表感激之情！后来有了微信，我也能知晓他的些许动态，只是互动甚少。前不久，他于朋友圈发布了几张瑶医馆开业的照片，我才知晓他的瑶医馆已然正式开业。他终是跨越了那道"难关"。我赶忙向他发去祝贺与问候之语，言明要为其瑶医馆赠送花篮。他也知晓我这些年在中医养生领域颇多建树，研发了诸多高端智能养生理疗器械，对我们的设备也颇感兴趣。于微信之中，我们并未详谈。我打算待与他会面之后再深入交流。此次广西之行，拜会马老师是我的首要行程，十年前的缘分，使我对民族医药有了神奇的认知。其传承与发扬亦有着诸多机缘巧合，或许某些已然消逝的秘法与失传的技艺皆是错误的传承匹配所致。我不敢有丝毫懈怠，心中蓦地涌起一股类似于责任感的情愫，缓缓蔓延至全身。

高铁抵达桂林北站，我即将下车。广西之行正式开启，桂林已然近在咫尺，而我所牵挂的龙胜马老师正于高铁站出口静候我的到来！

2021 年 12 月 2 日下午写于北京至桂林高铁

桂林米粉甲天下

2021 年快要结束的时候，我来到了广西。初冬的广西气候挺暖和，白天最高能有 20 摄氏度左右，跟寒冷的北京比起来，这里就是温暖的南方啊。这也是我这时候来南方跑步的原因，去年这个时候我正在云南到处跑呢。

我把桂林作为在广西跑步的第一站，是有原因的。我喜欢按顺序跑，还不想走重复的路，桂林在广西最北边，自然就成了首选的起点。而且我每次开始跑步的起点都想选个吉利的地方，桂林的"桂"字，也理所当然能代表广西。桂林在民国的时候还是广西的省会呢，说不定广西简称"桂"，就是因为和桂林的"桂"是同一个出处。

写桂林的游跑经历可不容易。全中国甚至全世界知道桂林的人太多了，只要读过小学二年级的，肯定都知道桂林，因为二年级课本里就有《桂林山水》这篇文章。用过纸币的人也都对桂林山水有印象。桂林在 2019 年一年就接待了 1.38 亿游客，这么算的话，每过 10 年差不多全中国的人都能来桂林玩一遍。

还有件事我记得很清楚，1998 年的时候，我在一个不到 30 人的小单位，五一劳动节打算组织去桂林旅游，结果有 11 个人都已经去过桂林了，当时我就感受到桂林的魅力和它超高的知名度。

那句古诗"桂林山水甲天下"也特别厉害，我小学的时候就发誓，长大只去桂林玩，别的地方都不去。我们这几代人都被这句话深深地影响了。

桂林的山水美得像蜜一样甜，要让我写出的桂林没有山水的感觉，还不让大家笑话，可太难了。

不管怎么说，我来桂林不只是为了山水，还为了这里数不清的路和好吃的美食。

今天一大早，天还黑着，我就一个人出去在桂林城里跑步了。路上静悄悄的，近处的水和远处的山都安安静静的，它们一年到头都是一个样子，也不知道什么时候会有变化，我都替它们觉得单调。

桂林滨江路的路灯特别亮，就算凌晨也亮得晃眼。我能自由自在地在滨江路上慢跑，和前两天在北京零下的温度里跑步比起来，在桂林晨跑就像喝了一杯热乎乎的甜咖啡，又舒服又提神。

沿着漓江跑了大概 1.5 千米，就到了伏波山公园，一阵浓郁的米粉香飘了过来，好几家米粉店都热气腾腾的，开始营业了。桂林人吃米粉不慌不忙的样子有点像吃米线，开水烫一下就能吃，不烫也能吃。

昨天下午我从桂林北站出来，就被一个 40 多岁的帅哥司机盯上了，他问我去哪儿，是不是旅游之类的，所有问题都是他自问自答，我一直没吭声，就像个坚决不说话的被审讯者。他跟着我走了大概三四百米，看我一直不说话，就伸手要帮我拿行李。我实在忍不住了，就说："我用手机叫车，不要路边的黑车，你别跟着我。"帅哥看我说话了，更来劲了，好像我不坐他的车就会后悔一辈子，他那自信和真诚的样子，估计仙女都会被打动。我虽然没和他搭话，但是脚却不自觉地跟着他走到了他的车旁边，其实他是个出租车司机。我慢悠悠地上了车。

一路上，帅哥司机一直给我讲桂林的文化，说："广西就数桂林文化底蕴深！"这话说得特别肯定，让我一下子就对桂林文化感兴趣了。然后他从秦始皇开始讲，一直讲到桂林米线，还说："对了，你得尝尝正宗的桂林米粉，来桂林的游客都吃，吃了米粉就忘不了桂林人！"他还为自己改了那句经典台词而十分得意。

到酒店安排好后，差不多就到晚饭时间了。我从酒店出来，往左一拐，就是一条步行街，那里灯都亮了，夜市上的叫卖声此起彼伏。

一排有三家桂林米粉快餐店在招揽顾客，当然不全叫"桂林米粉"，还有"阿兰米粉""明桂米粉"之类的，反正在桂林，总不会卖"南昌米粉"吧。我就随便进了一家米粉店。六元一碗的米粉里有不少肉末，还有很多酸豆角，很开胃。看着店里好多人慢悠悠地吃着米粉，我也忍不住跟着吃了起来。

桂林米粉又滑又有嚼劲，其实其他地方的米粉也有这个特点，为什么桂林米粉就特别出名呢？我想来想去，觉得可能是因为桂林山水甲天下，所以这里的吃的、穿的、住的、玩的都跟着沾光了——这是我小时候的想法。小时候村里有个挑着两箩筐米皮的人叫卖，说用大米换米皮，是桂林米粉。那个皮肤黝黑的中年男人，说着一口很难懂的广西话，和村里的妇女讨价还价，还时不时拉一下妇女的衣袖，让人家看秤，脸上带着一丝奇怪的笑，妇女好像也明白了什么，还点头，好像觉得桂林人多给了她米粉似的。一天下来，这个桂林米粉贩子就把两箩筐米粉都换成了大米。那时候我就知道桂林米粉是扁平、细长，大概一厘米宽的米粉面条。1996年初，北京王府饭店斜对面开了一家桂林米粉快餐店，我进去一看，就说这不是正宗的桂林米粉，还和一个刚大学毕业的同事打赌，说桂林米粉是扁的不是圆的！结果同事不信，跑去问老板，老板特别生气地说："哪有桂林米粉是扁的，米粉就是米线！"从那以后，我对小时候的记忆不敢随便相信了。不过今天那个帅哥出租车司机说桂林米粉有线粉和扁粉，只是现在扁粉卖得少了。我这才有点相信自己小时候的记忆，同时也对王府饭店那家桂林米粉店的老板产生了怀疑。我也不知道该相信谁了，好在这酸豆角米粉味道还不错。说实话，我没吃出桂林米粉和"云南过桥米线""南昌米粉"有多大区别，可能得在桂林吃一个月才能明白它们的不同。

桂林山水的故事没有米粉的故事那么实在，刘三姐的爱情故事也没有滨江路米粉店的臭豆腐吸引人。其实桂林人在经营山水的同时，把米粉也做得很好，每年一亿多游客，要是每人吃一碗桂林米粉，那就是十几亿的收入啊，这足够桂林大力发展"米粉产业"了。但是桂林人没有这么做，他们默默地把米粉文化提升到了一个新高度。

　　我跑到了中山北路，虽然才跑了 3 千米，但是感觉像穿越了桂林从古代到现代的时光隧道。桂林人对大米研究得很透彻，传说米粉是受北方文化影响，把大米变成了米线，这说明米粉本身就有很强的本地文化特色，所以才能一直传承下来。不过桂林米粉好像主要在汤汁上下功夫。

　　我在桂林街上很少看到胖人。昨天下午我路过宝贤中学门口，正好赶上学生放学，都是瘦瘦高高的男孩女孩，我还惊讶桂林的父母怎么把孩子养得这么好，后来一想，是不是和吃桂林米粉有关呢？桂林米粉要是没有那卤汁和配料，光一碗米粉，肯定没什么味道，就像清汤寡水的面条，只能填饱肚子，这样吃肯定不会胖。

　　有时候我特别想吃一碗没有任何配料的米粉，可能是因为我饮食习惯比较清淡，所以近 30 年来我的体重只增加了 1 公斤左右。桂林人把米粉的形状和身材苗条联系起来，这对健康和人的观念都是一种改变。当然，如果米粉里加很多肉之类的，那就另当别论了，现在桂林米粉好像也有这种趋势。

　　有点可惜的是，桂林米粉在配料上开始学云南过桥米线，弄很多配料，荤素搭配，各种各样，有点偏离了原来的样子。

　　我跑进了死胡同。我从中山北路上芦笛路后，不小心转到了环城北一路，这里是汽车隧道，只能通车不能走人。我没办法穿过去，只能原路返回。一直跑到中山中路，再回到漓江边，我才感觉踏实。

　　这几千米跑得不太舒服，体力消耗很大，心里还在犹豫，一边跑一边想，既想看到山水，又希望路上车少。

　　这时候漓江上升起了晨光和红霞，我突然觉得桂林米粉和漓江的水有关系。我闻到象鼻山下酒窖里飘出的酒香，心想是不是因为桃花江和漓江的水汇合，所以酿出的酒更醇厚。那大米遇到这两江汇合的水，磨成米浆，会不会也有发酵的效果呢？这样做出来的米粉肯定有嚼劲，味道也好。难怪桂林米粉只有湿粉，没有干粉，也不能包装，只能现做现卖。这是桂林人做米粉坚守的原则，虽然外地很多米线做成速食产品了，桂林米粉还在店里像个没出嫁的姑娘，不出去见人。

今天跑了 10 千米，比平时多花了十几分钟，不是因为路上人多或者路不好，而是因为我自己心里不踏实。

此时桂林街上游客不多，桂林人还是不慌不忙地在漓江两岸散步、跳舞，把漓江弄得像"清明上河图"一样热闹，这就是桂林人的淡定。他们有甲天下的山水，山水不会跑也不会消失，不怕没有游客来。这几十年桂林就一直发展旅游产业，其他产业都进不来。他们守着美丽的山水，做着好吃的米粉，平静地迎接每一天和每一个游客。这也许就是山水的意义，也是米粉的价值吧。

2021 年 12 月 3 日下午写于桂林

从云顶上穿透薄雾看柳江

　　在到达柳州之前，我心里有着一堆没搞清楚的事儿。比如，是先有柳州这座城呢，还是先有柳江这条江呢？这就像个哲学问题似的。还有啊，柳州是不是有很多柳树（也就是杨柳）呢？我更纳闷儿柳宗元是不是因为姓柳才跑到柳州去当官的。反正柳宗元在柳州当了4年刺史，柳州人就给他建了座柳侯祠。

　　桂林离柳州那么近，可我之前三次到桂林，都没去过柳州。可能那时候我没做过工程，也没在工业领域干过，对柳州作为西部工业重镇的名声就没怎么在意。

　　坐高铁一个小时就到柳州了。柳州站给人的感觉特别厚重、大气，不愧是工业重镇的火车站布局。火车站就像是城市身体的关节部位，不但交通得方便灵活，还得禁得住各种折腾。

　　柳江在柳州市区弯弯曲曲地穿过，形状像个马蹄，把柳州城紧紧地嵌在中间，就好像一把楔子深深地打进了每个柳州人的心里。看来柳江对柳州人来说，就是生命之江啊。

　　朋友老韦本来答应来接我，结果临时有事，让我打车去酒店。柳州站的出租车上车区特别安静，二三十辆车在那儿静静地等着我这个孤客。按规定我得坐最前面左边那辆车。从外面看，司机正在玩手机，我敲了敲后备箱，司机在车里慢悠悠地按了个按钮，打开后备箱让我放行李，然后轻轻地按下盖子，啪的一声，盖子稳稳地合上了。我上

了车，司机瞅着我，有点不满地说："你用力太大啦，我车后面都贴条了：小心轻盖。"我一听，就知道可能碰到个早上刚被老婆骂过的司机，心里有点发虚，小心翼翼地看了他一眼。柳州的出租车司机跟桂林那位帅哥司机比起来，安静多了，脸上的表情就像刻出来的线条，没什么变化。

每到一个地方，我都觉得出租车司机就像亲人一样，全靠他们告诉我当地的情况，我心里越尊重他们，就越不敢随便问问题。就这样一直沉闷着，直到车开到柳江桥。我忍不住问了句："这是柳江吗？"过了好一会儿，司机才回答："这里是柳州！"我用手指了指桥下，又问："底下是柳江吗？"

"柳江河。"司机特意加了个"河"字。

我就纳闷了，柳江和柳江河有啥不一样呢？柳州人可真够严谨的，连江河都分得这么清楚。

一路无话，到了酒店。我小心翼翼地拿出行李，然后轻轻地按下后备箱盖子，结果还是"哐当"一声巨响。我估计司机心里肯定不好受，就像掉了块肉似的。这时候我才明白，这后备箱盖子可能就那样，不管谁按都得重重下沉，可不能怪我不爱护出租车了。

好在柳州的天气不错，让我的心情也暖乎乎的。虽然天空有点薄雾，但这就是柳州该有的样子，我也没必要跟这点薄雾较劲儿，它一会儿就会散。

我整理了一下行程安排，本来打算明天去逛柳侯祠，然后从那儿开始跑步。可突然我就想去柳侯祠了，也没别的原因，就是想再坐一次出租车，感受一下柳州司机大哥的热情，把刚才缺的那一课补上。

好不容易拦到一辆车，司机大概 40 来岁，好像桂柳两城出租车司机的平均年龄就是这样。他们都比较稳重，让人觉得可靠。我跟司机说去柳侯祠。

司机却说："没有柳侯祠，只有柳侯公园。"

我说那就去柳侯公园吧，以我逛过那么多公园的经验来看，柳侯祠应该在柳侯公园里面。

我迫不及待地虚心向司机大哥请教："柳州哪里好玩呀？"

"柳州没什么好玩的，人都跑到桂林去玩了。"

我说："我从桂林来的，那儿人也不多。"

"柳州的人更不多，马路上跑的全是本地人。"

看来没有外地游客，出租车司机都没信心了。我得换个话题，不然这趟车就白坐了。

"柳公祠是哪年建的呀？"话一出口，我就觉得太文绉绉了。

"就一个露天公园，我从来不去那种地方。"司机不屑地回答道。

柳侯公园在柳州市的正中心，如果说柳江像一条弯弯的玉带，飘飘欲仙，那柳侯公园就是玉带下面的玉珠，晶莹剔透，翠绿欲滴，它可是柳州人的精神寄托。

"孤舟蓑笠翁，独钓寒江雪"的柳宗元，那时候充满了孤独和无奈，也许柳侯的那种心境一直影响着柳州人。柳侯公园虽然没有柳树，但有很多长得特别茂盛的亚热带植物。看着这繁荣的城市和熙熙攘攘的人群，我都不知道柳宗元要是看到了，会不会感叹时代变了，但孤独的感觉还是在。

从柳侯公园出来，我觉得有点累了，可能是肚子也饿了，得吃点东西补充点能量，把一天的疲惫和消耗都赶走。公园正门 100 米左右有一家装修得像欧洲咖啡厅的美食馆，吧台就设在正大门的左边，好像有一半故意挡着大门似的。一个 50 多岁的男老板直挺挺地站在收银机前。我在吧台前东张西望，他看都不看我，也不吭声，好像要让我看个够。我仰着头在他身后的价目牌上找那些名字好听又诱人的小吃，也不知道每份有多大，啥馅的，辣不辣，就从上到下一个一个问。老板回答特别简洁，一般就一两个字。我问："有机现磨豆浆甜不甜？""甜！"

"香油拌米线用的什么油？""香油！"

我看从老板这儿短时间内也了解不到食谱的品质了，后面还有客人等着呢！老板倒也不催我，平静地望着天花板。我凭感觉点了一份拌面、一份上海生煎汤包、一杯豆浆，找了个角落空位坐下，放松一下膝关节。一会儿小吃就上来了。汤包比上海人做的还好吃，拌面我以前吃得少，

这家拌面让我以后肯定会经常吃。吃了这些美味，心情也好了，老板那面无表情的样子让我觉得柳州人可真酷。

今天是 2021 年 12 月 5 日，在柳州写了这么多跟跑步没关系的事儿，感觉对柳州的跑步之旅不太真诚，也有点对不起大老远跑来的路费。不过，我发现跑步时候的感觉会受到这个城市氛围的影响，这大概就是每座城市独特的文化气息吧。

我打算沿着柳江跑个圈！

从广场路出发，沿着滨江东路跑，然后到滨江西路，再穿过潭中中路，最后回到滨江东路。这是个完整的环形路线，基本在柳江河滨，能一边跑步一边欣赏柳江的美景，也算是对柳州的一种真诚赞美。

清晨的柳江可一点都不懒，充满了那种万帆竞发前的豪情和深邃。江边的廊道，一半在水上，一半在岸边，特别优雅。我想晚上这儿肯定是情侣们谈情说爱的好地方。这时候，天色尚暗，我就像个在水中追逐梦想的痴情汉，沿着柳江追寻着心中的那片宁静。

我喜欢快速地看风景，这跟我跑步看城市的方式很搭。瞬间留下的印象比慢悠悠地闲逛要高雅得多，就像一见钟情，在乎的就是那一瞬间的心动，哪怕只有一眼。我对城市的一些风土人情也就是这样，看一眼就够了，再回头看就是多余。有些事情只适合看一次，柳州的风景就让我有那种过目难忘的感觉。

这么早，没看到一个跑步的人，倒是看到一路的垂钓者，他们一个个像神仙似的，稳稳地坐在护栏上，悠闲地提着鱼竿，那神态就像要把柳江里的鱼都钓光似的。这可不像"独钓"的样子，柳宗元要是看到今天柳江边这么多垂钓者，肯定会觉得他们太俗气。

沿着滨江东西路 8 千米的廊道，我看到至少有 200 多个晨钓者。他们可能是通宵夜钓的——我都看到有垂钓者旁边放着棉被呢。这一路跑来，我只碰到 18 个晨跑的人。

看来柳州人更喜欢安静的运动。垂钓和跑步就像运动的两个极端，一个极静，一个极动，而且这两项运动带来的孤独感也都很强烈，甚至垂钓者的孤独感更胜一筹，这种只有鱼知道的孤独，他们从来不会跟别人说。我这时候突然理解了那两位司机大哥为啥说话那么简洁了，他们可能心里也有着这样那样的孤独和无奈。

今天这个"圆"跑得很顺利，10千米的路程一口气就跑完了。如果不算那些垂钓者的话，沿途除了江就是河的风景也让我领略了柳州的独特风情。

回到酒店，朋友老韦正在大堂等我，他一个劲儿地为昨天没去车站接我道歉，那诚恳的样子让我特别感动。我们是1993年认识的，那年我把一个专利技术转让给他，他在南丹县办了个厂，生意很红火，赚了不少钱，后来就搬到柳州，扩大规模了。到了2000年之后，我们联系就少了。这次知道我要来柳州，他就发微信说一定要见我。他提议去云顶酒店的楼顶喝茶，我就跟着他去了。

我们在云顶大厦的73层顶层，俯瞰着下面的城区，整个柳州市都在眼底。老韦一坐下就没什么话，他虽然比我小5岁，但我从一开始认识就叫他老韦。老韦看起来有点老态，也有点富态，满脸的疲倦，说话比以前慢多了，好像不知道下一句该说什么，以前他说的，可是语速很快的广西普通话，听起来像唱歌一样。

老韦跟我说了他这几年的一些烦心事，我也不好多问。从去年到现在，他的公司就剩下几个人了，现在好像是一个人过日子。

"过段时间，我还是跟着你做大健康产业吧。现在工业生产太难搞了！"他半真半假地看了我一眼。

"好哇！但有一个条件。"我也跟他卖了个关子。

"什么条件？"他着急地问。

"你不许打牌了。"我故意一本正经地说。

"哇，这个呀，我早就不玩啦！"老韦还是那个老韦，一着急，说话就快起来了。

然后又陷入了短暂的沉默。喝了口茶，他指了指外面，说："别看柳州这么大，可没桂林出名，这柳江跟漓江比起来，啥都不是。"老韦还是对柳州的现状有点儿不甘心。

我起身沿着云顶观光窗转了一圈，刚刚在柳江边跑的那个"圆"，

从云顶上穿透薄雾看柳江：柳江边是晨跑的好地方

跟偌大的柳州比起来，就像个小点点。我真的跑遍柳州了吗？我真的了解柳州吗？哪怕从 1000 多年前的柳宗元到源远流长的柳江，我好像都没搞清楚。我最多就是个匆匆的过客，有什么资格去说它的前世今生呢？

我在柳州没看到一棵柳树，也没弄明白是先有柳江还是先有柳州。我想来想去，站在这个云顶，就像在薄雾里穿梭一样迷茫。不管是出租车司机，还是餐馆老板，他们的困惑和孤独好像一直都在，如果这不是他们想要的生活，那就不应该让他们背负这么久。就像眼前的老韦，我觉得他好像能看穿这薄雾，但能不能真正摆脱困境，走向柳江那清澈的水里，就看他的运气了。

2021 年 12 月 5 日上午写于柳州云顶

路过金城江

河池市有金城江区和宜州区，到底哪个区才算是河池市真正的大本营呢？这个问题在我进行百城"万里跑"的时候又冒了出来。我上网查了查，决定前往金城江跑步，因为这里是原来河池县升级为河池市的老地方。

我坐着绿皮火车从柳州赶往金城江，本来两个半小时的车程，结果坐了三个半小时，没办法，坐不了高铁，就只能忍受普通列车的不准时了。河池市的火车站叫金城江站，这名字可真有点奇怪，全国都找不出第二个这样的，不以市名命名，却用区名。我走出火车站，看到"金城江"三个字，和我 1993 年来的时候一模一样，广场好像比以前宽敞多了，三轮电动车和出租车都在各自的地盘拉客，没有那种乱糟糟抢客的情况。到了酒店，前台的帅哥告诉我，市政府一个月前搬到宜州去了，原来的市政府就在他们酒店后面。

我问他宜州离金城江有多远，他说有 80 千米。这可让我有点为难了，按照我的习惯，市政府在哪我就在哪跑。河池市这迁府的动作也太大了，一下子搬出去 80 千米，我可跟不上啊。

不过我又想，留在金城江跑也有道理，河池市的商业、文化、教育中心可都还在金城江呢。我也不知道这算不算个特殊情况，如果以后写进我的跑步经历里，这里可能得特别标记一下。

金城江城区不大，形状狭长，从城东到城西，最多也就 8 千米左

右。龙江沿着城区自西向东流淌，江两岸是一座座像乳房一样的小山，这就是典型的喀斯特地貌。这些小山高低不平地倒映在清澈平静的龙江里，金城江这座"金城"就建在江两岸的山谷之间。城区南北最窄的地方可能都不到 500 米，没办法，这地形是由山的形状决定的，城市被夹在这狭小的空间里，想发展都难，这说不定就是河池迁府的原因。

我是来跑步的，这样的山、水、城才是我喜欢的。跑步就得跑得带劲，如果跑得慢悠悠的，那还不如去游姆洛甲、六甲山呢，那是游客们爱去的地方。

在从柳州到金城江的火车上，坐在我对面的是一对 70 岁左右的东北夫妇。我一问，他们也在金城江下车，要去巴马，说要在那儿住几个月。他们对巴马的空气和水特别推崇，觉得那是长寿的关键。不过我觉得，这空气和水是巴马人最看重的东西，又带不走，所以巴马的长寿秘诀就永远只属于那个地方。我对东北大叔说我也要去巴马，我们还加了微信。东北大叔问我来金城江干啥，我说跑步。他不屑地笑了笑，那笑容里好像带着一种见过大世面的感觉。

"想长寿，还是去巴马吧！"他说得好像自己是长寿专家似的，然后又说了句很有深意的话，"跑步和长寿没什么关系！"

我跟好多人都说过，我跑步不是为了长寿，而是因为以后的寿命变长了，我得用跑步来丰富这漫长的岁月。2018 年，美国学者在《自然》杂志上发表了最新研究成果，说发达国家的人均寿命每过 10 年能增长 2—3 年。照现在平均寿命 82 岁算，再过 30 年，平均寿命就能到 92 岁了。你想啊，还要活三四十年呢，不找点跑步的事做，难道就干等着吗？

东北大叔在巴马的山洞里呼吸着巴马的空气，喝着巴马山沟里的泉水，然后晒着太阳一直待到明年春天，这也算是一种养生吧。他喜欢巴马可能超过了喜欢自己的家乡，这是每个人的生活选择。有人为了健康喜欢一个地方，有人为了安逸爱上一座城，还有人喜欢寄情山水，在山里隐居。

我呢，可能是因为喜欢奔跑时那种畅快的感觉，所以不在乎是山水、城乡还是湿地，只要能跑起来，我就充满活力，对每个城市都充满期待。

来到金城江，我就要好好感受这座城和这条江的独特魅力。

清晨的金城江很早就苏醒了，好像在向那些总是抱怨忙碌的人示威。天蒙蒙亮，街上和河边就已经有匆匆赶路的行人和呼呼作响的电动车队了，这是一座勤劳节俭的山城。我从城东头原来的市政府广场出发，沿着龙江向西跑去。

这时的龙江透着一股宁静祥和的气息，平静地望着天空，月影在山峦间闪烁。江河本来应该是奔腾不息的，这平静的样子倒像是在积蓄力量，等待着爆发。龙江上一段段的截流工程，让河面变得安静，也给金城江人带来了更多的悠闲。面对这朦胧月色和城市灯光映照下的龙江，我心里很平静，只顾着脚下不停地跑。

在这样的凌晨，在这样的河边跑步，那种惬意的感觉真是没法形容。河池金城江的人好像都把走路当成跑步了，他们走路很快，用车代步也匆匆忙忙的，我也不知道他们这么早都要去哪里。也许，他们和我一样，只是习惯了这样的出行方式。

跑了3千米后，我又来到了金城江火车站门前，这里安静得不像个车站。黔桂铁路本来就不怎么起眼，在这里上下车的大多是短途旅客，清晨下车的人就更少了。

28年前的一个清晨，我辗转来到金城江车站，准备去南丹县老韦的工厂。因为到得太早，外面还是漆黑一片，我就在候车室等着老韦来接。结果我一坐下就睡着了，等醒来的时候，太阳都出来了，我下意识地摸了摸身边，发现手提行李包不见了。这下我彻底清醒了，要知道行李包里装着我的路费，还有老韦工厂生产线的图纸和好多产品检测报告呢。

我特别懊恼自己贪睡。怎么办呢？我赶紧去车站派出所报案。还没进派出所大门，我就看到室内椅子上有个行李包：这不是我的包吗？怎么会在这儿呢？

民警听了我的报案，指了指那个包，问我："看看那是你的包吗？"

我连忙点头，说："正是！"

民警告诉我，是一个拾荒的老伯在龙江岸边捡到这个被扔在树丛里的包，然后交给了派出所。

我打开包一看，那些鉴定证书、图纸、检测报告都在，只是包里的钱没了。我特别庆幸，感谢派出所的民警，更感谢那位金城江的老伯。

我估计是某个流浪到金城江的人，钱花光了，在车站里找机会"捞一笔"，看到我睡着了，行李包又没人看着，就顺手拿走了我的包。他慌慌张张地跑到车站前龙江边的树丛里，翻出包里的钱，然后把包放在离路边垃圾箱不远的树丛里，自己就跑了，可能是想等我这个"失主"来发现。还好他有点良心，没把包扔到龙江里。没想到被金城江的老伯捡到了，这个拾荒老伯很正直，他只捡废品，不拿别人有用的东西。就这样，我几年的心血才没有白费。当然，这都是我的猜测。我仔细想了想，这也算是财物的一种重新分配，包里的钱给了更需要的人，而那些对我来说非常重要的文件则继续发挥作用。这让我有了一次很深刻的经历，从那以后，金城江在我的记忆里，不只是一座城、一条江，还有那珍贵的财富故事。

望着霓虹灯照亮的"金城江"三个字，现在的景象和28年前的景象一模一样，这一刻的金城江车站，就永远留在了我的心里。

太阳虽然还没升起，但我心里暖暖的。我相信回忆美好的事情能让人心情愉悦。我看到一个佝偻着背的环卫工人在清扫街道，恍惚觉得是那个拾荒的老伯在向我招手。

我又回到龙江河边，这时河对岸的楼房已经被晨曦笼罩，金城江的老街都隐藏在那些高高低低、五颜六色的房子下面。我沿着龙江北岸跑过了金城江的清新、闲适，感受了这里的干净整洁和郁郁葱葱，现在应该去南岸看看那有着百年历史的饱经沧桑的老城了。

逆江而上的感觉就像是在追寻着什么，也像是在向龙江祈福。龙江是珠江的支流，它养育了河池人，河池的文化也和山影一起倒映在龙江里。可金城江的山水文化好像被人遗忘了，千百年来都没看到有诗人来描写这里。李白、杜甫这样的大诗人都没来过河池，近现代的文人墨客也不愿意到金城江来。我都没看到一首描写金城江的古诗或者现代作品。我觉得我今天这一跑意义非凡，说不定能跑出个不一样的故事来。

　　跑到大概 6 千米处最西边的那座货车跨江桥，我快速地跑过桥，穿过了那段尘土飞扬、旁边是山的公路。接着一下子就进入闹市，我有点不适应，刚刚还在安静的溪边栈道，现在就置身于热闹喧嚣、车水马龙的市区了。金城中路是我今天早上跑步的最后一段，金城江的商业、学校、医院、酒店都在这条街上，我也想为金城江的商业繁荣出份力。

　　昨天下午我专门去了白马步行街，那里特别热闹，和大都市一样繁华。不过金城江的商人都很实在，不怎么张扬，他们把小吃做得像酒席一样精致，价格还很实惠。而且他们特别喜欢和客人聊天，服务态度特别好，就像龙江的水一样清澈甘甜。小城的安逸和繁华融合得特别好，在这里生活的人觉得很舒服，来旅游的人也能感受到它的独特魅力。

路过金城江：广西巴马村前寻找长寿"秘方"

　　爱上一座城有很多理由，对于金城江来说，珍惜生命的人会爱上它的清晨；热爱生活的人会爱上它的下午。金城江既是一座城，也是一条江。龙江是金城人的生命之江，也是金城江人精神生活的源泉。

　　我一口气跑到了龙江桥，正好 10 千米，把龙江圈进了我的跑步路线里，心里特别满足。回头一看，车水马龙的街区和碧波荡漾的龙江连成一片，金城江新的一天开始了。

2021 年 12 月 6 日写于金城江

烽火百色，不夜右江

从巴马到百色的 90 千米高速公路，全程都在喀斯特地貌的山林间穿梭。人们常以"千山万水"来形容山多水长，在广西这儿，那林立的山头可远远不止千座，更不用说那蜿蜒曲折、数不清的江河溪流。

百色没有让我失望，它散发着强大的城市气场。或许是因为百色起义的那一声枪响，为这座城市开启了通往真理的大门。尽管四周崇山峻岭、沟壑纵横，但百色就像群山中一颗璀璨的明珠，在桂西撑起一片红色的天空。右江宛如一条长长的飘带环绕着城市，让百色这片红色土地更具活力与激情。

说实话，我对百色的了解最初是源于百色起义，如今终于踏上这片土地，内心满是对百色红土地精神的敬重。我打算先去拜谒百色起义纪念馆，献上我真诚的敬意，这样明天我才能毫无顾虑地在百色尽情奔跑。

阿华正在纪念园门口等着我。他曾在我朋友的公司工作，去年回到老家百色创业。朋友得知我要来百色，便安排阿华给我当导游。

其实我不太想麻烦别人，像我这样到处奔波的人，独自游玩才是最自在的方式。但在百色，我接受了朋友的邀请，大概是因为我对百色怀着深深的敬意吧，百色深厚的近现代历史，可不能只是简单地跑过就算了。

百色起义纪念园规模很大，百色人把整座迎龙山都纳入园区建设，以此缅怀和彰显那段红色历史，他们的大气与自信让我这个外地人都由衷地感到自豪。远远地，我看到纪念园大浮雕下站着一个瘦高个青年，我猜那就是阿华，我们同时向对方招手，然后热情地握手致谢。

阿华其实已经30多岁了，但看起来像个年轻人。当他知道我来百色是为了跑步时，脸上露出惊讶的神情，可能在他眼里，我这样到处跑有点不务正业吧。后来阿华对我说："您的生活，才是我的梦想！"原来阿华也是个跑步爱好者，他略带遗憾地说："我还得工作20年，才有机会游跑天下。"

我对阿华说："也可以利用出差的机会，在各地游跑。人生很长，只要坚持走下去、跑下去，梦想终会实现！"这既是对他的鼓励，也是我内心的真实想法。

纪念馆建在山上，我们一起往上爬。这里不仅能俯瞰整个百色的新老城区，还被山脚下的右江紧紧依偎着，真是一块风水宝地。不得不说，右江滋养了百色，迎龙山庇佑着百色。

参观完纪念馆，阿华提议步行去粤东会馆，那里可是百色起义的策源地，是智慧汇聚的地方。我不知道阿华的用意，也许是想考验我的脚力吧，毕竟到粤东会馆有3千米的路程，权当是为明天早上的奔跑提前热身了。

坐落在解放街的粤东会馆充满了历史的厚重感，厅堂的布置仿佛还留存着起义战前动员时的专注与宁静。雕梁画栋的屋檐则彰显了建筑者对那段奋斗历史的铭记与传承。

在百色的近现代历史中，这个充满粤东文化氛围的会馆，一场改变百色命运的重大谋划酝酿展开，这是历史的必然选择。我觉得商人在历史进程中的贡献，就在于他们关键时刻的果敢行动。在那个动荡不安的时代，他们用财富点亮希望之光，唤起家国情怀，当年粤东会馆的粤商们无疑有着非凡的魄力，在桂西这片土地上点燃了革命的火种。

解放街仿佛在回放着历史前夜的画面，鹅黄色的店铺街墙，让人不禁联想到90年前百色起义大军凯旋时的壮观场景。如今这里已改造成步行街，偶尔有一辆电动车疾驰而过，短暂的轰鸣声瞬间就被仿佛还在空气中回荡的马蹄声淹没。

我问阿华这条街有多长，阿华说只有几百米。我不禁感叹它太短了，虽然历史短暂，但后人却赋予了它深远的意义。

街面上有一家经营百年玻璃镜画的门店，此时已经关门闭户，看样子这门技艺快要失传了，毕竟玻璃镜画已经不符合现代潮流，难以维持下去。我对阿华说："太可惜了！"

我突然想到，店主人为什么不把它改造成手工坊呢，既可以供人观赏，又能传承技艺。技艺传承和商业价值本是不同层面的事情。就像大浪淘沙是为了淘金，历史传承不能全盘接收，其中既关乎学问，又关乎品德。就像百色这条不长的解放街，历史只需铭记它有价值的部分，短也有短的意义，那些冗长无用的过往该舍弃就得舍弃。

百色在这方面树立了很好的典范，我由衷地为它点赞。

烽火岁月转瞬即逝。转过解放街，就来到了充满人间烟火气的百色老城。从文明街到中山一路，这里见证了百色人百年来的喜怒哀乐、繁华与艰辛。

阿华对我说："咱们从长寿巷穿过去吧。"感觉他好像经常走这条路。我对这个巷名特别感兴趣。刚从巴马长寿村回来，领略了那里的山清水秀和长寿文化，现在来到城中的长寿巷，更想探寻这里面的长寿奥秘。长寿巷是真正意义上的巷子，宽度不过3米，幽深狭长，两侧的门脸一间挨着一间，全是"修容屋"。每个修容屋里都摆着三四张美容床，床上躺着敷着深色果泥面膜的女士。"修容屋"这个名字很有生活气息，全国恐怕也只有百色才有，简直可以说是百色的独特招牌了。乍一看，这里似乎和长寿没什么关系，不过想想也正常，很多地名和实际内容并不相关。

阿华拉着我说："别看这里的业态简单，那面膜可是这条巷子所有修容屋的独家配方，除了美容，还有催眠效果，很多女士来这里就是为了睡个好觉。"

"这也是一种长寿方式！"阿华得意地说道。

看来修容是长寿的第一步，如果连面容都不打理，又怎么谈得上追求长寿呢？这条不足 50 米长的长寿巷，竟然有三四十间这样的修容屋，这是我见过的最为密集的商业业态，是普通市民修饰面容、放松身心的好去处，更是一个长寿驿站。

这就是百色人的生活逻辑，也是他们治理城市的独特思路。我走过百色的大街小巷，街道干净整洁、秩序井然，这应该归功于那些城市的美容师们。

阿华告诉我，他们公司打算对这条巷子进行包装升级，打造城中长寿模式产业。原来阿华还有这么接地气的创业计划，这可是文化传承与现代服务业的完美结合，既有文化品牌，又有完整的产业链，还深受消费群体的喜爱。

阿华很健谈，一路上他跟我分享他的创业故事，还有他的女朋友，但就是不提百色的生活。我打断他的话，直接问道："你给我说说百色的生活特色吧！"这一问，他愣了一下，然后说："百色的特色就是没有夜色。"

阿华叹了口气说："这里的年轻人都喜欢过夜生活，我不太喜欢那种生活方式。"能看出阿华的无奈，他是个自律且有梦想的年轻人。

我们跨过右江桥，来到我住的酒店旁边的龙景西路，此时宵夜摊已经热闹起来，吆喝声和螺蛳粉的酸辣味弥漫在街头。阿华把我送回酒店，就此道别。

今天早上的跑步路线就是昨天走过的路，不是为了重温，而是想感受百色清晨的独特风景，在奔跑中讲述新的故事。

早上 5 点 30，街头依然灯火辉煌，阿华口中的夜市还没有结束，怪不得我昨晚在喧闹的环境中睡不安稳。也许宵夜生活是百色年轻人对繁华的尽情享受，他们沉醉于时光交错的感觉，对当下的生活充满了无尽的欢乐与放纵；而长寿巷里的安逸宁静，则是那些追求身心愉悦、健康长寿的人们的生活写照。阿华的不满可能是出于养生和工作习惯的考虑，却忽略了那些宵夜年轻人所追求的是永远年轻的心态和对当下生活的热爱。

宁静的百色高铁站

　　跨过右江，两岸依旧灯火通明，我沿着昨天的足迹再次奔跑。在百色的街头，很难遇到像其他城市那样宁静的晨光，因为百色这片红色热土充满了生机与活力。或许只有在长寿巷里才能享受到那份宁静吧。

　　从 10 千米的路程中，我两次跨越右江，右江在我的跑步轨迹中划出了一道优美的弧线。

2021 年 12 月 8 日写于百色

甘蔗干了

　　我真不认同那位来宾女出租车司机的话。她居然说"来宾啥都没有啦"，这可真是"身在福中不知福"啊。

　　我下了火车，看到来宾高铁北站的出租车整齐地排着队等客人。我坐上了一位女司机的车，本想着女司机会比较细腻耐心，能带我领略来宾的美好，让我好好感受桂中大地的独特风情。可没想到她会随口这么一说，可能是她对自己家乡的好习以为常了，却让我心里一直犯嘀咕。

　　女司机说的广西普通话很温柔，还带着点弹性，尾音那个"啦"字说得恰到好处，一听就知道是个直爽的人。看来来宾女出租车司机还不少呢。我问她："来宾主要产什么呀？"

　　"甘蔗。"她回答得很干脆。

　　然后她又用那种腔调说："不行啦，甘蔗干了！虽甜没水。"

　　我不太明白她的意思。

　　她接着解释："今年干旱，甘蔗都不长啦！"

　　我说："受旱的甘蔗不是更甜吗？"

　　"糖度高，那是糖厂的事，蔗农需要的是产量！"这女司机还挺懂甘蔗的，雨水多甘蔗长得饱满，产量自然就高。

　　也难怪，来宾可是广西三大甘蔗种植基地之一，农村好多人都靠种甘蔗为生，甘蔗就是来宾的传统支柱产业。

我又把话题转到吃的上面，问："来宾有啥特色小吃？"

"好像也没有噢！"她还是那副满不在乎的样子，不过我可没把她的话当真。

我在来宾的晨跑是从红水河边的滨江公园开始的。这红水河的名字和河水的样子可差远了，昨天下午夕阳西下的时候，我到滨江公园的红水河边，看到河水清澈湛蓝，一点红色都没有，那蓝色就像《蓝色多瑙河》里描绘的一样美，这蓝色让红水河充满了诗意。来宾人可真有想象力，给这么一条清澈的河取名红水河，肯定有特殊的含义。

我沿着滨江北路往西跑，这时候天还没亮呢，可滨江公园打篮球的声音特别响亮，此起彼伏的呼喊声像在打比赛。奇怪的是公园里黑灯瞎火的，难道他们在练盲投？虽然白天和黑夜不一样，但运动中的那种感觉和乐趣，只有亲身参与才能体会到。我每天早上在城市里跑步，看不清城市的全貌，但能感受到城市独特的韵味，听到各种声音，闻到各种味道。

我对来宾了解不多，如果非要说喜欢它什么，那就是它浓浓的生活气息。

昨天傍晚，我在酒店后面的步行街溜达。那时候风很清爽，桂中的冬天比北京的春天还舒服，风吹着树枝，树叶也不掉。这么好的天气，我当然要在街边餐馆吃顿饭，好好感受下来宾。我进了一家招牌上闪着"来宾小厨私房菜"的餐厅。一进去，我就被惊到了，里面全是大圆桌，装修得特别气派，感觉像进了高级宴会厅。不过闻到那股香酸辣甜的味道，我就忍不住想尝尝。我打开菜单一看，菜名都特别有诗意。我们两个人点了三个菜：醋煮辣丁鲫鱼、桂花蔗糖蒸蛋、香菇煨野菜。服务员是个 50 岁左右的大姐。

"够啰，够啰！"我还以为点少了，没想到人家是怕我们吃不完。

先上的香菇煨野菜，量特别大，这一份就快把我吃饱了。野菜特别鲜、嫩、脆，吃起来微微有点凉苦，正好把我这几天舌尖上的"火气"都去掉了。鲫鱼端上来更是不得了，这鱼看着得有二斤多，外焦里嫩，口感爽滑，这哪能算小吃啊。我一下子就被这家来宾的小餐馆打动了，心里还埋怨那个女司机，把来宾说得那么不好。结账的时候才 98 元，服务员大姐还送了一盘绿油油的小蜜橘，又新鲜又好看，我都不好意思吃了。我四处看看，发现有些食客把蜜橘装口袋里，我也跟着学了。

　　这美食、这价格、这服务，要是还记不住来宾，那我可就太没良心了。我打着饱嗝回酒店，住进来宾饭店这家四星级酒店，也觉得特别值。来宾饭店是来宾最高的酒店，238 平方米的大房间，才 238 元一间，我还以为网站标错价了，到酒店电梯里一看，确实是这个价，实际上我只花了 188 元，因为网站送了我 50 元代金券。这一天下来，我们两个人在来宾才花了 286 元，美食和住宿的性价比超高。来宾让我体验到了低消费高享受的感觉，不仅让我吃得开心，还让我心里特别舒服。要不是我还有长跑计划，真想一直住在这儿。

　　这么早起来努力跑步，对我的眼耳鼻舌身意都是挑战。我感觉自己都快成"六根不净"的人了，特别是味蕾和胃，好像一直在渴望着什么。可能晨跑的能量都来自前一晚的美食吧。

　　滨江北路的树叶很茂密，透下来的光很微弱，都照不亮我脚下的路。不过我凭着感觉跑，也不会掉进沟里。当我拐到迎宾大道的时候，一阵桂花香飘过来，特别好闻，可周围黑漆漆的，根本看不到花在哪。这香味在这么空旷的街道上肆意飘散，特别诱人。我下意识地去掏手机，想把这场景拍下来。我每天早上跑步，看到美景就想拍照。可刚掏出来我就笑自己傻，香味怎么能拍下来呢？然后就把手缩回去，接着跑。

　　也许是这香味让我想起了什么——把香味拍下来确实是个很奇特的想法。照片和视频能记录看到的景象，可这让人陶醉的味道能不能传播或者保存呢？这要是能做成一个产业就好了。来宾的味道给了我灵感，真像那句话说的：灵性是一座城市的味道。

　　我穿过城中的铁路，差不多到了迎宾路的尽头，然后转到铁北大道—— 一条很宽的环城公路。这时候一辆装满甘蔗的货车开过来，甘蔗堆得像小山一样，这是要送到糖厂的原料。没想到这甘蔗一路过来，使田野里的香甜气息，弥漫在城市上空。我突然想起陈望道先生说的："真理的味道是甜的。"

这时候我觉得，来宾的味道也是甜的！要是那个女司机在这儿，我一定让她好好闻闻。

不过我又怕她鼻子不通气，闻不到这些美好的人间烟火气。其实这些感受只有自己能体会。

甘蔗虽然受旱了，但味道更浓了；蔗农产量少了，可甘蔗更甜了。这世上有些事就是这样矛盾，有得有失，就看怎么平衡了。

后面的路程，我基本在那凉爽又香甜的甘蔗气息里跑着。我跑上中南大道，穿过来华路，又回到了红水河边。整整 10 千米，我在来宾画了个大圈。

我发现红水河边跑步的人不多，种菜浇水的人倒不少。河边那些小菜园一块一块的，青菜和碧水相互映衬，景色美极了，这里的气息不是甜的就是绿的！

我突然羡慕起来宾人，他们过着高质低价的生活，闻着香甜的味道，这就是美好的人间烟火啊。真理的味道是甜的，来宾的气息是美的！

2021 年 12 月 9 日写于来宾

拾年民宿情，千年黄姚街

　　到达贺州的时候正好是下午5点，夕阳西下前的太阳暖烘烘的，特别温柔，贺州就被这温暖的阳光轻柔地包裹着。高铁站周围的小山包，似乎也在向熙熙攘攘的游客们卖弄风情，我一下子来了兴致，心里暗暗发誓，一定要好好感受贺州，不辜负这座城。我打算好好在贺州的城里城外跑一跑，看看新城和老城的模样，感受它们的过去和现在。

　　也不知道是因为晚餐太挑食，还是我的胃太矫情，受不了贺州饭馆里那些油腻的菜，晚饭后回到酒店，我的肚子就开始闹别扭了。再加上傍晚在乱糟糟的街头乱转，找饭馆找得心烦意乱，我心里的那股子沮丧劲儿一下子就变成了一股闷气，在胃里咕噜咕噜地折腾，看来我还没适应贺州的节奏。

　　大概晚上10点的时候，朋友给我发了几个在贺州游玩跑步的方案。其中有一条是让我去昭平县的黄姚古镇，说那里很值得一去，还推荐了一家民宿，告诉我那地方可有故事了。我一听就心动了，决定改变计划，把在贺州的跑步行程挪到黄姚古镇去。这么做可能有点对不住贺州的热情，却很符合我当时的心情。

　　黄姚古镇在贺州市的西南边，是贺州昭平县的一个镇。论历史，它有上千年了，和贺州城比起来也不逊色；论名气，有一种说法，它可是"中国十大古镇之一"呢。我把它当作贺州的代表来游玩，也说得过去。

从贺州到黄姚古镇有 60 千米，我坐直达古镇的公交车过去。公交车刚开出贺州城没多远，我就接到民宿女老板的电话。她问了我一些到古镇的信息，比如在哪下车、有几个人之类的。她还在电话里说自己去梧州了，因为女儿今天生孩子，要下午才能回古镇，不过她已经安排了车在古镇路口接我。这老板看着挺忙的，事业心肯定很强。

我不太想让人接，总觉得这种额外的服务有点儿像是占人家便宜。

这家民宿在黄姚古镇西北的长岭山脚下，路边有个很不起眼的牌子，上面写着"拾年"二字，低调得都不像是民宿的招牌。民宿是一栋四层的白色小楼，落地玻璃墙被周围的翠竹遮遮掩掩，看起来很清雅。大门前趴着一条黄狗，我来了它也不动弹，就那么悠闲地眯着眼休息。倒是服务员阿姨很热情，及时给我开了门，这阿姨是个中年妇女，眼睛、嘴巴、手都特别灵活，应该是本地人。厅堂左边是休闲区，有个老人在那儿静静地看电视，好像都没注意到我进来了。厅堂里划分了好几个功能区，不过最吸引我的还是正对着大门的茶厅。

我觉得一家民宿要是没有一个像样的喝茶的地方，那就跟普通旅馆没什么区别了。茶室能看出店主的品味，也能感觉到民宿的生意怎么样。这家民宿厅堂中间靠后的茶厅就很不错，我看了心里高兴，这也符合我选跑步落脚点的标准。

我打算下午去古镇逛逛。我在古镇游玩的时候，女老板不停地给我打电话，好像要在电话里给我当导游似的，那股子周到劲儿让我觉得特别贴心，就像走亲戚一样。我就想啊，如果酒店都能有这种贴心的增值服务，那民宿可就不好干了。要是把这些服务写到民宿的经营准则里，那可就是民宿向酒店发起挑战了。

不过，我还是更喜欢在古镇的老街随便走走。

等我从古镇回到民宿，第一次见到女老板的时候，我都不敢相信她已经当外婆了。她看起来特别年轻，皮肤和神情都很有活力，一点儿都不像有外孙的人。她特别有亲和力，她的眼睛看着你的时候，那种问候的感觉特别温暖，还很亲切。她真的很有当民宿老板的天赋，这大概就是职业的魅力吧。

如果把民宿简单地归到服务行业里，那就太片面了。因为民宿不仅要有服务的基本要求，还得有生活的味道。很多人喜欢住民宿，就是冲着它那浓浓的生活气息来的。我这次来黄姚住民宿，可能也是因为我对民宿有特殊的感情吧。我觉得好的民宿应该是把艺术、悠闲、自然、随性都融合在一起的，住宿的功能也得围绕这些来实现。还有，如果老板既是民宿的设计者、建设者，又是经营者，那这家民宿肯定特别正宗，说不定能成为百年老店，一直经营下去。

我一年前开始的"万里跑"计划，一直都是在城市里跑，也该来点乡村的味道，感受下乡野风情，这样才算得上是"跑遍中国"。在贺州黄姚古镇，我就打算做这么一次尝试，也给我的跑步之旅增添点不一样的东西。

清晨的竹林里，拾年民宿安静得好像都不想和山林有什么交流。竹叶上的露珠嘀嗒嘀嗒地落下来，声音清脆得就像春雨在唱歌。

民宿离723县道不到200米，我就从这儿出发，打算穿过古镇，然后继续往东跑。周围都是田地和小山丘，清晨的田野上有一层薄薄的雾，没什么特别的景致，但我却觉得特别亲切。因为小时候我在田地里放过牛、玩耍过，所以对这种泥土的气息特别熟悉。我一点都不觉得在这有点黑的田野里跑步是孤单的，反而觉得像是回到了小时候，特别新鲜。

跑了2千米后，就到了古镇的商业街。这也是穿过黄姚古镇的县道大街，是商业和交通的要道，古城旧址在商业街的南面。街面上只有一家旅馆门口有几个人影在晃动，其他地方都还没什么动静，看来古镇的商业还没完全苏醒。我沿着720县道一直跑到黄竹村，快到高速路口的地方，大概跑了5.5千米，然后就往回跑。

这时候，远处姚山上的天空已经有点亮了，路边很多酒店都是空荡荡的，好像一个客人都没有。可我住的拾年民宿却住满了人。

昨天晚饭的时候，老板叫我跟他们家人一起吃。本来住宿是不包括晚餐的，他这么一邀请，这增值服务可真是做到家了。我也想听听他们的故事，就很高兴地答应了。

男主人叫韩十八，是个典型的广西男人。他留着艺术家那种长发，脸有点黑，看起来像个有深度的思想者。虽然他看起来有点孤独，但待人特别真诚，一点儿都没有拒人于千里之外的感觉。我见到他的时候，他正在收拾厨房，擦东西、摆弄餐具都特别细致，一看就是个会过日子的男人，这和他的外表有点儿反差。吃过晚饭，我们坐在茶厅聊天，他泡的普洱茶喝得我心里满是兴奋的想法。我的好奇心慢慢被勾起来了。

他对民宿有自己的理解：民宿既是田园之家，也是雅俗共赏的艺术小天地，还是能让人放松的地方。这家民宿凝聚了他所有的艺术修养，还花了他不少钱。他指着外面亮灯的地方——那些用鹅卵石砌的墙和一丛丛翠绿的竹子——说那些石头都是他从河边拉来，一点点砌起来的，竹子也是两年前亲手种的，现在都把民宿围起来了。

这栋1000多平方米的四层小楼，是他们结婚十年的时候开始盖的。用"拾年"做店名，是不是表示这是他们两个人事业的结晶呢？我猜是这样。其实，韩十八是学美工的，他在广东打工的时候认识了现在的老婆。那时候他们各自都带着一个女儿，也不知道是离婚后认识的，还是在工作中突然看对眼了。反正他们在一起后又生了两个女儿，这四个孩子肯定让他们特别忙。他跟我说，今天大女儿生孩子，他本来舍不得马上回来，要不是因为这民宿，还有这些客人，他肯定会在梧州多陪女儿几天。

女老板看我们聊得热闹，也不想被落下，就悄悄坐到男主人旁边。

我特别想知道他们是怎么经营民宿的，尤其是在这种特殊期间，他们的民宿怎么还能这么有人气呢？

原来韩十八就是黄姚古镇的人，他们韩家虽然不在古镇九大姓氏里，但也是万历年间从广东搬到古镇的大姓。他在家族兄弟里排行十八，所以大家都叫他韩十八，这个名字比他的本名还出名。农村孩子多了，生活自然就不容易。他妈妈生他的时候都快50岁了。我一进门看到的那个老太太就是他妈妈，今年95岁了，身体还特别好，看样子活到100岁都没问题。他说小时候怕妈妈养蚕辛苦，就没去上大学，现在想想有点遗憾，不过看看正在看电视的妈妈，心里又多了些安慰。

韩十八特别孝顺，他老婆都跟我说，这个儿子没白养。

韩十八从广东打工回来后，他们夫妻开了一家服装店，但是没赚钱，最后关门了。2017年他们打算盖这个民宿的时候，手里只有七八万块钱，到2019年底盖好准备开业的时候，已经欠了差不多300万的债。当时他们特别焦虑，结果一开业就碰上特殊情况。不过他们也想通了，就想给来古镇休闲度假的人提供一个像家一样的地方。当初是他一些外地朋友来黄姚玩，觉得这里的住宿和古镇文化不搭，来也匆匆，去也匆匆。他就有了开民宿的想法，想为古镇的发展出份力。虽然遇到困境，他们夫妻反而更坚定了要把民宿一直开下去的决心。他说，不管有多难，只要喜欢，就做到最好。每天面对这些来古镇游玩、闲逛山川的客人，把"拾年"当成他们的旅途驿站，他就很开心。

韩十八把民宿和古镇紧紧连在一起，不停地在古镇接送客人，虽然累但特别快乐，这可能就是他的命吧。

我再次跑回古镇的时候，天已经大亮了。我想从古镇的石板街穿过，感受一下清晨石板街的宁静韵味。古街上的石板光溜溜的，一个人影都没有，好像就等着我这个千年才来跑一回的过客。斑驳的石墙和暗沉的木板门，保留着古街老屋百年前的样子。当年古镇的那些秀才们，肯定不会像我今天这样冒失，他们慢悠悠的脚步把老街的石板都磨平了。岁月在石板上留下痕迹，让这条老街就像一首充满诗意的乐章。我特别羡慕古镇的祥和安宁，也很庆幸它还能这么完整古朴。

广西工委旧址、广西日报旧址能保持原来的样子，可能是因为古镇以前交通不方便。在抗日战争或者更早的动乱年代，梁漱溟、何香凝、高士其等好多名人都在老街的青石板路上走过。他们那时候可能就是想路过黄姚，看一眼就走，没想到那个特殊的时代，让他们和黄姚古镇都有了一段厚重的光阴。

高士其在他的诗《别了，黄姚》里写道：

　　　　在你明媚的山水间，

响起了归途人的脚步声，

我们都回去，

别了，黄姚！

　　这是归途人的黄姚，它是特殊年代被庇护者的天堂。它虽然只在历史上有那么一瞬间的使命，但现在每个游客来这里，都能感受到它的自在逍遥。

　　就像我到处跑，虽然在青石板上留下了我的脚印，但终究只是个过客。古街留不下我，但我会一辈子记住它。

　　韩十八可不像我这样洒脱，古镇是他的根，"拾年"是他的命，可能他们夫妻要守着这里好多个十年。

　　回到"拾年"，我正好跑了 10 千米。韩十八夫妇已经准备好了早餐，正等着我呢！

2021 年 12 月 11 日上午于贺州黄姚古镇

坐在黄姚古镇的青石板上看天

梧州西江百舸争流

来梧州之前，我一直觉得梧州是个粗糙又简单的地方。当我从黄姚古镇坐上长途汽车，摇摇晃晃两个多小时后进入梧州市区，我才发现自己的想法太狭隘了，不禁有些羞愧。

梧州市区给我的第一印象特别好，特别大气，有格局。街道和两边的楼宇，既有中年男子般的沉稳，又透着学者的睿智，还有一种中产阶级财富自由后的坦然。它们错落有致，搭配得恰到好处，街面布局就像一个有品味的人家，规整又不奢华。

要是仅有这些，那我对梧州的第一印象就只是一部普通的城市风光片了。

我因为跑步而对每座城市都有了特殊的感情，不过，这种感情可能有点片面，甚至有点一厢情愿。这就像晨露和晚霜，虽然本质都是水，但形态却不一样。每个人心中的城市，不管是什么样，就像雨、雪、冰、霜，虽然形态各异，但最终都离不开水的本质。

当我走过西江大桥，看到西江、浔江、桂江三江交汇，江面上船只来来往往，我就知道梧州可不是那种小家碧玉型的城市。宽阔的江面和奔腾的江水，让梧州显得大气磅礴。

看来在梧州晨跑，路线肯定得沿着西江岸边了。

清晨，我直奔西堤三路的市民广场，西江就在附近。这时候天还没亮，是黎明前最神秘的时候，黑暗像一块盖头，遮住了西江的美景。

西江深沉的霸气隐藏在这朦胧的晨影里，江水的声音盖过了城市的喧嚣。我从市民广场出发，沿着新建的江堤向东跑去。

这时候的江堤并不安静，虽然晨跑的人算不上络绎不绝，但也不少，至少能让人感觉到他们在尽情享受西江岸边的清爽和开阔。

我跑过了大半个广西，梧州可以说是广西晨跑者最多的城市。西江沿岸好像都被这些晨跑者占领了，江堤仿佛成了他们的赛场。

这就是梧州人的可爱之处，他们对西江充满敬意，又热爱晨跑，两者交融，奏响了梧州城市清晨的乐章。我心里突然涌起一股暖流，就像朝圣者走进了神圣的殿堂，既小心翼翼又无比安心。

我按照自己的节奏，慢慢地跑着。12月的江风一点也不冷，反而像春风一样轻柔，梧州的冬天对北方人来说就像过冬的天堂，对晨跑者来说，更是一个修炼的好地方。

梧州的晨跑者都很专注，他们大多喜欢一个人跑，和我相向或者迎面跑来的，几乎都是单独的跑者，很少有两三个人结伴同行的。我也不好意思去打扰他们的宁静。每个跑者都有自己内心的追求，有的专注于脚步的节奏，有的沉浸在沿途的风景里，有的享受着孤独的乐趣，有的则追求尽情奔跑后的畅快。跑步的时候，身心都得到满足，这才是真正的跑者。梧州人好像天生就有这种灵性，他们运动但不张扬，行动但不言语，思考但不浮躁。

这是梧州人经过千年沉淀形成的人文品格，也是岭南文化的根基。梧州是岭南文化的发源地，清澈的西江把广东和广西连接起来，梧州就在这连接处。西江向东流入珠江，把岭南文化的源头带到了广阔的广东大地。

岭南文化的内敛、务实、包容也深深影响了梧州人。梧州人把这些特点吸收得很好，并且把多元文化发挥到了极致。

昨天下午，我漫步来到著名的骑楼城。成片的骑楼把梧州老城区装扮得别有风味。虽然看起来有点旧，但这就是平凡生活的真实写照。保存完好的骑楼风格多样，有南洋风格，也有巴洛克风格，既有中式元素，又有西欧风情。走在骑楼街上，感觉就像在广东的街头，这是岭南文化包容和创新的体现，同时也融合了梧州本地的文化特色。悠闲的居民和不紧不慢的商人，在骑楼的廊道下，就像庄子笔下的垂钓者，自在又温馨。几百年过去了，骑楼的街景和廊道并没有刻意复古的痕迹，而是任由岁月留下印记。我不禁佩服梧州人对历史的尊重，虽然有些骑楼正在修缮，但这可能是保护的必要措施，梧州人肯定不会把骑楼改造成不伦不类的现代古城。这种尊重自然的态度，只有梧州人真诚的心才能做到。

40

我在居仁路看到"李湛生草药"的招牌时，被门廊里散发的中草药香吸引了。来广西之前，我一直在找一种叫野生山道藤的草药，听说它对风湿和胃病有很好的疗效，而且广西梧州的山上还有。我走进草药铺，看到店里堆满了刚挖出来的各种草药，用麻袋装好，和中药材市场以及中药店的药抽屉都不一样，这里充满了原生态的气息。一个 30 岁左右的女人问我要买什么药材。

"有没有山道藤？"

"是九龙藤吧？"她说出了学名，"有啊，昨天村里人才送来的，这东西很稀少呢！"

真是太巧了，这就是我要找的山道藤（九龙藤）。我爽快地扫码付款，女老板的话也多了起来。我问她在这儿开中草药铺，都是些什么人来买。她告诉我都是梧州本地人，买回去煲汤或者泡脚，也有人用来外敷，治疗腰腿疼痛和风湿等病。

我们聊天的时候，有几个本地的大爷大妈进来了，他们好像是常客，挑了几种药材，付了钱就走了，不像我问东问西。这位姓聂的女老板（我走的时候她给了我一张名片）说："梧州人煲汤离不开这些药食同源的食材，我的店就是为这些大爷大妈们服务的，像你这样大老远跑来买的人可不多。"她很实在，也很淡定，不管我买不买，她都愿意和我聊聊。我好奇她为什么在骑楼里开这家药铺，感觉和骑楼的氛围不太搭。

岭南人对饮食的探索不受地域和种类的限制，他们觉得自然界的万物都和人的生命息息相关，所以大胆尝试，小心求证，药膳食疗在这里非常盛行。梧州人没有刻意去包装这些生活的原貌，就像他们的早茶，既有港式早茶的精致，又有梧州街边宵夜的质朴。梧州人把心思都放在生活上，这种恬淡造就了西江边这一片充满活力的百年骑楼群。

就像我现在在黑暗的江堤上跑步，虽然看不清西江，但我知道它就在那里，它包容着梧州的一切，孕育着梧州的百姓。这就是一种强大的力量，充满生机的元素为这座城市注入了新的活力。

我打算往城里跑，去感受孕育城市活力的氛围。

跑了2.5千米后，我上了文澜路，进入西环路，再上新兴三路，穿过菊湖路，最后又回到了西堤三路。市区里忙碌的行人和车辆并没有影响我的奔跑，反而中小学生上学路上匆匆的脚步，和我奔跑的节奏相互呼应，让我的脚步更轻快，眼睛也更忙碌。从市一中到五中，从实验二小到实验三小，梧州的新一代正在为这座城市注入新的人文气息，推动城市的发展，让城市更加繁荣。我不禁为之赞叹。

再次回到西堤三路时，车水马龙，人来人往。西江人行堤廊道上满是晨练的人。

正好跑了10千米。虽然完成了今天早上在梧州的跑步，但我还是觉得不够。

西江南岸的火山上，太阳一下子就升起来了，阳光洒在西江上，波光粼粼，就像为江面上的船只铺上一条金色的通道，这些船将带着梧州人的智慧和努力驶向远方，造福千家万户。

我即将前往下一站玉林。虽然梧州人会继续守护这片土地，但他们的创新精神和包容胸怀，一定会让梧州这片桂东热土更加精彩！

2021年12月13日写于梧州

广西篇

天下中医在玉林，一城览尽神州药

"天下中医在玉林，一城览尽神州药。"

刚下火车，玉林就给我留下了极为深刻的印象。火车站位于城南，而我预订的酒店却在城东，两者相距竟有 13 千米之遥。从城市地图上可以看到，到处都是密密麻麻的街道，由此可见，这是一座规模远超普通地级城市规格的大都市。

当出租车司机载着我在城里穿梭。司机师傅心态很平和，不管我怎么询问东南西北的路况，他都只是不紧不慢地回应着。

看来玉林不仅气候四季如春，城市的广阔地域也为其发展提供了广阔的前景。司机把我送到新区的一家酒店门口时，那一声"到了"，让我瞬间有些茫然。这里似乎不太符合我晨跑的要求，到处都是崭新的高楼大厦，街道宽敞却略显空旷。

我只能在这个高楼林立、马路宽阔的新区暂住一晚。霓虹灯闪烁，映照出玉林崭新的面貌，若是夜晚入城的人看到，说不定会误以为玉林是广西的省会。尽管市政府就在不远处，可我却像个迷失方向的游魂，找不到玉林的真实韵味。

我觉得这里肯定不是玉林的核心所在，如果想要真正领略玉林的魅力，必须前往 8 千米之外的老城。

因为这个"失误"，我给自己放了一个早晨的假，没有去晨跑，而是懒洋洋地思考着该做点什么。最后决定好好品尝酒店的免费早茶，

把昨天的打车费"赚"回来。

网站平台对于他们的误导表现出了十足的诚意，一再向我道歉。他们说网上描述的从火车站到酒店8千米的直线距离不够严谨，而我打车实际走了12千米。也许他们的理论距离是准确的，但我还是忍不住和他们理论。酒店前台经理用赠送果盘和免费早茶的方式平息了我的不满。

接着，他们又给了我一个惊喜，网站平台让我在市中心任意选一家酒店，减免一半的房费。最后我选择了市中心一环东路的花园酒店，房费只收了130元。这可是一家四星级酒店，10年前是玉林专门用来接待外宾的。我满心欢喜地赶到酒店，前台告知我，服务都已准备就绪。

由于早晨没跑步，现在我的双脚有些发痒，很想去活动活动。于是我决定去玉林老城区逛逛，顺便弥补一下昨天对玉林的"差评"。

我是一个比较感性的人，对一个城市的喜好往往取决于心情。比如有时候跑步路线顺畅，没有重复路，我就会觉得这个城市设计合理、很人性化；要是不小心跑进了城郊结合部，就会不停地抱怨城市布局狭小。这样不仅会影响我对城市的客观认识，也不利于我"万里跑"计划的顺利进行。

对玉林也是如此，我昨晚的想法差点让我在玉林的体验大打折扣。

玉林虽然没有山水相依的美景，但它一马平川的地势在广西的十几个地级市中也算是独树一帜。在广西这个以山水闻名的地方，玉林人凭借的是智慧，靠的是"整合共享"的理念。这不，玉林中药产业的繁荣清晰可见。金港路上的银丰国际中药港汇聚了全国各种各样的中草药材，称它为中草药港一点也不为过。玉林本身并不生产一根中草药，却能成为中国南方药都，这份气魄可不是一般城市能有的。它吸引了药贩、药农、药厂纷纷汇聚于此，扎根发展，将中药材产业经营得红红火火。

我从酒店步行2.2千米，来到金港路中段。中药港这个名字很有气势，比一般的商贸城、集散地、批发市场听起来洋气多了，仿佛有着统领天下中草药的雄心壮志，难怪会有"天下中医在玉林，一城览尽神州药"的说法。说实话，"天下中医在玉林"这句话，我觉得有点夸大其词。不过，这个"牛"还真吹得有点水平。中药材是物品，玉林人可以把它们汇聚整合到一起进行交易，而中医师是人，可没那么容易整合。仔细想想，突然又觉得这是玉林人的一种伟大的人才战略思路：先把中药材集中起来，人自然就会慢慢聚集过来！到那时，真正的中药港就会成为"郎中卖中药，不信也得来"的中草药智慧城了。

在中药港里，店铺前人来人往，操着各地口音的老板们都在忙着谈大生意，为整麻袋的药材打包，也不知道这些药材会发往哪里。我想买点川贝，走进一家卖川贝的店铺，忙碌的小姑娘告诉我每公斤260元，她并没有太在意我买不买，继续忙着为另一个客户下单。我从店铺里走到门口时，一个老板模样的女人问我要什么，我还是指了指川贝，问道："多少钱？""300元。"

她把我当成了零售客户，给的价格明显高一些。由此我推断零售和批发之间的利润大概只有百分之十几。我也没有再继续追问价格，对这里商业规则的公平性有了一些了解。

从中药港到云天宫有2.5千米，我决定步行前往。我对玉林的出租车司机实在不抱什么期望。每次坐上车，要是想问问去的景点的情况，他们那漫不经心的语速，让你还没等听到下一句，车就已经到站了。好在玉林的景点不多，从城东到城西12千米的路程，玉林的出租车司机大概只能介绍完一个景点。云天宫可以说是玉林景点中的"招牌"。一开始我以为那里是个道观，玉林当地人告诉我里面藏着许多奇珍异宝，集山水文玩、艺术收藏、宗教民俗、建筑景观于一体。从远处看，玉林人说它像"布达拉宫"；走近看，那金黄与赤红搭配的颜色，本是皇家专用，却被云天宫大胆采用；仔细端详，它就像是一幢有着"贵族血统"的"正宫"！

我在云天宫周围东找西找入口，一个我分不清是警察还是保安的男子问我在找什么，我才知道需要买门票。售票窗口前一个人也没有，我装作不着急的样子，看着易拉宝上显示的字样，大意是：大优惠，原价180元，现价150元。

这可比一顿饭贵多了，刚刚我在金港路的一家叫"桂二"的酸菜鱼馆吃饭，两个人才花了99元。那家店的酸菜鱼用一个直径一尺二寸的大碗装着，满满当当，把我撑得直打嗝。最后前台小姑娘还给了我一叠免费券，一看券面金额有160元之多，真不知道店家是怎么算账的，难道这"桂二"只为赚吆喝？看来玉林人在餐饮方面很有"兼济天下"的公益心，可在精神文化消费上却显得有些吝啬。

我此刻心里有点烦躁，在售票窗口前犹豫不决。好在后面没有人排队，只有窗口里那个女售票员用期待的眼神盯着我。我一会儿看看那高耸入云、气势磅礴的云天宫，一会儿看看价目表，那畏畏缩缩的样子连我自己都不满意。嘴里嘟囔着，也不知道以后什么时候还能再来玉林，不能错过在玉林文化殿堂里接受熏陶的机会。于是一咬牙，扫码付款，昂首挺胸地走进了云天宫。结果不到一个小时我就出来了。我一直在纠结这顿"精神下午餐"和一顿美味晚餐哪个更有意义，但反正都已经过去了，我也不再去想了。

原本计划在云天宫花费150元，要好好游览三四个小时，实际却只用了不到30分钟，这能怪谁呢？此刻回酒店又太早，我一般除了洗澡和写点东西，不太愿意在酒店多待。反正在云天宫里看到了那么多精美的木雕，也够我回味一阵子了。于是我在民主中路上慢悠悠地闲逛着。这条街上的店铺装修风格差异很大，仿佛跨越了好几个年代，一会儿是奢华富丽的风格，一会儿又像是回到了20世纪90年代的乡镇店铺。它们有一个共同点，就是店主们都在很悠闲地玩着手机。当我走到离玉林日报社不到100米的地方时，看到了一家装修得规规矩矩的店铺，门头上写着"理发店"三个字。在这么热闹的市区还有取这么朴素店名的店，怎么也应该取个"馆""廊""汇"之类比较高雅的名字吧。店内有一名中年男子正若有所思地盯着挂营业执照的墙，看到我进店，他的表情非常镇定。

我决定进店，主要是想整理一下自己的发型。来广西这么久，我只顾着品尝美食和四处奔跑，没怎么打理头发，偶尔照镜子，看到自己的头发乱得不成样子，该长的地方不长，不该长的两鬓却已白发斑斑，心里很是沮丧。看到这家理发店，店名还算规矩，看装修也不像有什么"陷阱"，再看店里这位男子，正是我喜欢的那种理发师类型。

不过，他好像不太欢迎我。管它呢，我相信自己的直觉。我坐下后，中年理发师不慌不忙地给我披上围布，拿起推剪。我随后说了一句："看着你店的装修，就知道你理发的技术有品味。"这句话一出口，我就看到他脸上露出了羞涩的笑容。

当他知道我刚从云天宫过来时，对着镜子里的我撇了撇嘴说："门票定高啦，我们都没去过！"话语里既有遗憾，又有对票价的不满。

过了一会儿，他又说："云天宫的老板，一个七八十岁的台湾老头，20年前就经常来我这里剪头发。"显然他是见过世面的人，虽然有名流来光顾，但他也没太在意，对我的夸赞并不上心。

他理发的速度比说话快多了，三下五除二，就把我那遮住耳朵和后脖的乱发修剪整齐。我那原本比电灯泡还亮的头顶，也被他修整出一个看起来容光焕发、充满青春活力的发型。这手艺比北京上海那些名剪汇的总监们都厉害，我心里别提多高兴了，感觉自己好像就是专门为了剪头发来玉林似的。

换了发型，心情也跟着变好了。玉林的理发师拯救了我那糟糕的发型，他那化腐朽为神奇的剪刀功夫真的可以代表玉林去参加世界理发大赛。关键是他只收了我15元，前后才花了10分钟时间。我心情大好，都有点舍不得离开了。

说了这么多，好像我是一个无所事事的退休老头，到处闲逛。其实我是来玉林跑步的，跑步才是我的主要任务，这些闲逛就当作是跑步前的热身吧。

休息了一天，今天早上我精神饱满，就像一个打足了气的篮球，还没落地就充满了活力。我沿着昨天闲逛的路线，从中药港到云天宫，我要把跑步的路线拉长一些，也算是为了对玉林有个更好的"认识"。我一定要去跑跑清晨的北流河。果然没有让我失望，沿着2千米长的河岸廊道奔跑，我才发现玉林人那含蓄的雅兴，北流河穿城而过，让玉林展现出它独特的韵味。

但后面的路程却有些意外。没想到跑到大南路后，我仿佛一下子钻进了玉林的灵魂深处。玉林西街、粤东会馆、骑楼巷，在晨曦中让人魂牵梦萦。晨光中，玉林人辛勤劳作的身影随处可见，他们不紧不慢的节奏中透着慵懒与闲适，浓缩了玉林前世今生的辉煌。

如果说玉林西街是玉林的灵魂，那人民路就是玉林的气魄所在。转到人民中路、东路，街道两旁满是文化、商业、金融大厦，这些大厦承载着玉林近 40 年的发展勇气和实力。玉林有足够的底气宣称自己是桂东的灯塔，它镇守在广西之东，俨然成为富桂强桂的航标！

今天这超长的 10 千米跑步路线，弥补了我之前对玉林的无知。无论是中药港还是云天宫，无论是西街还是人民路，玉林人凭借着与生俱来的韧劲和聪慧，从灵魂深处开拓出了更广阔的世界。他们在无形之中奏响了玉林的灵魂之歌。

2021 年 12 月 15 日写于玉林

我穿越了贵港的新港和老街

　　这座仅仅管辖着一县一市三区的地级市，人口却多达 560 多万。从玉林划分出来 30 多年了，其经济总量竟能与玉林不相上下。

　　这就是因港而兴的贵港！它肯定有着独特之处，不然在桂东南这片肥沃的土地上，怎会有它大放异彩的舞台呢。

　　原本计划从贵港市政府旁边的中山路由北向南，贯穿贵港的主干道进行跑步。不过，我改变了路线，也把每日不变的晨跑调整到了下午，想要在这个时段穿梭于这座城市过去与现在的繁华和温情之中。

　　这是在贵港的老朋友老覃的提议下做出的改变。

　　我还从未见过哪座城市有如此强大的包容性，老街与新城的风貌起码跨越了半个世纪，它们却能和谐共处，各自忙碌。新城宽阔的街道繁花似锦，老街狭窄的巷子幽静安然，二者相互映衬，又各自成景。

　　老覃得知我来贵港跑步，十分惊讶。我们 10 年前在一场招商会上结识，之后他成为我某个品牌的代理，我们既是朋友也是合作伙伴。平常微信上交流不多，他是个实干派，不善言辞，但做事干脆利落。他建议我去看看午后的贵港老街，再逛逛夕阳下的郁江贵港码头，他说那是老街与新港最具韵味的时刻。

　　我接受了老覃的建议，把在贵港的跑步时间改到了今天下午。

　　原本期望老覃能与我一同跑步，这样他可以一边跑一边给我介绍，当个陪跑导游。没想到老覃一句"要我命啦"的惊呼，让我彻底打消了

这个念头。老覃想了个办法，他开车把我送到江对岸的南江古码头，让我感受一下百年前贵港老式渡口码头的繁华的消逝。然后我从古码头往城里跑，差不多有 10 千米的路程。

这真是个一举三得的好主意，既让我体验了午后城市跑步的热闹，又能让我跑遍贵港的两区一江，他也尽到了地主之谊。

下午 3 点 30，我们从市政府后面的酒店出发，距离南江老码头有 13 千米的路程。

一路上我们聊着贵港，感叹着它的变迁。老覃是土生土长的老贵港人，对贵港怀着深深的怀旧之情。到达南江老码头的牌坊时，我们望着郁江对岸的贵港新城，以及蜷缩在郁江北岸角落里的老城，仿佛在看一幅时空交错的画卷，在黑白与彩色之间穿梭。

牌楼矗立在江岸，面对滔滔郁江，它显得孤单却又高大，仿佛在默默诉说着百年前的热闹与辉煌。周围的荒芜反倒凸显出百年码头的原貌。这里空无一人，只有我们俩在拍照、驻足凝视，沉浸在"渔歌唱晚"般的意境之中。老覃告诉我，他作为贵港市的政协委员，曾两次提交议案，呼吁加强对南江古码头的文物保护。如今，码头和牌楼虽然保护得不错，但往昔的繁华盛景却已不再。这牌楼好似被有意隐匿在荒草丛生的江岸，避开人们怀旧的思绪。

这或许正是老覃所担忧的。而且通往这里的路穿村过巷，又没有任何指示牌，让古码头有种"藏在深山人未识"的感觉，如果我独自前来，肯定很难找到。

我就从这百年老码头上岸吧，踏着贵港的古韵遗风，沿着郁江两岸探寻贵港的往昔今朝。

我从牌楼下起跑，直奔老街，老覃则开车到老街的中共广西一大旧址等我。他开玩笑说："开车陪跑，既是保护又是服务。"

穿过一段土路，进入码头附近的古村落，虽不是羊肠小道，却也曲折幽深。这个时间段跑这样的乡村小径最为合适，如果是清晨来跑，恐怕不是被狗追，就是被墙堵，被沟拦，那就不是晨跑，而是狼狈逃窜了。

好在来的时候老覃为我打通了通往罗泊湾大桥的路，所以我一直跑到跨江大桥，都没有为找路费神。

这座近 2 千米长的跨江桥连接着港南区与港北区，桥上没有人行通道，呼啸而过的车辆不断从我身旁疾驰而过，那股力量仿佛要把我掀进郁江，我真希望此刻老覃能来保护我过桥。我无暇顾及脚下郁江里扬帆远航的货轮，满心都在留意身后汽车的轰鸣声。

好不容易跨过郁江，跑出引桥，踏上江北东路，我才松了口气。

接下来的路就好跑多了。虽然下午的街区比清晨的街面车辆和行人多很多，但行人、汽车、电动车各行其道，倒也互不干扰。贵港的电动车，随便在哪条街的红灯下都是密密麻麻一大片，一旦绿灯亮起，它们就像成群的非洲犀牛狂奔而去。不过这场景对行人影响不大，对我的慢跑也很友好。

跑到老街的中共广西一大旧址时，这里浓郁的生活气息让我有一种畅快淋漓之感。老覃也刚到，看到我汗流浃背的样子，只是摇了摇头，表示难以理解。不爱跑步的人不会懂得这种汗水的意义，而跑者或许也体会不到安静的妙处。

老街依旧保持着一种超脱尘世的姿态，与有缘的游人轻轻打个招呼，那模样真是让游人心醉，也让它更具韵味。

古榕路上的中共广西一大旧址，那漆黑厚重的门楼，被历史的烟尘熏染得深沉而灿烂，为子孙后代铭刻着辉煌与苦难交织的历史篇章。

老覃指着老街的东方红电影院说，那是许多贵港人的集体回忆，大人小孩都以能去那里看电影为荣，他小时候来这里看一场电影，会兴奋好几天。而它的前身是 1833 年由广东商人筹资建立的粤东会馆；在太平天国时期，翼王石达开率部回到故里，把城中水源街的粤东会馆作为王府。也正因石达开的进驻，粤东会馆从此被赋予了新的历史内涵——天国翼王府。这一历史变迁融合了丰富的历史人文元素，也让这会馆成为老街文化的标志性建筑。

可以说，贵港老街是我见过的最具原生态、最富有桂东南风情的地方，它破旧得让人着迷，古老得让人心疼。

这些或许是老贵港人的情感寄托，他们对着昔日繁华如今却已衰败的老街，感慨岁月的流逝与人生的沧桑。他们习惯了这濒临破败的街景。在日出日落间，岁月悄然侵蚀着老街的风貌，而贵港人对这遮风挡雨的老街依旧心怀感恩。由此，我看到了贵港人的坚守，他们与风雨岁月相伴，淡定从容。

　　轻轻踏在微微湿润的青石板路上，古老的院子、陈旧的木门、斑驳的石灰墙、墙角下堆积着厚厚的黄绿色青苔，老街浓郁的生活气息，依旧在断梁残瓦间弥漫。

　　在老覃的引领下，我们从水渡沟巷的一处台阶爬上江堤。宽敞的大理石砌成的江堤廊道，既是可供市民休闲散步的江边观景台，又是坚固无比的郁江防洪大堤。

　　写有"中国海关"字样的巨大趸船横亘在江上，像一座高大的门楼，守护着郁江上往来船只的尊严与安全。贵港是全国十大内河港之一，这彰显了贵港的实力与地位，也为贵港成为黄金水道的典范奠定了基础。

　　面对辽阔的郁江江面，驳船、货船竞相航行。夕阳之下，郁江两岸被红霞映照，船帆好似在欢歌。

　　站在堤坝上，一边是错落破败的老街，一边是热闹非凡的新港，贵港的经济命脉与文化烟火相互交融。这或许是贵港人有意为这座商埠留存的一抹记忆。

　　从江堤下来，继续前行，穿过建设路时，已是华灯初上，建设路的商业迎来了一天中最繁忙的时刻。

　　当我跑到市政府广场时，已是下午6点。10.06千米的路程，让我真正领略了一次贵港昔日的温柔与今日的繁华。

2021年12月16日晚写于贵港

飞奔于贵港市政府广场

愿风吹我到钦州

　　钦州市区距离北部湾海岸虽然有三四十千米之遥，但海风在市区肆意狂吹，和海滨城市毫无二致。这样的城市有个优点：既能感受海岸都市的风云变幻，又无需担忧海水的咸湿侵蚀。

　　刚下火车，我便察觉到海风轻柔吹拂。钦州东站广场上齐白石的那句诗"愿风吹我到钦州"，让钦州瞬间充满了文化气息，也让我觉得钦州不只是一座人文古城，还是一座风的城市。

　　这风是源自北部湾海上，还是由钦州城市盆地自身产生的气流呢？我并不清楚。不过，钦州的城市格局有着北方的规整硬朗，而钦州人的性格似乎与风有几分相似，潇洒自在又行事果断。

　　一个初到钦州的人，若大谈其历史与未来，实在是对这座城市的不尊重。我每到一处，既想探寻城市的古老遗迹，又想眺望城市的未来远景，偶尔心生感慨也不过是触景生情。

　　说实话，是在昨天下午游历了钦州的老街、钦河之后，我才有底气谈论钦州人、钦州风之类的话题。

　　在钦州晨跑，我选择了钦州湾大道、古城、钦河、古渡、老街等颇具代表性的地方，希望借此串联起钦州的古今，品味这座城市的韵味。

　　不知是降温了，还是钦州冬天的早晨原本如此。不算凛冽的海风只在半空呼啸，风不贴近地面，所以吹不起落叶，在钦州街头，只能看到风拂动树叶，抽打在树身上，却不见尘土飞扬。

清晨的风伴我奔跑，顺风时的舒畅驱散了街道的清冷。钦州湾大道虽然安静，但灯火通明，钦州人刚结束的宵夜，留下了些许痕迹，这可让环卫工人忙得不可开交，他们得在天亮前恢复这条钦州商政大道的整洁面貌。

看着环卫工人奋力清扫宵夜垃圾，我联想到钦州的美食小吃。在网上介绍和当地人推荐的美食中，猪脚粉名列前茅。这道美食从名字看，似乎有些普通。我听钦州本地人说，在钦州，没有一家敢挂"正宗猪脚粉"招牌的店面，因为每家做的都有自己的特色。这是钦州人的自嘲，还是猪脚粉的秘方失传了呢？反正没有官方定论。凭借我这 20 多天吃米粉的经验，也要尝尝猪脚粉的独特滋味。

说白了，猪脚粉的关键在于作为配料的猪蹄是否美味。桂林米粉、螺蛳粉、猪脚粉，米粉本身都差不多，区别在于配料和汤。钦州猪脚粉就靠那滑嫩、肥腻、爽口、筋道的猪蹄。这种组合真是奇妙，猪蹄搭配米粉，既新颖又解腻。啃完猪蹄，吃完粉，我实在品不出是否正宗或有没有什么祖传秘方。我不禁对猪脚粉的"历史"产生了怀疑，是不是钦州人在美食方面也有不逊色于桂林、柳州的创新勇气，于是找了一种看似不相关的配料，既能让食客铭记，又能制造味觉惊喜，猪脚便应运而生了。这可真是一种大胆的创意！从这点来看，我由衷佩服钦州人的洒脱。不过，这只是我的个人猜测，权当是我对正宗猪脚粉的期待。

清晨跑步时，我一点饥饿感都没有，对米粉也就没那么渴望。只是风把人吹得有些飘忽，逆风时便气喘吁吁，以至于忽略了城市的一些风景。就像此刻我跑在新兴街、人民路，路过那些灯火通明的餐饮店，我完全没心思去探究店里做的是什么美味早点。不过百货小超市和水果店也都早早开门营业。这让我很是诧异，别的城市这个时候绝大多数街道还在沉睡，我实在不明白，在钦州，这么早难道会有人来买日用品和水果？真是佩服钦州人的早起习惯。这肯定是钦州人的传统，受岭南文化的熏陶，他们秉持着"早起的鸟儿有虫吃"的理念，祖祖

辈辈辛勤劳作，早起与通宵达旦的忙碌并存，悠闲与奔波劳碌同在。

宋城墙遗址宛如一道风景，钦州人将这有着1000多年历史的古迹修缮得极为精致，与古渡和钦江的古朴相得益彰。相比之下，老街则保留着些许错落有致的古朴遗风。那些正在规划中的修复工程，应该是在还原老街的旧貌，只是难免有个先后顺序，需要耐心等待。早晨这里空旷安静，与老街、古渡的名声似乎不太相符，我想起昨日夕阳下的热闹，老街和古渡在那时更显古风浓郁、充满生活气息，那才是悠闲市民真实生活的生动写照。

夕阳西下时，我在古街路边看到一位四五十岁的妇女，挑着箩筐售卖糖水梨。箩筐里用瓦罐盛着的糖水梨，色泽橙红，果皮润泽，果肉晶莹剔透，令人垂涎欲滴。她那带有客家口音的普通话，让我只听清了几个关键词：祛火、降燥、止咳、化痰，这些恰好是我近几天的症状。面对诱人的糖水梨，我心动不已，买了六个，农妇还额外给我舀了一塑料袋糖水，告诉我吃不完的可以放在糖水里保鲜。

回到酒店，我迫不及待地吃起糖水梨，它的口感和味道果然与众不同：带有一点陈皮的麻香，还有一丝川贝的微苦。吃在嘴里，已不是单纯梨的脆甜，也不是药的苦涩，正适合我干涩的口舌。我一连吃了三个。早上起床时，我既没有干咳，也不胸闷了，更让我惊喜的是，舌头不再厚重黏腻，清爽得我都不想刷牙。

我坚信这是糖水梨的功效！这应该就是正宗的钦州糖水梨。此刻我还想寻觅农妇的身影，再回味一下昨日的美味。农妇不会这么早来卖糖水梨，也许她只是利用下午的时间来老街凑凑热闹，这糖水梨或许并非她的主业。但我为能吃到正宗糖水梨而兴奋，也为老街下午的这道独特风景而留恋不舍。农妇必定坚守着糖水梨的传统制作方法，把它当作生计，也当作一种消遣。冬日的下午，在老街与邻里街坊分享这份老味道，这既是一种生活的延续，也是在为后人传承传统。

这正是游客乐于见到的景象，对于钦州、对于农妇而言，却是生活的本真。糖水梨的传承与猪脚粉的创新，正是钦州人追求突破的体现。

钦州的风口下，小憩

　　无论钦州的风来自海上还是山间，都吹不散千年钦州的文化底蕴，反而吹来了万千游客对钦州的思念与眷恋。

　　当然，我的思念在脚下。跑过老街，上文峰路，我结束了今天在钦州的 10 千米城区晨跑！

2021 年 12 月 18 日写于钦州

在北海，我跑进了 27 年前的记忆中

北海依旧是记忆中的模样。当我迈出北海站，眼前的城市景象，与 27 年前的回忆瞬间重叠。

那是 1994 年 6 月，我奔赴北海参加一场全国性展会。彼时，北海正处于开发热潮，城市规划建设已初现宏伟蓝图，引得全国人民纷纷前来。

那是我首次涉足北海。我乘坐从武汉出发的慢车，车上人满为患、拥挤不堪，又没有空调，闷热难耐，恰似如今所说的闷罐子车。在即将抵达北海的前一站，坐在我前排的一位广西妇女带着的 7 岁左右的男孩毫无征兆地昏厥过去。妇女惊声尖叫、痛哭流涕，整节车厢的人都纷纷起身。我赶忙起身查看，孩子可能是中暑了，嘴唇乌黑、双眼紧闭，额头却冒着凉气。没错，这样的车厢环境极易让人中暑。车厢里的男人们大多光着膀子，气氛压抑沉闷。只见那妇女不停地摇晃着小男孩，嘴里呼喊着我听不懂的话语，或许是孩子的名字。这时有人提议赶紧找列车员，列车员很快赶来，却也无计可施，只能立即通知广播员。片刻后，广播里传来声音："各位旅客，现在 12 号车厢有一位中暑的小男孩，情况十分危急，若有哪位旅客是医生或懂得急救，请速来 12 号车厢，救救这位小乘客。"那时乘车的人群中，打工人多于医生，生意人多于白领。

许久都不见有人前来相助，妇女几近绝望的哀嚎只换来播音员一遍又一遍的广播，渐渐地，其他旅客无奈地坐回座位，车厢里只剩下妇女的哭声。我突然感觉浑身一热，头皮发麻，下意识地想，若再无急救人员出现，这孩子恐有生命危险。我从座位上一跃而起，挤到妇女身旁。看着奄奄一息的男孩，我右手大拇指紧紧地按住男孩的人中穴，并用随身携带的一次性醒脑巾擦拭他的额头和太阳穴。我大气都不敢出，只顾着擦拭，可小孩的两个鼻孔毫无气息。我渐渐紧张起来，满心期望能有医生赶紧现身，好让我摆脱这困境。要知道，如果孩子在母亲怀里离世，那是不幸；若死在我手中，我便可能涉嫌过失杀人。在30年前的绿皮火车上，因条件所限，这种不幸与万幸的纠结困扰着许多心怀善念之人。

　　我的冲动并非单纯源于年轻人的见义勇为之心，而是源于感同身受的惊恐催生的同理心。一年前的春节，我带着两岁的儿子和妻子回老家过年。大年初一，儿子突发高烧，我们起初并未重视。早饭过后，儿子在妻子怀里突然抽搐，双唇紧闭，昏厥过去。我父亲见状，嚎叫着冲到门外道场呼喊。我从未见过父亲如此失态、惊恐，当时我自己也头脑一片空白。那时我们村医疗条件极差，仅有一位会打点滴的乡村卫生员。父亲的大声呼喊惊动了一位回村过年的大学生。他跑来查看我儿子的状况后，迅速掐住人中穴并不断揉搓，不到一分钟，儿子缓缓睁开眼睛，随即哭了出来。父亲瘫坐在地，我仿佛经历了一场噩梦。

　　这位本家弟弟就读于江西中医药大学，当时即将毕业，他所用的或许是中医急救知识，后来他也曾给我讲过一些中医穴位知识，我只记住了个别穴位及其作用。此刻眼前的情景与我儿子当初的昏厥如出一辙，我感同身受，无暇多想，只盼着小男孩能尽快苏醒。或许是我掐得用力，又或许是一次性醒脑巾起了作用，奇迹真的发生了，孩子睁开了眼睛，有了喝水的需求。我长舒一口气，过程持续了多久我已记不清，只觉得当时无比漫长。孩子的人中穴被我掐出了深深的指痕，仿佛快要渗血。妇女用怜爱的眼神望着我，既有感激，又似在祈求我进一步的帮助。我递给她一些一次性醒脑巾后，便回到了自己的座位。

需要说明的是，那是我首次参加北海会展中心举办的全国第三届中国专利技术博览会，带去参展的正是我工厂当年生产的一次性醒脑巾。诸多巧合凑在一起，仿佛是一种福报。不知是它拯救了小男孩，还是小男孩成就了我对中医的热爱，自那以后，我便对中医产生了浓厚的兴趣。

我重新坐回拥挤闷热的座位，之前一直大汗淋漓，此刻后背却阵阵发凉，这是典型的镇定之后的后怕。的确，那时的我既无医学背景，又无急救资质，仅凭一点原始本能和同理心，就做了一件可能会承担巨大法律风险、关乎人命的事情，这远远超出了我的能力范围。

若说我曾救过人命，那次便是我前半生唯一的一次"壮举"。此事在我心中种下了悲悯的种子，对我的一生产生了深远的影响。这并非仅仅是因为救了那个小男孩，更多的是对那些事不关己者的冷漠的感慨。

在北海的四天展会期间，我未去其他地方，对北海的方位毫无概念。原本打算展会结束后去银滩游玩，然而随后发生的一件事让我兴致全无。展会一结束，我就前往老街的邮局，准备将剩余的展品和资料邮寄回去，当时尚无快递公司，邮局是唯一的邮寄途径。这家邮局位于闹市之中，大厅面积不大，里面却人来人往。由于当年前来北海打工、做生意、碰运气的人众多，邮局便成了他们与家人、朋友、合作伙伴传递信息的重要场所。操着各地口音的人在邮局内挤来挤去，分不清谁是来打长途电话，谁是来寄包裹的，整个邮局如同菜市场般嘈杂。我一边用邮局专用箱打包，一边填写单子，而我身后及左右，似乎有很多人也在等着寄包裹，他们有的催促我，有的试图帮忙，在忙乱中我虽成功寄出了包裹，可随手携带的公文包却不见了踪影。当我失魂落魄地在大厅内四处寻找时，一位好心人向我示意，意思是拿我公文包的小偷早已离开，不必再费力寻找。

这对我打击不小，我身上连打长途电话的钱都没有了。刹那间的悲伤与尴尬，将参会的收获与兴奋消磨殆尽。

这两件事虽看似毫无关联，且已过去近30年，但我将其作为此次北海之行跑步记录的开篇，算是对这些年来北海那份可望而不可及的一种"弥补"。我当时就想：若当时有人能提醒我一下，或许结果就不会如此糟糕。就像几天前在火车上，我的急救行为如同一场赌博，而真正懂医的人却隐匿在众多旅客之中，后来我才知晓，与我们一同参会的就有医生，且在同一列车上。有些事，该做的人未做，不该做的人却做了，这都是每个人在那一刻的本能反应。

　　一座城市在一个人心中留下一件深刻之事，无论是奇遇、偶得、爱情还是悲苦，都足以证明与这座城市有缘。而北海于我而言，有两件记忆深刻之事，这又是怎样的一种缘分呢？

　　此刻我走出火车站，心情如同当年那般兴奋。我的印象告诉我：火车站还是那座火车站！

　　如今的北海于我既熟悉又陌生，熟悉是因为曾来过，陌生是因为有过的那段经历，仿佛就在昨天。虽然这是我第二次来到北海，但这近 30 年里，北海的梦从未间断。这些真切的感受，一如跑步时的痛苦与兴奋，时常触动我，有时也让我庆幸某一刻的遇见、偶然出现的风景改变了曾经的心境；而对得与失的痛苦，就像脚上水泡，破了才是新的开始。

　　我突然觉得，在北海跑步，无论选择哪条道路都无所谓，反正 10 千米的路程也无法跑遍北海的大街小巷与海湾。索性随心而为，迎着海风，面向大海，让心灵自由翱翔！

　　　　　　　　　　　　　　　　2021 年 12 月 18 日晚于北海湾

来防城港，我"氧"你

　　跑到防城港，如果不写港口，不写大海，就好像没来过一样。确实，在广西，说起港口有贵港，说到大海有北海，防城港夹在中间，既是港口城市，又是海滨城市。这里当然有写不完的关于"海"与"港"的故事，但我初到这里，对防城港有着别样的情愫。

　　防城港于 1968 年开始建港，1993 年建城，这座仅有不到 30 年历史的年轻城市，展现出的不仅是包容与多元，还有在生态创新方面的远见与浪漫。

　　下了火车，防城港北站就像一条分界线，把防城港市分成了防城区和港口区。这城市规划得很有气魄，两个区的名字和地理位置一组合，就成了城市的名字。

　　北站到港口区的酒店竟然有 15 千米远，可见这座城市规模不小。我每到一个新城市跑步，就怕它面积大又分散，各个区都有特色，不可能都跑到，这就需要有抓住重点的能力，挖掘特色，给城市贴上合适的标签。

　　港口区自然代表着防城港的中心区域，大海就在这里，三面环海的港口区把防城港市的美誉传向了远方；行政中心、教育核心区域也都在此。不过，我最看重的是防城港市的红树林，那可是防城港的天然氧吧。

　　我刚从北站下车，就感受到海风扑面而来。和其他海滨城市不同，这里的海风没有咸腥味，反而像是从清澈山溪中吹来的风，带着些许山野花的清香与甜意。我不禁怀疑，这真的是海滨城市吗？是不是下错车了？出租车司机还问我是不是来当"候鸟"的，看来这里也是个过冬的好地方！

不过，这个"过冬天堂"似乎人气不高，街上行人寥寥无几，可以说是门可罗雀。我很纳闷：这么好的空气，难道就这么被浪费了？还是说这里的氧气要收费？

我住的酒店就在港口区码头边上，如果沿着海边一直跑到红树林，足有10多千米，我想我的肺肯定会因这清新的氧气陶醉。

红树林是一种由常绿乔木或灌木组成的湿地木本植物群落，它在净化海水、防风消浪、固碳储碳、维护生物多样性等方面都有着极为重要的作用，有着"海岸卫士""海洋绿肺"的美称。

昨天下午到酒店安置好后，我就迫不及待地走上大街，尽情享受这满城轻柔、撩人心弦的清新空气。我仿佛变成一只扎进空灵仙境的鸟儿，不需要目的地，只需自在地扇动翅膀。防城港的仙境靠的就是这无形无质的空气，它空灵澄澈，只因那让人沉醉的"仙气"！

这种与人类生存息息相关的元素，为何如今被如此神化？是因为它厌倦了自己的使命，还是因为被过度消耗了呢？

不经意间，我来到了海边滩涂，海潮还未涨起，海滩上搁浅着许多小船、木帆。我满眼都是树林，这就是传说中的红树林。我原本以为它会像枫叶一样红遍海岸，实际上却是翠绿欲滴，与湛蓝的大海、蔚蓝的天空相互争艳。树林连着城市，城市挨着海洋，真可谓树在城中立，城在海里映，海在城中绕。

我来防城港，要跑着去领略它的千姿百态，用呼吸去感受它的迷人魅力，把这清新的空气深深地吸入肺里，让它滋养我千万年！

清晨，还在沉睡中的防城港，海岸边只有一个人在轻盈地舞动，大海和城市仿佛都成了他的背景，他就像一抹晨曦中的霞光，在防城港的上空飘荡。

那个人就是我！我不是在海边梦游般地跑步，而是真真切切地沉

醉于这片景色与气息之中。这些年，我跑过山川，跑过河流，跑过草原，跑过大海，我的肺泡被大自然的气息宠坏了，偶尔遇到雾霾天气，它就会闹脾气，让我胸闷气短。我本以为长跑能锻炼它的耐力，在各地的跑步能磨炼它的品质，却忽略了它生命的源泉，那就是这无边无际的清新空气，以及空气中潮起潮落、细微变化带来的生机，也就是氧。我们给了它一个美妙的名字。氧带给我们的是生命的不息与流动。在防城港，它化作了云霞、涌起的海潮，还有满城的新绿。这些都得益于接近 60% 的森林覆盖率，以及海岸线上 8375 公顷的红树林。这里每立方厘米的空气里负氧离子高达 1600 个，相当于正常空气的两倍以上。不得不说，防城港是能让我们畅快呼吸的港、滋养身心的湾。

我沿着海湾慢跑，轻声哼唱，10 千米的海岸线，让我仿佛在与风交谈、与浪嬉戏、与树相拥。10 千米的晨跑，不知不觉就到了终点，是这充沛的氧气让我沉醉。我被它紧紧包裹，仿佛一生都沉浸在这满满的氧气里！

如果说氧让防城港充满活力，那就是为了让它肩负起新的使命：让人们过上有氧生活。

昨天下午我在酒店大厅碰到一对大叔大妈，他们在大厅里犹豫不决，我们便聊了起来。他问我来这儿做什么，我说来跑步，明天就走。他告诉我，他们来了十多天，本想当一回"候鸟"，但看到这儿的山、海、城特别宜居，尤其是空气好，他们的哮喘都没犯，就看中了一套房子，打算买下来养老。他们纠结的是这里人太少，连个聊天的人都不好找。他们说："这儿的氧不知道能不能让我们安享晚年！"

不过，我相信防城港的红树林会凭借其强大的供氧能力，一直滋润着千千万万的防城港人。要是真有那么一天，满城的防城港人都是冲着这"氧"来的，那时的防城港说不定真得收吸氧费了！它可不能一直无条件地供养大家了。

2021 年 12 月 22 日上午写于防城港

崇左印象

　　赶到崇左时已经是晚上 7 点，夜色朦胧中，我只能模糊地感受到崇左街头的宽敞与行人稀少。

　　这是我第一次来到崇左，难免有些晕头转向。这座边陲小城里藏着许多鲜为人知的宝藏，除了迷人的山水，还有不少"中国第一"或者"世界十大之一"的人文景观。2006 年 6 月初，我前往凭祥，去拜访一位在越南做红木生意的朋友。在凭祥停留的那几天，我三次从友谊关进出，对崇左的国境线和边境贸易有了一些了解。当时我觉得凭祥比崇左更有名气，所以就没有到几十千米外的崇左瞧一瞧。这次专门来崇左跑步，也算是弥补当年的遗憾。

　　如果只是从游玩山水的角度来看崇左，那这里的山水、壁画、美食、民族风情以及奇闻趣事，真的是怎么写都写不完。但作为一名跑者，我更关注的是脚下的路以及沿途的人和风景，从街道到城市，从城市到山水田园。毕竟，城市的街区和市民是构成城市的基本要素，而穿城而过的河流、依城而立的山川，则进一步丰富了城市的内涵，城市的特色也随着山川河流不断延伸拓展。

　　城市文明与江河山川相互交融、相互影响。所以，我在每一座城市的大街小巷奔跑时，就如同是在山峦间跋涉、在江湖上漂泊。每一座城市的灵魂与风貌在我的双脚下微微颤动、轻声吟唱，让我仿佛置身仙境，穿越时光。在城中奔跑、感受着烟火气息，就像穿越了千山万水一般。

崇左的山和水就在城市的中心，这是一座与山水和谐共生的城市。如果要探索未来城市的理想模式，崇左无疑是一个很好的范例。

今天，我花了一整天的时间在崇左的老城和新城漫步、奔跑。

新城和老城之间只有友谊大道和沿山路两条道路相连，新老城之间分布着几座小山丘。分不清是山点缀了城，还是城环抱了山，这些小山丘就像突然从平地上冒出来的尖顶城堡，为这座城市增添了几分高贵典雅的气息。

这种气息也感染了我这个外来的跑者。上午闲暇时，我从友谊大道步行前往老城，去体验崇左旧街的热闹氛围。穿过友谊大道尽头的立交桥，就进入了旧城（也就是曾经的崇左县城）。立交桥两侧便是喀斯特地貌的山丘，从空中俯瞰，这些山丘宛如桥头堡，守护着城市的交通枢纽，这真的是大自然的鬼斧神工。这样的美景落在崇左，也算是崇左人的福气。我之所以反复提及崇左城中的山，是因为它们与其他山城相比，有着独特的魅力和绝佳的风水。有些依山而建的城市，给人的感觉是山的无奈和城的不便，城市上下起伏，出行诸多不便。而崇左则不同，山在城中，并不高大，却秀丽峻峭，就像一位五官精致的美女，那挺拔的鼻梁让人过目难忘。城市的开阔也没有被山的存在所压抑，这种恰到好处的布局仿佛是上天的恩赐。崇左堪称山城的典范。

不知不觉间，我来到了江南路上的崇左火车站。这座建于 20 世纪 90 年代的边陲火车站，如今看起来有些冷清。正午的阳光下，站前小广场上不见一个南来北往的旅客，但这里却承载着无数在外漂泊的崇左人的回忆、故事和梦想。

可别小瞧这座看似清冷的火车站，它正前方广场下方百米处就是著名的左江。广西的江名和地名都有着深刻的含义，东边有右江，西边有左江，一左一右把广西的水域划分得清晰明了。崇左穿城而过的左江，有着"高峡出平湖"的磅礴气势，江岸峭壁距离城市街道足有几十米深。站在站前广场俯瞰江面，左江就像脚下一条绿色的丝带，悠悠流淌。

要是从城市上空俯瞰，左江就如同镶嵌在崇左城区的一块翠绿色翡翠，让崇左这座城市更加光彩夺目、价值非凡。

要是把崇左城中的山和水连接起来看，又有哪座城市能有崇左这样独特的城市风貌呢？我不禁为崇左的美景而感叹。虽然此刻我只是漫步在崇左的老街，如果是跑步经过，又会有怎样奇妙的感受呢？

江南路的热闹，彰显着边陲城市独特的韵味。各种居家用品琳琅满目，伴随着此起彼伏的音乐声和叫卖声，行人路过时，不经意间就会把东西买走。崇左人购物时注重观察，不爱讨价还价，这种消费习惯干脆利落，就像他们盛产的甘蔗，清甜爽口。

最让我感到怀旧的是街边一字排开的十几个擦鞋摊，摊主都是女性。她们一个个都在认真地低头擦鞋，即使摊位空闲，摊主也只是专心摆弄手机，不招揽顾客，不呼喊拉客，有人路过摊位，擦不擦鞋她们都表现得很淡定。用云淡风轻来形容她们再合适不过了，她们与旁边的左江构成了一道和谐的城市风景线。

我一直走到太平大桥，左江对岸就是新建的太平古城。因为下午还要跑步，太平古城就先不去了，留着以后再来感受崇左千年的历史底蕴吧。

下午夕阳西下前的这段时间，是城市中一段美妙的时光。我把在崇左的长跑安排在这个时段，就是为了好好领略崇左新旧城区在白日里的不同风貌，慢慢品味这座城市的独特韵味。我的起跑点在友谊大道中段。

在新城中尽情奔跑，别有一番滋味。在广西的这段日子里，我常常会有下午跑步的想法，确实是被这些城市的独特魅力所吸引。在不同的时间和光影中跑步，或许更能与这座城市产生共鸣、深入了解这座城市的灵魂。

崇左新城有着别样的特色：现代气息中透着一丝矜持。我从友谊大道跑上佛子路，再转到环城路，一路奔跑流畅自如，仿佛腾云驾雾一般。这个时间段没有匆忙上班的人群与我抢道，即使有一些早下班

扣在山水上的崇左：身后是崇左环城右江

的人，他们骑着电动车悠闲自在的样子，好像恨不得跟在我后面。也许他们只有在下班时才有时间与这座城市亲密接触，在他们眼中，这些山山水水就像是一幅千年不变的画卷，每一次凝视都饱含深情，这里不仅有祖辈们的身影，还有明日朝阳初升时的希望与辉煌。

我一路跑到市政府广场，刚好跑了 10.02 千米，崇左新城在夕阳的余晖中更加绚丽多彩。我心中涌起一股冲动，想要继续跑到落日西下的山边。但我知道不用再跑了，我已经被崇左城中那镶嵌的山、流淌的河深深征服了。

2021 年 12 月 23 日于崇左

在南宁街头比跑

　　南宁作为广西壮族自治区首会，自有其独特之处。虽说有邕江相伴，但邕江的知名度与省会城市的地位相比，确实稍显逊色。南宁似乎有着诸多遗憾：没有桂林山水那般灵动的景致，缺乏贺州长寿之城的健康形象，更比不上北海那闻名世界的银滩。然而，它坚守着顶天立地的尊严，建设得璀璨夺目。

　　南宁是我此次广西跑步之旅的最后一站。原本计划在此停留两天，可由于特殊原因，时间十分紧张，就像在打仗一样，耗费在应对各种琐事上。对于南宁的风和日丽，我只感受到了一个"热"字，这种温暖与冬天格格不入。或许这就是南宁的特色，它的冬季本就温暖宜人。虽没有昆明"春城"的名号，但它的清秀明媚丝毫不输昆明，那南方独有的热情，让这座城市更具青春活力与绚烂色彩。

　　我曾多次到访南宁，每一次短暂停留都能察觉到南宁的飞速发展与日新月异。尤其是东盟自贸区建立之后，大南宁的规划使南宁像个不断膨胀的皮球，东南西北各个方向都在蓬勃发展。我一度担心它会无节制地扩张。它实在太大了，城区的任何一个角落都足以让我完成10千米的跑步行程。为了彰显在南宁的跑步风采，我决定在城市的核心区域奔跑，于是选择住在朝阳路的一家旅馆。一是因为这里跑步出行方便，二来家住附近的蔡蓉要来见我。蔡蓉是我的一个合作伙伴，我们相识还不到半年。半年前她去北京时，执意要见我一面，说是我的粉丝，

读过我写的《未医之道》，对书中未医的理念极为认同。见到我的第一面，她竟说我特别像她父亲，这可把我吓了一跳，她的儿子都快大学毕业了，我有那么老吗？她也没解释清楚。通过近两个小时的交谈，我才了解到她家境富裕，住着别墅，开着百万豪车，儿女双全，在家里她老公基本听她的。她说自己一直在虚拟经济领域打拼，虽然赚了不少钱，但心里总觉得空落落的，无论是得到的还是没得到的，都让她感到不踏实。她认为未来健康产业更具持久性，觉得我的未医模式正是她理想中的生活方向，所以决定从虚拟经济转向实体经济，投身健康产业。她前面的那些话并没有让我特别在意，直到她说出自己曾是国家二级田径运动员，中长跑还拿过广西前三名的成绩，这才让我对她肃然起敬。眼前的这个女子，身高不到一米六，皮肤白皙得不像运动员，倒像是护肤品广告里的模特。从外表完全看不出她曾是广西的运动健将。

　　早晨不到 5 点我就起床了，心里惦记着 10 点钟飞往北京的航班。这次在南宁的跑步对我而言更像是一项必须完成的任务，没有了以往起跑前的期待，也少了晨起后的兴奋。这种奇怪的心理以前从未有过，以往无论多匆忙，我都会尽情享受在城市中跑步的过程。来到一座城市跑步，不就是为了体验陌生街道上的每一份慵懒、激情、繁华与沧桑吗？我突然意识到自己已经有些厌倦了。这让原本平静的生活变得浮躁不安，就像九月的天气，让人难以捉摸城市的冷暖变化。

　　省会城市本就喧闹，加上昨夜是平安夜，朝阳路上有许多年轻人还在收拾昨夜狂欢的"行囊"，脚步踉跄地往家走。只有我这个身负跑步使命的外地人，在霓虹灯闪烁的大街上独自奔跑，前方朝阳路的尽头就是南宁站。我和蔡蓉约好在南宁站广场的岔道边一起跑步。站前广场前的清厢快速路，像一条横在广场前的单杠，挡住了我们一半的视线，或许是因为南宁站客流量太大，朝阳路和中华路不堪重负，才无奈建起了这座立交桥。城市的发展往往就是这样，一旦后知后觉，便可能开启花样翻新的进程，也可能陷入不断打补丁的循环。南宁的高铁站已经迁移到城东或城西，曾经的交通枢纽已卸下了历史的重担，站前广场也不再像从前那般热闹。但即便如此，这里不到早上 6 点就车水马龙，似乎车流整夜都未曾停歇，它依然是城市的中心，不仅没有结束使命，反而还在负重前行。蔡蓉在马路斜对面等我，我几次试图穿过汹涌的车流都未能成功。车实在太多了，呼啸而来，疾驰而去，这些清晨出行的车辆毫无顾忌地飞奔着。他们没有注意到一个在朦胧灯影下探索城市晨光的身影。

南宁的早晨宛如身着温暖春装的行者，没有冬眠的慵懒，它就像在路上奔跑着的跑者，虽然速度不快，但始终保持前行。蔡蓉告诉我，她已经很多年没有晨跑了，青少年时期的晨练也大多是在体育馆进行。当我们被众多车流、人流挤到人行道上后，她感慨道："看来，我对南宁的早上真是一知半解啊。"我们跑上园湖北路后，城市又恢复了平静，仿佛一位正在梳妆打扮的美女，为宽阔的街道和高楼大厦洗净倦容、精心护理。她告诉我，她的公司就在前面的那座写字楼里。蔡蓉的公司实际上只有三个人，她主要在晚上工作，这些年就像个夜猫子，对城市的夜晚更为熟悉。也许是生活规律与生理规律不协调，她时常感到疲惫不堪，甚至对这座城市产生了错觉，这或许就是她想要从虚拟经济转向实体经济的根本原因。

我们跑上民族大道时，路上几乎没有行人，车辆也寥寥无几，这是今天晨跑的最后3千米路程了，我决定加速冲刺，也算是为此次广西跑步之旅画上一个圆满的句号。

渐渐地，我拉开了与蔡蓉的距离，只顾着往前冲，这不像晨跑，倒像是参加马拉松比赛的最后冲刺。我猜蔡蓉在后面肯定很纳闷：这人怎么不打招呼就往前冲呢？见我没有慢下来的意思，蔡蓉在后面发力追赶，大约跑了500米后，蔡蓉超过了我，轻快地从我身边飞过，在我前面飞速奔跑，从跑姿和背影就能看出她训练有素的运动员气质。这时我才意识到自己挑起的这场"较量"必输无疑。

其实我只是想试探一下这位专业选手是否名副其实，因为在前面的七八千米路程中，我并没有看出她的专业水准，心里不禁产生了一丝怀疑，甚至有些轻视。现在我跟在她后面，才明白自己挑起的这场"竞争"难以收场。我想蔡蓉也察觉到了我的试探，所以她决定一鼓作气，给我点颜色看看，她丝毫没有放慢脚步等我的意思，更像是一位遥遥领先的旗手，在前方尽情展示自己的实力。这有点像南宁这座城市，在城市建设过程中默默发力，后来居上却依然保持低调，它的美丽不需要山水来衬托，它的繁荣在于超越自我后的坚守。

蔡蓉已经在饭店门口等了我一会儿了，见我气喘吁吁还未平复，调皮地说："要比赛也不提前打个招呼！"她一定是在调侃我的"挑衅"，同时又带着曾经的赛道王者的霸气。我欣赏这种即使转换了赛道，依然勇气不减当年的自信。我得赶赴机场了，南宁的晨跑就在这最后的"竞争"中落下了帷幕。

2021 年 12 月 25 日于南宁

新疆篇

哈密瓜甜

哈密，是我此次新疆跑步之旅的首站。从陆路踏入新疆，哈密最先映入眼帘。新疆的广袤无垠让我本就渐趋衰弱的身体细胞惊叹连连，我仿佛是沧海一粟，虽怀揣融入这片大地的壮志，却也深知自身的渺小。我即将穿越新疆那百万平方千米的土地，这种感觉就像是泥牛入海，好在我内心的执着让我勇往直前，或许这便是坚持的力量。

穿越巴丹吉林沙漠的漫天风沙后，抵达哈密市时已是下午 5 点。阳光与沙尘在空中相互交织，笼罩在哈密街头的上空，仿若一团团凝滞的雾霭，沉甸甸地悬于楼房的间隙之间，又似被画家浓墨重彩地涂抹在了画卷之上。建国路上车辆稀少，行人寥寥，若不是靠着导航，我定会以为自己走错了路。我们下榻的是哈密宾馆，它位于老城南边，从高速公路出来后要沿着迎宾大道转入建国路，横穿整座城市。我驾车在建国路上缓缓前行，小哲坐在后排，难耐干渴的他一会儿将头探出左边车窗四处张望，一会儿又打开右边车窗寻觅着什么。这小伙子每到一个新城市，总是这般兴奋好动。

"叔叔，怎么看不到有卖哈密瓜的呀？"

他大概以为我们正身处一个满是哈密瓜的农贸市场。在他的认知里，哈密市就该大街小巷都摆满了哈密瓜。没错，我曾经也抱有同样的想法。哈密这个地名，与哈密瓜紧密相连，当我们品尝到香甜脆爽的哈密瓜时，哈密这个名字便深深扎根于心中，那是对甜蜜滋味的一种向往。

哈密校园门前静悄悄

可此刻，走在这不见哈密瓜踪影的街头，我们闻到的只有沙粒的气息与阳光的炽热。小哲对哈密瓜的痴迷，就如同他对《王者荣耀》的钟爱一般。尽管他也涉足《剑侠情缘网络版叁》《魔兽争霸》等新款手游，但他始终觉得《王者荣耀》最为纯粹、正宗。我不太明白他口中的正宗所指为何，不过来哈密定要吃哈密瓜，在他看来这便是正宗的体现，毕竟这里是哈密瓜的原产地。实际上，如今哈密瓜在很多地方都有种植，至于哈密的瓜是否最甜，恐怕还得取决于土地与阳光是否恩赐。

小哲一个劲儿地吵着要去买哈密瓜，我只好哄他说宾馆房间里有。抵达宾馆大堂，发现等待登记入住的客人众多。当下正值旅游旺季，大批在内地的游客如我们一样，历经长途跋涉、冲破重重阻碍，来到这天蓝气爽的新疆净土，此刻都在贪婪地呼吸着哈密那带着沙粒的空气。我们排在长长的住宿登记队伍里，前台维吾尔族姑娘那不太熟练

的普通话让小哲感到既好奇又悦耳动听，他一次次地跑到前台边，想瞧瞧为何办理进度如此缓慢，我猜他其实是想近距离欣赏那两位维吾尔族服务员。小哲虽未满 16 岁，但 1 米 86 的个头，让他的背影看起来就像个大小伙子。这个年纪的少年，青春萌动。不过这样也好，他将对哈密瓜的执着转移到了维吾尔族姑娘身上，我也随之轻松了不少。一踏入新疆，我们就被可口的瓜果、迷人的异域风情所吸引，新疆的魅力果真强大。好不容易办完入住手续，已经过去一个小时了，然而房间里空空如也，小哲又开始嘟囔起来。

"叔叔，啥都没有啊！要不要打电话问问前台？"他大概以为这是五星级酒店，会有水果配送。

"要不我下去问问吧。"其实我心里明白，他是还想下去看美女，还没看够呢。这小伙看来是真被维吾尔族姑娘迷住了，长这么大从未出过自己生活的城市，此刻突然被这异域女子的美貌弄得"神魂颠倒"。我笑了笑，说道："你去吧！"

我本以为晚上的自助餐会有水果，可奇怪的是，有西瓜、有苹果，唯独不见哈密瓜。在哈密吃不上哈密瓜，就如同山里人没柴烧一样令人难以接受。吃过晚饭，已经 9 点 50 分了，这里的太阳还未落山，闷热稍有减退，街边的夜宵摊才刚刚支起。我提议去宾馆附近买哈密瓜，小哲却爱答不理的，看样子他被这买瓜的欲望折腾得疲惫不堪，似乎没了兴趣。我们走出宾馆院门，院门前的那座桥以及桥下潺潺的流水吸引了我的目光，周围是一座湿地公园，市政府就位于公园的北边。这条渠的水是从哪里引来的呢？来的路上尽是漫漫黄沙与滚滚沙砾，连水的影子都看不到，想必这片绿洲定有地下水涌出的神奇魔力。哈密的奇妙之处便在于此，不知从何处而来的水、雨露以及灿烂的阳光，共同成就了哈密瓜的甜脆。难怪唐朝诗人骆宾王从军西域，路过哈密时，因未能品尝到哈密甜瓜而发出"旅思徒漂梗，归期未及瓜"的慨叹，此刻我忽然理解了小哲之前的急切。

我们沿着建国南路走了两千米，却未见到一个卖瓜的摊子，也没有水果店铺，这实在令人失望。小哲在我前方几十米处四处探寻。来到广场南路转盘处，我们觉得这座城市似乎与哈密瓜无缘了，于是决定放弃购买。回到宾馆时，已经是晚上 11 点 20 分了，不过这个时间段正是哈密城夜宵的高峰时段，而对我来说，睡眠时间所剩无几。小哲带着不满入睡了，我则要把白天路过"魔鬼城"的惊险经历记录下来。

清晨不到 6 点我就醒了，按照我的生物钟，此时本应在路上奔跑，但哈密的晨光却迟迟未现，这也让我在房间里有了更充裕的准备时间。我在房间里轻手轻脚地收拾跑鞋，小哲被我吵醒了，看他的样子似乎不打算跟我去跑步，我也懒得叫他。这孩子逆反心理极强，当你忽视他时，他对存在感的渴望便会瞬间涌上心头。就在我快要出门时，他突然一个鲤鱼打挺，迅速下床，说道："叔叔，我也去！"

我心想他肯定又有什么鬼主意。

昨晚手机忘了充电，只剩下 15% 的电量，不管怎样还是带上吧，有小哲在还能帮我拍些照片。我们在宾馆门前的小渠边做着拉伸运动，昨晚的湿气与沙尘已悄然散去，天空变得清朗许多，一种沙漠绿洲独有的清凉之感缓缓弥漫开来，这是我进入沙漠戈壁后最为惬意的时刻。朦胧的晨曦中，只有路灯光亮，不见人影。小哲说哈密的早晨仿佛弥漫着哈密瓜的香甜气息，呵呵，这或许只是小哲的感觉，我可并未闻到。我们沿着建国南路向北前行，经过商业中心，这里依旧空无一人，昨晚这里却是热闹非凡，吃烤串的年轻人与游客将广场挤得满满当当，空气中弥漫着炭火的烟味，但这丝毫没有影响人们品尝牛羊肉的热情。烧烤的味道向来蕴含着一种返璞归真的韵味。那些粗犷的食材只需简单烤制便可食用，或许更符合烹饪的效率原则。而那些精致、独特，甚至是从动物食材某个部位精心剔出的细分产品，若拿去大烧大烤，确实有些大材小用，比如烤腰花、烤鸭舌，它们本无需如此粗暴的烹饪方式，便能与人们的味蕾和谐共处，何必如此大动干戈呢。当看到新疆哈密夜市那盛大的烧烤场景时，我释然了，烧烤不仅仅是一种烹饪方式，更是这片土地上人们的一种生活态度与生活方式。在太阳的炙烤与土地的炽热之下，来点生活的"炙烤"又何妨。

早晨的宁静在所有城市都大致相同，但哈密的宁静却透着一种雍

容华贵之感，那种从丰满中散发出来的淡雅气息，让你都不忍大口呼吸，生怕破坏了这份美好。

从广场南路转向广东路方向，文体中心广场彰显出哈密市繁华布局的自成一体。小哲在我身后专注地录制视频，他的选景与拍摄手法愈发娴熟，这让我很是兴奋，仿佛带了一位随身记者。

"你怎么知道我想在这儿拍照呀？"我回过头问他。

"这里最开阔，也有石碑，上面还有字。"他一边回答，一边目不转睛地盯着手机屏幕。

他所说的字与石碑，便是"哈密南粤文化中心"。他还真是善于捕捉每个城市的地标元素，这应该是高中生才具备的素养，我觉得他比同龄孩子至少早熟三年。我倒不太在意这些，只是在琢磨他为何对我的心思如此了如指掌。我每到一个城市，都希望留下一些有图有文的纪念，仿佛是在向世人宣告我每一段旅程的真实性、我每一步奔跑的用心程度，所以拍照便成了必不可少的环节。看来，小孩子也懂得成人世界的这份虚荣。

难怪在内蒙古乌海市时，我催促小哲给我拍照，他嘟囔了一句让我羞愧的话："你们大人真虚伪。"他大概觉得四处拍照拍视频是为了炫耀或者谋取利益，就像有些人为了拍抖音，跑到青藏公路上三步一叩首，将虔诚与修行当作镜头前的表演，在他眼中，我是不是也是如此呢？

我们继续在广东路奔跑，第一个目的地是哈密火车站。1988年10月，我第一次乘坐火车前往新疆乌鲁木齐，火车在哈密站停留了20多分钟。我在站台看到那些推着卖哈密瓜小车的商贩，他们用黄色塑料网兜装瓜，每袋四个，售价五元。那时我还从未吃过哈密瓜，便一下子买了两兜，八个瓜足有五六十斤重。还是那位穿着列车员制服的维吾尔族女售货员帮我将瓜拎上车厢的。说实话，当时我买一兜都多了但还是买了两兜，只因那位维吾尔族女售货员甜美的嗓音："好甜好甜的哈密瓜，到了哈密不吃瓜，不算到哈密啊！"她那"啊"音拖得老长，让我不禁垂涎欲滴，于是我果断地说道："再来一兜吧，过了哈密就吃不上正宗哈密瓜了！"

售货员的叫卖就如同一位亲切的大姐怕你受寒，又要给你添一件衣裳，我那时是不是也有着小哲昨天在宾馆前台时的那种感觉呢？如今我已记不清了。不过，最终我还是没有拒绝维吾尔族女售货员的提议。后来，这八个哈密瓜让我吃了整整 20 天。

哈密站门前广场被一道道栏杆围起，由此划分出人行道与出租车道，此时乘客寥寥无几。"哈密站"三个大字高高矗立，其高度远超几十年前我所见它之时，那耀眼的红色永远散发着热情。此刻我无法看到站台的模样，但可以确定站台上已不见推着小车卖哈密瓜的姑娘了。一辆辆快速列车呼啸而过，匆忙得仿佛打个喷嚏的工夫它们便已飘然而去，车上的人哪有闲暇停下来品尝瓜果。如今空空如也的站台回归到了它最原始的功能——只站不停。我稍稍整理了一下思绪，努力不让自己沉浸在那"遥远的站台"的回忆之中。小哲正准备以"哈密站"三个字为背景给我拍照，他在调整视角，我也在配合他。

"不好了，叔叔，手机没电了，自动关机了！"小哲失望地扬了扬手机。

我看了一下手表，才跑了 5 千米，接下来的路和大致方向我虽知晓，但要精确地跑到 10 千米后正好赶回宾馆是不可能的了。我们沿着环线方向一边跑一边问路，小哲垂头丧气地跟在我后面，大概是因为我的手机没电了，他不能再继续把玩，而他自己的手机又没带在身上。我看着他那无精打采的样子，深感他像个累赘。前半小时的兴奋劲儿早已消失殆尽，我只得编了个瞎话："看看前面应该有早市，那里说不定有卖哈密瓜的。"

姑且用这个目标来激励他一下吧。

我们似乎跑进了哈密市的老城旧街，这条街有一排约 100 多米长的旧店铺，完完全全是 20 世纪 80 年代的风貌。一层楼高的临街店铺白墙灰瓦，二尺宽的铺门，墙上黑红色相间的店铺名，瞬间将我带入了边疆小城那沧桑的历史长河之中。后来看到路牌才知道这是前进东路。我一路小跑，这条路仿佛没有尽头一般向东延伸。我看见一位在街边躺椅上闭目养神的老人，赶忙上前大声询问去建设路怎么走。老

人怯生生地盯着我，似乎没听明白我的话，他从躺椅上站起身，转身便走了。我猜是遇到了一位耳背的大爷，于是只能继续往前跑。又遇到一位穿着铁路制服的中年男子，他很热心，告诉我去建设路不远，往前200米，再右拐就到了。可当我真的跑到建设西路时，才发觉自己要找的路应该是建国路，就因这一字之差，让我们离目的地更远了。再次回到前进东路，这次问路我不再以建设路为坐标，而是直接以"哈密宾馆"为目的地，发现哈密宾馆似乎比建国路更为出名。

但当我向一位摆煎饼摊的中年妇女问路时，我说沿着建设路往前跑对不对，她的回答很是直白：不知道。不过答语前面加了个极为诚挚的抱歉语：哎呀。那声音拖得不长，像是卖关子，又似思考时不经意发出的一种特殊语调，这"哎呀"之声听起来却很是温暖，让人丝毫不会怀疑她的真诚。这时，10米开外的中年妇女模样的志愿者接话了，为我指明了去哈密宾馆的方向。她原本坐在椅子上，右手比画着，见我没听懂，索性站起身，朝我靠近了几步，大概是被路边的隔离线拦住了，又或许是因为我没戴口罩，否则她可能会走得更近。她详细地比画着路线并估算了距离："哎呀，可能还有六七千米呢！"她看着我汗流满面的样子，眼中满是同情。

我们明确了奔跑的方向，便一心一意地往回赶。此时街上行人渐渐多了起来，大概是去早市买菜的市民。小哲一直在我身后，我忽然听到他在后面喊道："叔叔，那儿有菜市场。"

原来我在问路时，他在后面的小街小巷里穿梭探寻，找到了一个不大的菜市场。我们拐进去一看，真有卖哈密瓜的。这下小哲像个百米冲刺的选手，一下子冲到哈密瓜摊位前。这里的哈密瓜种类齐全：有切块的，有颜色如鳄鱼皮般深色的，也有像小腰鼓形状、表皮青涩薄皮的。哈密瓜的表皮虽不光滑，但形状却极为规整，这或许是沙地上植物生长循规蹈矩的一种体现。

我们挑挑拣拣，老板以为我们对他的瓜心存疑虑，连忙说道："包甜！不甜不要钱。"他大概早就看出我们是游客了，如果是逛早市的市民，不会用这样的眼光来挑选。"你尝尝。"他指了指那切好的瓜。

为了打消老板的顾虑，我迅速挑了一个放在电子秤上，这时我下意识地摸了摸口袋，等意识到手机没电，口袋没钱时，我故意问小哲："你有钱吗？"小哲被我这一问，也惊讶地做了个夸张的表情，我们俩都尴尬地说："对不起，手机没电了。"

老板大概是看出了小哲的嘴馋，"没事，没事。"他弯下那粗壮的腰身，切了一块哈密瓜递给小哲，"小伙子，来旅游的吧？尝一块我们正宗的哈密瓜。"小哲犹豫了半秒，还是接过了那位维吾尔族大叔递来的哈密瓜。

我倒没觉得有什么遗憾，如果真买了哈密瓜，我和小哲就得分别提着，后面的路肯定就跑不成了。小哲的失望随着他吧唧吧唧嚼着哈密瓜的声音渐渐消散，看来他是真尝到了正宗哈密瓜的脆甜。

后面的路似乎好跑了许多，小哲带着些许满足感跟在我后面。我们大约跑了两千米，上了建国北路后一直向北跑就到宾馆了。后面的6.8 千米用了 45 分钟，看来是哈密瓜给了小哲动力。这 13 千米的跑程我们总共用了一个半小时。

到达宾馆时已经是上午 8 点 30 了，热气又开始升腾。吃过早餐后我们就要离开哈密了，为了不让小哲留下遗憾，我向他承诺：一定会给他买到正宗的哈密瓜。

2022 年 7 月 11 日于哈密

吐鲁番的葡萄熟了

　　一下连葛高速，我们就仿佛驶入了一座巨大的凹地，一路下行，如同被吸进了"锅底"。即将进入城区时，我打算把车子清洗一下，让它以清爽崭新的模样出现在吐鲁番市区，这也算是对这座古城的一份敬意。在312国道与高昌路交叉口的路边，一处即将拆迁的院门外，写着"院内有洗车"五个醒目的红字。我把车开进院内，只见院子里杂乱无章，一个人影、一辆车都看不到，也瞧不出哪里有洗车的地方。无奈之下，我只好按喇叭，想试试能不能把人叫出来。果不其然，一位穿着短裤（应该是工作裤）的中年妇女从一间低矮的店铺里跑了出来，用手示意我把车开进她那低矮的洗车铺子。

　　我熄灭引擎，从开着空调的车上下来。这一下车，就像跳进了热气腾腾的蒸笼，那股热浪差点让我喘不过气来。吐鲁番如此热烈地迎接我，实在是出乎我的意料。此时正好是下午4点，我看了看手机上的温度记录，显示41℃。我向女老板问道："今天是最热的吗？"

　　女老板一边擦着车，一边不紧不慢地回答："哪里哟，今天算是正常气温，还没到最热的时候呢！"

　　我被热气熏得心脏狂跳，就像一只翻着白眼缺氧的鱼在水面上张嘴呼吸，濒临死亡。好在洗车时溅起的水雾弥漫在小铺里，似乎让温度降低了一些。这个简易的洗车行集洗车、办公、住宿、做饭于一体，总面积大概有50平方米。中年妇女和她的丈夫一起经营着这里，听口音他们不是当地人，一问才知道是四川绵阳人，来吐鲁番快 20 年了。她说吐鲁番的热就像在重庆吃火锅一样畅快，他们早就适应了。半个多小时后，车洗好了。我问道："多少钱？"每次到一个陌生的地方消费，如果一进门就问价，老板往往会觉得这个人要么是初来乍到，要么就是只问价不消费的人。我可不想被商家看成这两种人，总是装出一副对这里很熟悉的样子，生怕被宰。

"大车 30，小车 25，你这车就给 25 吧。"那女的一边收拾水枪，一边不慌不忙地说。我也不知道她是怎么界定车的大小的，好歹我这也是辆 SUV 型车，按小车的标准收费，还真让我有了一种占到便宜的喜悦。

"收费很低呀，能赚钱吗？"我摆出一副大老板的架势，像是在施舍前表示关心。

"还好吧。吐鲁番就这个行情，外来车不多，几乎都是本地车。"

"吐鲁番天气这么热，水费高吗？"我一直以为热的地方水肯定很珍贵。

"不高，跟其他地方差不多。"那女的始终不紧不慢地回答我的问题，既看不出热情，也感觉不到冷漠，可能天气炎热的地方，人都不太爱说话。人的热情大概都被炎热消耗光了，那个男人自始至终一句话都没说，他们配合得如此默契，足以看出这是一对同甘共苦的夫妻。

离开洗车的院子，我直接把车开到导航指定的酒店。从酒店的名字"XX 国际酒店"来看，我以为是一家大型酒店。当我把车停在空旷的停车场时，发现整个停车场只有一辆"津"牌的黑色小车。我知道又被平台上"豪华四星级酒店"的宣传给忽悠了。不过想想也只能怪自己太贪心，哪有 180 元就能住上四星级酒店的好事呢，价值规律摆在那里。酒店前台大厅倒是有约 100 平方米，可整个大厅里只有两个人，一个是门前保安，一个是前台服务员，这两人都在低头玩手机。我们的到来似乎与他们毫无关系。小哲不太愿意在这家没有空调的宾馆前台多待，他很怀念昨天晚上住哈密宾馆时的凉爽。他不停地嘟囔

着："这么热，这么热！"我只盼着那位维吾尔族前台小姑娘能快点办理手续，把房卡给我，心里想着，房间里总该有空调吧！不过，吐鲁番市的炎热是那种干热，好在湿度不大，只是喘气时感觉像拉风箱一样沉重。

晚上睡得很早，10 点就睡了，实际上那时太阳还没下山。小哲已经躺在床上睡着了，他可能是被哈密那 13 千米的长跑累坏了，连晚饭都没吃。我也图个清静，随便冲了个澡就上床躺着。这一躺，腰酸背痛的感觉全都涌了上来。哈密到吐鲁番虽然只有 260 多千米，但我却像开了上千千米那么疲惫——热浪总能把人折腾得晕头转向。

吐鲁番市区的早晨很安静，7 点钟还看不到太阳的影子，东边的火烧云却足以宣告一个火辣辣的日子即将来临。我们住的地方应该是在市区的东北角，东环路和前进路交叉口处，这里是刚开发的一处新楼盘。路对面是一片土黄色的维吾尔族村子。我从环城东路的绿岛家园出发，朝着吐鲁番北站方向跑去。

昨天下午，我本想去高昌古城看看，却被小哲的一句话给噎住了。他说："真搞不懂你们这些老人为什么那么喜欢古城，破破烂烂、灰不溜秋、死气沉沉。"他连用了三个词，让我哑口无言，看来他是不会去的。

"你不去我去！"我懒得跟他多费口舌。

"看古城与跑步有关系吗？你不是来跑步的吗？"他这一句话让我无言以对，我也觉得他的逻辑没什么问题，一下子对高昌古城的向往也减少了九成。如果不是高昌古城离市区有 46 千米，我真想跑着去，把 1000 多年前的古高昌国和今天的吐鲁番城连接起来，这也算是一个现代人对古老沙漠王国的一次历史穿越，这样小哲就不会把我怼得无话可说了。高昌古城没去成，跑着去又太远，只能留下点遗憾了。

东环路到高昌区第一中学，是从城郊进入市区的路段。因为怕气温太高影响心率，我有意放慢了速度，这样的晨跑我得打起十二分的精神来应对。跑了 1 千米之后，身体并没有太多不适，反而是降低配速带来的不习惯。朦胧的晨光中，看不到吐鲁番作为火炉的独特美景，只有前方火焰山上闪烁的热量在对这座古老的城市进行着千锤百炼，也正是这火焰山造就了吐鲁番城金碧辉煌的高楼大厦、井然有序的公园和学校。我本想提速，却感觉后面有人在追赶我。不一会儿，一群七八个人的小跑团从我身边快速跑过，他们穿着统一的服装，有着相同的标识，不是吐鲁番本地的跑团，我觉得他们是专门来吐鲁番进行高温环境下训练的。这些年轻的跑友就像特种兵训练一样严谨、全力以赴。看着他们跑步，真会有一种想在跑道上拼尽全力的冲动，他们"哒哒哒"地跑着，不到两分钟就从我的视线中消失了。

老城东路才是市中心，购物广场和宾馆酒店都聚集在这条街上，汽车站、博物馆也在显眼的位置。我在一本书上看到介绍说吐鲁番博物馆是新疆地级市博物馆中藏品最多的，我就想它是不是把不远处高昌古城的文物都搬过来了呢？在博物馆门口我想留个影，这时特别希望小哲在我身边，我真的把这孩子当成摄影师了，看来回去得给他付工资。街上除了我没有看到其他行人，我孤独的跑步身影既没有拍摄者，也没有追随者。当我跑进"清代老粮仓"那座院子时，我还以为粮仓里装满了粮食，其实只是空的。当然现在空仓是为了承载文化和历史，如果清朝时就是空仓那可就是灾难了。虽然大清早粮仓对我这个跑者是开放的，但我却真切地感受到了吐鲁番两千多年来在深厚历史沉淀中的呼吸。

从椿树路拐上西环中路，全是老房子、老城区的模样，这段路让我感觉像是跑进了某个即将拆迁的南方小镇。它保持着原来的格局，没有断壁残垣，干净整洁的街道让人感受到浓浓的烟火气。生活在这片街区的居民大多是汉族人。

当我跑上高昌北路时，已经跑了 8 千米，气温也开始上升。虽然路两旁的白桦树挡住了阳光，但空气中的燥热气息却在弥漫，清凉已经悄悄退去，吐鲁番正在恢复它原本炎热的模样。我的呼吸声越来越粗，如果一开始就跟着那个外地跑团的年轻人跑，可能现在早就累得瘫倒吃西瓜了。

每天在不同的环境中跑步，最大的乐趣就是不会感到枯燥。不管

前方的路有多远多长，当下身边的风景都能缓解枯燥带来的折磨。我把注意力放到了远处一片房子上，那里是一个维吾尔族村庄，叫柏孜克里克村。一排排整齐划一的土坯房就像用同一个模具做出来的，高矮大小几乎一样，它们四四方方，两层高，下面住人，上面那层像碉堡一样的露天天窗，应该是用来晾干葡萄的。我正好有点累了，在这条狭窄的小巷里逛逛，也能调节一下出汗的速度。我发现每户的院门都没锁，有的甚至敞开着。我走进一家院门，直接到屋里，原来屋里空空如也，回头一看院子也是空的，可能他们都搬走了。其实柏孜克里克村已经整体搬迁了，这里可能要开发房地产。我从一个院子跑到另一个院子，家家都空荡荡的，看着像天井一样敞亮的烘干屋顶上那方方正正的蓝天，有一种悠然的感觉。这时进来一位维吾尔族大叔，他警惕的目光严厉地上下打量着我。我对自己擅自闯进他们的房子表示歉意，不停地弯腰赔笑，像个小偷。那位维吾尔族大叔倒没什么惊讶的表情，黝黑的脸上毫无表情，接受了我的道歉，还回答了我好些问题。吾尔大叔告诉我，他家已经搬到对面小区的楼房里了，全村人都住上了楼房，这里要改造成民俗文化村，葡萄干的加工是他们村最具特色的工艺，算是他们的非物质文化遗产。

回到酒店已经 9 点 30 了，小哲见我跑了两个多小时才回来，惊讶地问我："叔叔，你今天跑了 20 多千米吧？"

我没有告诉他我去了维吾尔族村，只是问他饿不饿。他夸张地捂着肚子说："肚子快饿扁了！"

吐鲁番的这 10 千米路程已经把整座城市都涵盖了，我并没有嫌弃它小的意思，只是觉得它就像一颗葡萄干，一整个夏天的营养都浓缩在了它千年不朽的身躯上。人们品尝的不仅是它浓郁的汁水，还有那回味无穷的甘甜。

又要出发了，下一站是乌鲁木齐。

2022 年 7 月 12 日于吐鲁番

石油之城克拉玛依

　　克拉玛依市坐落于盆地之中，它就如同一个含着金汤匙出生的幸运儿，所躺的"澡盆"仿佛都镶着金，只不过这里镶嵌的是乌黑发亮的石油。20世纪初，在准噶尔盆地西部那座黑漆漆的土石山周边发现了油田，这座海拔相对高度仅几十米的黑山被称为黑油山，当地维吾尔语称"克拉玛依"。1958年这座盆地城市崛起时，黑油山依旧油光锃亮。

　　我感觉克拉玛依这座"油盆"极深，在距离市区还有20多千米处，就发觉车子开始下坡，我原以为只是短暂的凹地，实则汽车一路驶入市区都无需踩油门，这让我惬意了半小时。

　　早晨从吐鲁番的酒店出发时，原本计划今晚入住乌鲁木齐，毕竟吐鲁番离乌鲁木齐仅100多千米，行程应该很轻松，所以我们在酒店休息了一个小时才动身。休息期间，小哲不停地问我何时出发，那模样仿佛比我还心急。他每次这般"关心"，都会让我头皮发麻，估计又有麻烦事要找我了。他还提醒我："车子油不多了，得加油！"活脱脱像个大管家。

　　这个提醒相当关键，前天从额济纳旗到哈密段的高速公路上没有加油站，只好驶出高速公路去加油，多跑了七八十千米。小哲的细心程度远超他对我的依赖，我们更像是结伴出游的伙伴，相互照顾。

　　我在网上搜索中石化加油站，我的加油卡是在中石化办的。我曾

以为真如在北京办卡时售卡员所说，全国所有高速公路都有其加油站，可实际上新疆的高速公路服务区加油站大都写着"中国石油"。吐鲁番市仅有一家中石化加油站，离酒店 3 千米，我依照导航指引来到高昌北路。当时在新疆，去加油站加油可不是件随意的事，流程比较复杂，速度特别慢，那也只能在车上刷抖音打发时间了。我进入这家加油站还算顺利，没有车排队，站内也只有两辆车在加油。一位穿着加油站制服的维吾尔族大姐向我挥手，示意我的车停靠到她旁边。车刚停稳，她就问我加多少升，我反问她每升多少钱，她说今天每升优惠两角，我问："为什么？""这几天是我们过年嘛，搞活动！"

"过年？"我有些摸不着头脑。

"是古尔邦节。这几天连高速公路通行都免费呀！"她一边取油枪，一边像做广告似地说道。

这个消息太重要了，或许能为我省下不少高速公路通行费。看着这位胖嘟嘟的维族大姐，我当即决定："加满！"原本只打算加 20 升，瞬间改变了主意，权当是对大姐的回报。同时，我也立刻改变了今天的行车路线，决定直奔克拉玛依，把乌鲁木齐放到最后一站。因为这样能多跑 300 千米，多享受些免费福利。当我驶出乌鲁木齐绕城高速后仍继续向西北方向行驶时，小哲在后排趴在我的驾驶座椅后面，头伸到我耳边问："这是要去哪儿？"我这才告诉他计划有变，他有点不高兴地往后座一仰，不再理我。他心心念念的乌鲁木齐又要往后推迟几天，小孩子的想法就是这么直接，想要什么就想立刻得到。

我只是提前一天抵达了克拉玛依，其他行程安排并未改变。当然，克拉玛依的凉爽是我和小哲共同的话题。实际上，我到达克拉玛依酒店时，市区温度也有 35 摄氏度，但相较于吐鲁番，这里已然算是清凉了。10 千米长的迎宾大道好似伸进黑油山的巨大输油管，难怪克拉玛依人把这条路修得又宽又直，这是他们经济的大动脉，也是汇聚人气的大通道。我从城南进城入口向北眺望，惊得下巴差点掉下来，这条迎宾大道让巴黎的香榭丽舍大街都黯然失色。当然，在中国最西北的准噶尔盆地之中的"克拉玛依盆地"（请允许我暂且这么称呼），拔地而起的高楼和气势磅礴的大道，是需要雄厚的经济实力作支撑的，或许克拉玛依北面的黑油山喷涌而出的石油就是这座城市繁荣昌盛的基石。

穿过友谊大桥，就到了我入住的酒店，此时已是晚上八点，通红的落日高悬在克拉玛依河上空，丝毫没有要落下的意思。这条河其实是条人工河，它将克拉玛依市一分为二，河的南岸是高楼林立的新区，河的北岸直至黑油山算是克拉玛依的老城。当然，老城的历史也不过五六十年。

清晨6点30我起床时，小哲还在酣睡，他昨晚睡前就明确告诉我：明早不跑了！我独自走出酒店，外面刮起了七八级大风，吹得电线呼呼作响，我戴的遮阳帽都数次被风吹落，只能顺风奔跑。我沿着幸福路一直跑到胜利路，都没遇到一个行人，更看不到一个跑步的人，我都怀疑自己跑的路线不对。

克拉玛依是一座移民城市，建城不过几十年。说它干净整洁，其实这只是它骨子里就有的习性，它的风格还带着欧式城市的闲适优雅，每条街都能让行人随时停歇、游览、休憩，小吃店、休闲吧似乎应有尽有。每到一处，都可以坐下来喝杯咖啡，看看街景，晒晒太阳，丝毫看不出石油之城的那种霸气和莽撞，反倒透着一股读书人的儒雅气质。

当我从市第七中学门口沿着胜利路继续向北跑时，街道的坡度越来越陡，我如同是在爬山一般，黑油山就在北面不远处。那座算不上真正意义上的山的黑油山，是由石砾和岩浆层喷出的沥青凝聚而成，如今已建成公园。胜利路算是通往黑油山的必经之路，路西面的石油工人新村小区全是六层的板楼，每一排每一栋都散发着20世纪七八十年代的气息，尽管四周高楼林立，它依然透着一种内敛的霸气，或许那些当年"开疆拓土"的功臣们如今还在这些楼里生活呢。

我放慢了速度，思绪一下子飘回到了1988年下半年。一位体态丰盈、穿着极为得体的中年妇女出现在我眼前，微微卷曲的短发映衬着她略显富态的脸庞，不仅优雅还透着慈祥，她那一口上海普通话也格外动听，这大概是20多岁的我对一位中年女性最完美的记忆了。我

一直对她念念不忘，是因为她递给我一张纸条，上面写着"克拉玛依市胜利路石油工人新村"，具体几栋几号我已经忘了。那一年我在乌鲁木齐新疆大学培训中心学习，结识了一位从克拉玛依来的阿姨，她的名字和当时一位非常红的电影明星相同。她是 1958 年第一批援疆的石油工人，在克拉玛依生活了 20 多年。那时油田正在改制，她也 50 岁了，却一直对故乡上海念念不忘，对她来说克拉玛依的未来就像水中月、镜中花，看得见却摸不着。她唯一的女儿和我年纪相仿，她或许是被我讲课时的口才所打动，明确地告诉我，和她女儿处对象是个不错的选择。看着她的优雅，我不禁想象着她女儿的美丽模样，心中满是憧憬！我内心涌起一股强烈的冲动，这冲动其实是一种深深的感动：世上竟有如此优雅的阿姨赏识我这个当时被称为"三等残废"的年轻人（当年流行对身高不足 1.7 米的男青年这么称呼），显然我被这样的"丈母娘"感动得一塌糊涂，也因黄阿姨的那句话困扰了好几年。我一直在幻想，却从未付诸行动。这成了我的一大遗憾。

不知这位上海籍的黄阿姨如今是否还健在，但可以肯定的是，今天的克拉玛依绝对值得她留下来。

继续往北跑，映入眼帘的全是石油研究院、石油大厦之类的建筑，这些街道处处彰显着"石油"二字，这无疑是克拉玛依的典型标志。几十年前，来自全国各地的年轻人将开采石油与建设城市同步进行，将克拉玛依打造得如此迷人，这恐怕是他们当年也未曾料到的。要不然，那位黄阿姨也不会想把自己漂亮的女儿介绍给一个南方的"三等残废"青年，试图以此"逃离"克拉玛依。

走上文化街，进入朝阳公园，这里有许多老年人在散步、打太极，我仿佛看到了他们四五十年前从中国的大江南北汇聚于此的热血场景，各种方言在这里相互交融，逐渐演变成了克拉玛依的普通话，这些把人生最美好的时光奉献给克拉玛依的外地人，如今已成为克拉玛依的老市民。

市民们悠然自得地漫步、休憩，这是所有公园应有的景象，享受生活与创造生活的人站在了同一起跑线上。

　　塔河路正在维修地下管道，绿色铁皮将车道与人行道严严实实地隔开，我却偏有一种要钻进死胡同的执拗，在绿铁皮边缘找到了一条两尺左右宽的通道。市第六中学和克拉玛依区教委的大门都被绿铁皮挡住，它们都在为克拉玛依市容的升级默默忍受着短暂的不便。塔河路全是下坡道，虽然有些坑洼不平，但跑起来毫不费力，下坡的惯性让人感觉很舒适。不过若是一直依赖惯性，身体热量的消耗就会减少。生命的能量更多地在于主动运动。

　　我用了不到20分钟就跑到了克拉玛依河边，这里河滨公园跑步的人不比北京奥林匹克森林公园的少，他们按照自己的节奏奔跑，丝毫不会被我这个路过的跑者干扰。这是一群跑者的自信，也是这座城市繁荣昌盛的体现。

　　我在克拉玛依的11千米路程就在这城市的起伏中完成了，此时风已停歇，太阳高高地挂在克拉玛依河的上游。

　　　　　　　　　　　　　　　　2022年7月13日于克拉玛依

雪都阿勒泰

从克拉玛依到阿勒泰虽说只有 450 多千米，可要是接着去塔城，还得原路返回经过克拉玛依，这么一去一回就要多出 1000 多千米的路程。没办法，阿勒泰就在遥远的北疆，它宛如一朵圣洁的雪莲，矜持之中又透着无尽的魅力。对于雪都阿勒泰，我满怀憧憬。虽是盛夏时节，阿勒泰市区山谷间的风仍呼呼作响，气温凉爽宜人，与任何避暑胜地相比都毫不逊色。我刚进入市区，就看到东环路口矗立着"中国雪都"四个大字，感觉这称呼简直就是为阿勒泰量身打造的。

炎炎七月，远山才有雪景，可我却遭遇了一场冰雹。车子跨过克兰河大桥时，乌云在车顶上层层堆积，看似没有暴风雨那种排山倒海的气势。但当我行驶在望湖路上时，车顶上突然噼里啪啦地砸下了冰雹。这场冰雹来得太过突然，毫无征兆。车子根本来不及躲避，挡风玻璃上的冰雹有鸡蛋大小，我真担心玻璃会被砸裂。引擎盖上很快就铺满了一层厚厚的冰雹，就像开春时冰河中的冰碴。我四处张望，却找不到一处可以躲避的地方，而街面上其他小汽车依旧镇定地疾驰着，它们似乎早已习惯了这种冰雪的敲打，只有我这辆像是从外地闯入的汽车，慌乱地走走停停。如果说盛夏来到"雪都"是一种不合时宜，那么此刻的这场冰雹就是雪都盛夏独特的欢迎仪式。

阿勒泰市规模确实不大，它位于阿尔泰山南麓、准噶尔盆地的北缘，额尔齐斯河的支流克兰河穿城而过。它具备了避暑胜地的所有要素：

山、河、雪、水、草，一应俱全。

在这个峡谷盆地中，我想要留下点痕迹，那就只有跑步！

小哲昨晚大概是吃多了烤串，拉了一整晚肚子。早上6点我叫他起床，他无精打采的，不太想起床。他已经3天没当我的随跑记者了，今晚得好好跟他聊聊。我只好独自踏上旅途。我住的酒店在市区最南端，阿勒泰市区呈狭长布局，像一片柳叶。我沿着解放南路向北城跑去，估计从城头到城尾也就10千米左右。

太阳还未露面，将军山上的红霞就给城市披上了一层艳丽的红妆。十几度的清晨气温带着些许寒意，更多的是一种清爽。与此刻正被高温酷暑笼罩的华东华北地区相比，这里的气候简直好得让人不敢在朋友圈炫耀。

今天晨跑的第一站是阿勒泰市第一中学。我跑了大概1.5千米就来到了学校正门。正值暑假，学校里应该是空无一人，电动闸门紧闭，前面还横着一个约5米长的三角形铁塔栏框，学校看起来像一座坚不可摧的城堡，周围静悄悄的。要不是墙上镶嵌着"阿勒泰市第一中学"几个金字，我都不敢相信这里是一所学校。这里是拍照的绝佳之地，因为没人打扰，场地开阔，视野良好，更重要的是我可以边跑边说边录像，就像战地记者在现场直播。在这个只有我独自奔跑的世界里，我的口才和脚步一样流畅，也许这段有人有景的奔跑视频能像散文诗一样让我陶醉。正当我一边跑一边对着手机镜头滔滔不绝时，学校大门左边的传达室防盗门打开了，一个穿着短袖迷彩服上衣的女子朝我喊道："拍什么呀？"她的语气里好奇与问候参半，我心里一惊，赶忙停下来，谦逊地回答："我跑步路过这儿，想拍段学校大门的视频。"

"哎呀！这多累呀，一个人又跑又拍的，我来给你拍吧。"这位穿着迷彩服的女保安，皮肤黝黑，看起来40多岁，身姿矫健，走路真像个军人。她的态度转变让我有些诧异，我心想，她本应该阻止我的，这可真让我有些不知所措。她接过我递过去的手机，不断变换角度拍了好多组照片，还录了一段视频，然后问我拍得行不行、要不要重拍。我干脆停下来，不再在她身边跑来跑去，一个永不停歇的跑者总会

有被眼前风景吸引而停下脚步的时候，静下心来欣赏也许是最好的选择。

"你在这儿做了几年保安？"我问道。

"我是一中的老师，今天轮到我值班。"她回答得像述职一样认真。

啊，原来是个中学老师，却在干保安的活？而且还是位女老师！我简直不敢相信，但事实就是如此。我问她贵姓，她犹豫了一下，说姓聂，教初二语文。

"这里哪个民族的学生最多？""哈萨克族。"

聂老师告诉我哈萨克族在阿勒泰是主要民族，她教的初二年级班里40多个学生中只有5个汉族学生，可见哈萨克族学生的比例之高。昨天傍晚刚进酒店时，前台女孩应该也是哈萨克族，怪不得我把她当成维吾尔族人时她不回应我，我确实看不出哈萨克族和维吾尔族女孩的区别，只觉得她们都美得如同上天精心雕琢的艺术品，精致流畅，就像阿勒泰的天空，湛蓝澄澈，带着一种超凡脱俗的气质。

古兰河与将军山完美结合，此刻尽显生机，那触手可及的葱郁将阿勒泰市区的静谧烘托得更加细腻。

聂老师得知我来阿勒泰跑步的缘由后，很是吃惊，用钦佩的眼神打量着我。没错，我要的就是这种效果。她对我更加信任了，也很健谈，我的每个话题都能引出她的一段故事，她真不愧是语文老师。她给我介绍了阿勒泰市中学的分布情况，又讲了城市的布局。她对阿勒泰的冬季特别自豪。"将军山你一定要去看看"，她的语气不容置疑，就像在给学生布置作业一样，"要是我不值班，就可以带你去玩。"那份热情就好像我们是多年的老友，"要不，下午4点之后我交班了，带你们去将军山玩。"她如此主动，让我受宠若惊，我连声道谢，都不知道是该拒绝还是接受她的邀请，"要不让我女儿带你们去将军山玩吧！她今年高中毕业，18岁了，刚考上新疆大学。"这位年轻的母亲竟然把女儿推荐给一个刚在路上认识的跑者，是因为我的年龄让她放心，还是她相信了我的身份？也许是我想多了，人家就是热心肠。我们互加了微信，我决定接受聂老师的安排，不过得先跑完今晨的10

千米路程再去爬将军山。

　　我继续沿着阿勒泰路往北跑，这条路是连通老城的唯一主干道，也是绕城公路，不时有大货车从我身后呼啸而过。往路的右边看，山谷下的城市风景尽收眼底，远处的将军山还在沉睡之中。大约跑了 4 千米，在阿勒泰路与望湖街交叉口处，我看到一个露天早市，那里聚集了很多人，大多是哈萨克族的大爷大妈，少数汉族老人夹杂其中。我一眼就看出哈萨克族人的面容轮廓堪称当下医美整形的标准模板。这里堆满了哈密瓜和香瓜，小贩们看起来不慌不忙的，好像还没睡醒。要是小哲跟我一起，后面的路肯定得背着瓜跑了，我决定上午带他来这儿买瓜。

　　在恰秀路上，我跑进了一段人车稀少的路段。实际上这里已经是城市与山地相连的边缘，我左手边全是陡峭的山坡。这里像是城市最边缘的一条山路，我得掉头往回跑了。恰秀路全是下坡，直到团结路才到盆地的谷底，这里也是阿勒泰的主要大街。转上制毡厂路，沿着克兰河一直到开发区的土地都是阿勒泰市的低洼区域，在我看来这里也是建筑最美的地方。优雅宁静的阿勒泰被我今晨 12.84 千米的跑程全部环绕，从旅游的角度欣赏这座城市，它定会超越阿尔卑斯山脚下瑞士的琉森恩名城；从跑者的视角去感受这座城市的韵律，阿勒泰是青春活力中的"人间清醒"！

　　回到酒店，我第一时间告诉小哲计划有变：上午我们去将军山游玩，也许还会去一些未知的地方，并且在阿勒泰还要多住一晚。小哲的兴奋在意料之中，可接下来他兴奋得有些失控。

　　我们吃过早餐就开车直奔阿勒泰市第一中学大门口，聂老师带着她女儿正在保安室等着我们。女孩个子不高，肤色健康泛红，短发让她看起来像个男孩。"交接"仪式很简短，聂老师把女儿和我们送上车，就转身回了保安室。女孩叫聂天亭。一上车，小哲就和聂天亭聊得热火朝天，好像她就是专门为他找来的聊天伙伴，我心里有点嫉妒，无奈少男少女的交流方式我一时半会儿还真学不来。聂天亭说起她父亲时很平静，她 5 岁时父亲就去了哈萨克斯坦，后来就再也没见过，

阿勒泰的将军山，这姿势是滑雪吗

难怪她跟母亲姓。女孩说她学的是旅游管理专业，毕业后打算回阿勒泰当导游，我说："你是舍不得离开妈妈吧？"

"也许是吧！我觉得阿勒泰就像我的父亲，我离不开它。"女孩很沉稳。

将军山滑雪场正在整修，为即将到来的雪季做准备。除了调试设备的工程师和一些建筑工人，偌大的山峦就只有我们三个游客。我能想象出冬季这里滑雪爱好者们风驰电掣的身影，据说将军山滑雪场是全新疆规模最大、雪道最宽、雪质最好的滑雪场。小哲似乎对这些并不感兴趣，他和聂天亭的聊天渐入佳境，这是从少年迈向青年的一种奇妙碰撞，也许这样的碰撞会在他们的人生中积蓄起像季风一样强大的能量，无论吹向何方都能塑造出一尊美妙的希腊雕像。

下午 4 点，我把聂天亭送回一中大门口。小哲虽然没有回头张望，但我知道他心里有些不舍。

2022 年 7 月 14 日于阿勒泰

宝塔之城

塔城市是新疆距离国境线最近的城市，市区距巴克图口岸仅 12 千米。我抵达市区时正值下午 4 点，明晃晃的太阳高悬头顶，那般直白，那般坦荡，不是人融入阳光之中，而是阳光紧紧包裹住人的双眼。我坐在车里，原以为塔城的世界便是如此透明、炽热，甚至极其酷炫。然而并非如此。当我到达宁城宾馆，下车的瞬间，便感受到塔城的气候竟是这般温和宜人，宛如秋日的温暖。我一直错误地认为新疆到处都是炎热难耐，殊不知塔城依旧沉浸在北疆的清凉怀抱里。

原本打算从宁城宾馆跑到巴克图口岸，来一场近乎踏上国境线的城际长跑，但小哲觉得路途太过遥远，来回 24 千米的路程实在让他吃不消。他已经没有理由不陪我一起跑步了，当然不是跑去巴克图口岸，而是环绕塔城市区跑一圈。

早晨 7 点，我们刚走出宾馆大院门，便踏上了迎宾大道。此时，圆盘般大小的太阳就像悬挂在迎宾大道尽头的一团火球，城市在喷薄而出的朝阳的映照下，仿佛是一件即将出炉的红彤彤的瓷器，橙红欲滴。我实在不忍用脚步去对抗太阳的霸道，就这样静静地凝视着它冉冉升起，也算是对这座被阳光眷顾的城市的敬意与礼赞。

我们朝着东方，向城市中心跑去，此刻正是小哲展露摄影才华的好时机。在我身后，他大概寻觅了十几个角度，拍出了诸如"奔日""疯狂的跑者""与太阳赛跑的人""融化在太阳里的跑者"等主题的照片。

塔城没塔，跑旗做证

这些都是后来吃早餐时，他打开手机，一边得意地翻给我看，一边给照片添加的"标签"。这孩子着实有着构图的天赋，而取的标题也恰好迎合了我这个爱慕虚荣之人的喜好。

塔城是一座仅有 15 万人口的小城，10 千米的环城线路，几乎能够涵盖这座城市的绝大部分城区。不过，我还是期望能跑过一些经典路线。

昨晚用餐时，裴丽给了我一些建议，比如文化路、博物馆、红楼，特别是俄罗斯风情文化街一定要去，或许这些都是塔城的文化名片。在宁静的清晨，它们回归到自己最本真的模样，为我这个外来者勾勒出塔城文化的细微之处，将边疆小城的超凡脱俗铭刻在外乡人匆匆而过的记忆里。

裴丽是未医堂塔城店的店主，她出生在库车，来塔城不过 10 年时间。10 年前，对塔城一无所知的她，在网上结识了现在的丈夫，被丈夫分享的"塔城风光片"深深吸引。她说自己是嫁给了塔城的风光。不过，在旁人眼中，她丈夫一米八几的个头，有着维吾尔族与哈萨克族混血儿的额头与鼻梁，俊朗的外表足以媲美半个"塔城风光"，对裴丽而言，或许两者皆得。昨天晚上，裴丽和她丈夫一同在解放路的一家烧烤店宴请我。我看他们堪称"郎才女貌"的典范。裴丽一个劲儿地劝我喝点啤酒，说吃烧烤喝啤酒能降火。我表明明早要跑步，啤酒会伤肾气，她便自顾自地大口畅饮，还为小哲也倒了一杯。我通常不让小哲饮酒，他这个年纪尚处于适合喝奶、喝水的阶段，我并未制止裴丽，这就要看小哲的定力了。

实际上，我与裴丽也是初次见面。3 年前，她前往北京学习时，我正好在尼泊尔的白塔店授课，有大半年都未回国，许多未医堂的学员我都未曾相识。裴丽此次听闻我要来塔城跑步，执意要与我见上一面。

"这是您儿子呀？"裴丽一边给小哲倒啤酒，一边向我问道。

"不是，是朋友的孩子，来新疆释放一下活力！"我盯着小哲，半开玩笑半认真地介绍道。

"小伙子，来一杯，没事！"裴丽见我一直盯着小哲，便鼓励他接受啤酒。裴丽的随性与豪爽感染着小哲，我也只好客随主便。

裴丽似乎更热衷于与小哲聊天，从他的学校问到爱好，就像一对校友。他们在篮球话题上找到了共同语言，却在喜欢的 NBA 球星上产生了分歧，一个钟情于骑士队的詹姆斯，一个喜爱勇士队的杜兰特，我默默无言却饶有兴致。爱好果真无界限，兴趣恰似良药。眼前的裴丽很难让人将她与养生行业联系起来，她更像是时尚杂志的封面女郎，兼具驰骋荒野的洒脱与些许沉稳世故。不过对于 32 岁的裴丽而言，沉稳是她十多年职业经历的沉淀。她 18 岁技校毕业后便踏入美容行业成为一名美容师，深知女性的需求以及行业的发展趋势。美丽固然重要，但健康的美丽才是裴丽加入未医堂的理念。她将未医堂开设在塔城的解放路，想必是早有计划。她说塔城的女性身材较为壮实，对苗条有着极致的追求。她问我苗条是否就能一劳永逸，我回应道，都一劳永逸了，那还吃饭吗？裴丽微微一笑，似乎这也是她心中的答案。

出塔城 500 千米的戈壁滩，有"玄奘西天取经"的浪漫

　　我们用餐直至晚上 11 点，即将分别时，裴丽给她丈夫安排了任务，让其明早陪我跑步兼作向导。瞧她这干脆利落的分工，我便觉得她的店务管理必定十分出色，原本打算去她店里参观的想法瞬间打消。她丈夫乖巧地点头："好的，好的！"

　　我觉得陪跑不如指路，与不太熟悉的人一同跑步，难免会相互迁就。我让他们告知我大致的路线就行，裴丽行事果断，我用一句话便打消了她的安排：大清早的，你等我，我等你，太过浪费时间，不必勉强做自己不情愿的事，这对客人而言也是一种负担。我的坦诚与直率得到了裴丽的认可。

　　从文化路拐到解放路，左手边便是一座两层的红楼。红楼的墙根紧挨着解放路人行道，红墙与灰色的街面形成鲜明反差。这座由俄罗斯喀山商人热玛赞·坎尼雪夫于 1910 年建造的商业大楼，在 100 多年前确实堪称宏伟庄严。或许是那永不熄灭的红色，在塔城人心中宛如壁炉里的火焰，熊熊燃烧，温暖着塔城的春夏秋冬，也为塔城的商贸文化奠定了热烈的红色基调。

　　昨晚裴丽陪我参观红楼时，我能感受到她对这种红色的偏爱与执

∨∨∨
新疆篇

着。"我喜欢穿这种红色的上衣。"她把店开在红楼对面，是不是为了与这熠熠生辉的红色相互映衬呢？

塔城的风光恰似裴丽的个性，率真且不失妩媚，果断又游刃有余。沿着解放路跑到团结路，再转上塔尔巴哈台路，这算是对塔城"心脏"的一次触摸。倘若我不是奔跑，而是漫步在这些街道上，最多也只会有一些浮于表面的感慨，比如异域风情、边城风貌等。而当我脚下生风地穿梭于这些具有"时代与地域"特色的街景时，内心却涌起了一种扑入情人怀抱的激动，这种转瞬即逝的颤栗如同与生俱来的快感在身体里蔓延开来。

儿童文学作家黄春华也是一位马拉松爱好者，他在《一个人的马拉松》一书中感叹：跑了几年之后，热情消退，回归平静，便不再有拉人一起跑步的冲动了。一切随缘吧，你若想跑且热爱跑步，我们便畅聊；若聊得投机，就多聊聊；当然，并非每一个跑者都能相谈甚欢，也会有话不投机的时候，那就罢了，你跑你的，我跑我的，也挺好。

我对这样的晨跑充满了深深的眷恋，身体的每一个部位都尽情地放松着，毫无防备，仿佛在太空中悠然漫步。我突然想到，如果今天早上裴丽或者她丈夫陪着我在塔城的街头奔跑，那将会是多么尴尬的场景，就如同逼迫不喝酒的人灌一壶酒，那般难受、晕眩，而我独自享受这自我陶醉的潇洒又是多么惬意。我不禁思索：逼迫小哲跑步，是不是也有强迫未成年人"饮酒"的嫌疑呢？如果他昨晚真有饮酒的冲动，这又是否算得上正面引导呢？

塔城的 10.8 千米跑图是穿越了近 20 条街道才得以完成的，由此可见塔城街道之繁多、短小与布局完整，这也是这座边疆城市风貌依旧的有力展现，塔城的文化就渗透在这些大街小巷的交错纵横之中。

2022 年 7 月 15 日于塔城

相逢博乐

　　我总感觉博乐仿佛就在国境线上。从塔城过来，219 国道上的 10 个公安检查站让我像个"偷渡客"似的，每经过一个检查站都紧张得不得了。我实在不太能听清那些公安浓重鼻音的方言，一个不小心走错隔离道，就得倒回去重新走另一条。好在每个检查站都只有我一辆车，不用排队等候，而且全是电子数字化检查手段，放行是分分钟的事儿。抵达博乐时正好是下午 6 点。

　　要不是跟张晶约好了下午去她店里，我肯定会留在阿拉山口市跑步。阿拉山口位于阿拉套山和巴尔克鲁山之间的盆地上，盆底有一潭湖水，艾比湖就像是被两边的山挤压出来的一摊琼浆玉液，滋养着这片土地。我想留在这儿跑步，不是因为这儿的山、盆地或者湖泊，而是因为"阿拉山口"这个地名。小时候听广播里的天气预报，老是听到阿拉山口风力几级几级的，从那时起，我就下意识地把这个地名和大风画等号了。如今好不容易到了风口，为啥不让这风多吹吹呢？说不定真能被吹上天呢！当然，阿拉山口市那条全长约 15 千米的友好路，就像个又长又大的风管，空旷、笔直、宽敞。我要是在这条路上跑，顺风的时候，那可就得看我脚步的频率了，不然，真有可能被风从西头一下子吹到东头，脚都不沾地。可惜呀，阿拉山口只留下了我的两道车辙。我只好继续赶路，直奔博乐。

　　博乐市具备新兴城市的所有特质。听张晶说，她父亲在 20 世纪 50

年代末从河南来到博乐的时候，博乐只有两条算不上街的土路，尘土飞扬，到处弥漫着牛羊粪味，全市也就一两百户人家，当时还叫"大营盘"。张晶的父亲以军人的身份驻守在这里，后来就留守了下来，这使得张晶成了第二代博乐人。如今，她都已经 50 岁了，有 10 年没见到自己的外孙女了。我认识她是在 2011 年，她带着女儿去北京，想加盟我的"未医堂"。那时我正在搞体系建设，直营店才经营了不到两年，对于她的加盟我特别慎重。我担心一个外行人进入这个行业，会急于求成，最后事业没做好，身体也搞垮了。没想到她决心那么大，理解预防养生就像养孩子一样有耐心，她就问了我一句话："艾灸真的能调理关节炎吗？"我的回答让她在北京待了 15 天，学习艾灸技术。后来她就在博乐市北京路开了一家未医堂艾灸馆，之后就时不时在朋友圈发些艾灸的照片。

　　我这是第一次来博乐，张晶知道我计划来新疆跑步后，就不停地给我发微信，还帮我设计跑步路线，这可把我弄蒙了。我觉得她把事情搞复杂了，每到一个地方，我喜欢随心所欲地跑，这样才能和这座城市有最真实的互动。不管我看到什么、听到什么，那都是这座城市给像我这样一闪而过的跑者留下的印记。张晶可能是想让我把这印记雕琢得更精美些，可这恰恰不是我想要的。

　　张晶的养生馆在北京路西边的一个大型小区底商，这里算是博乐市的一线新商圈。我按照导航直接把车开到了她的店门口，看样子她早就等在那儿了。我有 5 年没见她了，她除了皮肤有点松弛，其他方面都还不错，身材保持得和 10 年前差不多。这个年纪当奶奶可真需要点勇气。她店里只有两三个员工，都是 20 岁左右的汉族女孩，穿着的制服有点紧，就像阿拉山口的风道一样，饱满得让人不敢碰。张晶让两个女孩也围坐在沙发旁，好像在等着听我的重要指示，这弄得我有点飘飘然。我好奇这个时候店里怎么没客人，是不是生意不好？

　　"不是的，我们是接受预约调理。张姐说您今天要来，让我们把客人都推迟了。平时这个时段我们正忙呢！"其中一个稍微胖点的女孩笑着给了我一个很暖心的解释。老板的情商能带动员工，可见张晶

的和善让这家只有100多平方米的小店充满了温馨。我们都正襟危坐，我突然觉得这氛围有点假。正好到了吃晚饭的时间，不如出去走走，找个有博乐特色的餐馆吃饭。烧烤是新疆的特色，也是博乐人的最爱。我提议去小区旁边的大排档夜市吃烧烤，张晶着急了："您别管了，我都安排好了！"她安排得特别细致周到，就像接待从北京来的参观考察团一样，既敬重又谦卑，这让我感觉更不对劲了。我后悔告诉她我来博乐跑步，不然这个时候我肯定在博乐的夜宵街头闲逛呢。

张晶真的找了一家很有特色的酒楼，装修得金碧辉煌，但是菜的味道一般。她确实是在招待一位贵宾，我回到艾比湖大酒店的时候还感动不已，如果没有这在各个城市间的奔跑，很难有机会感受到各地朋友的深厚情谊。已经晚上11点30了，小哲问我："明天不用我陪跑了吧？"语气里有点调侃，又有点如释重负，估计他听到我和张晶约好明早跑步的时间了。

起跑就在酒店楼下的大停车场。酒店紧挨着北京北路，这里是新城，和内地三线城市一样到处都是高楼大厦，不过大街的宽阔程度让北京的长安街都自叹不如。张晶可真是准备充分啊，亚瑟士跑鞋，李宁的跑服，一身装备英姿飒爽，这气势一下子就把我镇住了。装备是跑者的名片，也是有仪式感的人的护身符，我觉得她这身打扮很合适。她的认真让我想调侃她的心思都没了，弄得我在夸赞和鼓励之间不知道该怎么办。夸赞的话女人都爱听，大清早听到一句"真英气"，她可能一整天都美滋滋的。鼓励呢，又有点高高在上的感觉，不过以张晶的谦逊，应该也能接受。算了，还是赶紧开始跑步吧，都是我想太多了。

从北京北路上文化路，一直往西南方向跑，张晶告诉我先跑到市政府，然后从新区返回。我跟她说："咱不跑回头路哈。""这么大的博乐，怎么会让你走回头路呢？"她特别自信，对博乐城市的布局和大街小巷都了如指掌。那我就放下心来，跟着一个女子在她熟悉的世界里奔跑吧。

单从跑姿来看，张晶像个新手，她跑步时臀部摆动得有点夸张，这样不仅耗费体力，对膝盖的损伤也大。我不太好意思在晨跑的时候去纠正她已经习惯的动作，但是当教练的想法时不时就冒出来。过了滨河公园大桥后，张晶的喘气声明显加重了，这是刚开始跑步的人都会遇到的情况。

转过新区的锦绣路，在市政府、博物馆、会展中心等高楼大厦之间穿梭，我们轻松地领略了博乐的繁华。沿着团结路往老城区返回的时候，我们一边跑一边聊天，这时候配速降到了7分，算是慢跑里比较慢的了，但对张晶来说正合适。"跑着看博乐感觉真不一样！"张晶的感慨肯定是因为团结南路的博尔塔拉大桥，她平时肯定大多是开车过桥，当我们在桥上的人行道慢跑时，湖水清澈，四周大楼环绕，把这座边疆新城装点得像画一样美。没来过这儿的人，就算想象力再丰富，也很难想象出博乐像人间仙境一样。没错，此刻我们就像在这仙境般的桥上漫步，带着对博乐无尽的喜爱，往城市深处探索。

当我们从团结北路跑到联通路时，张晶指着不远处一座高楼，上面写着"农五师医院"，她说："20多年前我在那儿当过护士。"这个经历她还是第一次提起，不过，我对"农五师"更感兴趣。博乐市是新疆生产建设兵团农五师师部所在地，这种独特的经济生产组织为新疆的建设立下了汗马功劳。张晶的家人从她父辈起就是这座城市的建设者，现在她和她女儿乃至她孙女都是，她的自信就是在用另一种方式为博乐服务，让博乐更加繁荣美丽。跑了10千米之后，她已经累得大汗淋漓，脚步都有点踉跄了，但她还是没有停下，就像她这些年从事健康养生产业一样，持之以恒，信念坚定。

12.5千米后，我们终于回到了北京路的酒店广场。在博乐这长方形的跑步路线上，我再次感受到了这座城市厚重的历史，也被它如今的壮丽和美丽深深打动，这种美将会永远留在人们心中。

2022年7月17日于博乐

博尔塔拉草原的天

伊犁和伊宁

　　一直以为伊犁和伊宁是两座不同的城市，到了伊宁才知晓它是伊犁哈萨克自治州的首府。从博乐到伊宁这 219 千米的路途上，尽是美不胜收的景致。可别让沙漠与戈壁填满了记忆，在连霍高速的最西端，江南美景的婉约与西北戈壁的雄浑融为一体，草原的广袤无垠和湖泊的湛蓝深邃，是这条高速公路收官阶段浓墨重彩的宣告。赛里木湖就坐落在这条路的尽头，距中国最西端的边境口岸——霍尔果斯口岸仅100 多千米，离伊宁市 130 千米。环湖公路紧紧环绕着这潭"神仙的眼泪"，长达 100 千米。环湖公路上的游客与小汽车，宛如这潭湖水的忠诚守护者。那蓝得令人心醉神迷的湖水，仿佛向所有尘世之人发出了指令：只许看，不许摸！赛里木湖就在这众星捧月般的待遇里，享受着超凡脱俗的呵护，并且在这海拔 2000 多米的山脊梁上，年复一年地演绎着如天池般的传奇。连霍高速公路紧挨着环湖公路，有三分之一的路程能让游客在高速上领略湖泊的湖天一色，这堪称给予过路游客最丰厚的馈赠。我也有幸成为这批爱沾光的游客之一，在连霍高速公路这段如梦似幻的风光中悠然自得地抵达了伊宁市。

　　不管我曾对伊犁怀揣着多少憧憬，在正午时分踏入建材城附近的一家酒店后，我便收回了原本打算在伊宁市连住两晚的想法。

　　我在晚上 12 点之后的一小时里，在某网站搜索查阅伊宁的酒店，浏览了大量用户留言后，才狠下心来，花了比博乐同等酒店贵一倍的

价格订了间离伊宁市中心稍远的酒店，本以为这个价格能换来更安全、更卫生的住宿环境。可当我拿着房卡四处寻觅电梯时，却发现酒店房间的布置与酒店楼道一样简陋，就连地面砖都像是在嘲笑我走路不稳。过道里那种专门安装在住宅里的黑褐色防盗门，一排溜地冷眼旁观着我，我恍惚以为走进了某间公寓（这或许原本就是由公寓房改造而成的酒店）。推开那扇没关严实的房门，卫生间更是小得可怜，感觉得站在马桶盖上才能洗澡，幸好还有个马桶盖，不然马桶既是便池又得充当浴缸了。若不是前台的小伙子那副刚睡醒的模样，我或许还会抑制住自己不再续住的冲动。正是他那"三个没有"，彻底将我驱赶到了烈日炎炎的伊宁街头。

其实，我在伊宁有不少朋友，只是此次不想打扰他们。就如同这炎热的夏季，内地人来新疆多是为了旅游度假，而非走亲访友或谈生意。跑步似乎也并非我这些朋友们的喜好，他们好像更倾向于静养。我若是没有诸如拓客秘笈、留客三十六招之类的创新"礼物"，去见他们就会觉得很是惭愧。当然，如果把养生算作一个产业的话，它肯定没有芯片产业更新换代得快，老祖宗早已用寥寥数语就将其阐释清楚了。我在未医学中做了一点小创新，即"三核心五养六平衡"，这八个字也算是现代养生学的一种概括。这个行业若要创新，往往只能在装修上翻新，房子结构和墙体不变，只是在颜色与配饰方面不断推陈出新，倒也能迷惑一些人。所以，我也只能凭借服务来牢牢维系与他们的关系。跑步能否提升企业的服务质量与服务耐力，我正在进行试验，倘若此次万里跑结束，或许我会有些心得体会。

好在伊宁的炎热并不那么难以忍受，到了晚上8点钟的时候，街上车辆众多，行人则是三三两两结伴而行，以年轻人居多。他们的脸型如同衣服款式一般丰富多样，中青年女性常常是同款打扮的走在一起。若说有不同之处，也只是像我从她们身边路过时带来的那一丝惊扰，根本算不上点缀，顶多算是一只在城市中匆匆飞过的飞蛾。

我在北京路上寻觅一家名为"八大碗"的川菜馆。刚刚在酒店前台吃的那几口食物，如同几颗石子在胃里翻滚，碾压着八小时前吃进去的食物，剐蹭着空空如也的胃壁，饥饿感从未如此强烈。这里的饭馆真是形形色色，单看那些门头招牌，感觉在伊宁住上一个月都吃不完这么多风味特色。就数量而言，北京路我走过的 1.5 千米的街面北侧，小吃饭馆起码有 80 多家，它们的门头几乎没有重复的字样，哪怕是一家面馆，也会拼凑出好多不常见的词，像空心面、烩面、老爷断面、羊汤蒸面等等。我在其他城市街头常见的以烧烤、火锅为主的饭馆，在伊宁的街面只是零零星星的点缀。照这样的布局推算，那伊宁市区岂不是有成千上万家饭店、酒楼？伊宁市区人口官方数字是 69 万，网上资料显示不到 100 万人，可见伊犁人外出就餐的频率相当高！这算得上是"吃在伊犁"的最新例证了。

"八大碗"川菜馆在临街店面的二楼，此时大厅虽然空荡，但服务员的热情却丝毫不减，我和小哲一落座，碗、碟、茶便迅速上桌。翻看菜谱，这里的川菜也有了西北特色，我决定犒劳一下小哲——他在巴彦布鲁山上给我拍了几张极为出彩的照片，有点像当年玄奘西行时在山洞避风修行那般超凡入圣。我点了两菜一汤，很快菜和汤就都上齐了，川菜味道除了辣和麻，还夹杂着天然的膻味，这算是典型的伊犁川味。我们两人就像一对从沙漠中逃出的探险者，只顾埋头猛吃，一声不吭。

这时，一个戴着白帽、穿着正装的年轻人站在我旁边，弯腰赔笑，手却拿起桌上汤碗中的勺子在碗里不停地搅动，好似厨师长的结婚戒指掉到汤碗里了一般。他这么一搅，我不禁皱了皱眉，美味都堵在了喉咙口。

"不好意思，您要的羊肉汤圆里忘了放汤圆了，是给您换了重做，还是免费送给您？"那经理模样的年轻人搓着手，毕恭毕敬地等待我的答复。我也煞有介事地用勺子搅了搅汤碗，其实心里在盘算哪种选择更划算，最后我还是决定留下这碗有羊肉、醪糟，只是少了点汤圆的汤，这感觉就像白得了一碗汤，心里比喝了汤还甜。说实在的，如果不是经理提醒，我们即便喝了这碗汤也不一定能想起里面应该有汤圆。这就如同食品袋上的产品成分表，列了十几种化学成分，谁又能

品得出呢？

我故作镇定，刚才狼吞虎咽的模样瞬间变得斯文起来，"算了吧！"我不置可否地回应着。

"别换了！"小哲赶忙抢着回答，他似乎看穿了我的心思。经理不停地说着对不起、不好意思，然后退着离开了我们的视线。

"白吃！"小哲有点得了便宜还卖乖的调侃，我觉得他是在打趣我。

结账时，前台服务员坚决不肯收那份汤钱。走出"八大碗"餐厅，我严肃地对小哲说："以后不许自作主张。"我回头看了看小哲，估计他也瞧出了我的口是心非。

"这不就是你的意思吗？"他有点不服气，总是爱顶嘴，反倒让我有些脸红。

我一下子陷入纠结，此时太阳还在西山上磨蹭着缓缓下落，光芒也减弱了许多。对伊宁的陌生让我举棋不定。我决定去一家养生馆按摩一下，以此来化解我对伊宁服务业忽冷忽热的偏见。

早晨是伊宁最温柔羞涩的时刻，不管是集贸市场还是临街店铺，都闪烁着朦胧的灯光，看起来尚未打烊，或许是正在为新的一天精心准备。我已下定决心跑一条大直线，从宁远路上的解放西路一直跑到迎宾路，这8千米的直线对于任何一座三线城市而言都是一条样板大道，伊宁却有好几条这般大气的直线，我像一头只知向前冲不知转弯的蛮牛般奔跑，才能配得上伊宁的雄伟壮阔与大气磅礴。在经过伊犁州客运总站时，我本以为这里就是市中心，却不见一个乘客，大概是因为时间太早了。

在穿过繁华的解放南路后，我褪去了伊宁强加给我的那种眼花缭乱的感觉，不再被它那铺天盖地的门店和浓郁的商业氛围弄得晕头转向。新华西路行人稀稀拉拉，我终于可以专注地跑步了。路两侧全是崭新的海蓝色玻璃立面大楼，压得我有些喘不过气来，我对高楼大厦的厌烦之感再次涌上心头。城市的"城"字仿佛就是由这些魔方般的建筑堆砌而成，远比田野、沙漠、草原要生硬造作得多，人们为自己

伊犁和伊宁不只是一字之差

建造的这些魔方而沾沾自喜，堆砌出千奇百怪的生活梦想，将田园生活抛到了九霄云外。哦，已经跑了 12 千米，我的喘息不全是因为魔方建筑的压抑，也有体力自然消耗后的反应。

不过，我在伊宁的街头被那一块块魔方似的门店搅得心烦意乱。它们每一面都五彩斑斓，但组合在一起却又显得那么单调，商业的繁花似锦或许就是由无数可持续的枯燥堆积而成的，进而成就了城市的繁荣昌盛。

伊宁那令人眼花缭乱的街头，对跑者的诱惑就在于它层层递进的美景。我继续往西环路跑去，再跑过 3 千米后，我踏上了伊犁河大桥，伊犁河水的清澈纯净将我带入了伊犁河谷那绚丽多彩的翠绿世界。虽然已经跑了 15 千米，我的喘息却仿佛凝固了——伊犁河的辽阔壮美与旖旎风光将我深深吸引。太阳在桥东，市区在桥西，伊宁在伊犁河上闪烁着如梦如幻的光芒。

今晚继续留在伊宁！我找到了在伊宁商业氛围中徘徊犹豫的答案。

2022 年 7 月 18 日于伊宁

前往阿克苏

　　伊宁市到阿克苏市有830多千米，那长达几百千米的独库公路，虽美却也无法阻挡我当天赶到阿克苏的急切心情。蜿蜒盘旋的山路，山谷小溪边曲折的公路，美得好似风韵少妇的身姿，令人忍不住一步三回头，流连忘返。尤其是沿途草原上游客搭起的帐篷，像一朵朵野莲花绽放在路边。于是，独库公路上形成了长达10千米的车龙，这些车就像一条条游不动的长龙，我的车夹在中间纹丝不动，我只能听天由命般地一边望着远山和草原，一边盼着车流能快点动起来。终于，我在下午6点抵达了巴音布鲁克草原的大本营。想到距离阿克苏还有500千米，我实在没勇气在前不着村后不着店的路上过夜，干脆就决定晚上驻扎在此。

　　巴音布鲁克草原隶属新疆和静县，看上去像个集镇，公路两边高低错落的商业用房让这里的商业旅游开展得热火朝天。每年暑期堪称巴音布鲁克草原的狂欢节，游客和小汽车把路边的草地都塞满了。整个旅游旺季，独库公路就像串羊肉串的竹竿，将巴音布鲁克草原、那拉提这样的美景串连起来，这条网红公路引得无数游客纷至沓来。是独库公路成就了巴音布鲁克草原的热闹喧嚣，也是它把大美新疆推上了世界旅游胜地的榜单。草原的绿风撩动着人们的向往之情，为这片土地向外打开了通道。

　　这里每个游客都仿佛沐浴在饱含绿草气息的阳光中，在山峦和草地上或坐或站，尽情吮吸着从草地里散发出来的青涩草香，这草香填补了城市生活的枯燥与慵懒。

我和小哲在路边背阴处，望着满世界的阳光，心里盘算着草原何时才能有大片荫凉。能与万千游客以及成群的羊马相伴，也算是在草原上留下了一道独特的身影。

其实，独库公路两边的景色已让我目不暇接。走出巴音布鲁克镇后，我就在草原上跑了起来。若从跑步本身而言，把草原当作跑场那可是千万跑者的梦想，蓝天、白云、青草、山峦，从天际到脚下，从眼前至远方，仿佛没有了时空的限制，只有不停律动的双脚和飘逸的灵魂。草原是奔马的天地，那能征服草原的跑者是否也算是草原上的骏马呢？这正好弥补了我今晨在蒙古包里蜷缩的遗憾。不过，我在出巴音布鲁克镇向东 10 千米的草原上奔跑时，时不时会被脚下的干马粪滑一下，即便有青草也无法洗净脚底的粪草。好在这是青草的前身，没有恶心的感觉，只是有点毛糙，与周围的幽绿极不协调。

第二天下午 4 点才赶到阿克苏，没想到阿克苏所有酒店居然都客满了，这真让人满心疑惑。早上在网上看到的酒店一晚只要 200 多块钱，可临近了阿克苏市，我正准备下单时，价格却涨到了每间 500 元，查了好几家酒店都是如此，前后仅仅相差几个小时。看来是游客把阿克苏市酒店的价格给抬高了，因此我对阿克苏充满了莫名的期待，心想这里肯定是个游人如织的好地方。

我最终在市南区离高铁站 2 千米处、四周都是建筑工地的一家酒店住了下来。选酒店这事还真得看缘分，网上订酒店不能全靠评分作标准，朋友推荐又受个人喜好和经济实力影响，而当下旅行社都停业了，就只能碰运气。要是住的地方能覆盖城市主要街道、历史性建筑、人文地理标志，那我跑过的 10 千米基本就能把这些串联起来。有时准备工作没做好，一早上的晨跑就会变成三步一回头的探路，那么我对城市的感觉会变得麻木，对当地的风土人情也会变得迟钝，那就纯粹是走过场了。所以说，这事儿还真有机缘巧合，全凭一份心情。每天早晨起床时，就像在给心情的时钟上满发条，让它按部就班地运转。静

114

静地享受每一刻的滴答声,这运转的轨迹就是生命的轨迹,它没有尽头、永不停歇地转动,如此饱满地前行,不正是我们所追求的当下生命吗?

这家上海人开的酒店确实有海派风格,房间小而精致,早点更是小巧玲珑,让人都不忍心大口吞咽,不过味道倒是达到了上海水准,在这个离市区五六千米且周边都是工地的地方,我却仿佛走进了黄浦江畔的和平饭店。

早晨,工地安静了许多,从这里跑到城区应该能感受到繁华吧。交通东路上车来车往,虽然才早上 6 点 30,城市却笼罩在一层薄雾之中,难道是昨天晚上那场暴雨还没洗净城市上空的灰尘? 我觉得空中的物质不像尘埃,更像是水汽! 街面上一摊摊积水在飞驰的卡车轮胎下溅起,肆意地在空中飞扬,我原以为那就是水汽。可灰尘也没闲着,只要没有积水的地方就有灰尘,我很奇怪这种街面的积水为何不能和满地的灰尘混合。远远望去,灰尘在晨曦中也毫无顾忌,这增加了我跑步的负担,我一边跑一边得用手捂着鼻子,这哪像跑步,简直像逃离火场。我干脆戴上口罩(现在口罩已成了随身必备物品),虽说过滤掉了灰尘,可也把阿克苏清晨的宁静和清新一并挡在了外面。

天山就位于阿克苏市的正北面,宛如一堵雪墙横亘在北郊,那千万年都闪烁着寒光的冰山为阿克苏装点出一幅如十九世纪银制油画般的美景,永远地悬挂在那儿,为这片雄浑的疆土增添了一抹亘古的艺术韵味。

前方两千米处是阿克苏火车站。在新疆,人们出行时机场的使用率比火车站更为普遍。20 世纪 80 年代,新疆所有地级市都有机场,很多县也都通了航。而市市通铁路则是近二三十年的事,阿克苏火车站建于 1998 年,我估计现在的旅客数量不会很多。可当我跑到阿克苏站广场时,却看到从出站口涌出大批旅客,把偌大的广场挤得闹哄哄的,看来阿克苏的旅游旺季正如火如荼,并没有被昨天晚上那场罕见的大雨阻挡。

昨天晚上我们来到离酒店四千米远的市中心美食广场,我在美团上看到一家叫"一菜一粥"的家常菜餐馆,我们点了 78 元的两人套餐,服务员端上来两荤、两青菜、一个肉饼、两份粥，这分量够我们吃两顿了，让我既吃惊又有些惶恐。小哲只顾埋头吃，他的意思是赶紧吃完赶紧走，好像我们是在偷吃人家的东西。我们打着饱嗝正准备离开时，一场毫无征兆的大雨倾盆而下，大有将城市吞没之势，浑浊的沙尘瞬间也混入了肆意流淌的雨水之中。这样的大雨别说是沙漠腹地的阿克苏，就是在雨水充沛的江南，我也从未见过。我只好坐回原来的座位，服务员正在收拾碗筷，我就问她："你这个套餐能赚钱吗？"

"赔钱哟，"听口音是四川人，"美团逼着你做活动，不做就把你广告撤下，好在最近游客多了，虽然拼单赔钱，但其他客人很多，比年初时强多了。"这位服务员兼前台收银员的中年女人其实就是店老板，来阿克苏开餐馆有四五年了。她问我来自哪里，我告诉她从北京来这里跑步。

"北京的嘛，我儿子在北京读大学，去年考取的，像你儿子一样大。"她指着小哲，小哲瞅了她一眼，表示反对，"你太幸福了噻，带着这么小儿子到处跑。"

"你儿子都读大学了？看不出来。你多大啦？"

"属虎，今年本命年。"真看不出她有 48 岁，或许看起来只有 36 岁吧，四川女人结婚普遍较早。

"我也属虎。"

"你儿子跟我儿子一般高。"

我告诉她小哲不是我儿子，他还是个初三学生。小哲最不喜欢陌生人议论他，我便把话题转到天气上，"阿克苏经常下大雨吗？"

"不是的，我来这里五年了，第一次遇到这么大的雨！"她感慨万分，我们都盯着大街上的瓢泼大雨，各自都在心里祈愿这场雨能带来好运。她加了我的微信，说来年去北京看儿子的时候跟我联系。

两个小时后，雨才停，我和小哲这才回到酒店。

昨天晚上那场雨把阿克苏高铁站前广场洗刷得干干净净。我跑离广场，跑到对面的那片林荫小路，从阿克苏第九中学门口穿过。第九中学隐匿在这片树林里，它的大门很窄，甚至没有车行道，我估计这所中学的学生数量不多。我决定继续向东跑，3 千米外是阿克苏老街。

　　宽阔的交通路上只有大卡车，还有少许骑电动车的人，一个行人都看不到。太阳升起来了，有些刺眼，闷热感也渐渐袭来，跑到阿克苏老街时我的遮阳帽已经全湿透了。这座建在依干其乡境内的阿克苏老街只是个新建的旅游景点，占地面积 58000 平方米。走进这异域风情浓郁的街区内，99 个集丰富文化、蕴淳厚民情、展多彩风姿于一身的主题民宿馆错落分布，一棵棵茂密的桑葚树点缀着这片整洁的街区。虽然街区里空无一人，可我却仿佛置身于童话般的城堡之中。此刻我完全停下了脚步，虽然只跑了 9 千米，而且跑意正浓，但眼前的街景实在值得驻足观赏。能独自享受这么清静的街景，也算是对早起者的一种回报。我穿梭于民宿门前，"知俯""白水城"等一连串风情万种的招牌像维吾尔族少女的身姿般深深吸引着我，也许这就是浓缩版的阿克苏前世今生吧。

　　我终于看到一个戴着瓜皮黑帽的维吾尔族大叔向街心走来，我问他这里为啥没人。他说："这里晚上热闹，夜市里人很多！"他不太纯正的普通话在这个早晨让我备感亲切，我真想前去拥抱他。这是我在阿克苏第一次与维吾尔族大叔的对话。

　　我又一次与热闹错开，狂欢的景象是城市热血沸腾的躁动，而宁静中的街道才是城市原本的模样。我作为一个晨跑者，每日都能享受城市街头巷尾的安宁，这也正是晨跑者的幸运！

2022 年 7 月 20 日于阿克苏

上图：清晨，红旗映红了阿克苏老街半边天

下图：阿克苏老街新貌

阿图什的土巴

车在吐和高速上疾驰，道路两旁灰扑扑的沙丘让人眼花缭乱，绵延不绝的青灰色山峦与高速并肩而立，420多千米的路程转瞬即逝，我们不知不觉就到了阿图什高速出口，真难以想象前方7千米处竟坐落着一座城市。戈壁中的城市总是如此强悍，突然就出现在眼前，令人猝不及防。

阿图什是克孜勒苏柯尔克孜自治州的首府，虽是县级市，却离喀什市仅30多千米。不知为何，它仿佛被喀什全面覆盖了，连长途电话区号都与喀什相同，公路上的标牌也多以喀什地名为参照，似乎有点不把阿图什市当回事。进入阿图什市区，帕米尔路两侧高楼林立，州市行政机关大厦更是为这条大街奠定了城市主轴的基调，阿图什市区便以此为中心向南北两侧延展。城北那座土山因北高南低的地势显得冷峻巍峨，可当地人却毫不在意。我在农贸市场买葡萄干时，特意问店老板那座山叫什么名字。维吾尔族店老板看起来四十多岁，英气逼人的脸上带着一丝歉意，他随口就说："土巴。"那语气就好像我问了个极其愚蠢的问题，如同问饭叫什么一样。我又问他"克孜勒苏"是什么意思，这次他只是茫然地摇了摇头。之后我走进一家卖草帽的店铺，想买顶草帽遮挡烈日。店老板个子不高，皮肤黝黑，普通话很不标准，我说的话他有一半听不懂。他说自己是柯尔克孜族，似乎知道"克孜勒苏"在汉语中的意思，但表达起来很费劲。他指着枸杞泡的红茶水，可我还是一头雾水。我用手指着前面那座山问："那座山叫什么名字？"

"土巴。"他不假思索地回答，我心想谁不知道那山是土堆成的。后来我打车去三千年风情街时，出租车司机是位维吾尔族中年大叔，我再次问起北边那座土山在维语中的称呼，他同样说："土巴！"说完还哈哈大笑起来，也不知是我的问题太简单，还是他的回答太幼稚。我回酒店后，在随身携带的《新疆地理》一书中找到了那座山的名字——玛依丹山。我不禁猜测这个山名是不是地质学家起的，只在书本里出现。在克孜勒苏人的生活中，似乎很少提及这个名字，那土山就是土堆的山，其他任何修饰都像是多余的，所以维吾尔族人叫它"土巴"倒也名副其实。

阿图什的早晨仍残留着昨日的闷热，这座城市位于吐古买提、哈拉峻盆地中央，仿若一口大锅底部，热量难以散发，风也找不到进出的通道。这座城市有着诸多先天特色，沙尘大概是伴随它数千年的"伙伴"，生于此长于此的维吾尔族人和柯尔克孜族人从未嫌弃它。对他们而言，与沙粒相伴是一种幸福，绿洲不过是点缀。他们呼吸着沙尘弥漫的空气，从没有见异思迁，我等这些匆匆过客又有何资格对它评头论足呢？

环卫工人在努力清扫大街，尽管沙尘漫天，可在他们眼中，那似乎并非恼人的沙尘，而只是如同阳光般平常的存在。

我打算先跑到体育中心，再前往三千年风情园，最后沿着帕米尔路一直向西跑。这是努尔古丽给我推荐的路线。别看努尔古丽是土生土长的阿图什人，她的经商天赋却与生俱来，比她的汉语表达还要顺畅。今年29岁的努尔古丽5年前加入未医堂时还是个小姑娘，靠着男友当翻译，才慢慢了解了未医堂的疗法与经营理念。她不敢独自前往北京，便去塔城裴丽的未医堂考察。当初我们两个规划师和店长在阿图什忙碌了一个多月，从设计、装修到人员招聘，再到培训技法与经营管理，她的店才得以顺利开业。

阿图什的这家未医堂是克州唯一的加盟店，我来阿图什本想见见努尔古丽，后来听说她刚生完孩子，在家哺乳，不方便外出，我便打

消了这个念头。但在这个仅有 28 万人口的最边远小城，我们像呵护幼苗般悉心扶持努尔古丽。今年妇女节，她的店荣获"全疆十佳店"称号，可见努尔古丽的经营管理能力相当出色。

我从克州第二中学门口出发。在阿图什跑步不会有那种迷茫与紧迫感，这座一眼就能望到头的城市，谈不上深沉复杂，它坦荡而内敛，在这里跑步让人倍感安心。经努尔古丽的指点，我对阿图什的跑步路线已心中有数。沿着团结路直奔体育中心。空旷的体育中心看似有些闲置，但当我从侧门进入后，却发现环湖跑道上竟然有十几个晨跑者在各自奔跑，看似杂乱无章，却能察觉到他们跑步的步伐沉重，每一步仿佛都踩在沙地上，有力却又略显飘忽，这会不会与城市的地理环境有关呢？按城市人口比例来看，眼前这些晨跑者的数量相当可观，我感觉阿图什是一座对跑者友好的城市。

从体育中心出来走上友谊路，朝着"土巴"山的方向前行，穿过帕米尔路后全是上坡路，我放慢了速度，但心跳却加快了。路窄坡陡，好似一条搭在玛依丹山上的云梯，而我就像云梯上唯一的攀登者。显然，我并没有那种攀登青云梯的超脱，脚步的笨重与刻意让我如同一只在沙地上艰难前行的鸵鸟。

我突然想起《太极跑》的作者、美国超级马拉松跑者丹尼·德雷尔说过的一句话：像孩子一样跑步。他在《太极跑》里这样写道：

> 作为教练，我最大的心愿之一就是，帮助成年人找回他们童年时的跑姿。孩子们的动作是那么的自然，看起来是那样的省力且令人愉悦。很多跑步书都告诉你要像孩童时期那样跑步，但这个建议却忽略了一点：你现在的身体和你小时候不一样了。如果你还能像那样的跑步，我愿让你当我的老师。

我是不是在为了跑步而跑步呢？虽然跑到了中国最西端的城市，可这种刻意却像在身上披了一层铠甲，仿佛自己是个永远的战士！

当我从吉米拉提路回到帕米尔路时，感觉像是甩掉了铠甲，那种轻松自在仿佛是多巴胺在体内作祟——原来我已经跑了 9 千米。帕米尔路上的人民广场已有形形色色的人在闲逛，对于早上 8 点钟的阿图什来说，这个时间还像是迷迷糊糊的预热阶段。

一块极为眼熟的门匾让我心头一热，努尔古丽的店就在那里。我跑过去，店门虽然上着锁，但店内窗明几净，玻璃透亮，这肯定是个让人身心舒畅的养生馆。刹那间，我就像见到了努尔古丽本人一样开心，她能获奖确实是实至名归。

回到酒店，我感慨万千，阿图只跑了 10 千米，却与我事先预想的截然不同，跑完后竟有一种历经万水千山的深邃感。

我正准备前往喀什时，收到了努尔古丽发来的微信：示单老师，非常抱歉没能见到您。我一定努力把未医堂做好，争取成为克州的代理。

我回复她：努尔古丽，我今早跑步在松他克街看到了你的店，你真棒！我没有多余的话，努尔古丽的店就像在诠释：像孩子一样跑步。

2022 年 7 月 21 日写于阿图什

喀什古城

喀什在 2100 年前就已颇具规模，尽显大气风范。玄奘西行途经喀什时，曾在此沉醉，在《西域记》中留存下了它的记忆，喀什古城也见证了西域往昔的繁华盛景。我被喀什古城那成片的黄土泥墙、敦实的四方民居以及充满风情的院落深深吸引，在古城里徘徊了整整一个下午。可在小哲眼中，这些不过是单调干裂的土屋，他觉得我那惊叹的神情实在夸张，令他难以接受。

我曾在 1988 年 10 月下旬来过喀什一次，当时是从乌鲁木齐直飞至此。那时的喀什机场简陋得如同候车室，人们匆匆穿过它便奔向那一片浑黄的喀什城。路过老城时，入目皆是高矮不齐的土坯墙，那泥黄的颜色让我仿佛满嘴都是泥土的气息。放眼望去，我看不到一个汉族人，好在我同行的朋友是汉族人，他还要带我去和田玉石沟寻觅玉石。那一次，我只是匆匆路过喀什，自那以后，喀什便以一种粗粝而旷远的形象留存于我的记忆之中。

如今的喀什，若不是因为古城修缮得太过规整，且还要收取 25 元的门票，我或许会选择在古城内奔跑一圈。这座融合了喀什人文历史、民族风情、千年景观与百年美食店铺的现代喀什古城，已将喀什的所有故事都镌刻其中，在此奔跑游览不就如同穿越千年吗？然而，昨天下午游览完古城后，我却感觉像是吃了一根长在河水中的甘蔗，汁水虽多，滋味却不够醇厚。倘若我仅将奔跑的足迹留在喀什古城，那可就辜负了我从北京到喀什近 4000 千米的路途花费。遥远的喀什不可能仅仅局限于古城的浪漫，瞧瞧四周那些高耸林立、虎视眈眈的高楼大厦，它们正与古城遥相呼应，现代的繁华正一点点侵蚀着古老文明的遗迹。但历史的缩影终究只能如鲜花般点缀在城市的核心区域，它会在时光的流转中永远绽放光彩。喀什古城，对于这座新疆第二大城市而言，宛如枝繁叶茂的大树上的一朵红花，鲜艳夺目，却难以阻挡绿叶的蓬勃生机。喀什的大街小巷恰似大树的繁茂枝叶，我决定在喀什这棵大树上尽情驰骋。

我所住的酒店位于解放西路，从酒店出发，东南西北皆可成为我起跑的方向。我既未借助导航，也未查看路线图，只想在喀什街头随性奔跑，这全是喀什古城激发的灵感。如今的喀什城规模宏大，能容纳数十个古城，我可不能被古城风情迷得晕头转向，而忽略了现代街巷。

我沿着解放南路向北前行，脚下的城市愈发开阔，尽管眼前没有土坯古墙的阻挡，但葱郁的绿植与高耸入云的楼房却让我产生一种身处南国的错觉。喀什作为中国最西端的地级市，仿若华夏雄鸡的尾部，稳稳地支撑着中华西部的版图。若按照当下流行的城市级别划分，喀什无疑是新疆当之无愧的一线城市。它凭借一线城市的规划架构起这座地级市的悠远历史与繁华盛景。我在晨曦的薄雾中专注地慢跑，四周行人稀少，我生怕打破喀什这浓烈晨光中的宁静，刻意减小步幅，小步快跑，这种节奏仿佛脚踩地毯般优雅矜持，这也是我对这片广袤大地的敬重。喀什，屹立于塔克拉玛干沙漠西缘的绿洲之上，我不能肆意妄为，否则会冲淡绿洲的翠色。

跑上解放北路，穿过横道，进入迎宾大道，这条喀什迎来送往的大道已然热闹非凡，川流不息的车辆让我这个异乡跑者难以喘息，我夹在汽车与自行车之间，处境尴尬，继续在这夹缝中坚持对身体可不好。在城市晨跑遇到这般景象，我心中难免涌起敬畏之情：无论是面对城市的喧嚣，还是繁忙的街道，都得遵循其节奏，城市才会接纳我们。

我漫无目的地跑上迎宾大道，T恤衫已被汗水湿透，对于接下来的路线，我瞬间有些迷茫，紧接着又暗自庆幸，幸好没让小哲跟跑，不然他准会成为我的累赘，可转瞬又为自己事先没做功课而懊恼。我想，

哪怕只是看一眼喀什市区的地形图，也不至于像无根浮萍般在喀什街头飘荡。其实，喀什有不少向导，未医堂在喀什有三家加盟店，那些堂主都主动表示愿为我引路，我只是担心在喀什形成未医堂跑团，让我这个既不像领队又不像教练的跑者去应对跑步之外的琐事，既麻烦又耗费精力，还不如独自穿着便装吃点休闲零食，这远比穿着西服参加宴会自在惬意。

跑步是双脚的自由，跑者是精神的自由。用自由的双脚开启精神自由的大门，这种自由才是真正的自在！我觉得在喀什就得尽情享受这份自在。喀什城的高远辽阔，以及它周边的沙漠，都能包容我天马行空的思绪。

我像一列脱轨的列车，猛地向右一转，脱离了迎宾大道的车水马龙，悄然滑入榆树村的宁静街巷。这里应该是维吾尔族人聚居的村庄，保留着原始风貌，未被大规模改造，原生态的民居给我一种亲切清凉之感。此刻没有在古城穿梭时的深邃悠远，却有一种清晨走亲戚时的忐忑不安，担心亲戚不在家或是还未起床的尴尬。我在这条深巷中小心翼翼地奔跑，生怕自己的喘气声打破小巷人家的宁静。维吾尔族人的院落总是充满神秘，仿佛是那些婀娜多姿的新疆舞和美妙音乐的舞台。我穿梭于这些"舞台"之间，未带走一丝冬不拉的旋律。忽然，我仿佛看到远处背着布袋的玄奘，步履蹒跚地迈向沙漠深处，他的布袋似乎空空如也，他也未曾带走西域的一沙一叶，但他的足迹却开启了佛教文化的宝库，播撒下满地的佛经，装点着这片沧桑大地。这便是脚印的力量，我想，跑者大概就是以这种方式修行吧。

穿过 1 千米长的榆树村小巷，一条小河横在眼前，紧接着滨河路上的喀什大学校门（高台校区）便出现在我面前。我对这所大学满怀崇敬，自 1962 年建校至今，它已为南疆培育了上万名教师。我本想拍张照片留念，四处张望却找不到合适的拍照之人，不是嫌人家拍照技术不佳，就是担心对方会对我慌张的模样起疑。我大汗淋漓、匆忙焦急之时，忽然一位身着白大褂、貌似实习生的学生正在搭建核酸采集帐篷，我递上手机，请他帮忙拍照。小伙子拿着铁架的手迟疑许久，

125

镜片后的眼睛瞪得滚圆，十几秒钟都没反应，是惊讶于我这把年纪还像年轻人般爱拍照臭美，还是因为我妨碍了他的工作？我仗着自己年长，鼓起勇气说道："你们大学的校门真宏伟，我想发个朋友圈。"我那略带讨好与奉承的语气并未让小伙子移开目光，"你不是喀什的？"

"我是来喀什跑步的。"

"你哪里人？"小伙子追问道。我心里嘀咕，不就拍个照嘛，咋还查起户口了？虽有些不悦，但还是如实相告。

"我说呢，听您的普通话就跟我爸说的很像。"小伙子听完我的回答，镜片后的眼神瞬间明亮起来。原来他竟是我的老乡，我们不仅来自同一个市，他家离我老家还不到 60 千米。他去年刚考上喀什大学的博士研究生，我那带着浓郁乡音的普通话就像一张独特的名片，无需刻意展示，别人便能知晓我的籍贯。在喀什大学门口，我竟又一次凭借这张名片收获了乡音。"怎么想到来这么边远的城市读博士？""远吗？比去国外可近多了。"他俏皮地冲我一笑，"这座城市太有魅力了。我还想留在这儿工作呢！"小老乡十分率真，我们全程都用家乡话畅聊。

照片拍了不少，我湿透的 T 恤也快被晨风吹干了。告别小老乡后，我继续在滨河路上以 6 分的配速慢跑。右手边那条我叫不出名字的小河（应该是人工河）奔腾着浑黄的河水，好似刚从沙漠深处汹涌而来，带着黄沙的厚重，裹挟着沙漠的渴望，我被这雄浑湍急的河水深深打动。明明四周黄沙漫天，此处却河水滔滔，望着对面的古城，我想这河水仿佛就是为滋养古城而生。河水本就无界，哪里有需求就流向哪里，正如我家乡的这位学子选择来此求学，是对喀什这片苍茫大地的眷恋，也是被蓝天黄沙的奇妙魅力所吸引。他们就如同这滚滚流淌的河水，大地承载着他们，他们又反哺滋养着这片大地。

世间所有的美好皆是无数机缘巧合的汇聚，喀什的明天必定更加绚丽多彩。

穿过东大桥，此时我已跑了 10 千米，沿着滨河北路一路向南，心无旁骛地追寻我在喀什的心灵归宿。

2022 年 7 月 22 日于喀什

和谐和田

　　此次蒙新跑最南端的城市是新疆和田，它位于昆仑山与塔克拉玛干沙漠之间。下午 6 点，我抵达和田市的迎宾路，在闷热与炙烤中四处寻觅修车店，因为车子没机油了。我本以为换机油是件轻而易举的事，在和田地区法院对面的一家汽车美容洗车行，一位 30 来岁的老板却一口回绝了我，原因是不换自带机油。我从北京出发时，4S 店告知我车子还能跑 10000 千米，还说等提示没机油时，在当地找家汽车美容店换就行。他们说得轻松，却不知我来到这沙漠深处的城市，找一家能换机油的修理店有多难，何况我还是"带着自家的酒水上别人家酒店喝酒"，人家自然不愿意。这位个头不高的老板很是精干，走路风风火火，十分干脆利落。被他拒绝后，附近也没有汽车修理厂，即便有，或许也是相同的服务标准——不欢迎"自带酒水"。我只好软磨硬泡，提出多加钱！当时洗车行的生意好得不得了，车子在外面排起了长龙。早知道洗车生意这么火，来这儿开个洗车行说不定挺不错。可能是那些整日在沙漠戈壁中穿梭的车辆，一进入城市就必须好好收拾一番，不然连车主自己都看不下去。按说和田人都清楚这个商机，怎么就成了独家生意呢？后来老板被我的保证与诚意打动了，我围着他转了半小时，他才答应给我换机油。原来是前不久他给一辆自带机油的车换油，因自带机油有问题，车子出了故障，车主找他索赔。我还从老板那儿得知，别看他店铺生意红火，可人工贵、房租贵、水贵，他根本不赚钱，关键是很难请到大师傅（修车师傅）。我在洗车行前前后后待了两个多小时，最后他只收了我 80 元，按工时算确实不贵，在这儿挣钱就像在大沙漠里一样，空间广阔，想抓到钱却不容易。下午 8 点 15 分我才从车行出来，汗衫和防晒服都湿透了，洗车行里机油味混在水雾中，连喘口气都费劲。我对车子的保养和维护向来比较随意，其实今天在喀什时就该加机油了，这又跑了 500 千米，对发动机可是个考验。这有点像我的膝盖，使用起来毫无节制，有时超时，甚至空转，这种随心所欲迟早是要付出代价的！

我跑步时也常常很粗心，经常连鞋带都忘了系，鞋子里进了沙粒也不愿停下来倒掉，磨破脚趾头是常有的事，这大概算是不爱惜身体吧。

我们住在塔乃依南路的一家酒店，本想晚上出去看看夜景，可小哲犯懒，倒在床上就睡，我却还得规划明早的跑步路线，还要写跑步记录。

和田的早晨颇为清凉，我从阿恰勒西路出发，朝着和田市政府方向跑去。路上只有我一个人，小哲今早又找借口不起床，说什么有高原反应，他这是把我昨天给他讲的我在西藏那曲遇到高原反应的经历套用到自己身上了，这孩子模仿能力可真强。要是和田海拔 1400 米就有高原反应，那我可就哪都去不了。我也不想拆穿他的谎言，就当给他放一早上假吧。我没打算拍照，他跟不跟跑也就无所谓了。跑到市政府大门前那块刻着"和谐和田"四个大字的石雕前，我停了下来，仔细触摸打量，我还以为这块石雕肯定是块和田玉呢！这里可是和田玉的产地，又是市政府的门面，如果门前不用自家的宝贝，怎能体现和田玉出自和田呢？要是我对和田玉有点了解，就不会有这么大胆的猜测了。我曾见过几米高的巨大翡翠玉石立在南方某玉器城的广场，它那霸气的模样让玉器城闻名全国。但和田玉可不需要和田市政府来为它撑门面，和田玉历经了无数朝代的风雨变迁，它甚至可以轻视眼下所有的建筑石雕，它是和田文化的标志与源头。眼前这块麻黑色的石头肯定不是和田玉，但那"和谐和田"四个红字却勾起了我拍照留念的欲望。用手机自拍时，照片上的文字是反的，这是手机照相至今

尚未解决的一个小遗憾，好像软件开发者故意留了个悬念，像我这样边跑边拍的自恋之人常常会为此抱怨。此刻，我有点想把小哲从被窝里拽出来。

凑巧的是，这时空旷的大街上，从街对面走来两位手挽手的维吾尔族姑娘。我悄悄迎上去，怕她们误会，先简单做了自我介绍，然后递过手机。个头高一些的女孩迟疑了一下，还是大方地接过我的手机准备给我拍照。

我告诉她们，我是来和田跑步的！她们看我穿着汗衫短裤，还气喘吁吁的，高个姑娘放下手机，操着浓厚的维吾尔语腔调问道："从北京来和田跑步？"她有些不解，也满是惊讶。就这样，我们聊了起来。高个女孩说她是在校大学生，读大二，我问她在哪上大学，她说："伊犁师范大学。"我前几天在伊宁跑步时正好路过伊犁师范大学校门口，还顺手拍了张照片。我从手机里找出那张照片，她兴奋得跳了起来，"就是它，就是！这是我的学校！"看到照片后，她的神情完全放松下来，就像见到了久别重逢的老师。这时旁边的小个子女孩提出要跟我合影，我顿时有了一种被粉丝认出后的兴奋。

她们俩正准备去和田县约特干遗址游玩。高个女孩叫小木，矮个女孩叫小迪，小迪在昌吉学院读书，她们俩是同村又是同学，去年双双考取大学，今年暑假就出来打工，打算利用打工挣的钱作路费，去趟广州。

"你们去过北京吗？"

"没有。"

"我想去广州，那里有我的亲戚。"小木很坦率。

"去广州干吗？"

"我想毕业后到那儿去找工作，广州挣的钱多。"小木满心向往着广州。

"我也要去，不知广州的工作好不好找。"小迪明显没有小木那么自信，每说完一句话就会躲到小木背后，笑着看着我，极其害羞。

我说："你们不都是师范生吗？毕业后不想当老师吗？"

"在广州也可以当老师吧？"她们俩异口同声地问道，语气中带着一丝怯懦，生怕这个想法太不切实际。我明白她们的意思了，广州也有维吾尔族聚居的地方，她们可以在那儿教书。这确实是个不错的愿望，广州的繁华与富足令她们心驰神往。

"跟我们一起去古城玩吧？"小木提议。

"有多远？"

"大概有 10 千米吧！"小木不太确定距离，随口说了个数。

"你们俩能跑吗？"我故意逗她们。

"没问题呀！"小迪蹦蹦跳跳的，做出跑步的姿势，好像马上就要起跑。

我反倒惊讶了，这两个看似柔弱的维吾尔族女大学生对跑步一点也不含糊。

"你们平时跑步吗？"

"跑呀，在村里就爱到处跑。"小木说。

我的起跑再次从这块刻着"和谐和田"四个鲜红大字的石雕下开始，沿着北京西路自东向西跑去。北京西路是通向和田县约特干遗址的一条笔直道路，中间还连着一段 629 县道。刺眼的太阳在我们身后，把我们的身影拉得长长的，一颠一颠的，像三只松鼠欢快地往前蹿。路上的卡车和私家车扬起满天沙尘，那是昨夜落下的沙子，和田的沙尘和玉石一样，因为绿植增多而越来越少了。

小木和小迪在我右侧领跑，时不时把我落下几米远，她们回头看看我，又放慢脚步。我感觉她们的配速达到了 5.5 分，这是我晨跑的极限速度了，我自然有些力不从心。我不禁想起日本作家村上春树的话，他也是个马拉松爱好者，在《当我谈跑步时谈些什么》一书中提到他在波士顿查尔斯河边跑步时，一群哈佛大学女生轻盈地从他身旁超过，他说：

> 眺望她们的奔跑姿态，不失为一件赏心乐事。你会朴素地感受到，世界就是这么实实在在地传承下去。归根结底，

这就是类似于传承交接的东西。所以，虽然被她们从背后赶上超过，也不会萌生出懊恼之情来。她们自有其步调，自有其时间性。我则有我的步调，我的时间性。这两者本是迥然相异的东西，我与她们相异也是理所当然的事情。

我会懊恼吗？当然不会，甚至还有些欣喜。

"前面就是我们的中学。"小木用手指了指马路对面，"和田县北京高级中学"几个鎏金大字十分醒目。"你们是这所高中毕业的？"

"嗯。"

"这是民办学校吗？"以我的认知，以为名字里带有外地名称的中小学可能是民办的。

"不是！"小迪肯定地说，"听说我们和田县高中是北京援建的。"

"我们一听到'北京'二字就很亲切！"小迪虽然不善言辞，但说这话时一点也不结巴。难怪我在和田看到很多包含"北京"二字的街道、公园、大厦。"我们和田人特别感恩北京。"小木说。我忽然想起一小时前在空无一人的街头，这两个小女孩肯定是因为我那句"我从北京来"而与我亲近起来，看来北京在和田人心中既是依靠，又是亲切。

小木提议我们仨在她们母校门前合个影，正当我们摆好姿势准备拍照时，对面校门岗亭里一位保安大喊："不许拍照！"他迅速冲过来，小迪对小木说："这不是体育老师吗？"

那位兼保安的老师让我把手机里的照片删掉，我说还没拍呢。小木对老师说："我们是这里去年毕业的学生，这位老师是从北京来的，我们想留个纪念。"小木指着我。老师说没见过她们俩，小木、小迪只好扫兴地转身继续往前跑。小木边跑边说："我很少上他的体育课，所以他不记得我们。"小迪则为没能拍到照片而感到遗憾。

大约又跑了1千米，我们看到了约特干遗址那高高的朱红外墙，可惜它今天不对外开放。我还在喘气，小木、小迪却不停地叹气，一个劲儿地向我道歉。她们不知道我心里怎么想的，其实我心里高兴着

和田市府前，背靠和田玉

呢！跑到和田来，居然有两位维吾尔族姑娘陪我跑 10 多千米来看古城，这是我在新疆跑步最大的收获。我被和谐的和田所感动，被两位大学生的奔跑能力所惊叹，被维吾尔族姑娘们的率真渴望所征服。

小木告诉我，她的村子离这儿只有 3 千米远，她们要回家一趟。望着两个女孩手挽手的背影，我也打算回酒店了。我看了看手表，今早跑了 15.8 千米，离酒店很远，跑回去太吃力了，小木告诉我有一班公交车能回到市政府。于是我开始寻找公交车站。

2022 年 7 月 24 日于和田

库尔勒的风情

在巴音郭楞蒙古自治州这片土地上徘徊了 10 天后，今天我朝着它的州府所在地进发了。沿着 315 国道在塔克拉玛干沙漠中穿梭，只见风沙弥漫，一片苍茫。从和田到若羌县长达 830 千米的高速公路，几乎被沙尘暴完全笼罩，我的车在风沙中飘摇，绿豆般大小的沙石砸在车上，叮叮咚咚响个不停，就像冰雹在敲打。路上车辆寥寥无几，如果我说这 800 多千米的路程中见到的车不超过 10 辆，人影也不超过 10 个，或许你会觉得难以置信。但这确实是一场不见人烟、唯有风沙的孤寂旅程。若不是高速公路服务区的加油站关闭，我不得不中途驶离高速，前往且末县的塔提让镇加油站加油，在检查站碰到了两位民警，又在加油站与一位维吾尔族加油工人打了个照面，这一路上我见到的人恐怕真的超不过 10 个。说了这么多，我都有点不好意思提及这沙尘漫天的景象，如果是在 2015 年之前，我在这条横穿塔克拉玛干沙漠的高速公路还未修建时就开车穿越沙漠，那我才有资格好好聊聊沙漠，讲讲穿越其中的勇敢与艰辛。如今这条高速公路像一条巨龙，牢牢压制住了沙漠的野性，无论风有多狂，沙有多暴，人和车都能安然抵达彼岸。强大的中国基建征服了茫茫沙海。我行驶在这条高速上，要是还对风沙心怀恐惧，那可真是有点矫情了。真正让我郁闷的是，风沙天气虽未阻挡我前往巴音郭楞蒙古自治州首府库尔勒市的脚步，但从和田到库尔勒 1200 千米的路程实在遥远，天气又如此恶劣，显然我们仅用一个白天是赶不到库尔勒的，我只好中途在若羌县城住一晚。

　　若羌县的故事太多，让我都迈不开脚步。楼兰古城在若羌县城以东 220 千米处，若不是小哲被沙尘暴吓得坚决不肯往沙漠深处走，我或许会前往沙漠深处探寻楼兰美女。虽然楼兰故城遗址那迷人的微笑没能完全吸引我，但离若羌县仅 80 千米的米兰遗址，总该去感受一下它的寂寞吧？我故意问小哲："你说是先有意大利米兰，还是先有若羌的米兰遗址？"小哲不假思索地回答："肯定是中国的米兰早哇！"

　　他这是在告诉我别找去米兰遗址的理由。为了避免他"罢工"，我只好继续朝着库尔勒方向前行。

　　巴音郭楞蒙古自治州有众多风光旖旎的地方，却偏偏把首府设在孤零零的库尔勒市。我第二天从若羌又驱车 444 千米，才赶到库尔勒市。怪不得"华夏第一州"的美名如此震撼，巴州人却不觉得它有多大，毕竟中国最大的沙漠、最大的盆地、最大的高原草原、最长的内陆河都在这个州，它的雄厚底蕴足以让那些小国自愧不如。拥有这么多响亮头衔的州首府库尔勒，又会为跑者呈现怎样的跑道呢？我满心期待。

　　我来到了新疆的中心地带，这里位于欧亚大陆和新疆腹地，是南疆交通枢纽，它地处塔里木盆地东北边缘，北靠天山支脉库鲁克山和霍拉山，南临塔克拉玛干沙漠。这就是库尔勒市。市区东北面的霍拉山和库鲁克山之间长达 14 千米的铁门关峡谷，自古以来就是通往南疆、青海、帕米尔高原及南亚的要道，也是古丝绸之路的咽喉之地和西域文化的发源地。一进入库尔勒市，我们就感受到了它的繁荣与忙碌，也不知道那些熙熙攘攘的人是赶着去上班还是去赶集？大中午的，太阳像个大火盆悬在头顶，人们似乎并不在意这川流不息的人群，但对其中没戴口罩的人却要求严格。我在拥军广场瞻仰"十八兵团渠纪念碑"上那威严的兵团战士雕像时，百米开外的一个警察严厉地冲我喊道："戴口罩！戴口罩！"年轻警察远远地用手指着我，我顿时紧张起来。我戴上口罩后才敢正眼看警察一眼。身高一米八五的小哲像个"卫士"，终于逮到机会攻击我："让您戴口罩您偏不听，这里又不是沙漠！被警察发现了吧！"他有点得意，找到了我的把柄。虽说

没人注意到我被小哲怼得窘迫的样子，但小哲教训我的口吻完全是对半个月前我批评他的回敬，真是应了以牙还牙的古训。看来与孩子相处，不光是言传身教，更多的是要设身处地地用心去引导。

我有个新发现：库尔勒市区这条人工水渠可以被当作我在此处的运动轨迹。

十八团大渠是新疆生产建设兵团开凿的第一条灌溉水渠。当年，十八团的指战员从甘肃玉门出发，日夜兼程进军新疆，1949年12月31日抵达重镇古城焉耆。之后他们进驻南疆库尔勒，一边参加剿匪平叛、民主建政，一边开展轰轰烈烈的大生产运动。指战员们发扬南泥湾自力更生、艰苦奋斗的革命传统，在各族人民群众的支持下，用简陋的坎土镘、镢头开荒拓土。部队遵照王震司令员的指示，兴建十八团大渠，引孔雀河水灌溉万古荒原，屯垦戍边吾瓦滩，翻开了历史崭新的一页。于是，一条长61.7千米的大渠纵贯南疆戈壁滩，如今十八团渠流经库尔勒市区的部分不到10千米，但它与孔雀河的紧密相连依旧为我在库尔勒的跑步路线指明了方向。

沿着水渠跑步，是选择其中一段，顺水而下，还是追根溯源去找源头呢？我决定逆流而上，渠的源头是孔雀河，那孔雀河的源头又在哪里呢？如果一味地去追寻源头，可不是今晨这一时半会儿能搞定的。有些源头，或许穷尽一生去奔跑探寻都难以找到，但无数个日日夜夜、岁岁年年的奔跑探索积累起来，也许就能找到那些分支细流的源头。我还是先把今天的渠流追溯到孔雀河吧！

大渠的水流在人工的规划下有条不紊地奔腾向前，就像训练有素的士兵，整齐划一、勇往直前。它悄然穿透库尔勒的晨雾，如同一条畅通的血脉，在库尔勒市区流淌，将戈壁滩上的这片土地滋养得丰饶而有力量。清晨的十八团渠始终保持着汩汩流淌的活力。此刻没人在意它那潺潺细流，只有几位早起的维吾尔族大妈在渠边广场翩翩起舞，她们像渠水一样欢快地迎接新的一天。

沿着渠道逆流而跑确实需要些勇气，跑着跑着，要是渠道钻进了暗洞，那我的溯源之旅可就半途而废了，这对一个跑者来说是挺沮丧的事。

　　前面几千米的渠道与天山西路并行，跑起来自然顺畅，也不紧张。渠水向下流，仿佛在检验我的跑步轨迹，我与渠水的关系并非擦肩而过的冷漠，而是像一条小鱼逆流而上的奋勇搏击。城市的高楼大厦和绿地在渠水两侧延伸铺展，这是与渠水搏击后的成果展现。

　　跑了 7.1 千米后，我来到了十八团渠小区，渠道在这里戛然而止。我四处张望，除了无尽的城市建筑覆盖在渠道之上，我根本不知道它是否还有延伸之路。这时，一位 30 多岁的男子骑着电瓶车慢悠悠地朝我驶来，我顾不上满脸汗水肆意流淌，大声问道："同志，请问十八团渠前面还有路吗？""十八团渠啊？不知道呀！孔雀河在上面呢。你到那边去看看。"小伙子可能被我这"同志"的称呼弄得有些不自在，所以很正式地回答了我的问题。这条与他父亲年龄相仿的十八团渠，对他而言就像是"上辈人的记忆"。我点头致谢。如果和他继续纠缠，可能找不到渠道的出路，还会被指向河道，于是我放他走了。

　　跑步的节奏被打乱了，我心里自然有些失落，是继续探寻渠道，还是另寻他路呢？

　　这时来了一位老同志，看起来不到 70 岁，脸上带着一种知晓标准答案的神情。我的问题对他来说可能是小菜一碟，果不其然，他给我指了一条在渠道上继续奔跑的捷径。

　　"这路可不好找呢！"

　　"没事，我随便走走。"我问道，"好像年轻人都不知道十八团渠的名字？"

　　"他们哪会知道这些！"老人告诉我他与这条渠道同龄，一直生活在渠道附近，渠道的通堵、清淤、水流状况以及周边绿化，他都一清二楚。"这么多路，你为啥非要走这渠道？"他反问我。

　　"我只是想探寻渠道的源头。"

　　"前面两三千米就是孔雀河。"这位共和国的同龄老人面对十八团大渠，就像面对一棵数百年的常青树，眼中满是自豪，心中满是呵护。

又往上跑了 2 千米，我找到了十八团渠的源头孔雀河。在这里，库尔勒的城市风貌被尽收眼底，那种"半城流水一城树，水边树下开园亭。夭桃才红柳初绿，梨花照水明如玉"的江南韵味，就是库尔勒市的真实写照。我不想落入俗套地大肆描绘库尔勒的风情，依旧沉浸在对十八团渠道的执着探寻之中。虽然孔雀河的河水如母亲的乳汁，源源不断地滋润着这片土地，但在我眼里，十八团渠就像是忠诚地

库尔勒高铁站前摆"八"字

将库尔勒母亲河的乳汁输送到干涸土地的使者。不管我如何探寻源头，孔雀河的清澈与岸边的柳绿都给了我完美的答案。

库尔勒市区在这水乳交融的晨光中敞开了怀抱，昔日的戈壁滩，如今街道整洁，渠河交错，树木繁茂，人民生活幸福。在这样的街景中奔跑，所有的感慨都显得有些多余，我一口气跑回酒店，整整跑了15 千米的路程，仿佛跑过了库尔勒 70 年的风雨历程以及改革开放后的蓬勃发展。

2022 年 7 月 26 日于库尔勒

昌盛吉祥

　　昌吉紧邻乌鲁木齐，二者相距仅 30 千米，这短短的距离使它们难以划分出各自的势力范围。在广袤无垠的新疆大地上，它们就像一对亲近却又各自独立发展的堂兄弟。从商业角度而言，这两地常被视作同一商圈，如此一来，昌吉似乎就被乌鲁木齐纳入怀中了。难怪我的乌鲁木齐合作伙伴寇辉，虽只是乌鲁木齐市的代理，却执意将昌吉划归自己的势力范围，称两市同属一个商圈，商业自成一体。我虽当时不认可他这说法，但当驾车行驶在乌鲁木齐环城高速眺望昌吉时，我又觉得他的话有几分道理。

　　昌吉市是昌吉回族自治州的首府，对于地域辽阔、资源丰富的昌吉州来说，昌吉市的市区面积确实不算大。我下榻在北京路中段的一家酒店，这里算得上是市中心的繁华地带，任芳的店就在附近。我与任芳相识，源于好几年前她多次向总部投诉寇辉抢了她的客户。原来，任芳有个姐妹对未医堂兴趣浓厚，不仅是任芳店里的常客，还打算在昌吉开一家未医堂。任芳便让姐妹多考察市场，可她去乌鲁木齐寇辉的未医堂考察时，被寇辉说动，加入了他的连锁。这让任芳委屈不已，跑到总部告状，说寇辉不守规则，从此两市的业务便井水不犯河水。

　　我已有好些年没见过任芳了，此次来昌吉跑步，就想找她聊聊，化解她心中的疙瘩。任芳老家在河南，来新疆将近 20 年了。2003 年时，她年轻气盛，在喀什做导游，有了两个孩子后，她发现自己患上不少

南疆的疾病，于是举家迁至丈夫的老家昌吉。昌吉的气候让她很满意，年近 40 的她决定涉足与健康相关的行业，就这样机缘巧合地走进了未医堂，我们也因此结识。如今，8 年过去，已 48 岁的任芳看起来一点不显老，做导游时晒黑的皮肤在昌吉的滋润下，连黑斑都消失不见。我打趣她："你换肤了？"

"不换就跟不上节奏啦。"她依旧开朗，幽默中满是幸福。

任芳长叹一口气，说道："好了，儿子今年考上大学了，我能更专心做未医堂了。"她是真的开心，并非炫耀孩子。像她这般年纪的女性，很多还在陪读。她儿女双全，女儿大学即将毕业，儿子又考上了 985 高校，她当然有炫耀的资本，可任芳并未沉浸在儿女成功的喜悦中，反而抱怨丈夫对她干涉过多。"我那老公啊，非让我把未医堂关了或者转让出去，说我的任务完成了，该退休了。你说气人不气人，我要不是开了未医堂，脸色能这么好吗？精力能这么充沛吗？"她佯装生气，实则娇嗔。这个属虎的女人毫无虎气。

她突然一本正经地对我说："寇总是干大事的人，格局很大。我当年跟他闹成那样，自从他做了新疆的省代，对我格外关照。前年因特殊原因，昌吉的门店纷纷关门，我们店也不例外，我的健康顾问都没事做，我又不想辞退他们。寇总知道后，立刻让我的健康顾问去他店里工作，工资由他支付，不仅解了我的燃眉之急，还帮我留住了人才。"她还列举了寇辉许多令人感动的事迹。看样子，她对寇辉的那些抱怨早已烟消云散，我来见她似乎有些多余了。我顿时轻松许多，双脚也有了起跑的欲望。

"不说这些了，我给你介绍一下昌吉。"她微微撇撇嘴，模仿风光片解说员的口吻，字正腔圆地描述："在新疆北部的昌吉，天池高悬于高山之巅，博格达雪峰成为天地的分界。南望天山山脉横亘东西，无边无际，头屯河下游总是裸露着灰白色的石头；北眺原野辽阔无垠，这些远景镶嵌在视野中，勾勒出昌吉风景画的边框……"不得不说，没有十年导游的功底，绝对无法这般深情演绎。我还没笑，她自己先笑了，笑得格外畅快，如冬日暖阳照进心房。

我和她的聊天在这种轻松自在的氛围中进行，仿佛老友重逢叙旧。

"昌吉哪儿都好，若要说缺点，就是离乌市太近。"别人都盼着离省会近些，她却想法相反。

"这不发展更快吗？"

"离省会太近，就没了城市特色。"她确实是个有独立思考的女人。

"你跑步吗？"

"跑啊，肯定没您专业，每天就在公园里跑几千米。"

"明天早上我们去哪儿跑？"

"环昌吉市跑一圈，怎么样？"她像是早有计划，"您不是喜欢环城跑嘛，我一直看您在今日头条发的跑记，知道您每到一个城市都环城跑。"

任芳的接待真是细致入微。

第二天天还没亮，任芳就在宾馆大厅等我。我们从北京南路出发，朝着北京北路跑去。在城市中心跑步，方向其实没那么重要，关键在于跑者是想看人、看车、看楼，还是想洞察历史、静看风云变幻。

任芳总想向我提问，比如："您为何有如此大的毅力跑遍中国？"跑步时回答问题全凭直觉，思考都交给了脚步，答案在路上。为何众多马拉松跑者"敏于行而讷于言"？行动便是他们的答案。任芳希望我能给她个详细解释，这不是新闻采访的豪言壮语，也不是心灵鸡汤的浅尝辄止，更像是人生思考后的读者留言，她或许心中有答案，就像人都知道终点是死亡，但每个人对死亡的感悟各不相同。

城市的热气渐渐升腾，昌吉市的街道依旧保持着西部城市的规整。那些风格独特的楼房都分布在去往乌市的道路沿线。前方一座不起眼的门楼吸引了我，"昌吉学院"四个金字闪闪发光。我突然想起和田的小迪，她就在这所学校读书。离开和田的那天早上，小迪给我发微信："叔叔，今天我们不上班，我们带你们去玩吧！"我回复："我们已在去若羌的路上了。"她随即发来几个流泪的表情，还有一行字："一路平安"！

我把与小木、小迪的经历讲给任芳听，她一脸羡慕："我也想出去跑跑。"

跑到乌伊东路时，基本已绕昌吉市区一圈，我看了下表，跑了 13.8 千米，用时 1 小时 39 分，感觉就像边走边跑，任芳也说："这种配速确实不累！"

我说，咱们得往回跑了。她却带我来到路边一家酒楼前，我看到寇辉站在门口。原来他们早就约好了，寇辉本打算昨晚来昌吉看我，可公司季度会开到晚上 10 点，于是和任芳约好早上来陪我吃早餐。这可真是跨越区域的迎接，我故作镇定地与寇辉握手、致谢，寇辉则依旧笑容满面，默默拉我进屋吃早餐。我说还从没在跑步途中吃早餐呢。

"昌吉这圈跑不圆啦，不过有你们俩帮我画这个圆了。"我故意打趣任芳，她明白我话里的意思，回答道："寇总正在画新疆这个大圆，昌吉的小圆我来画。"任芳像个出征的大将。在我的跑步之旅中能有这样的陪跑者，实在是件令人有成就感的事！

2022 年 7 月 29 日于昌吉

挥师乌鲁木齐

　　一驶入乌鲁木齐市的高架桥，小哲便兴奋不已。昨晚他就不停地问我："大巴扎是干啥的呀？里面都卖啥东西？"我把乌鲁木齐安排在此次新疆之旅的最后一站，就是想吊吊小哲的胃口。他途中调皮捣蛋时，我就会吓唬他：咱们不去乌鲁木齐了。小哲为啥对乌鲁木齐如此向往呢？我问过他，他没正面回答。

　　寇辉安排我住在建国路的建国饭店。此饭店并非那家知名连锁的建国饭店，而是由一家地方招待所升级改造而成的，这可让那家大型连锁酒店集团头疼不已。起诉它商标侵权吧，人家用的是街道地名，还有历史渊源。就如同寇辉面对乌鲁木齐多家类似未医堂的店的情况一样，那些店要么在未医堂前面加两个字，要么在中间加一个字，让消费者难辨真假。寇辉要求总部律师去打假，可人家到底假在哪呢？这也让律师犯难。商标就好比人名，如果有身份证那样的功能，比如加上头像，恐怕就难以仿冒了。说实在的，企业的关键不在于名字，精神商标才是深深印刻在消费者心中的图腾。

　　我住的这家建国饭店入住的人不多，十分安静。这个时节，全疆的景点都人满为患，乌鲁木齐市区更是人头攒动，而这家饭店隐匿在市中心的僻静之处，让我能稍作喘息。我打算在乌鲁木齐调整一下节奏，对新疆之行做个总结，特别是小哲，我得好好跟他聊聊。暑假都过了一半，他是继续跟我跑，还是直接回家呢？这得看他的想法。接下来

我想去跑完内蒙古，这至少需要半个月的时间，如果他跟跑，就得遵守承诺，做好助跑员的工作。

我不让寇辉来打扰，就想和小哲两人静静地游览、奔跑在乌鲁木齐。在小哲有限的地理认知里，遥远的乌鲁木齐、维吾尔族人的民族服饰都充满了神秘的吸引力。从老家出发前，父母给他出了道难题：是继续在家玩手机，还是跟我跑新疆？在这两难抉择中，他最终被新疆的神秘所俘获。乌鲁木齐成了他心中充满异域风情的向往之地。要是这最后一站不带他出来跑一跑，见识见识，可就对不起他一路上给我制造的那些小麻烦了。

下午太阳快落山时，我特意带小哲去了乌鲁木齐的大巴扎。这里和 2006 年我来时已截然不同，如今它已形成了一套全新且完整的商业体系，民族智慧与特色在这个系统工程里展露无遗。维吾尔族人用他们的灵魂铸就了大巴扎，这里宛如一个绚丽多彩的世界，又似一个色彩斑斓的童话。黄、蓝、绿、红四种颜色相互交织，填满了眼前的所有空间，尖塔、圆柱、方框三种造型搭配得和谐而灵动，毫无突兀之感，就如同这里人们脸上洋溢的明快而庄重的神情。太阳与屋顶齐平，那耀眼的光芒像是对大巴扎里每一座建筑的考验，在霓虹灯闪烁之前，蓝、黄、绿、红真实地装点着这熙熙攘攘的空间。

"这跟商场差不多。"小哲那忙碌的双眼透露出紧张与新奇交织的情绪，也有逐渐放松的迹象，仿佛是在欣赏一场魔术表演的尾声。

"大巴扎原本就是维吾尔族人的集市，我 1988 年来的时候，这里全是露天市场，2006 年再来时，已经有了交易功能区，而且更加时尚现代。"我想告诉小哲，大巴扎并非一开始就如此宏大壮观。

小哲内心肯定有些躁动，眼前的景象与他的想象差别太大了。就像他一直感到不屑的我跑步时爱拍的那些带建筑物背景的照片一样，在成年人的世界里，总有一些事物承载着功利性，而此刻眼前的这一切，或许就是对他的一种启蒙。

回到酒店，我们满嘴都是牛羊肉串和烧烤的孜然香味，双手摸着圆滚滚的肚皮，在房间里来回踱步。

"叔叔，我好想跑步。"小哲摸着肚皮，真诚地向我发出邀请，这可是他20天来首次对跑步表现出如此强烈的渴望。如果只是为了消化肚子里的牛羊肉，他自有办法，而此刻突然向往跑步，也许是被乌鲁木齐的神奇魅力所感染。

"只跑5千米，行不？"我说，"早上你在睡梦中时，我在昌吉都跑了十几千米呢！"我也撒起娇来。

"5千米也行，晚上不用拍照了吧，我可以领跑。"小哲像个长大的孩子，向我发起挑战。

"我们跑到红山公园，正好5千米。"我查了下导航。

晚上10点多的乌鲁木齐，正是市民逛街、纳凉、散步的好时候，街市的夜景比白天多了几分妩媚，透着深秋般的清凉。虽是酷暑季节，这座城市却有着别样的凉爽。我们听着导航的指引，在乌鲁木齐的街头一前一后地奔跑着，小哲的大长腿在前方欢快地迈动，我即使加大步幅也难以跟上他的节奏，只能将步频提高到200来与他保持相近的距离。这对我来说负担不小，也不利于我们肠胃的消化，我赶忙朝小哲喊道："减速！"小哲回头瞅了我一眼，虽然看不清他的眼神，但我能感受到他那股傲娇与得意。

我们在摇曳的灯光下慢跑，街边光影交错的饭店和商铺人影晃动，人们进进出出，悠然自得，这正是夏夜闲逛的好时光。虽然看不到城外环绕的棕褐色大山，但城内宽阔街道上似乎倒映着大山的凉意，为渐浓的夜色增添了一抹西域风情。乌鲁木齐最初只是丝绸之路上设立的一个哨站，到了唐代，它迅速发展成为贸易中心，后来贸易一直是它的主导产业，"巴扎"文化也逐渐向内陆传播，吸引着一批又一批游客的好奇心。

今夜的乌鲁木齐既有广袤西部的宁静恬淡，又燃烧着市场的熊熊火焰，巴扎随处可见。就在我们快要跑到红山公园大门时，我们一侧是车水马龙的快速车道，另一侧是通往红山公园前门的幽静深邃的街道绿地，有人向我们伸出挂满一串串绿松石的手，招呼我们过去，交易可以在草地、路边甚至树荫下进行。可我们对此并无兴趣，径直冲

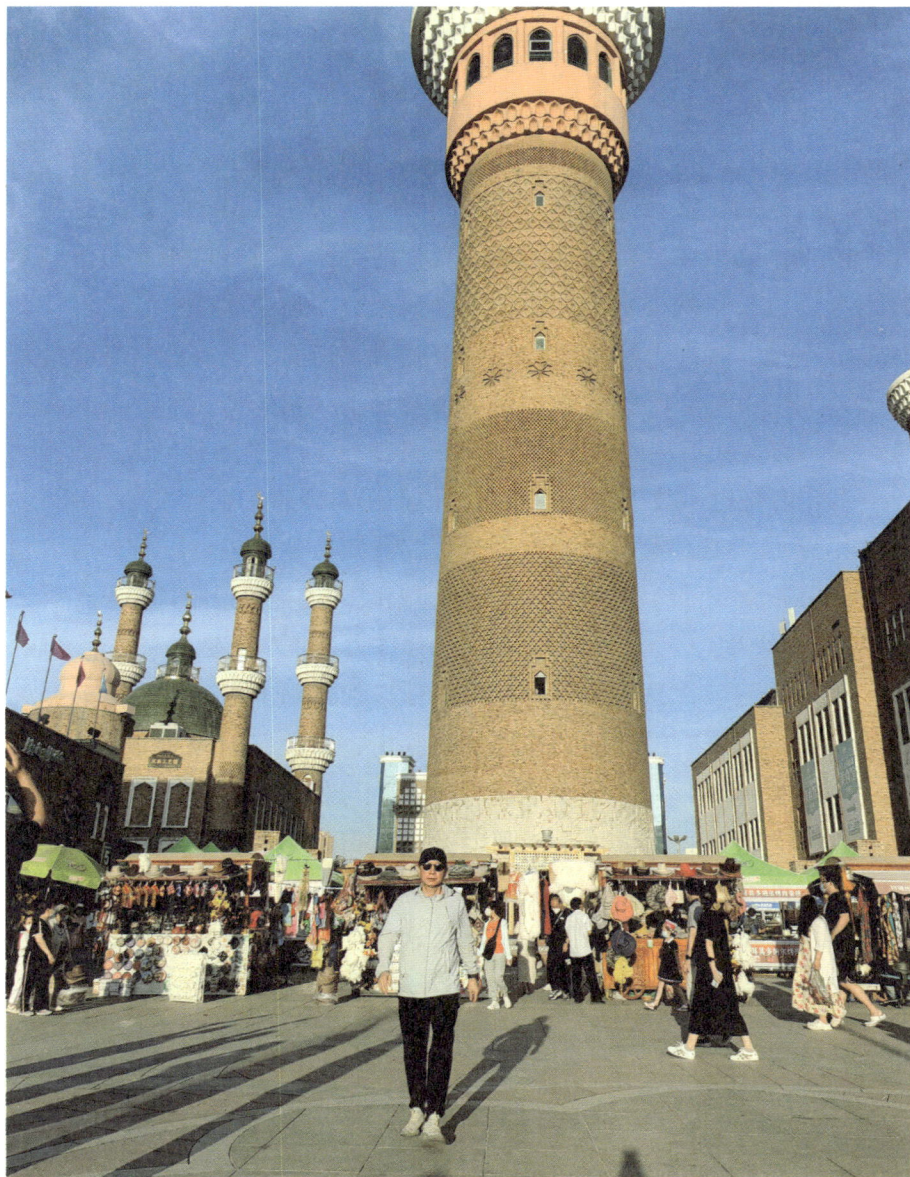

在乌鲁木齐大巴扎内"乱窜"

进公园才是我们的心愿。可惜公园早已关门，我们只能站在栏杆外向里张望。1988年中秋后的某一天，我也曾站在红山公园大门口焦急地等待。那年，身无分文的弟弟在乌鲁木齐火车站走失后，我白天在火车站寻找，傍晚就来红山公园门口等候。我是听站前派出所的民警说，红山公园门前有个"寻人夜市"，那些年闯荡新疆的商人和流浪青年，在梦想破灭后，就在这儿等待归家的召唤。我在红山公园门口徘徊了七个晚上，终于在一个落日与华灯交替的时刻，当黄昏渐渐过渡到清冷的秋夜，弟弟从公园里冲了出来。我大喊一声弟弟的名字，刹那间他瘫软在地，我冲上去紧紧抱住他。此时，街面上正好飘来齐秦的那首《外面的世界》，我忽然觉得弟弟看到了"精彩"，而我却在无奈中苦苦追寻。我等待他，不是为了他的归来，而是为了他的成长。

　　我没有把这个故事讲给小哲听，他似乎对奔跑仍意犹未尽，我说："你沿路返回吧，走也行，跑也行！"我知道他还想继续跑。看着他远去的背影，我依然沉浸在几十年前那温暖的拥抱场景之中。

　　这一天我跑了近19千米，为了保存体力，我选择坐公交车回酒店。

　　第二天清晨，我的体力恢复得极佳，独自踏上旅途，沿着昨晚的路线出发，回来时沿着西虹东路、新兴街、新民路、青年路奔跑，共跑了10.5千米，形成了一个椭圆形环线。与如今蓬勃发展、日新月异的乌鲁木齐市区相比，这个椭圆就像一个街心小池塘，不过好在我把红山公园圈进了我的跑步路线图里，带着这份满足，我在酒店大堂与寇辉共进早餐。

2022年7月30日于乌鲁木齐

海南篇

三亚跑

　　三亚这座地级市，在全国的知名度颇高，这得益于它那迷人的热带气候以及天堂般旅游度假胜地的美誉，它就像一副坚实的铠甲，给予北方候鸟们养老过冬的贴心呵护。我来此并非为了过冬。选择三亚作为首跑之地，全然是因为林澜在三亚，而她的朋友阿钟恰好也在此地，林澜称阿钟能够帮我办理前往三沙永兴岛的手续。林澜是我的合作伙伴，她家在海口，10年前我们便已相识，那时她30岁，正值意气风发的年纪，无论是长相还是身材，都堪称出众，这也成为她得天独厚的资本，她的强势与她的长相一样，容不得丝毫挑衅。当时她不屑于与公司其他人洽谈合作，却唯独要与我针锋相对地交锋，我对她说了一句话：你不适合从事养生健康产业，先把脾气调整好了再来谈合作吧。不知是否是这句话刺激到了她，我们合作的进程反倒加快了。从那时起，我们便建立起了亦师亦友的合作关系。我已有5年未曾见过她了。

　　林澜就像一位周到的管家，将我在海南岛的行程安排得妥妥当当：三亚为首跑之地，儋州作为第二站，海口则是第三站，最后一站留给三沙；从西线到东线环绕海岛一圈，三亚由她陪跑，儋州安排阿珍陪跑，在海口依旧是她，而三沙就只能由我独自前往了。她简要地介绍了一下阿珍的情况。她的安排既有着地主般的热情好客，又不失老朋友的随性自在，更多的则是那份尊敬与真诚，接待的规格与档次都按照最高标准来执行。我说："三亚就让我独自放松一下吧。"

我对三亚颇为熟悉，曾多次来到此地，三亚湾、海棠湾、亚龙湾、大东海、小东海都曾留下过我的足迹。这几大海湾将三亚市区的高楼大厦映衬得略显黯淡，它们宛如几道巨大的弧线，勾勒出三亚市面向大海的"龙口"，既吸纳着海上的季风，又被海洋的浪花润泽着这座城市的"双唇"。三亚便是在这般得天独厚的海岸滋养下，在短短不到四十年的时间里，从无到有，崛起为一座现代化都市。

我在三亚的晨跑地点选在了三亚湾，这大概是因为三十年前我初次来到海南时，就住在三亚湾凤凰镇的一家招待所。那时我做成的第一笔货到付款的生意，是将一卡车蛇胆川贝液运送到三亚，然而，事与愿违，货到地头却无人接收。我虽在凤凰镇滞留了十多天，却连收货人的影子都未曾见到。那时的三亚湾就像一个懵懂且不修边幅的少年，静静地躺在那里，茫然地望着海洋深处，沙质的海滩上长满了杂乱无章的茅草，我的彷徨如同那茅草一般，杂乱无序且烦躁不安。后来，我每次来三亚出差，几乎都会选择住在三亚湾一带。

三亚湾的清晨没有傍晚时分的妩媚动人，更没有夜晚那般近乎夸张的喧嚣热闹。你可以将海浪拍打着沙滩视为一种钟摆，它有序地摆动着，却又充斥着整个视野，时间仿佛全都融入海水之中，所以，清晨的海滩既不寂静无声，又清净得让人不禁心生多愁善感之情。

大约 6 点 30，我从凤凰岛的海滩出发，找准了晨跑的方向。海滩上不见人影，大海里没有船只，天空中也不见云彩，城市仍在昨夜霓虹灯的映照下恍惚迷离，在烧烤的烟熏缭绕中似睡非睡。我此刻的心境就如同初进入青春期的那种心潮澎湃、热血沸腾的感觉。沙地虽然会陷脚，却十分温柔，与在沙漠中奔跑不同的是，沙滩的水分仿佛为脚腱和膝盖涂抹上了润滑油，给予了它们贴心的保护。我打算放纵一次，看看自己能否跑到三亚湾的尽头。

随着晨雾的渐渐散去，三亚带着浓郁的人间烟火气息，缓缓地展开了它的美丽身姿，太阳的霞光映照在城市的高楼屋脊之上，散发着强烈的对长寿生活的向往。在这个游人如织的时节，海岸沙滩既是养生的好去处，也是财富的孕育之地，不过，此刻它正在养精蓄锐。

海洋面积近乎陆地面积两倍的三亚市，宛如拥有海魂地魄一般，为我摇旗呐喊助威，我这个循规蹈矩的跑者在海岸线上留下了第一串脚印。

我在一半是海水、一半是沙粒的奇妙世界中奋力前行，海水划定了海岸线的界限，它时不时地触碰我的脚面，这水与沙勾勒出的曲线指引着我奔跑的方向，不知是我的双脚融入了海水，还是海水想要融入我的奔跑之中。海水汹涌而上，又被沙滩击退，我在这两者互不相让的世界里穿梭周旋，渐渐地在海跑中坚定了自己的信念。

当年我投身商业的第一桶金，便是被海南大开发的热潮吸引到这座岛上的。那年在樟树的药材交易会上，我如同一个懵懂的小学生，分不清谁是买家、谁是卖家。当一个皮肤黝黑、说话含糊不清的男子来到我的展位，表示要订货时，我起初并未在意，然而当他将介绍信和工作证递到我面前，"海南三亚"这几个字瞬间让我眼前一亮，没错，当时的海南在我眼中就如同遍地黄金，与海南人做生意是我前来参会的梦想。这个中年男子气度不凡，十分有派头，我说什么他都满口答应，"好的啦"几乎是展会上最动听的回应。不过，他提出没有订金，货到付款是不容商量的条件，他扬起介绍信，理直气壮地说："我们这么大的公司还会少你的这点货款？"那气势让我羞愧得无地自容，我像个做错了事的孩子，脸红心跳，只能尴尬地赔笑。我心怀感激地向工厂申请发货，并用我全部的身家做担保。我完全被这位海南男子的气场折服了。说实话，当时我觉得他的忠厚如同他敦实的身材一样，让人觉得他不会说谎，我也不清楚我们这一面之缘是否是他预先设计好的。

我的奔跑犹如逐浪的扁舟，一起一伏，不是驶向大海深处，也没有搁浅在沙滩的勇气，只是在这岸海交接之处漂移不定地寻找着归宿。

英国著名的耐力跑越野女皇丽兹·霍克在《跑者》中写道：我们有许多种方式在明净的空气里孤独地在山中寻找阳光。孤独的意义是指只有我们自己才能完成自己的比赛；没有别人，只有我们自己。这就是为什么从某种意义上来说，比赛是生活的一种暗喻。路上的漫长时间让我们有充足的时间更深刻地认识自己，会让我们了解自己到底是怎样的一种生物。

是的，一切都挺好，孤独跑的感觉很棒。

是海水冲出了海岸线，还是沙滩圈住了大海？它们在亿万年的约定中或许也曾有过差错，但遵守自然界的规律始终是它们合约的前提，它们在相互的纠葛中找到了一条和谐共处之道，那就是以无比柔韧的力量吸纳着尘世的纷扰，海水最终回归大海，沙粒坚守着自己的使命，在阳光的照耀下敬畏着大海的浩瀚无垠。我跑过山，跑过河，穿越过沙漠，踏行过草原，可哪一次的奔跑能像此刻这般自由洒脱、无拘无束？如果说绵软是阴柔的象征，坚韧是阳刚的体现，那我此刻正畅游奔跑在这阴阳交融的世界边缘，深知"人不能两次踏入同一条河流"，这一脚更是无法踏入两个截然不同的世界。我因那次口头担保而心力交瘁，波涛汹涌的商业世界似乎容不下我这稚嫩的双脚，由此我踏上了漫长的"二万五千里商业长征"之路，以至于现在双脚满是厚厚的茧子和皲裂的死皮。

三亚湾路上林立的五星级酒店宛如一对对俊男靓女，深情地凝视着大海深处，它们堪称三亚经济的中流砥柱，一直支撑着三亚的辉煌。它们凭借陆岛的琴瑟和鸣与大海的激情澎湃，将这座城市妆点得绚丽多彩、祥和安宁。从陆路到海岛，从海岛眺望海洋，三亚承载了无数人的梦想。

虽然沙滩已被拦海坝截断，但仅仅8千米的跑程肯定无法达到我的预期。于是我上岸，转到御海路。离开了海滩，周围的氛围顿时变得市侩了许多，琳琅满目的店面、风中摇曳的果树都会吸引人们的目光。人们曾将经商比作波澜壮阔和多姿多彩的大海，但我却觉得海滩更具吸引力，更富有挑战性，它兼具了大海的空阔无垠和陆地的绚丽多彩，我更喜欢在这样的辽阔天地中奔跑。

10千米的目标达成，我依旧没有找到三亚湾的尽头，而前方已是天涯海角。

三亚湾，赤脚吻海滩

儋州跑

儋州这座城市在建制方面颇为特殊，它之下既无县也不设区，仅仅管辖着十六个镇，这种情况与广东东莞市类似，在全国也仅此一例。儋州市政府所在地位于那大镇，想当年苏东坡被贬谪到海南时，就落脚在那大镇。《儋县志》记载："盖地极炎热，而海风苦寒。山中多雨多雾，林木荫翳，燥湿之气不能远，蒸而为云，停而为雨，莫不有毒。"苏东坡在儋州那潮湿闷热的环境中，不仅创制出了美食，还将读书精神传播到了黎寨，东坡书院便是那流传千古的文化殿堂。倘若不是苏东坡老先生当年谪居儋州的那大镇，或许那大镇也难以成为儋州市的首府。如今的儋州市，除了拥有名声响亮的洋浦港这样的海南海港经济引擎之地外，还有诸多值得关注之处。不过，我实在没有勇气跑到洋浦港去。

既然来到儋州，就必定要领略它的文化韵味。东坡书院于 1098 年建于儋州市中和镇，是海南最早且规模最大的书院。可从那大镇到中和镇有 40 多千米的距离，我感觉自己有点顾此失彼，力不从心。若是在那大镇跑步，就难以兼顾中和镇的东坡书院。无奈之下，我只能暂且抛开中和镇那厚重的历史文化积淀，穿梭于繁华首府那大镇的尘世喧嚣之中，跟随着儋州市时代的经济脉搏跳动，去体会它奋勇向前的蓬勃活力。

为了能在海南岛画出一个大圆，我沿着环岛高速从西线一路抵达

儋州。在阴雨绵绵中穿越了 300 千米的路程，儋州也用雨雾朦胧来迎接我。面对这样的天气，我实在难以想象海南阳光明媚时的洒脱模样。这天气若是与三月的江南相比，倒也颇为相似。不过，如此一来，可真是有点委屈儋州原本的爽朗以及那蓝天白云了。阿珍在酒店大堂等候着我。阿珍是林澜的合伙人，她们还是闺蜜，我此前并未见过阿珍。这次听林澜说阿珍是儋州的客家人，她不但熟知儋州的风土人情，还掌控着儋州健康市场的半壁江山，负责管理儋州的未医堂。于是我便答应与阿珍见面，也好见识一下林澜眼中这位客家女人的精明能干。

　　我们在我所住酒店的咖啡厅找了个位置坐下，这个女人看起来刚过 40 岁，面容带着几分操劳的痕迹。她的普通话全然没有客家人那种发音含混、舌头伸不直的尾音，说得极为干脆利落，就像拍卖会上女拍卖师叫价时那般斩钉截铁，说话时既不重复也没有停顿。她帮我点了一杯咖啡，自己却只要了一杯白开水。如此鲜明的对比，让我不禁为她的利落作风而感到兴奋，果真是个与众不同的女子。面对着这杯黑乎乎的咖啡，我并没有一饮而尽的冲动，只是想嗅一嗅它那焦香的味道。

　　"儋州有什么好玩的地方？"我率先发问。

　　"我平时不怎么跑步，林总说您是专程来儋州跑步的？"阿珍回应道。

　　"嗯，边跑边看。"我回答。

　　"今年儋州举办过一次国际马拉松赛，主要路线是文化路、国盛路和中兴路。我昨晚问了几个喜欢晨跑的朋友，他们推荐您去军屯花果园跑。"

　　"离市区远吗？"

　　"有 5 千米远。"

　　"那我还是在市区跑吧。市区哪里人流多？老城区在哪条街？"

　　我们一坐下来，连口水都没顾得上喝就直奔主题，阿珍可真是个行动力极强的人。

　　接着，她又向我询问了许多中医养生知识，仿佛我是专门来授课的。我由此觉得林澜找到了一位与自己志趣相投的合伙人。

阿珍告诉我，她是五年前与林澜开始合作的。当时林澜向她借钱，她直言：借钱不如合伙，这样朋友间的友谊便有了合伙契约的保障。真是个聪慧通透的女人。

"是生意不好才找你借钱吗？"我问阿珍。

"不是，是她家里出了点变故。"

"你怎么那么看好她做的事？"

"她的眼光一向很准。再加上我自己是做大药房连锁的，养生市场也是我一直想要涉足的领域。"

她喝了一口水，原本就略显严肃的表情像是上紧了发条一般，继续说道："示单老师，我想对儋州的未医堂进行一些改革，林总却一直不同意，她说不能违背总部理念。"

"怎么改？"我好奇地问。

"儋州的消费比海口和三亚低很多，不能全省同价，我想走低价路线，进村进社区。"阿珍有条不紊地阐述着自己的大胆想法，她提出一个创新思路：先调理，后付费。尤其是儋州农村有很多风湿病患者，如果能把这些低收入人群的病痛调理好了，他们自然会付费，而且还能吸引更多亚健康人群走进未医堂。她还告诉我，儋州有一种野生的大蒲艾，客家人常用它泡脚、擦身，治愈了不少病症。这让我颇感兴趣。

我问道："这里人的契约精神怎么样？"

"很好呀！"

这个话题让我有些被动，我像走进死胡同一般有些不知所措，好在阿珍依旧沉浸在她的改革构想之中。我们聊了两三个小时，我因为口渴把那杯焦煳味的咖啡喝完了，而阿珍面前的那杯白开水却依旧是满的。

清晨的儋州市那大镇弥漫着烟雨朦胧的气息，分不清这是春、夏还是秋的感觉。这哪像是隆冬时节啊，如果此刻我站在北京街头，恐怕只能瑟瑟发抖地蹦跳、揉搓、踢腿，尽快让身体暖和起来，抵御寒风的侵袭。地理环境就如同人的思想一般，境界往往决定了眼界，同一时间，不同的环境孕育出不同的生存方式。哪怕是这雾气弥漫的景象，也更添几分跑步的意境。从文化北路到文化南路，聚集着儋州市委、市政府以及图书馆、中学等与街名相得益彰的单位。我只想在这湿漉漉的城市里寻觅到一丝干爽宜人的感觉，于是加快了速度，心率很快就上升到了155，这已经是上限心率了，我试图在这种节奏中融入儋州人勤劳的生活节奏里。

市政府广场上有两位老人正在练习太极拳，似乎是经过创新改编的拳路，动作略显随意。我本想请其中一位老人帮我拍张照片，可看他没有停下来的意思，我便围着他跑了三圈，他却始终没有收势，我只好作罢，心里想着若是能不借助他人给自己拍照该多好。

我不能被一处风景绊住脚步，老街的红旗市场是阿珍建议我一定要去的地方。其实，她是想略尽地主之谊，带我去逛逛，但我坚决拒绝了，一来我不是来逛街的，二来我觉得一个人独自穿梭，更能捕捉到那些独特的气息。我从市政府广场沿着解放北路向北，径直奔向红旗市场，虽然只跑了6千米，但感觉格外疲惫，不知是不是因为湿气太重。我带着被北京冬燥烤干的身体来到温暖如夏的海南，身体一下子吸收了空气中的潮湿，此刻的沉重感大概就是儋州给予我的独特"馈赠"吧。

跑到红旗市场，儋州早起采购蔬菜的市民们个个行色匆匆，仿佛是邮递员在匆忙送信。我在市场正前方的一条斜街——朝阳街上看到，家家户户门前都摆满了郁郁葱葱、类似青蒿的植物。我停下来询问一位阿婆这是什么，阿婆忙着装袋，嘟囔了一句，我完全没听懂，估计就是阿珍所说的大蒲艾。一些从红旗市场出来的市民，有的过来拿上一两袋，扫完二维码就走，根本不问价格，更没有人询问用法，看来这真的是一种家喻户晓的保健植物。

这时，从巷子深处传来一阵高亢起伏的曲调，时远时近，这或许就是充满激情与浪漫的儋州调声了，它堪称南国一绝。它节奏明快，旋律优美，可歌可舞，融合了儋州方言的演唱特色，将方言、腔调、舞蹈、对唱巧妙地融为一体。这调声悠悠扬扬，传唱百年，把儋州人的豁达、谦逊、务实展现得淋漓尽致。我踏着儋州人清晨的调声，边跑边听，在大蒲艾浓郁的清香中感受着前所未有的惬意，仿佛一个四处奔波的旅人无意间闯入了一个"味、音、色"俱佳的美妙世界。儋州的烟火气息中弥漫着调和身心的韵味，难怪苏东坡在儋州能教出海南有史以来第一个进士姜唐佐，而阿珍的经营之道是否也与儋州的独特气场相契合呢？

海口跑

为了沿着环岛画出完整的一圈，我必定要在博鳌留下足迹。这个几千年来鲜有人关注的鱼米丰饶之浦，在 2001 年因博鳌亚洲论坛永久落户于此，摇身一变成为新时代大国发声的重要窗口，从此海南岛上又增添了一抹耀眼的盛世光彩。我时常遐想，倘若在博鳌举办一场马拉松赛事，博鳌岛定会如同一朵绚烂盛开的郁金香，选手们的奔腾脚步与海浪相互呼应，在海上起伏荡漾，那景象定比波士顿马拉松浓郁的商业氛围更具魅力，或许真能实现运动与艺术的完美融合，绽放出人类永恒的祥和与欢乐。当然，这仅仅是我一时兴起的幻想罢了。我来此跑步，顶多算是掌控自己行动的人，至于那些大规模的活动策

在海南博鳌，不为开会，只是跑步

海口海边的跑"秀"

划，还是交给专业的社会活动家们吧。当我来到博鳌亚洲论坛国际会议中心时，内心突然涌起一股冲动，于是从车上一跃而下，跑上一圈，权当是对这个国际窗口的一种呼应。转眼间，博鳌便在我车轮的后方逐渐远去，我奔跑的痕迹就好似形式主义的香火，只有在特定的"菩萨"面前才会袅袅升腾，而那一座座中国的地级城市，就如同我奔跑途中的"菩萨"。此刻，海口这座充满魅力的城市就在前方。

　　海口弥漫着椰汁那淡雅的清香与丝滑的口感，瞬间让我仿佛置身于一家琳琅满目的奶茶店。作为全岛的中心城市，它却毫无盛气凌人的架子，即便在繁华喧嚣之中，也尽显低调内敛，就如同海南人穿着拖鞋悠然自得的模样，看似随意却又不失正式。海口此时的气候宜人，既清爽顺滑又温和凉爽，虽然没有三亚那般炽热浓烈，但在冬季里却是温暖舒适的绝佳去处。

　　林澜早在三年前就许下承诺，要陪我在海口跑一次。那时的我才刚刚踏上跑步之旅不久，还未曾萌生跑遍中国的念头，她便向我发出了邀请。我心里清楚，她并非热衷于跑步之人，这般盛情邀约，就如同热情地请人品尝茅台酒一般。这些年我一路奔跑过来，真正全程陪跑的伙伴屈指可数，然而因陪跑之名而受到热情款待的经历却数不胜数。每到一个地方，我总是悄然而至、默默离开，给朋友们留下一种不食人间烟火、略显傲慢的印象；可若是大张旗鼓地宣扬陪跑之事，

又会让陪跑者累得气喘吁吁，这让我实在不敢轻易有所举动。我不愿一一罗列众多陪跑者的姓名，既怕招人嫉妒，又担心自己被视作炫耀，为了这如同星星点灯般的城市跑步之旅，我满心期望能够摆脱这些琐碎应酬的干扰，重新回归到跑步本身的乐趣之中，就像林澜陪我跑步，那是她的一片心意。只是我又怎会知晓呢？

　　林澜在 10 年前加入了未医堂，那时她 30 岁。开业之际，她执意要我前往海口为她的会员举办一场讲座，毕竟在那些年，养生讲座颇为流行。她的店铺位于海府路的一家大型商业综合体内的三层，占地面积达 800 多平方米。她告知我会员的层次颇高，为此我还精心准备了课程。然而，养生沙龙中那些故弄玄虚的环节让我深感无聊，不过在间隙之中，我了解到她的会员确实非比寻常，其中官员占了半数，另一半则是企业家，他们的年龄都在 40—55 岁这个承上启下的阶段。我实在难以想象她是如何拓展客源的，对于她这般卓越的商业智慧，我唯有钦佩赞叹。讲座结束后，她只单独请我用餐，连一位陪客都未安排。

　　"你不请他们吃饭吗？"我好奇地问道。

　　"有的是机会，今天您才是贵客。"她回答道。

　　"顾客是上帝，我不过是上帝的擦鞋匠。"我半开玩笑半认真地说道。

　　在那家西餐厅里，我与林澜共进晚餐，氛围如同享受月光晚餐般浪漫。她的故事恰似这半生半熟的牛排，需精心挑选食材，再搭配上独具匠心的烹饪手法，方能品味出其中的美味与独特韵味。难怪在下午的沙龙开场时，林澜将我包装成了养生大师，这让我颇感难为情，有一种被过度夸赞的窘迫。在烛光的映照下，林澜精致白皙的脸庞微微泛起红晕，倘若她突然起身，那婀娜多姿的身材定会让烛光都为之羞涩。

　　"你下午的那些介绍有些过了。"我说道。

　　"示单老师，您平时上课时不是常说，未病先防，未病先调，理念先行，行动在后。顾客也需要这种心理上的慰藉。"她解释道。

我一时竟无言以对。随后，在红酒的光影交错间，在清脆的刀叉碰撞声中，林澜的故事如同薄纱中的画卷，时不时地被轻轻掀起一角。她 24 岁时便开设了一家红酒庄园，或许是得益于海府路的优越地段，又或许是她自身的迷人魅力，生意异常火爆，这让她收获了满满的第一桶金，同时也结识了在省委某部门担任秘书的丈夫。进军大健康产业，是她事业版图拓展的重要一步，就如同吃牛排时搭配红酒一般自然。如果说红酒庄园代表着休闲生活，那么健康养生则是基础生活的保障。林澜一经涉足未医堂，便将其经营得风生水起，短短 5 年时间里，连开 5 家分店，并成功拿下海南省的总代理权。然而，在之后的几年里，她却逐渐淡出公司管理，仿佛人间蒸发了一般。最近 3 年，我时常在朋友圈看到她分享店铺的照片，难道林澜回归了？在来海南之前，我在朋友圈发布了一条信息："未医健康中国万里跑海南站出发！"没想到她的回复最为迅速。

我与林澜在滨江路的江堤大道上慢跑。我从海府路一路跑来，已经跑了 5 千米，当林澜在江堤上向我挥手示意时，我看到的依旧是 10 年前她在西餐厅烛光下那迷人的身姿。她身着一套崭新的运动服，虽不是那种束腰收臀的紧身款式，但轻盈的步伐如同跳动的音符在她身上流淌。江堤上不见其他跑步者的身影，仿佛是特意为我们腾出了这片空间，我好似一个满怀热情赴约的年轻人，一头扎进了这宁静的江堤。

海南岛最长的河流——南渡江，从海口市中部蜿蜒穿过，滨江路便是沿着南渡江的护江堤而建。我不明白林澜为何提议我在此处跑步，我本是为海而来，她却让我赏江。这里的空气纯净得如同经过多层过滤的纯净水，虽然清新，但似乎少了些矿物质的韵味。这里行人稀少，尽管地处繁华闹市，却有着如同五指山丛林深处般的静谧，这想必是林澜选址的考量。这个追求极致的女人，总能巧妙地将优雅与利益融合在一起，让你既心生向往又不失礼貌。林澜在店铺选址方面的商业眼光独到，她旗下几家店铺的地址皆是她精心挑选。她曾说选址比挑选丈夫更为困难，男人除了基因难以改变，其他方面尚可塑造，而店址一旦选错，便可能血本无归；选错男人，不过是在婚姻经营上需要

多下些功夫罢了。我对"所有零售服务业地址就是利润的经幡"这一真理深信不疑，它始终引领着营销的核心。林澜让我清晨来此观赏海口的江景，也算是用心良苦，拿出了她的诚意来为我接风洗尘，我心中除了感动便是兴奋。她的这次陪跑，虽给我增添了些许负担，却也让我敞开心扉。

"我跑着，我仿佛飞腾起来，我的心也随之欢腾，还有我的双眼，将蓝天白云的美景尽收眼底。"这是我内心深处的轻声吟唱。

我在恍惚中沿着直线前行，全然忘却了脚下以外的世界，脑海中回荡着如配乐儿童剧般的话语。我能真切地感受到那儿童剧的画面，一切是如此清晰。我仿佛化作了一团轻柔、透明、纤细、柔软且旋律悠扬的蒲公英，随时可能被一股强大的力量吹向天空，释放出无数只会歌唱的鸟儿。此刻的我，不像是在跑步，更像是一场甜蜜的幽会。

突然，一阵雨点击落了我的思绪，但这份激昂的情绪却在与现实细节的碰撞中破碎开来。林澜气喘吁吁，鞋带也松开了，这突如其来的停顿，打断了我如飞翔般的畅快。

又跑了差不多5千米后，我的智能手表传来提示音：恭喜你完成了今天的跑步。10千米的路程结束，我却仍觉意犹未尽，而林澜早已香汗淋漓。她的疲惫源于一路上的不停交谈，就像一个刚学会走路的孩子，却要背负着重物前行，这不仅是一种勉强，更是在阻碍孩子未来的成长。我猜林澜此刻定会觉得跑步是世上最耗费体力的运动，她的肺活量尚未完全打开。

在这将近40分钟的两人并肩奔跑过程中，林澜在喘息声中，将她近5年的经历缓缓道来，如同对久别重逢的长辈倾诉一般：

5年前，她的丈夫因一起腐败案件被判入狱8年，她原本惬意的红酒生活戛然而止，她曾一度陷入万念俱灰的绝望之中。然而，坚强的她还是努力撑起了一片黯淡的天空。所有的客户都纷纷离她而去，她仿佛成了众人避之不及的瘟神，让昔日的朋友们都感到不安。她的骄傲与自尊将她逼入了未医事业的困境之中，想要东山再起困难重重。好在有阿珍这样的挚友不离不弃，她的未医养生馆才得以在风雨飘摇中艰难重生。去年，她的丈夫获得了一次减刑机会，不久便能出狱，我由衷地为她感到高兴。

此时，智能手表显示阿钟来电，我急忙接听。阿钟告知我前往永兴岛的政审已通过，让我即刻去做核酸检测。苦苦等待了四天的申请终于有了结果，我即将实现登上永兴岛的梦想，林澜也听出了我言语中的兴奋，她长舒一口气，像是要将跑步时积郁在胸中的浊气全部吐出。

南渡江的江面宽阔平静，不见百舸争流的热闹景象，唯有一江温暖的水缓缓流淌。这江景与两岸林立的高楼和川流不息的车流显得格格不入。

"我生于海南，长于海南，我无处可去，只能硬着头皮继续前行。还有一年，我丈夫就要出狱了。"林澜讲述故事时的冷静与跑步时的喘息声同样不协调，这个女人带着自己独特的人生节奏漫步在这云淡风轻的江堤之上，倒也构成了另一番别样的风景。我将阿珍的困惑告诉了她，她或许心中早有定夺。

海口不仅四面环海，还有江水流淌其中，在城市中观赏江景更具一番独特的意境。在这千江归海的自然环境里，南渡江走出了属于自己的运行轨迹，它滋养着海南的儿女。林澜是否想借此告诉我，她的经营之路也会如同南渡江一般，不被外界的诱惑所干扰，坚守自身的使命，穿越山川，流经城市，润泽大地呢？

"你能带我领略海口的人间烟火吗？"我打趣地问道。

"这有何难，我家门前便是 1 千米长的大兴东路菜市场。"

穿过骑楼老街，便是熙熙攘攘、热闹非凡的海鲜鱼肉市场。在这里，根本无法奔跑，甚至连快走都显得有些急促，我们是从人群的缝隙中艰难挤出市场的。海口的人间百态与江海风光同样精彩纷呈，只不过各有各的韵味与魅力罢了。

三沙永兴岛

距离三亚 330 海里之处，便是永兴岛，这里是三沙市政府的所在地，全岛面积仅约 3.08 平方千米。我的万里跑征程恰似三级跳远，从北京起跳，落于海南岛，又从海南岛奋力一跃，登上了屹立于南海之中的永兴岛。每一次跳跃，都饱含着豪迈之情，凝聚着全力以赴的决心。我若要踏上永兴岛完成我的"万里跑"计划，就必须遵循一系列特殊流程。永兴岛并非对普通游客开放，它是中国唯一一处由军地双重管辖的地级行政首府，不仅对身份审查极为严苛，还需要有相应的担保，而且往来的时间也并不固定。我在海口苦苦等待了两天，在阿钟的不懈努力下，最终得以凭借公务考察的身份登上了前往三沙的飞机。

搭乘的公务飞机于早上 8 点 30 从海口美兰机场起飞，径直朝着南海深处飞去。飞机上仅有 45 名乘客，大多是公务人员以及探亲家属。坐在我邻座的是一位 60 多岁、颇具退休干部气质的男士，他前往岛上探望正在当兵的儿子，或许内心也怀揣着对永兴岛那份神秘的探索。当飞机即将飞抵永兴岛上空时，广播里传来通知，要求我们将飞机的遮光板全部关闭，飞机舱外的世界被暂时屏蔽，我只能在舱内感受着波涛汹涌的南海将我紧紧环绕。一个小时后，飞机平稳降落在永兴岛近 2 千米长的跑道上。

刚踏出舱门，一股强劲的海风便将我的遮阳帽刮出老远，我的双脚还未真正触及三沙的土地，帽子却已率先亲吻了这片神奇的土地，一种神圣之感瞬间涌上心头。我迫不及待地一头扎进南中国海那广袤无垠的怀抱，任由海风肆意吹拂，尽情享受着它的洗礼。

永兴岛虽为珊瑚礁岩岛，但岛上林木繁茂，椰树与美人蕉随处可见。我钟情于这里的风，它如四周的海浪一般，源源不断地为永兴岛注入生机与活力，推动着岛上的繁荣发展。

举目远眺，我仿若一名刚刚着陆的士兵，仔细审视着眼前这片特殊的"战场"。每到一个地方进行跑步环游，

三沙市，中国位置最南、陆地面积最小的地级市

我都像是在行使一种特殊的"跑权"，时刻提醒自己跑马圈地的进程。我凭借着强健的双脚和广阔的胸怀，努力将跑步的范围不断扩大，以此表达对脚下土地的敬重，进而将自己的跑途铭刻在"跑者无疆"的宏伟版图之上。当然，也会有脚力难以企及心力的时候，这时我便会放缓脚步，凭借持久的耐力来圆满完成跑圈之旅。永兴岛并不会过多地消耗我的脚力，只是我的内心犹如灯塔上那盏永不熄灭的长明灯，光芒万丈地射向远方的大海深处，源源不断地释放出无穷的能量，驱使我在永兴岛上不停地奔跑环绕。我从未像今日这般充满自豪与荣耀之感，更怀揣着责任与使命给予的强大推力，这让我的双脚充满感恩的力量，去深情拥抱永兴岛这片炽热的土地。

永兴岛的清晨，如同大海一般湛蓝而清幽，唯有海风在欢快地呼啸。海风轻柔地梳理着岛上的树木，树叶相互碰撞发出的沙沙声，仿佛是在为军营里传来的晨起军号声奏响美妙的伴奏。我环顾四周，不

见一个人影，心中不禁涌起一种守护这安宁晨境的庄重之情。不远处传来的军号声，强烈地激荡着我奔腾不息的心绪，令我血脉贲张，双脚也不由自主地跃跃欲试。我从市人民政府广场出发，这里紧邻我所住的西沙宾馆，这是岛上唯一的宾馆，仅有 20 个房间，昨晚甚至都没有住满。政府广场前的北京路宽阔而雄伟，与长安街有几分相似。这条路上汇聚了电信、银行、邮局、粮站、超市、医院等各类设施，堪称三沙市的 CBD，只不过这里的每一家店铺都小巧玲珑，却又都大有来历。比如工商银行，它是 1959 年中国人民银行设立的驻南沙群岛、中沙群岛、西沙群岛办事处，占地面积不足 200 平方米，但其行政级别却颇高。这条仅仅 200 米长的街道，掌控着三沙市的政治、经济、文化、民生等诸多事务。这座中国最南端的地级市，不仅肩负着守护南中国海的神圣重任，还为海洋的和谐发展凝聚着中国力量。我曾走过全国数百座城市的繁华之地，却总是会被那些偏远的城镇、乡村深深触动，内心涌起无尽的感动。每当我的双脚踏上这些土地，总会感受到一种无与伦比的庄严与神圣，为国家的繁荣昌盛和民族的伟大复兴而倍感自豪。我仿佛是站在佛祖的肩头，虔诚地呼唤着人类的和平与安宁，以及国家的富强与伟大。

眨眼间，我便穿过了三沙市的核心区域。沿着环岛路慢跑，是我今晨丈量永兴岛的重要任务。这里没有汽车尾气的污染，也没有恼人的噪声，这种宁静祥和的环境，在其他城市或许只有在公园里才能享受到，而永兴岛却将这海洋氧吧般的优质环境慷慨地赐予了晨跑者。跑步的目的之一是提升吸氧量，新鲜的氧气能够促进细胞的新陈代谢，修复衰老和病变的细胞。跑步，就是如此简单直接，又如此充满"功利性"。我由衷地希望此刻能有与我一同呼吸、并肩运动的伙伴，共同分享这份美好。或许真的是吸引力法则在发挥作用，前方那位精神矍铄的老哥正健步如飞地行走着，从背影判断，应该就是昨天在飞机上与我邻座的郑州老曾。这并非巧合，也不是偶然相遇，而是永兴岛将我们汇聚到了这条必经之路上。

老曾也是一位运动爱好者，他不跑步，每日坚持行走锻炼。早晚各一次，每次一小时的行走路程大约为 5 千米，如此算来，一天的运动量也能达到 10 千米，与我的运动量相当。我索性停下脚步，与他结伴同行。

"你儿子在这里待了几年？"我问道。

"第二年了，明年就要轮换调走。"老曾回答。

"你去年来过吗？"

"我也是第一次来。"

"你喜欢这里吗？"

"不能简单地说喜欢，更多的是一种向往。到了我们这个年纪，对爱国会有一种更强烈的仪式感。"

老曾是从郑州一家国企退休的中层干部，他告诉我，他儿子是上尉军衔，一直在海南服役，原本两年前就该退役，后来部队安排他来到永兴岛。老曾得知这个消息后，极力鼓励儿子一定要在永兴岛再服役两年，他吟诵着那句"男儿七尺躯，愿为祖国捐"时，语气虽不那么激昂慷慨，却有着一种晨读般的自然与质朴。老曾还说他去过南极和北极，对地球的两极心怀敬畏，他发现那里也有类似跑马圈地的迹象，而永兴岛这座南中国海的岛屿，是为我们南海站岗放哨的忠诚卫士。

我们沿着海边的富强路漫步了大约 2 千米，海浪仿佛就在脚下翻滚，这里的海拔不足 3 米，这是一次与海平面近乎平齐的陆地行跑体验，与海共生，是永兴岛永恒的使命。

三沙永兴环保中心是一座两层的青灰色厂房，坐落在富强路的海边，这是永兴岛上唯一的工业基地，承担着全岛垃圾的无害化处理工作。此刻，没有机器的轰鸣声传出，别墅式的厂房静静地履行着消化垃圾的使命。

我指着那白色的"环保中心"字样，对老曾打趣道："走路可真是最环保的运动啊！连出汗都显得那么优雅！"

老曾立刻回应道："跑步虽然也环保，但对身体可就没那么友好喽。"

我明白他是想说跑步会伤膝盖、增加心脏负荷等问题，其实只要科学地清理身体和心理的"垃圾"，就能让身体保持健康良好的状态。

三沙永兴岛的风和日丽，是国家强盛的有力宣言，然而它脆弱的生态环境，不仅需要依靠科学的手段加以维护，更需要凭借人类命运共同体的智慧来精心呵护。

我的视线被一座9米多高、四四方方的灰色炮楼所阻挡，这是1939年3月20日本占领西沙群岛后建造的。尽管炮台就矗立在路边，但过往的行人却视它如一座普通的路牌，这或许是人们对和平的一种独特阐释。

此时，有3位晨跑的战士从我们身边匆匆跑过，这已经是他们第二次从我身后超越了。他们湿透了的深蓝色T恤紧紧包裹着健硕的后背，身姿矫健，充满活力地在岛上巡逻奔跑。我猜测他们可能已经环岛跑了五圈，他们是身负任务，还是如同我一样兴之所至呢？这在岛上都是未解之谜，我不能因为好奇而打破规则去探寻。军人的行动，既严肃庄重又充满使命感。我可以欣赏他们的英姿，可以给予支持，但更多的是心怀敬意！

前方就是市政府广场，整个环岛行程仅有4.5千米。我对老曾说："你的任务完成了，我还得再跑一圈。"于是，我们在此告别，我追寻着那三位战士的足迹，继续环岛游跑，去完成我在三沙的10千米跑程。就如同这些战士，跑步既是为了强身健体，亦是在巡逻守护，守护海岛的目的是让祖国的海疆长治久安，让广阔的南太平洋拥抱世界的和平。

结束了永兴岛的环跑之旅，我的内心被满满的"圈地"喜悦所充盈。虽然我平日里很少重复跑同一条路线，但在永兴岛上一圈又一圈的环绕奔跑，却好似构筑起了一道道坚固的安全屏障。为了疆土的安宁，为了人民的幸福，为了国家的强盛，我由衷地期望这些"屏障"能够坚不可摧，永远屹立不倒！

2023年1月19日于三亚

江西篇

浔阳江头陪跑客

万里迢迢奔赴江西，我不想再像从前那般以流水账的方式记录行程，也不愿堆砌人文、地理、历史方面的华丽辞藻，给自己戴上"文化跑者"的高帽。说实在的，在第一部《跑者无疆》里，我好似蒙着面纱，如同一位风姿绰约的节目主持人，诵读着老教授的精彩文章。跑过那些地方后，我顿感轻松自在，不想再背负华而不实的"漂亮羽绒马甲"，以四处游跑圈地来自我满足，那就像处于青春期的初中生，把抽烟当作很酷的事，让父母惊愕不已。好在，我四处奔跑并未偏离正轨，只是我的嗅觉与眼神透着别样的神采，那略显羞涩的脚步也能收获纯真无邪的笑容，让自己回归到无拘无束的本真状态。

江西，是我的出生地。可实际上，我真正熟悉的地方仅仅是我出生的那个小村庄，其他地方尽管地名耳熟能详，却如秋天的梧桐叶一般，难以分清黄绿。就连我在档案里无数次填写的"九江"，也只是"有名无实"。所以，在这片166900平方千米的土地上，我能放心地奔跑、漫步，不用担心被人认出，有时甚至可以随心所欲，做些"嫌贫爱富"的事，说些"怒其不争"的话。但更关键的是，我要让自己的奔跑有分量，让人觉得我"跑得有模有样"，这样才不辜负江西的养育之恩。

一直以来，循规蹈矩都是我的行为准则，而坚持不走重复路则显得既克制又独具匠心。

江西之行的起跑点，我选在了九江市，这里不仅是我行政意义上的出生地，更是江西的北大门。由北向南纵穿江西，或许是最为便捷高效的路线选择。

若要在九江市规划跑步路线，甘棠湖肯定是我的首选，它堪称九江市的标志性湖泊。前些年，当全国都热衷于追逐欧洲时尚潮流时，九江人也不甘示弱，将甘棠湖誉为东方的日内瓦湖。这一畅想，瞬间让甘棠湖周边的房价飙升，也让九江人对它又爱又恨。那年我去瑞士，特地前往日内瓦湖。11 月初的湖畔，寒风刺骨，我在湖边待了不到半小时，就冻得像个拾荒者，哆哆嗦嗦地躲进了一座昏暗的咖啡屋。我心里暗自纳闷，那些异想天开的人，竟把风景秀丽的甘棠湖与在世界地图上都难觅踪迹的"洋湖"相提并论，还美其名曰"世界风光"。我想，那时九江恐怕有 99% 的人都没见过日内瓦湖的真实模样。

甘棠湖，这名字一听就令人心生向往，想要尝一口湖水，赏一眼湖景。湖中的白堤，巧妙地将湖面一分为二，营造出独特的意境。湖北岸那有着 1800 年历史的周瑜点将台，更是让甘棠湖跻身历史名湖之列。这般深厚的底蕴，岂是阿尔卑斯山下的日内瓦湖可比的？当九江人回过神来，便自信满满地将甘棠湖打造出了如今的风貌。沿着甘棠湖跑一圈，无疑是最能代表浔阳奔跑特色的路线，一圈下来大约 10 千米。

来江西跑步之前，我在朋友圈发了条消息。没想到，还真有一位朋友约我一起跑。他姓石，我称呼他为石总，他从事整屋装修行业，与国内一线品牌合作创办了一个颇具规模的加工厂。为了不让我的跑记充满商业气息，我就叫他石头吧。石头前年就知道我在各地四处奔跑，多次发信息说："来九江，咱们比试比试。"而且今年邀约的次数愈发频繁。我猜他是看了我在朋友圈每天"炫耀"的跑途，才发出邀请。

石头是我在九江建材城结识的，大约七八年前，我要装修房子，在九江人生地不熟，只能去装修市场找人。石头吸引我的是他那如青石般敦实的身材，以及他那不太地道的九江普通话，说话时 90% 都是

鼻音，颇具气势。大概谈了半小时，我就决定把房子交给他装修。我把钥匙和定金交给他后就没再见过他，中途回来验收时他正好出差，所有工程款都是在手机上完成转账。当然，装修效果让我很满意。但我也会吹毛求疵，比如指责他衣柜颜色色差太大让我难受之类的话，他都一一接受，连连道歉，甚至要给我重装。其实色差这东西很难说清，标准因人而异。就像良心，好到什么程度才算好呢？对于我对石头的"挑剔"，我自己都觉得良心有些"灰色"。当石头说要给我重装衣柜时，我很尴尬，因为我心里其实挺满意的。这不是要把好好的原装衣柜毁掉再弄个"二手货"吗？我被他踢来的"球"砸中了心房，觉得自己作为客户的"职业操守"实在不怎么样。后来石头又催了两次，执意要给我重做衣柜。当我把装修全款打给他时，他像受到了侮辱，鼻音很重地发出警告："我承诺的事就像石头一样永不改变！"之后他看到我跑步的微信就又联系上了我。

石头邀我去八里湖沿湖跑，他笑称我的提议像笼中金丝雀，虽听话会叫，但飞不高。他打算让我领略九江所有的美景，这是见面后他对我说的。

八里湖位于九江的开发区，面积比甘棠湖大几十倍。更重要的是，九江最好、最高档的楼宇和小区都环绕在湖的周边，可以说它是九江的"未来之城"。要是真把甘棠湖比作东方的日内瓦湖，那我敢说，八里湖比纽约曼哈顿的哈德逊河强多了。

我很认真。一大早，我像个单刀赴会的勇士，昂首挺胸地走向约定地点。此时，曙光还未破晓，而八里湖周边高楼大厦的灯光却不知疲倦地闪烁，仿佛在炫耀财富。湖光中倒映着楼宇的清晰轮廓，宁静中透着喜悦，那灯光在幽黑的湖水中闪烁，宛如春日清晨的惊喜礼物。九江用了不到十年时间，将这座原本荒草丛生、水质浑浊、远离城区的湖泊，建成了九江最大的城市生态核心圈。我毫无心理准备，这里的景致就像被上帝遗落人间的天使，为了不辜负上帝的美意，绿柳与清波相互映衬。古人若见此景，定会羡慕八里湖这位"浓妆艳抹"、风姿绰约的佳人。

湖边弥漫着一种低调而迷人的气息，让我有些兴奋。不一会儿，我看到一个男人在我前方约 50 米处弯腰踢腿，那模样像个散打运动员。走近一看，正是石头。他头戴一顶黑色棒球帽，红色 T 恤将他的肌肉撑得鼓鼓的，蓝色短裤很合身，显然是昨晚在九方商厦新买的。从他那双变形的跑鞋能看出，大概只有鞋子每天陪伴着他。衣服是穿给别人看的，鞋子才是为自己而穿。看到他这一身装扮，我的"气势"顿时矮了七分。

他看到我后，热情地打招呼，又是握手又是点头哈腰，好像欠了我很多钱似的。可我一点也不领情，心里直犯嘀咕：我可没信心跑得过他！因为他握手的力气大得像要把我捏碎。他哪来这么大的劲头？

我夸赞道："这地方太棒了，跑了这么多城市，还是老家的风景好！"我这是在讨好他，就像当年挑衣柜色差一样，只不过那时根本没色差，而这里的风景到处都是"色差"。

眼前的抗洪纪念广场空无一人，那句"豆腐渣工程，王八蛋工程"的怒吼仿佛仍在耳边回荡。由此，反腐的利刃在中国大地上纵横驰骋，贪腐之风如阴冷的邪风，在这利刃下瑟瑟发抖。

九江以长江决堤之痛，向世人敲响了护堤与治堤的警钟。我指着那座塔对石头说："你看，那像不像一把利剑？"

石头干脆地回答："不，那是抗洪精神纪念塔。"

石头身上有一种精神，那是一种严谨认真、一丝不苟的精神。要是石头能钻进当年的长江大堤，那肯定是九江人的福分。

我又犯了老毛病，天底下值得感叹的事那么多，我却在这美好的清晨发起了"史家之绝唱，无韵之离骚"的感慨。我这哪像个跑者，分明像个"记者"。我得回到跑步的状态，我可不想让石头觉得我在朋友圈发的成绩是在吹牛。于是，我加大步幅，超过石头一米多。石头的匀速堪称精准，始终与我保持着相同的跑速，我们之间一米的距离纹丝不动。我有些不爽，想拉大距离的念头越强烈，喘气声就越粗重。很快，我的心率就达到了 160。这真像一场两个人的竞赛，但后面的人更像前面人的陪练，一点比赛的劲头都看不出来。我有些生气地对石

九江芙蓉墩镇的山岭上

头说："你跑前面去吧！"我说话时都带出了口水。

"您放心，我紧跟着呢。"石头回答。

这是陪跑还是竞赛？我本喜欢独自奔跑，现在两个人一起跑却这般客气，你谦我让的。这不符合跑者的风格，也是对跑步的亵渎。我宁可坐在湖边钓鱼也不愿参与这样的"比赛"。然而当我们跑到7千米的时候，我改变了想法。我得让石头跑到我前面去，这样的配速我坚持不了。我现在的气喘吁吁听起来就像放空炮。眼下这5分配速虽是我对石头的示威，却违背了我的跑步原则，超出了我的极限，也让我陷入了喘息的困境。再看石头，他沉稳匀速、气定神闲地跑着。这让我既嫉妒又无奈。我这个号称跑过千山万水的人却要在家乡的湖边累瘫，这算是傲慢给我带来的报应吧，也是石头的"抗洪精神"给我的一个教训。

湖边的跑步者渐渐多了起来，似乎都在关注着我和石头的"赛跑"。他们的热心与爱管闲事表现在停下脚步，对我们指指点点，像是关心，又像是在给我们加油。湖对岸的城市已经苏醒，意味着环湖的汽车会越来越多。当我们转到湖的东南角，来到了奥体新城时，正好跑了10千米。我们默契地停下脚步，却发现这里只是八里湖的最北头，离市区至少还有10多千米。

178

石头向旁边的停车场走去，他的车停在那儿，准备送我回去。这个约跑者变成了陪跑者，让我心里有些过意不去。

他把我带到新一中旁边的一家早餐店门口，停下车，请我进店吃早餐，像是早就计划好了。我笑着说："我现在可没房子给你装修了。"

"您退休了，可以再回九江买个大点儿的。"石头知道我在调侃他。

"你天天陪我跑吗？"我问。

"有很多人会陪您跑呢。"他指着湖边穿梭的跑者说。

"那时湖水会变色吗？"我又问。

"不同季节会有不同的颜色变化。"他回答。

我顿了顿，嘴角泛起一丝怪笑："你这是在贿赂我吗？"

"九江人很含蓄。您跑起来可不像九江人。"他笑着说。

面对石头，我此刻真有了买房的冲动。八里湖波光粼粼，春意盎然，让人心情舒畅。

陪跑、陪吃，前者堪称最高境界的"示好"了。但石头并未对我提出任何要求，这算是感恩吗？我觉得不算，最多算是还我个人情。九江人就是这么质朴，善于隐藏自己的情感。然而，洪水中诞生的抗洪精神却弥漫在城市上空，就连此刻我们吃早点的小店也能感受到"万众一心"排队等候的团结氛围。

我很惭愧自己离九江人越来越远了。但不管怎样，我依然穿着浔阳江头的那身衣服，心中依然留存着对九江的热爱与眷恋。

2023 年 3 月 15 日于九江

陶溪川外的景德镇

　　我得承认，虽说这趟出门的名义是跑步，可实际上更像是在四处游玩观光。不过，能借着这个机会到各个地方去会会老朋友，那可真是一件让人心里美美的事情。有些朋友啊，对他们的思念就如同瓷瓶上的色彩，历经数百年都不会有丝毫黯淡。

　　从九江前往景德镇，路程不过 200 千米。景九高速的两旁，丘陵连绵起伏，就好像是在引领着我一步步迈向老家的村子。道路两侧绿意葱茏，景色十分迷人。随着太阳渐渐升高，丘陵间弥漫的氤氲湿气愈发显得妩媚动人，树木和庄稼仿佛都被笼罩上了一层朦胧的白纱，散发着迷人的光晕。这些斑斓的色彩被一条灰黑色的高速公路从中分隔开来，我就如同一只小小的甲壳虫，悠然自得地在这条飘带上缓缓爬行，左瞧瞧右看看，满心都是欢喜。我这哪是在开车呀，分明是像去与情人赴约一般，满心都是期待，只盼着能快点抵达目的地。远处丘壑之中，一排排白墙红顶的楼房错落有致，随着车辆的行进，时不时会露出那红色的尖顶，恰似少妇那微微起伏的饱满胸部，偶尔轻轻跃动，直叫人心神荡漾。我此刻全然变成了一个许久未归的游子，心中满是那种渐渐走近村子时才会有的忐忑与兴奋。

　　景德镇并没有那种宽敞宏伟的迎宾大道，然而它以瓷立市所蕴含的温润与细腻，刚一进城便能真切地感受到。

　　30 多年前，我从老家乘坐长途客车，足足花费了六个半小时才抵达景德镇去参加会议。快要进入市区的时候，公路两边那一排五颜六色的花瓶瞬间将我深深地震撼住了。那些花瓶，高的足有 10 米，粗的直径能达到七八米，我仿佛一下子置身于一个瓶瓶罐罐的奇妙王国。人们在这些巨大的花瓶四周穿梭往来，就如同一个个小矮人，我感觉自己像是在瓷器的天堂里漫步徘徊，那种震撼之感让我几乎喘不过气来。

我当时就在想，要是我母亲能看到世上竟有如此高大巍峨的大花瓶，她肯定不会因为我摔碎一个瓷碗就动手打我了。相较于瓷碗的渺小，母亲的温婉慈爱与威严形象，就如同马路两边那些巨大的瓷器一般，一直矗立在我那曾经年少轻狂、不安分的世界里。我一下子就对景德镇产生了一种顶礼膜拜的强烈冲动。虽说那时的景德镇正努力从落寞的陶瓷巨人阴影中重新崛起，试图凭借着那神奇的技艺恢复一千多年来的辉煌荣光，但在我看来，从这些大瓶大罐入手或许更容易实现突破。毕竟，"大"往往是最能给人直观感受的表现形式：国家要有广袤的版图、众多的人口才能称之为大国；房子要高大雄伟才能在城市中独领风骚。不过，在我内心深处，却觉得做个矮子说不定反而更有安全感。

如今的景德镇已经把那些大花瓶都送进了陶瓷博物馆，主要是因为它们实在太占地方，而且不易于保护。我想，倘若真的过了 1000 年，那些大花瓶必定会成为陶瓷考古领域一个全新的热门课题。

我此次的落脚之处是陶溪川，这片由瓷窑旧厂房改造而成的陶瓷艺术工业园区，名字听起来就充满了诗意与韵味，恐怕也只有景德镇人才能构思出这样富有意境的名字。在金木水火土这五行之中，它就占据了三行——水、土、火，而这恰恰正是陶瓷的本质所在。至于"川"字，其本意是川火，也就是生命之火！在这样的地方制作出来的陶瓷器皿，岂不是更富有使命感与生命力吗？

2016 年 5 月上旬，我混进了一批上市公司和外资企业老板的队伍里，应景德镇市政府的邀请前去进行投资考察。市委书记和市长对待我们比迎接真正的财神还要虔诚恭敬，将景德镇那些最赏心悦目的地方一一展示在我们眼前。接待工作也是安排得细致周到、大方得体。

晚宴的时候，一位领导走到我身旁来敬酒，并且递给我他的名片，上面印着的头衔是市委副书记。他一开口说话，那熟悉的家乡口音让我大为惊讶。原来他和我是同乡，还是我们县的名门之后。我认识他曾当过市委副书记的父亲，不过我并不认识他。他大概是从招商通讯录里查到了我的企业信息。那时我虚构了一个"未医健康产业园"的招商项目，四处伪装着谈投资合作。我享受了一次如同亿万富豪般的优厚礼遇，同乡的市委副书记接过我的名片后，还以为我是个货真价实的大老板呢。难怪"混圈子"会成为一种投资的方式，我也觉得这种做法不会轻易过时，关键就看你想要得到什么。但实际上，这种所谓的投资回报往往就像天上的月亮一样，看似近在咫尺，实则遥不可及。不过，有一种收获却是肯定无疑的，那就是"某某某跟我是朋友，我有他的名片"，这似乎就成了一种所谓的"资本"。然而，那一晚我心里特别惶恐不安，就好像是一个借了件西服去参加婚礼的庄稼汉，整个人都显得手足无措。家乡领导那亲切和蔼的态度就如同他那温柔的双手，让人感到无比踏实与温暖。去年我从新闻报道中得知，他已经升任省委常委了，这应该算是他务实亲民作风的回报吧，真可谓是实至名归。也就是在那次考察期间，他专门带我参观了刚刚建成不久的陶溪川，他把陶溪川的前世今生讲述得绘声绘色，令我感动得热泪盈眶，就像是在聆听一首优美的散文诗。这让我对景德镇陶瓷产生了一种如同仰望浩瀚太空般的崇敬之情，觉得什么佛罗伦萨、米兰在它面前都相形见绌。不过，他也向我透露了一丝"隐忧"，他说陶溪川就像是一幅画，在画家还在世的时候，画家所画的画大多都无人问津。

早些年，景德镇人常常四处摆摊售卖瓷器。1988年的时候，我在新疆和田市的一个早市上就看到有景德镇人摆着一大批瓷器，在那里日晒雨淋地守着，盼着能从那些买菜大妈的钱袋子里赚到几个钱。我当时都在怀疑，他们卖出去的钱够不够支付瓷器的运费呢？从景德镇到遥远的南疆，几乎是斜穿了整个中国，这些陶瓷文化的传播者们就这样耗费了整整二三十年的青春岁月，坚定不移地将景德镇瓷器打入了菜市场这样的平民消费市场。而陶溪川的使命，则是要让陶瓷进入博物馆，走进那皇家幽深静谧的壁橱之中。其实，景德镇就像是一位名满天下的伟大画家，难道他所创作的画作非要等到他"离世"之后才会有人赏识光顾吗？我当时心里就想对家乡的领导说，陶溪川让景德镇陶瓷实现了"破茧成蝶"般的华丽蜕变！不过这句话我只是在心里想想，并没有说出口，毕竟我对陶瓷这一行并不了解。

陶溪川位于市区昌江沿岸的黄金地段，黄昏时分的夕阳余晖洒落在这片区域的上空，仿佛给它涂上了一层绚丽的釉彩。这个地方看起来充满了活力与精神，不像是那种早晨穿着西装革履、一本正经去上班的白领，倒更像是一位穿着随意得体的便装去参加沙龙聚会的优雅王子。我感觉这里比我六年前来的时候人更多了，他们来这里似乎既不是为了购物，也不像是单纯地休闲放松，更像是来参加某一场新品发布会似的，既显得优雅从容，又带着一丝急切的期待。我在园区里四处张望，和其他游人相比，我的行为举止显得格外不同。

小刘正在她的工作室里等着我。我是在北京认识小刘的，那已经是 20 多年前的事情了。我也不清楚她是什么时候来到景德镇的，如果不是因为她对陶溪川十分熟悉，我也不会来找她。她的工作室我得费些功夫慢慢寻找。园区里那些各具风格、色彩斑斓的门脸，会让你觉得每一间都充满了吸引力，都想进去坐一坐，就好像是经过星巴克时，总忍不住要进屋去喝杯咖啡一样。这些工作室里都飘散着咖啡或者浓茶的香气，我猜里面坐着的应该都是些生活情调颇高的小资人群。终于，我找到了小刘的工作室，那是一个有着黑色门框、黑色玻璃，门框上还有一块呈 60 度斜度的白色原木装饰的地方。我推开门走进去，只见一个中年妇女背着手在室内来回踱步，好像是在思考着什么重要的事情，又好像是在焦急地等人。就在那一瞬间，我对那背影似乎有一些模糊的印象，只是感觉比以前宽大了许多，就像是哈哈镜里照出来的效果。我心想这应该就是小刘了，我看到的只是她的背影。中年妇女的腰身让我迅速冷静了下来，那婀娜多姿的身材更像是花瓶上绘制的仙女形象，又或者是 20 多年前我公司前台那个小女孩的模样。

1998 年，我在东直门的那家小公司想要招聘一名设计师，小刘前来应聘。那时她正在中央美院读大四，想来我们公司实习。我提出的条件是既要负责设计工作，又要兼任前台接待。小刘在公司干了不到3个月，不仅出色地完成了设计任务，还为公司设计了一套纪念品花瓶，她告诉我以后可以把这些花瓶当作礼品送给客户。那些花瓶从来都没有上过公司的展柜，然而她穿着连衣裙站在前台接待客户时的那份飘逸灵动，却成了公司里年轻同事们择偶的标准模板。后来听说她一毕业就去了一家广告公司，再然后就是十年前，她在马莲道茶城开了一家茶礼品公司，我也是在她的微信朋友圈里得知这些消息的。微信这个东西可真是厉害，它已经把世界按照你所期望的方式重新进行了组合，只要你愿意去索取，微信就能像挤出水来一样，把你想要的信息都呈现给你。我其实挺讨厌这个东西的，但它又像是自己养了多年的卷毛狗，当你出远门却不带它的时候，心里还真的有些迈不出家门的感觉。朋友的信息都被这只"卷毛狗"给嗅了出来，不管你愿不愿意，它都会把信息叼到你面前。当然，小刘的信息也是这样一点点被"叼"出来的。她来到景德镇开工作室才只有四五年的时间。

中年妇女转过身来，看到我后大叫了一声，甚至都有冲动想要过来拥抱我，她还是像以前那样活泼开朗，笑起来的样子就像是打喷嚏一样，总是让人有些猝不及防。

其实，我来找她，最关心的只有一个话题：她在陶溪川的生意究竟怎么样？我想要验证一下当年我在陶溪川时没敢说出的那个判断。

小刘向我透露了两个数字。她在这里遇到了她的先生，我也不知道是她先生把她从北京吸引到了这陶溪川，还是她来到陶溪川之后才在这里"淘"到了她的先生。听她先生说，他是本地人，祖上是烧窑的，应该是掌握着烧窑的秘籍或者"非遗"之类的传家宝贝。他是一个不怎么爱说话的男人，也让人看不出真实年龄，他那飘逸的长发都无法遮住微微发红的头皮，整个人就像是刚放进窑里的陶瓷坯一样，散发着陶泥特有的质感和深沉厚重的耐力。和这种人打交道成本肯定很低，可以面对面坐着喝一小时茶，他都能一声不吭，就像那些默默守着窑门的烧窑工人一样，只等时间一到，打开窑门必定会是一窑精美的瓷器，让人特别放心。景德镇男人的那种倔强和霸气都深藏在骨子里，就如同陶瓷表面的釉光一样，不是那种刺眼的"贼光"，而是能够长久闪亮，即便 1000 年之后，依然还会保持出窑时的那种透彻与明亮。

小刘对陶瓷还真是颇有研究。原本一直坚持不婚主义的她，在 40 多岁的时候，终于打破了自己单身的"花瓶"，把自己融入另一个还未出窑的"花瓶坯"里。不过，看她那圆润的腰身，就知道她的日子过得一定很富足美满。

小刘透露的第二个数字就是展框里的作品数量以及获奖证书。她这样描述陶溪川的氛围：陶瓷人做文化事，总是吃着碗里看着锅里。她为自己的原创设计能够获得国际大奖而感到有些暗自欣喜，那种笑容很有底气，这次并没有让我感到猝不及防。我突然冒出一个不太好的想法：难怪她那么热情地邀请我来陶溪川，原来是想要向我炫耀这些成就。不过我肯定不能把这些心思表现出来，因为我是江西人，就好比是一个在经济上成绩平平的中等生，坐在教室里不怎么起眼的位置，语数英等各科成绩都普普通通。突然有一天在体育长跑比赛中取得了全校第一的成绩，于是就被选为了艺术特长生，一下子成为全校师生瞩目的焦点。

我写了这么一大篇与跑步没什么直接关系的话，其实就是想说，景德镇可不是一个普通的地方。它地底下埋藏的那些古老的土窑，足以让全世界的陶瓷艺术都来这里"回炉"重造，重新焕发出新的光彩。

我还没有想好明天的跑步路线，小刘建议我围着陶溪川跑，而她先生则认为昌江才能真正代表景德镇的精神气场。不过，第二天一大早我还是围着陶溪川跑了将近三圈，才算是完成了我的 10 千米跑目标。这 10 千米比我平时跑同样距离多花了 5 分钟时间，可能是因为当时没有风的缘故。我必须抱怨一下，景德镇市区可真是闷热得很，就好像是丘陵谷地里的一条溪流。那里的水清澈见底，石头杂乱地散布其中，清泉不断地流淌，波光闪烁耀眼，但是谷地却把山风都挡在了外面，阳光毫无遮挡地炙烤着溪流。即便你跳进小溪里，也感觉不到一丝清凉。这样的环境难免会让人产生一种只想待在屋里喝咖啡，躲避暑热的想法。

　　我这还是第一次打破了自己不跑重复路线的规则。这三圈老路、回头路，却给了我一个不会自责的理由。我每到一座城市都会认认真真地去跑，就像是去找陌生人聊天一样，完全不用担心人家会对我的身世有所猜疑。如果非要给自己找个借口的话，那就是陶溪川的房子外墙颜色实在是太花哨了，让我都找不到回旅馆的路了。

2023 年 3 月 16 日于景德镇

信江边那个望穿秋水的男人

　　行驶在赣东北那被氤氲雾气所笼罩的高速公路上，我全然没有那种视野开阔、一览无余的畅快感。只需转过两个弯道，穿越两片谷地，便能顺利抵达另一座城市。这起起伏伏、曲折蜿蜒的路段，正彰显出赣东北高速路独有的韵味，它宛如一位含蓄内敛的暖男，在坚韧之中又透着丝丝令人心醉的柔和。不像华北平原的道路那般笔直平坦、一眼便能望到尽头，赣东北人似乎刻意不去将道路修得笔直，而是有意为人们留下无尽的遐想空间。

　　从景德镇径直前往鹰潭，我的心情格外轻松自在，丝毫没有那种长途跋涉、跨越千山万水后的激荡与疲惫。然而，途经龙虎山时，我的内心却不由自主地澎湃起来。那还是我十几岁的时候，龙虎山上的道士曾到我们村化缘。他在我家门口徘徊了三圈，目光紧紧地盯着我，声称要带我上龙虎山，说我颇具道缘。若不是母亲拿着扫帚将道士驱赶，说不定如今的我早已在龙虎山潜心修炼，成为一副仙风道骨模样的道长了。

　　1995 年，那时的我已然成家立业，却因生活中的烦恼琐事以及财务上的亏空，毅然决然地登上了龙虎山，一心想要验证自己的道缘究竟有多深厚。到了山上我才发现，道士们并非如我想象中那般住在山上静修，而是在精心钻研与我所经营的"电子灭鼠器"类似的营销策略。我当时绞尽脑汁地想要通过超声波让老鼠在可控的范围内被消灭，

而龙虎山上的道士们则是一门心思地让有缘之人在他们"可控"的范围内从道中"受益"。虽说我并未得到任何有关道缘的验证，却意外地收获了一份专注之心。

上清河的水潺潺流淌，仿佛将我心中的烦恼忧愁全部涤荡干净。那一刻我恍然大悟：奇山秀水、神峰峡谷所在之处便是仙地。凡夫俗子只能在谷底仰头仰望，那就让仙人在山中自在穿行吧，毕竟那些佛道圣地大多都诞生于云雾缭绕的山头之上。

龙虎山距离鹰潭市区仅有 30 千米，我心想若是距离再近些，我便能将这两个地方巧妙地连接起来，规划成我的跑步路线，如此一来，我既能贯穿城市的繁华，又能领略名山的风光，可谓是一举两得的美事。这样一来，对于这座城市，我便会多一份特殊的情感；而对于城市周边的山峦，我亦能留下自己的足迹。

当从高速路口驶入鹰潭市区时，我惊喜地发现鹰潭已然摇身一变，宛如一位 18 岁亭亭玉立的妙龄少女。道路两旁的楼房好似一排排背着书包去上学的高中生，充满活力、挺拔而立且布局疏朗，它们并不像那些喜欢勾肩搭背、扎堆聚集的学生，而是各自矜持地保持着一定的间距。这让我仿佛有一种走进果园的奇妙感觉，每一棵果树上都挂满了丰硕的果实，令我左顾右盼，竟不知该从哪一棵树上先下手才好。

我并不清楚哪里才算是市中心，但凭借着 30 年前经常乘坐火车途经鹰潭站的记忆，我自认为可以像个地道的鹰潭人一样在市区自由穿梭。我事先没有做任何准备功课，甚至连高德地图都懒得打开，完全是一副回家的轻松模样。

遥想当年，我常常在深夜于鹰潭转车，那时车站周围人潮涌动，旅客们携带的大包小包将鹰潭站塞得水泄不通，也正是这些人流与物流将鹰潭的辉煌推向了极致。作为浙闽赣地区的铁路交通枢纽，鹰潭肩负着赣东北"扭转乾坤"的重大使命。在那个时期，鹰潭站的客流与货运量甚至超过了省会南昌站。在那个年代，经常在浙闽赣一带游走的人们，或许可以不知道龙虎山，但鹰潭却是一个无论如何都无法避开的要塞，鹰潭也因此而声名远扬。

当然，龙虎山也不会甘于被人忽视，它本就有着"龙腾虎跃"般的英姿与活力。鹰潭站强大的引流作用必然会为龙虎山带来勃勃生机。然而，山头上讲述着"道貌岸然"的宗教故事，山脚下却上演着售卖花生茶叶蛋的平凡地方小戏。商业贸易的热火朝天与宗教文化的传播各自演绎着不同的故事，扮演着不同的角色。人们都曾以为凭借文化的大旗便能呼风唤雨，道教名山的招牌自会绽放出耀眼的光彩。

交通枢纽本就是经济发展的坚实奠基石与有力敲门砖，倘若再能拥抱名山的妩媚风姿与神秘底蕴，那么信江边的新城——鹰潭必将再次在浙闽赣线上绽放出熠熠光辉。鹰潭就如同惊鸿一瞥般迎来了重现辉煌的曙光，新一轮的经济浪潮已然将鹰潭推上了快速发展的战车。

随意一瞥便能发现，这里的街边设有许多停车位，这并非路边那种简单画着小格子的普通停车位，更不是狭窄小巷里局促的长方格，而是如同大片绿地公园般的停车场，免费的车位数量多得足以让车辆"横行霸道"。在这样一个处于繁华中心的地段，市政规划如此大胆且亲民，实在令人钦佩。在房产商们垂涎三尺的黄金地段，竟然建起了江边休闲公园。这一切都让我对鹰潭这座城市充满了全新的期待与好感。

下午四五点钟的时候，城市迎来了它"换气"的时刻，显得格外宁静祥和。街道上，就连汽车轮胎驶过地面的声音也变得如同微风轻轻拂过树叶般轻柔散漫。我坐在公园的长椅上，面朝那滚滚流淌的信江，心中不禁涌起春天般的美好遐想。就在这时，一位坐在石凳上的男子吸引了我的目光。在这个没有咖啡香气弥漫，只有河流静静流淌的地方，我仿佛能嗅到"一江春水向东流"般的故事气息。

果不其然，相似的口音、相仿的年龄，以及那份"游手好闲"般的闲适神态，让我们迅速找到了聊天伙伴间的那种热情。为了拉近彼此之间的距离，我率先将自己的底细坦诚相告。人们往往在你表明自己无害、没有伤害他人的意图之后，才愿意放下心中的防备。而我，也需要赢得他的同情或欣赏，这样才能换来他的真心话。

这位 50 多岁的男子来自鄱阳，20 年前，他带着年轻的妻子来到龙虎山，在旅游景区租了一个摊位，专门售卖佛珠和奇石等旅游纪念品。

他满脸自豪地说，每串佛珠都是在道观里开过光的，因此深受游客们的喜爱，生意做得日渐红火。起初，他亲自前往道观进货，但后来由于生意过于繁忙，便让道观派人送货过来。

他接着说道："一个二十五六岁的年轻学徒天天为我送串珠，一来二去我们便渐渐熟络起来。我老婆和他一唱一和，生意更是如鱼得水，惹得周围的摊位都十分眼红。然而有一天，我老婆却突然不辞而别，从此再也没有回来。那个道观里的学徒也跟着消失得无影无踪。后来我听说，我老婆跟那个学徒跑了。我不愿意相信这是真的，于是就在龙虎山苦苦等了十年，但无论是老家还是龙虎山都没有她的任何踪迹。再后来，又有人说我老婆跳江了，于是我便来到鹰潭市，天天到信江边寻找。"

听到这里，我感觉这个中年男子似乎被某种执念深深地困住了，他的眼神空洞无神，只是呆呆地注视着江水和天空。

"你说你是来跑步的？从北京来的？"他突然迅速转移话题，快得就像眨眼一般。

"你有病？"我十分惊讶，这明明是我想问他的问题，怎么反倒从他嘴里先说出来了？"你这么东奔西跑，没病都要跑出病来。"他那严肃认真的神情让我无法置疑。

我也不知道究竟是他有病还是我有病，这个原本闲适的下午时光就这样被这个"找老婆"的故事填得满满当当。奔腾不息的信江水并没有给我带来内心的安宁，反而是这位鄱阳男子的执着寻找让我心中不禁泛起一丝愧意。他将真爱毫无保留地洒在了这条看似空洞却又充满深情的寻找之路上。

我住宿的地方靠近铜锣湾国际旅游文化城，我发现那些高举文化旗帜的地方，往往有着极为宽广的胸怀，宽广得让人忍不住想要自封为"国王"。旅游这件事，似乎也是规模越大越好。于是，我从鹰雄大道起跑，一路朝着鹰东大桥飞奔而去，这6千米的路程，我仿佛化身成一只矫健的雄鹰，在鹰雄大道上尽情地自由翱翔。

昨天下午在信江边听到的故事让我的心情格外沉重，整整一晚上

信江边那个望穿秋水的男人

都难以释怀。然而,鹰雄大道上的激情却如同一剂良药,瞬间激发了我,让我的双脚欢快地撒起欢来,甚至忘却了所有的跑步规则。我由衷地佩服那些为道路取名的人,他们总能给人带来意想不到的惊喜。虽然这条大道并不像"鹰击长空"那般开阔无垠,但它那上下起伏的路面,恰似雄鹰在天空中翱翔时的飞行轨迹,给我带来了一种无与伦比的愉悦体验。

从沿江路到鹰潭站,恰好是 10 千米的距离。与昨天下午的冷清寂寥不同,此时的沿江路上晨练的人们络绎不绝。我觉得鹰潭人做事真的很有条理,他们总是能精准地把握什么时候该做什么事。就如同他们的眼镜产业一样,明亮清晰并非是唯一的追求标准,明白何时该清晰、何处需明亮,这才是眼镜制作的最高境界。鹰潭人对晨练的讲究,在信江河岸上体现得淋漓尽致。

我本以为能在这条路上再次碰到那个寻妻的中年男人,所以特意在河岸转了一圈。然而,整个公园里都是晨练的人,哪里还能找到那个望穿秋水的男人呢?

2023 年 3 月 17 日于鹰潭

跑进时光穿梭巷

　　这是赣东北细雨纷纷的季节，潮湿的雨雾悄悄钻进衣领，和着微微的汗水，带来一种黏腻的不适感。当我抵达上饶时，时间已到下午6点30，街上的雨雾愈发浓重。本想着能尽情穿梭于上饶雨中的街景，可沿途那频繁交替的红绿灯，却让我把大把的时间耗费在等待绿灯亮起的漫长过程中。好在我预订的酒店位于凤凰中路，停车方便。此时夜幕降临，华灯初上，我实在不愿仅将对上饶的印象定格在这朦胧的雨夜，于是决定等到次日清晨，再去领略它那明媚的风光。

　　上饶的人文历史宛如三清山一般，云雾缭绕、峰峦奇特；又似鄱阳湖那般，浩渺无垠且深沉宁静。诸如陆羽、朱熹、辛弃疾等如雷贯耳的历史名人，都曾在这片土地上留下深深的足迹，他们植树、赏花、烹茶，将毕生心血倾注于此，谱写了一篇篇令人敬仰的华章，使上饶成为人们心中精神富足的圣地。

　　然而，我并未过度沉醉于这些厚重的历史。如今的上饶，有着独特的时代视野和追逐星空伟业的壮志雄心。我更为关注的是上饶市区的布局规划以及那浓郁的生活气息，这才是我愿意为之奔跑、欣然接纳的地方。

　　我暗自思忖，明早的跑步路线与天气状况才是我当下最为牵挂的。可等到清晨醒来推开窗户，发现街道依旧被蒙蒙烟雨笼罩，我心中不禁有些失落，对阳光的期盼又得延迟到明天。天气无法选择，但既然决定了踏上奔跑看世界的征程，就不能因天气而退缩，时光不会为我停留。雨势不大，我换上适合雨天跑步的跑鞋，披上防雨服，它足以抵挡细雨的侵袭，雨伞也就无需携带了。毕竟，一个跑者撑着伞跑步，实在有些滑稽，伞不仅会遮挡视线，还会遮蔽前方的希望。在无尽的雨雾中撑伞奔跑，仿佛给人一种走向绝望的错觉。而我身着防雨服，内心坦荡自在，晨跑的兴致与热情瞬间涌上心头。

凤凰中大道作为市区的主干道，跑起来并无太多特别之处，无非是大道两旁高楼大厦鳞次栉比，路上行人寥寥，车辆川流不息，街景千篇一律。但不得不说，烟雨中的凤凰中大道却有着辛弃疾"莫笑吾家苍壁小，棱层势欲摩空"那般空灵的意境，与山水自然完美融合。在这条路上，我边跑边欣赏，完成了 3.8 千米的路程，耗时近 30 分钟。一路上几乎没有其他跑者与我竞争，路面也平坦顺畅，毫无阻碍。我竟突发奇想，感觉自己并非在跑步，而是在旷野之中悠然烹茶、细细品茶，于烟雨中头戴斗笠，尽享闲情逸致。跑步时能体会到喝茶的乐趣与雅致，这又是怎样一种"禅跑"的境界呢？此刻在上饶凤凰中大道的朦胧幻影里，我仿佛听到了陆羽的声声吆喝。在陆羽的世界里，一切都如茶那般"思致隽逸，绵密郁勃"。

早上 7 点 30，通常这个时候城市的大街小巷早已人头攒动、车水马龙。恰逢周末，又是个细雨飘飞的早晨，此刻的上饶市区就像那冒芽的春茶茶园，嫩绿的枝头上，芽尖娇羞地探出头来，纯净地望着满眼翠绿的茶山。我在品读上饶这晨雨街景时，却总觉得背景中少了些烟火缭绕的韵味。这就如同走亲戚却不在亲戚家用餐，少了那份亲切之感。于是，我决定随心随性一些，去探寻上饶的老街深巷。

眼前，一堵高达七层楼的"红墙"瞬间吸引了我的目光，墙上"欢迎来到八〇年代"的字样，是上饶人对 20 世纪 80 年代独特记忆的生动展现。我不由自主地拐进了巷子，尽管手表导航不断提醒"你已偏离路线"，我却愈发兴奋，全然不顾路线错误，心中满是对探索未知的期待。

越往巷子深处走，人越多。巷子里的人们都撑着伞，唯有我一人

欢迎来到八〇年代的上饶

在雨中奔跑。我就像一只闯进孔雀群的雄鸡，虽有与孔雀比美的勇气，却被这片绚烂的景象紧紧包围。

街道两旁琳琅满目的小店铺让我应接不暇，我不住地摇头晃脑欣赏着。我停下脚步，看了看手表，已经跑了 5.6 千米。好吧，就在此处歇歇脚，走进上饶的八〇年代，感受那浓郁的烟火气息。

包子的肉香在中国南北方城市都极为常见，但雨巷中那浓郁的包子香气却格外诱人，直钻味蕾，还裹挟着久远的回忆。在这条茶香四溢的老街中徘徊时，另一股馨香悄然钻进了我的鼻孔，那是中药的气息。它浓郁醇厚，仿佛一头不合时宜的肥猪闯进了闺房，但那肥硕丰润的"身躯"对虚弱之人却有着致命的诱惑，闻起来愈发显得富足而踏实。这是上饶中医院药房飘出的药香，与包子铺的味道相互交融，着实为这雨晨小巷增添了一份前所未有的怀旧氛围。

或许是双眼被包子铺缭绕的炊烟所迷惑，又或许是香味的诱惑打乱了跑步的节奏，我一不留神，一脚踩进街边的一滩积水中，溅起的水花溅满全脸，跑鞋也瞬间被雨水浸透，仿佛变成了雨靴。我一路奔跑，一直小心翼翼避免鞋内进水，可还是不慎失足，一早上的谨慎全都化为泡影，双脚被雨水浸泡得十分难受。我环顾四周，发现并没有人留意到我的窘态。

算了，我的尴尬瞬间被左边的一条小巷所转移。巷口拱形铁架上镶嵌着"时光穿梭巷"几个大字，这巷名真是应景，我想拍张照片留念。这是一条与主巷垂直的丁字巷，站在主巷朝"时光穿梭巷"深处望去，只见里面幽深静谧，雨水在街面上泛着清冷的光，没有一个人从巷子里走出。我静静地站在雨中等待过往的行人。

足足等了 5 分钟，终于来了一个撑着伞匆匆穿过拱门的中年男人。我赶忙迎上去："麻烦您帮我拍张照片可以吗？"我正要递过去手机，那男人却摆了摆手："对不起，上班要迟到了。"这个被朝九晚五的工作时间紧紧束缚、行色匆匆的上饶男人，让我心生敬意。

我继续等待，不一会儿又来了一个人，是位 50 来岁的女士。她既没打伞也没拎包，我猜她的家应该就在巷子里。"大姐，能帮我拍

张照片吗？"我问道。"拍哪里？"她爽快地接过我的手机。我指了指拱形铁架："以时光穿梭巷为背景。""你不是上饶人？"她大概听出了我的口音，又看我浑身湿漉漉的，便问道："第一次来这里吧？""嗯。""来旅游？""不全是。"每次被人问到这个问题，我都有些含糊其词。若说是旅游，可我每到一地基本与名山大川无缘；若说只是跑步，又得费许多口舌解释。旅游加跑步，或许才是准确的说法。我告诉她我想跑步穿过"时光穿梭巷"，让她抓拍这瞬间的跑影。她明白了我的意思，让我在拱形门下来回穿梭，拍了许多背影和正面跑姿的照片。她把手机还给我时说："你看看满不满意？"

她站在我身边，我一边翻看手机里的照片，一边听她介绍："这条巷是去年十月份建成的，我们当地的年轻人都爱来这儿打卡，没想到你大老远跑来跑步还跑进了我们的时光穿梭巷。"

她看到我手机里众多的跑步照片，表现出浓厚的兴趣，我便逐一给她讲解。得知我的目的后，她显得格外兴奋。原来，她就在附近的居委会工作，是个居委会干部，这条巷的改建、设计她都全程参与了。我心想，这可真是太巧了。

"这条巷子深吗？"我好奇地问那位大姐。

"不深，也就是个象征罢了！"她笑着回答。

我不知道时光穿梭巷里究竟蕴藏着多少上饶的往昔时光，但我明白，只有亲身穿越其中，才能深切体会。

从时光穿梭巷出来后，我径直奔向滨江东路，沿着信河一路向西奔跑。滨江路上弥漫着上饶的文化气息与富饶韵味，古往今来，上饶的锦绣山河引得无数文人墨客吟诗赋文、沉醉其中、流连忘返。达官显贵也将此地视为归隐山林的风水宝地，纷纷前来建造宅院园林，安享晚年。在这条路上，我不敢有丝毫懈怠，尽管脚下的街面湿漉漉的，但左边的信河却赋予了我无尽的遐想。当年，陆羽的《茶经》是否也曾顺着这条河漂入鄱阳湖，而后远渡重洋呢？我坚信，上饶的雨水必定饱含着茶的韵味。

2023 年 3 月 19 日于上饶

悠悠抚河才子梦

　　转换到另一座城，迎接我的依旧是那如丝如缕、绵延不绝的细雨。跨过抚河大桥，尚未真正踏入抚州城区，我便被眼前一大片规模宏大的大学校园深深震撼。那气势雄伟的"南昌大学抚州医学院""抚州职业技术学院"等学院的大门楼，让众多其他院校的校门都显得黯然失色。这无疑是抚州教育繁荣昌盛的有力见证，无怪乎临川一中的这块金字招牌，就如同帮助高考生踏入名校的一把万能钥匙，不仅让临川一中闪耀着夺目光芒，更是让抚州这座神奇的才子之乡在人们眼中熠熠生辉。如今的抚州城已将临川县纳入怀中，设立为临川区。记得20 世纪 80 年代，临川县可是抚州地区的标志性"代言人"。若不是王安石、汤显祖这些名家犹如文坛巨星般的影响力，临川那闻名遐迩的"才子"之名与"才情"之盛，又怎会让抚州人在赣鄱大地乃至华夏文坛都拥有如此傲然的地位呢？

　　我下榻于迎宾大道和赣东大道交会处的一家旅馆，原本以为此处就算是市中心区域了。街上的雨如同布帘一般将车辆层层包裹，我心想：抚州城规模不大，无论住在哪里，大概都能轻松跑遍全城，于是就近选择了这家旅馆入住。待一切安顿妥当之后，我打开地图搜索了一番，这才发觉自己的草率行事是要付出代价的。

　　我所在的位置，如果朝着临川一中的方向前行，向东距离约 5.8 千米；而若前往文昌里，则需向北，路程约 7.6 千米。我无法两者兼顾，

可这两个地方恰恰是抚州文化昌盛与教育兴旺的显著地标。文昌里如今更是成为抚州的一张耀眼文化名片、戏剧文化的标志性区域以及老街的典范之作。我有一位老朋友就居住在那里，他已经73岁高龄，仍在老街坚守着一项非遗项目。他是土生土长的临川人，姓黄，或许祖辈们都依傍着抚河世代生活。我与他相识于1988年，当时他在临川县科委任职。作为一名科委干部，他做出了一件令同行们大为震惊的事情：首个成立县级"科技市场"的是他，率先将科技市场打造成科技工厂的也是他。他还率先研发出新型叶面肥，该肥料成功在全省范围内大受欢迎，我那时为他的叶面肥做县级代理，一来二去便成了朋友。老黄不仅才华横溢，更富有情怀，其管理能力也是出类拔萃。在叶面肥厂办得红红火火之时，他在50岁那年，毅然决然地辞去公职，投身艺术的浩瀚海洋。那时流行下海经商，他却选择"从艺"，我对他的这份勇气和执着由衷地钦佩。

大哥的孙子在临川一中补习，去年高考取得了550分的成绩，已达到一本分数线，只是可选择的理想学校并不多。孩子一心想要考入一所985大学，于是决定来临川一中复读一年。这里距离我老家仅有三四百千米的路程，起初儿媳妇还来陪读了两个月。待孩子熟悉了学校环境以及这座城市之后，便坚决让母亲回去，自己在学校附近租了一间屋子，独自操持生活起居。此次来抚州跑步，我决定前去看望他。昨晚我给他打了个电话，我们约好早上7点在他学校的大门口碰面。

抚州的清晨，太阳依旧隐匿不见踪迹，不过雨势似乎有所减弱。虽然天空依旧阴沉沉的，但路面既没有积水，空中也不见雨雾缭绕，堪称跑步的绝佳天气。湿润的空气清新宜人，令人神清气爽。虽说抚州的才子们才情四溢，但相较于抚州那无处不在的湿润气息，却显得略微单薄。这里的湿润仿佛有着无尽的纵深，在街头巷尾和公园之中紧紧追逐着行人的气息，如影随形地包裹着行人，仿佛要将春天的气息*丝丝缕缕*地渗透进行人的发梢与背脊之中。

6点30分，我从酒店门前出发。这条迎宾大道有着与众不同的宽阔与包容，不仅车道开阔，人行道亦是极为宽敞霸气。这恰似抚州人的待客之道，他们的豪爽大气蕴含在那丝丝入扣的条理之中。他们将自家的门面装点得井然有序，又巧妙地将沉稳、理性与热情奔放、不拘小节相互交融，让人有一种难以割舍的亲近感。抚州人正是在这才情与梦幻的交织中穿梭了数百年，才孕育出如今抚州文教、戏曲繁荣昌盛的崭新格局。

我仅用了半小时就跑到了临川一中校门口，才都大道上行人寥寥，远远便瞧见侄孙站在路边，似乎在前后张望着，他并不清楚我会从哪个方向赶来。我跑到他身边，看了看手表，此时已经跑了 5.1 千米，额头上微微沁出了汗珠，气息也略显急促。侄孙看到我后，轻声喊了我一声，随后目光便聚焦在学校大门上，仿佛我是前来监督他的警察，而他只是在应付差事，徒有这表面的礼貌称呼。此刻，临川一中的大门口空无一人，他看上去显得有些孤单落寞，与我相见时的态度也略显敷衍。这也难怪，在他眼中，我或许就像个古板的老学究，他对我的熟悉仅仅停留在那一声简单的称呼上。

"你平时早上有锻炼的习惯吗？"我关切地问道。

"没有时间。只是偶尔打一下篮球。"他回答道。

"学习压力大吗？"我又问道。

"补习生全靠自觉，老师不会过多干涉。"他说道。

"临川一中的教学水平真的比老家一中要好吗？"我好奇地追问。

"主要是学习氛围浓厚，还有在考试思路方面，这里的老师逻辑性特别强。"侄孙的这番话听起来倒像是个"专家"的见解，我能感觉到他对高考有着深刻的感悟，毕竟他是亲身经历者。他说这些话时，眼睛并未看向我，或许是因为彼此之间还有些陌生感。

"你愿意陪我跑一段路吗？"我提议道。

"嗯。"侄孙微微点了点头，我看到他穿着球鞋和校服，感觉他似乎提前做了些准备。

我们从校门口沿着刚才的方向起跑。侄孙身高超过一米八，身形虽然略显单薄，如同纤细的树枝一般，但他那两条大长腿在跑步方面极具优势。我们还没跑出 100 米，他就已经跑到我前面 10 米开外了。

他是把这当成了 200 米短跑冲刺，还是单纯不习惯与我并肩同行呢？才都大道的人行道上此时只有我们爷孙俩，一时间竟分不清是爷爷在奋力追赶孙子，还是孙子在"拉扯"着爷爷一路向前飞奔。

这一幕不禁让我回想起小时候母亲追赶我上学的情景。那时我还不到 8 岁，读二年级的时候，因为被老师罚站，心中委屈便不愿再读书，被父亲狠狠教训了一顿之后，我竟鼓起勇气离家出走。我头也不回地朝着长江边的小镇方向跑去，仿佛那里是通往外面世界的唯一通道。母亲拎着我的书包在后面紧紧追赶，那时母亲还不到 40 岁。我们奔跑的速度相差无几，始终保持着十几米的距离。跑出村子后，来到了通往镇上的大路。刚踏上大路，突然听到身后传来"扑通"一声，我回头一看，原来是母亲摔倒了。她迅速爬起来继续追赶，我看到母亲一瘸一拐地跑着，速度明显慢了下来，我们之间的距离也逐渐拉大。那一刻，我心中涌起一种类似夺冠后的兴奋，为自己能够成功冲破父母的"包围圈"而暗自得意。我一边跑一边不时回头张望，渐渐地，母亲连跛行都变得艰难，最终倒地坐在了地上，我也随之停了下来。我们相隔大约有 100 米的距离。望着母亲低垂的头，我先前的兴奋感瞬间消失得无影无踪。母亲许久都没有站起身来，我便忐忑不安地慢慢向她走去。当我走到母亲身边时，看到她正在默默擦拭眼泪，而她的左膝盖却鲜血直流，我的心情一下子跌入了谷底。那时我就隐隐意识到，自己会越跑越快，而父母终有一天会渐渐追赶不上自己。

此刻，前面的侄孙是在不经意间超越了我。我平日里四处游跑，若论长跑的耐力与实力，他自然无法与我相比。但在当下这短短距离且无既定目标的情况下，正值青春年少的侄孙其爆发力确实不容小觑。

我加快脚步迅速追上侄孙，对他说："慢一点，你陪我跑 5 千米，好吗？"

"嗯。"他再次点了点头，然而却并没有缩小步幅的意思，不一会儿又跑到我前面几米远。就这样，我们在这种反复的磨合与追赶中，跑上金山大道后情况才稍有好转。到了王安石西大道，我们俩的脚步节奏才基本趋于一致。这里已经是城市的新区，农田与大道相互交错，具备城市新区的所有典型元素。

"你觉得临川一中有什么独特之处？"我问道。

"这里的学生学习都特别厉害，个个都擅长考试。"侄孙的话或许是他深感压力之下的由衷感叹。我能听到他沉重的喘息声，仅仅跑了不到 2 千米，他的耐力就已经有些跟不上了。

"今年的目标还是非 985 不可吗？"我又问道。

"嗯，不然来这补习就白费了。"从他坚定的语气中能看出他信念的执着。名牌大学在孩子们心中犹如神圣的庙宇，他们渴望在这座"庙宇"中潜心修行，并最终获得那张通往成功的通行证，仿佛从此便能踏上人生的康庄大道。我也深知这是当今教育体系所传递出的最为直观的"成功模式"。

"到前面的石雕公园休息一下怎么样？"我提议道。

"嗯。"他似乎已经疲惫不堪，回答得十分干脆。或许他未曾料到会以这样的方式与长辈交流互动，更没有做好充分的准备来迎接这场突如其来的挑战。

我们在赣东大道的抚州名人雕塑园内稍作休息了几分钟，一边漫步一边闲聊了一些其他话题。我让他按照原路返回，并告诉他："我还没有完成今天的跑步任务，还要继续向前跑。"

他默默答应了我，转身朝着来时的方向跑去。望着他那略显单薄的背影，我心中却没有丝毫对他的担忧。相反，我深知他们这一代人早已与这个时代紧密相连、相互交融。侄孙选择来临川一中补习，不仅仅是因为这里浓厚的教育氛围和高超的教学水平，更是为了亲身感受抚州深厚的文化底蕴。正如近 100 年来，众多中国学子奔赴欧美求学，他们不仅仅是为了学习先进的科学知识，更是为了沉浸在异国他乡那独特的文化氛围之中，汲取多元文化的滋养。

"名儒巨公，彬彬辈出"，临川这片土地上孕育出的才子名士如繁星般璀璨，戏曲民俗更是散发着悠远的神韵。他们用笔墨书写着临川的辉煌篇章，他们的气节与高尚情操铸就了抚州的灵魂。抚州的城市品格之中，除了那闻名遐迩的才子才情，还有那份对文化传承矢志不渝的执着与坚守。

　　我正在石雕公园慢跑时，老黄打来了电话。此时已经快早上 8 点了，路上的车辆逐渐增多，每个红灯路口都聚集着密密麻麻的车辆。老黄原本以为我早就应该到达文昌里了，毕竟对于一个晨跑者而言，七八千米的路程不应该花费如此漫长的时间。他是个行动力极强的人，最看不惯那些徒有虚名、只会吹牛的人。他看到我在朋友圈发布的跑遍各地的照片，便以为我是个名副其实的长跑健将。

　　老黄说话依旧直来直去："才七八千米的路程，怎么要跑这么久呢？"他并不知道我先去了临川一中，这一南一北的距离让我多跑了不少冤枉路。我向他解释刚刚和侄孙一起跑步的事情，告诉他我现在已经跑了 12 千米了。我打算先回酒店，吃过早餐后，再前往文昌里看望他。老黄回了一句："后生可畏呀，知道老朽跑不动了吧？"从他那略带酸意的话语中，我能感受到一种失落之情，这也恰恰印证了他耗费 20 年光阴打造临川木雕非遗传承技艺的那份坚韧不拔与来之不易。

　　从石雕公园到旅馆还有 2 千米的路程，我在旅馆休息了两小时后，便开车径直奔向文昌里。我坚信老黄不仅会在那里耐心等待我的到来，而且还会忙碌于他那永无止境的木雕事业之中。

　　　　　　　　　　　　　　2023 年 3 月 20 日于抚州

在吉安与老同事同跑

天公似乎并不作美，从抚州出发时，春雨还淅淅沥沥下个不停，可一上高速直至吉安，却一路无雨。然而，刚踏入吉安城，雨便倾盆般泼洒而下。对于常年在户外奔跑的人而言，下雨难免会让人有些沮丧，虽说雨中飞奔也能彰显出几分豪迈，但终究还是带着些许无奈。吉安城会在这风雨交加中迎接一位跑者的到来吗？我的心中不禁泛起一丝忐忑与期待。

说实话，吉安那深厚的文化底蕴一直深深吸引着我，令我心驰神往。尽管雨雾模糊了我的视线，但我仍能真切地感受到，它那如同千年大榕树般盘根错节的文化脉络，早已遍布每一条大街小巷。吉安向来以"三千进士冠华夏，文章节义堆花香"而闻名遐迩，就连苏东坡都曾由衷地赞叹"巍巍城郭阔，庐陵半苏州"。这般源远流长的庐陵文化，不仅让吉安人引以为傲，也让我这个江西人满怀敬仰。

饶天在酒店已等候我一个小时，他听闻我来吉安跑步，执意要来与我相见。饶天是我的老乡，30多年前，我们曾是同事。他大学毕业后被分配到县科委工作，仅仅一年后便成功考取南昌大学研究生。那时，尚有带薪读书的政策，政府旨在挽留人才。饶天带薪攻读3年研究生后，并未返回县城，而是被调配到吉安市，实现了从县城到地级市的跨越。他原本有机会留在南昌大学任教，后来我听闻，是因为他与一位吉安的女同学相恋，才毅然选择来到吉安。时光匆匆，30年如白驹过隙，其间我们在老家见过几次面，其余时间大多依靠电话联络。记得有一次，他前往北京学习，给我打来电话，让我去宾馆探望他。我见到他时，他神情颇为消沉，告知我他刚离婚，女儿随了妻子，他独自一人生活。他说自己不想再寻觅伴侣，觉得一个人更加逍遥自在。我当时并未多言，只是建议他回去练习瑜伽，因为我知晓他年轻时痴迷太极拳，是个热衷于传统运动的人。我期望他能借助运动来转移情绪，舒缓内心的烦闷。那已是十多年前的事了，后来我们虽未再见面，但联系却愈发频繁，这大概都得益于微信的便捷。前些年，他爱上了长跑，还参加过几次马拉松比赛，时不时在微信里分享参赛的照片，我们也常常交流跑步的心得体会。他比我小 6 岁，全马成绩 350 也在情理之中。我感到好奇的是，他平日基本不跑步，只有在参赛或是心情郁闷时才会踏上跑道，仿佛长跑于他而言，是一根带有正负极的"电棒"，想要释放能量时便尽情释放，其余时间则在默默"充电"。

我抵达酒店时，一眼便瞧见饶天坐在大厅的沙发上。他看起来比上次见面时消瘦了一些，但精神状态极佳，容光焕发，好似刚从桑拿房中走出一般。

我们简单寒暄了几句，便直奔跑步的主题。他仿佛是前来采访我的记者，做任何事都全神贯注，年轻时如此，人到中年亦是这般。

"你天天在外面跑，公司的事谁来打理？"他或许自身也面临着这样的困惑。

"你跑到各地，是以旅游为目的，顺便跑跑步，还是一心只专注于跑步？"他在微信里也曾多次问我这个问题。

吉安吉州古镇与古人对话

203

我不想敷衍了事，觉得时间尚充裕，我们俩又皆是旗鼓相当的聊伴，关键是一直也没能彻底弄明白到底是为旅游还是为跑步。于是，我将办理登记住宿的事暂且搁置一旁，要来两杯咖啡，两人如同怀揣梦想的少年，开启了对梦想的探寻之旅。

外面的雨下得正酣，我们俩却聊得热火朝天。"什么时候会跑不动呢？"这是我们共同的隐忧。当我们有朝一日倒在跑道上或是只能"望路兴叹"时，跑步的意义是否又会回归到原点？这看似是个哲学命题，但我们并不想浪费这难得相聚的时光。于是，话题自然而然地转到了饶天对吉安的看法上。他在吉安生活了 28 年，已然具备了吉安人的生活气息。就拿他的口音来说，虽说我们全程都用家乡话交谈，但他偶尔蹦出的个别字却带着吉安口音。这些不经意间的流露，至少表明他已成为一名"老吉安人"。

我问他："在我心中，吉安一直以革命老区的形象屹立不倒，但在我看来，老区并不'老'，这是不是因为吉安人爱吃辣椒的缘故呢？"

他向我解释道："吉安曾是革命老区，不过吉安人的创新精神格外强烈。我以前所在的市政设计院，全院 20 多人，其中大半都出来自己创办设计公司了。"

我们约好次日早上在鼎盛时代广场前碰面。

清晨 6 点，我一边活动着筋骨，一边悠闲地踱步。幸好雨已停歇，路面也十分干爽。一夜的春风将那肆意的春雨吹得无影无踪。街道两旁的小区还沉浸在梦乡之中，最勤快的保安在小区大门前若有所思。对于像我这般扭腰踢腿的早行人，他视若无睹。我想他关注的重点是进出小区的人，而非路过小区的人，这大概就是保安的职责所在。

"嗨，掉东西啦！"保安像是在冲我呼喊。这话语听起来很像"骗子的套路"，通常是一个骗子在前面丢下钱包，后面的骗子便对路过的人喊"钱包丢了"。我并未理会，我可不想成为那个"捡钱包"的人。

保安见我毫无反应，急忙跑过来："你的卡掉了！"他看到地上的一张卡后才准确地提醒我。这是一位极其严谨的保安。我下意识地摸了摸口袋，发现口袋里的酒店房卡不见了。回头看到地上的门卡，我冲保安尴尬地笑了笑，刚才的不屑瞬间转变为热情。保安见我弯腰拾起门卡，便转身回到门口的岗亭。这是一位热心肠且爱管"闲事"的保安，他对小区外面的行人也颇为在意。这一点丝毫不像文人那般冷漠，反倒有着文人关心天下事的胸怀。

我和饶天几乎同时抵达广场正门，他提议先朝着庐陵老街跑去。我留意到饶天的着装极为简单，不像其他中年长跑者那般全身挂满装备。我常常看到那些跑 10 千米以上的长跑者，他们除了必备的遮阳帽和护腕护膝外，有的腰间还别着小包，手臂上绑着手机，而饶天身上却一样都没有。见他如此轻松，我忍不住问道："手机也不带吗？"他笑着回答："带着手机跑步就难以专注了。手机就如同女人一样，需要用时不可或缺，但过于依赖它就会影响情绪。"饶天的这些奇特言论我早有领教，只是不敢苟同。

我们并肩奔跑在吉州大道上，由于身材和身高相仿，我们宛如一对晨练的士兵，出脚、转胯、勾腿的动作都惊人地一致。我们的平均步频在 180 左右，即便聊天也不影响正常呼吸。此时天色尚未大亮，但人行道上几乎没有人与我们争抢道路。吉安的街头保留着新兴城市的所有特质，那宁静而淡然的晨色，对晨跑者来说是最为贴心的馈赠。我们俩沉醉在城市的晨雾之中，如同两只向往远方的飞鸽，奋力扑腾着翅膀去翱翔天际。我尽情享受着此刻的一切，两位中老年朋友依然意气风发，用体力诉说着青春的故事，或许唯有长跑才能将这种活力展现得如此淋漓尽致。我们默默前行，没有言语交流，饶天也以沉默相伴。虽说各自心中都在想着心事，但我却感觉我们的心思都聚焦在脚下的道路上。

跑了 6 千米后，我们抵达了庐陵老街。这里依水而建的仿古建筑为庐陵文化打造出了现代样板。饶天带着我在老街里穿梭了一个来回，门楼高大雄伟，然而店铺却有大半空着，自然也听不到一个晨起店小二的吆喝声。饶天对此颇有怨言："传统文化难道是依靠复古复旧来传承的吗？各地都在竞相兴建古镇、古街、古巷，但它们大多建在荒郊野外，日后又该如何向子孙后代讲述这些故事呢？"他在 10 年前曾参与了这个项目的规划与设计。

我这一路跑来，见过的古城、古镇、古街数不胜数。文化的多元性为市民提供了休闲娱乐的新去处，也为每座城市贴上了一块"千年文化"的标签，这是文化兴市的直观体现。

我们并未继续纠结于老街的新与旧，更多的是在这"古庐陵"中感受到了一丝穿越时空的快意。我忽然想到：这不就如同玩游戏的孩子沉迷于游戏情境一般吗？而我刚刚在古庐陵的街道上"邂逅"了浩浩荡荡的状元队伍，那是何等的荣耀！作为江西人，我真为吉安涌现出如此众多的状元而倍感自豪。这真是一种为文化和经济"助威"的心态！

我们跑上吉安南大道，继续向东前行。距离终点仅有 2 千米了，吉安的早晨渐渐苏醒，带着春季特有的慵懒踏上新的一天。它的楼房也仿佛还未睡醒，或许是君华大道太过宽阔、太过漫长，使得吉安的早晨愈发显得从容闲适。

2023 年 3 月 21 日于吉安

从安源煤矿跑到木客巷

又一个闻名遐迩的地名——安源，它隶属于萍乡市，是中国路矿工人起义的发祥地。自儿时起，无论是在语文课本里，还是家中堂屋正墙上悬挂的伟人画像中，那位身着长袍、手夹油纸伞的人物，有着深邃的目光、飘逸的长衫以及坚定的步伐，他始终是我们那一代人心中仰望的巍峨丰碑。那幅画名为"毛主席下安源"。从小学一年级开始，我便知晓了安源这个地名，那时的我懵懂地以为安源遥不可及、神秘莫测，殊不知它距离我的老家仅仅 400 多千米。往昔，安源的名气远超萍乡，而如今它已成为萍乡的一个区。它们仿若大圆和小圆，大圆嵌套小圆，小圆环绕圆心，安源始终是萍乡那独一无二的核心所在。

踏入萍乡市区的那一刻，我便径直奔赴安源区的酒店。萍乡市的街道看上去颇具历史韵味，街面光滑平整，仿佛历经了一个世纪的精心打磨。街道两侧布局规整、紧凑有序，毫无冗余之处，恰似一位身材匀称且健壮有力的中年男子，散发着意气风发的气息。高楼大厦立面上那些横空出世的广告牌，充满生机活力，又极具视觉冲击力和跳跃感。我在左顾右盼之中，顺利抵达了酒店大门前。

时近中午，太阳竟破云而出，一扫多日来萦绕在我心头的雨雾阴霾。连续三天三夜的绵绵细雨，致使我两双跑鞋湿透，两件运动服外套也如湿漉漉的抹布般蜷缩在塑料袋里。此刻，我定要好好珍惜这片阳光，将行李中所有的潮气与湿气驱散殆尽。

正在房间清洗跑鞋之际，一位高中同学打来电话。他询问我下榻之处，并以不容置疑的口吻要求我下午前往武功山游玩。这位在武功山旅游风景区工作的同学，去年退休后又被返聘，想必他的一技之长在原单位是不可或缺的。我向他解释道，路程太过遥远，况且次日还要在市区跑步。一番解释之后，我又向他讲述了我的"跑遍中国"的梦想。

"跑啥跑呀，你纯粹是想标新立异。老同学，属于我们的时代早已过去，还是让年轻人去驰骋奔跑吧！"他的话语似调侃，又似劝导。在他看来，我去游览名山才符合我们这个年龄与身份，而这种自虐式的跑步不过是一种名不副实且有害无益的行为。记得去年，他就在微信里给我提出过一次"忠告"："什么年龄就该做什么事，任何逞能之举或者为了某种情怀而为之，皆是不切实际的幻想。你可以遍游千山万水，却偏偏要跑步穿越城市街巷，还美其名曰跑遍中国，依我看，你就是在炫耀！"这般直言不讳的话语也只有他能说出口，他可以毫无顾忌地挤对我，不过面对我的反驳时，偶尔也会哑口无言。

我与这位高中同学相交已有四十余载，我们见面便相互调侃、斗嘴，电话或微信聊天时亦是如此，仿佛前世就是一对冤家辩手。倘若没有他，我的言论总会显得苍白无力。我吐槽他时同样是一脸严肃、铁面无私，而我们也乐在其中，互不相让。倘若数月未曾相互"怼"上一次，总感觉生活中缺少了些什么。

任凭他如何劝说，我皆不为所动，今日的时光我已预留给安源，明早的足迹则要印刻在萍乡的街头巷尾。最终，我只得稍作妥协："明日上午前往武功山，但你必须陪我一同前往宜春。"我深知这样的要求略显矫情，然而对他而言，却不失为一种绝佳的"治愈"方式。

一觉醒来，本以为晨曦微露，拉开窗帘，却见外面细雨滴答作响。这瞬间将我晨跑的兴致浇灭，我又庆幸昨日下午已将跑鞋与运动服清洗干净。此刻，暖烘烘的跑鞋给予我信心，"大不了湿了再换"，它仿佛在轻声"鼓励"，弄得我双脚蠢蠢欲动。好似若不出门溜达一圈，便辜负了双脚与跑鞋，更对不起萍乡这清晨的美好。

换上干爽的跑鞋，我来到酒店大门临街的屋檐下。一边舒展着身体，一边凝视着大街上如帘的雨幕。我暗自揣测，老天或许会停歇一两个小时，好让我跑完萍乡的街道。

眼前的康庄路空旷寂寥，在朦胧之中渐渐变得明亮起来。街上开始有早起的行人骑着电动自行车，载着上学的孩子在我面前疾驰而过。雨披里的年轻妈妈总会不时地呼喊身后的孩子，或是担心孩子掉落，或是忧虑孩子被雨水淋湿。真是一位细心周到的妈妈。我在康庄路的屋檐下足足热身了 35 分钟，完成了长跑前所有的拉伸动作，即便参加全程马拉松比赛，这般热身也略显过度。天空似乎格外眷顾我，或许是我的耐心等待感动了这倔强的江南春雨，雨势渐渐变小，直至仅有零星几点。

不能再继续等待了，哪怕途中会被淋成落汤鸡，我也要完成今日的晨跑。因为天气预报给出的信息充满不确定性，未来几日皆是降雨天气，我总不能一直滞留在此，直至天晴。

我沿着萍安中大道奋力向前跑去，朝着安源路矿工人纪念馆的方向。一路上，最令我感到舒心惬意的是，身后的汽车虽从身边呼啸而过，但皆是悄然滑行，路上的积水丝毫没有飞溅起来。对于我这个为躲避水坑而左蹦右跳的跑者而言，这无疑是一种极大的鼓舞。这般早出行的私家车司机，恰似电动自行车上的年轻妈妈一般，温暖而体贴行人。我忽然意识到，没必要夸大其词地渲染雨中跑步的艰难困苦。莫要以为全世界的目光都聚焦于自己的奔跑，更莫要奢求他人皆为自己让路。沿途的风景唯有一步一步亲身经历，才能有所感悟，方能被风景所触动，感知到风景变幻所蕴含的力量。

萍乡市区亦在经历着这般风景的变迁。这座江西人口最少的地级市，自然有其"势单力薄"之处。然而，萍乡在摆脱煤矿产业的支撑后，正稳步扎实地前行发展。发展并无快慢之分，只要在发展的道路上坚定不移、勇往直前，每一个经济节点都将实现跨越。市民的幸福感，恰似那位年轻妈妈一般，风雨无阻，始终坚守。

这般雨天，若有人相伴跑步，实则是一种负担。你无法预知后续雨势大小，一个人跑步，无论是独自享受还是独自承受雨淋，终究是个人之事，切不可拉上一个"陪淋者"。倘若今日清晨我那位"热心过度"的同学前来陪跑，那对我而言必定是一大累赘。

我跑上秋收大道之后，心境愈发淡定从容，雨似乎已然完全停歇。虽说我已跑了 4 千米，但我的呼吸愈发均匀顺畅，心率亦降至 135，毫无疲惫之感。如此奔跑下去，真有一种追逐梦想的美妙感觉。

秋收大道的尽头便是安源路矿工人纪念馆。一段上坡路之后，道路左侧呈现出一大片古建筑群，雕梁画栋、亭台楼阁，仿佛瞬间踏入了一座故城古国。将纪念馆建成这般风格，着实是一种创新之举，我暗自思忖。实则那是一片"锦绣城"，是专门用于影视拍摄中的"古城"场景的安源影视基地。我误打误撞跑错了地方，但内心却在错误中进行着奇妙的假设。这种逻辑恰似我每次跑步时对膝盖状况的担忧。每次跑步伊始，前 2 千米路程中膝盖总会疼痛难忍，我便以为难以坚持下去，既痛苦又沮丧。由此我笃定跑步对膝盖的损伤是确凿无疑之事。然而，3 千米之后膝盖又渐渐恢复活力，不仅行动自如，还充满力量。我亦不明其中缘由，就这样一路跑来，并未出现所谓"残疾"的状况。每一次的担忧皆未成为现实，这是不是与跑错地方有着异曲同工之妙呢？

从锦绣城的古城新巷中折返出来，我终于寻觅到通往纪念馆的正确道路。100 年前，安源路矿工人便是在这座两层的红砖房里吹响了罢工的号角。这座依山而建的纪念馆，绿树成荫，郁郁葱葱。临近清明节，我还能瞧见山上星星点点绽放的白色清明花，仿佛在默默祭奠那些英勇无畏的革命先驱。我停下脚步，庄重地深深鞠了一躬。

我从康庄路跑到此处，仅仅 5.8 千米，却耗费了 40 分钟之久。天空的清朗似乎是特意为我预留出时间，让我得以深切感受路矿工人当年觉醒与抗争的伟大精神。那么，如今的萍乡在新时代的浪潮中，又是怎样脱胎换骨，铸就都市的繁华盛景呢？

倘若还有充裕的时间，我真想再度回归萍乡的都市繁华之中，去探寻它的沧桑变迁历程。

沿着原路返回跑了不足 1 千米，我便跑上了安源中大道。这条大道彰显出萍乡的开阔坦荡，也让人对萍乡的城市建设满怀期待与憧憬。我不敢继续探寻这条大道的长度，我觉得它会延伸至城市的最北端，通向我体力难以企及的武功山。于是，我赶忙收住脚步。此刻的我已然疲惫不堪，鞋子虽未湿透，上衣却已被汗水浸透，仿佛刚刚经历了一场雨淋。我决定缩短行程，拐上建设东路，踏上归程。此时手表显示已跑了 13 千米，距离酒店尚有多远却不得而知。

天空似乎又难以抑制，雨滴开始纷纷洒落道路。我暗自庆幸晨跑已接近尾声，但此刻已不能继续沿着大街奔跑，必须穿插小巷直奔酒店。凭借直觉，我拐进了登岸东路，仿佛酒店就在不远处。我必须尽快返回酒店，否则不仅会被淋成落汤鸡，跑鞋也要"罢工"了。容不得我多想，刹那间，雨势便大到如同要给我来一场畅快淋漓的沐浴。尽管头顶的树叶能遮挡些许雨水，但继续奔跑下去必定会全身湿透。

不经意间抬头，我发现路边有一家早餐店空无一人，便不假思索地一头钻了进去，先躲避这倾盆大雨再说。早餐店门前立着一块路牌，上面醒目地写着"木客巷"三字，我此刻真有一种自己仿佛就是个"木客"的奇妙感觉。老板是一位年约 60 岁的大姐，她见我气喘吁吁的模样，热情地招呼我，那热情洋溢的语气让我身上淋湿的衣服仿佛瞬间干了一半。她报出一连串早餐的名称，每一个名字都令我愈发饥肠辘辘。我心中暗自思忖，何不就在此处享用一顿早餐呢？我通常不会在跑步途中吃早餐，长跑后立即进食对肠胃而言是一种严峻挑战，就如同十几天未进食饮水却突然暴饮暴食一般有害。而且，我对吃早餐有着近乎"洁癖"的讲究，不仅要先洗漱整理仪容，还得穿着整齐得体，唯有如此，吃早餐对我来说才是一种惬意的享受。但此刻，我衣衫湿透、鞋子沾满泥泞，汗水与雨水交织涂满脸颊，实在不是适宜吃早餐的状态。然而，店老板的体贴关怀让我有一种回到自家厨房的温馨之感。

这家早餐店仅有 10 来平方米，是由临街的老房改建而成，恰似丽江的河边酒吧，别具一番韵味。门前的五丰河亦为这家早餐店增添了独特的风情。河流的宽度与巷子的宽度相差无几，窄河狭巷在这春雨绵绵的清晨，别有一番幽情雅韵。

　　我坐在早餐店仅有的一张餐桌前，望着由青石砌成的河沿，品尝着瓦罐汤，吃着拌粉，与大姐愉快地聊着天。不时有她的街坊邻居进来购买几个包子或一碗饺子，随后又迅速离去，我们的聊天也随之断断续续，如同外面的雨势一般时大时小，但始终未曾间断。

　　"我有退休金，每月能领 4000 多，足够我日常花销了。"大姐是个性格直爽、快言快语的开朗之人。她自幼生长在这条老街，退休前在安源煤业工作。她有一个女儿在南昌，自己独自一人生活在萍乡。这间屋子是她的祖屋，一直未曾拆迁，她便将其改造成了店铺。一来让自己的生活充实忙碌，二来街坊邻居都对她制作的包子赞不绝口。她说一个月能挣四五千元，脸上洋溢着满足的笑容，的确有一种安逸闲适的快乐。"我一个月有上万元收入，比得上厅级退休干部了吧。"她自我调侃着，却也是真情流露。我亦被她的乐观所感染，喝着瓦罐汤，身体渐渐暖和起来。

　　我在这家早餐店停留了半个小时，天空已然放晴。按照大姐指引的一条小道，我很快便找到了酒店。

　　今晨耗时两个半小时，在萍乡的街头巷尾穿梭了一圈。我查看了一下手表，总路程为 15.6 千米。若这也算跑步的话，那平均配速比行走还慢。倘若以这般速度跑遍全国，真不知要等到何年何月才能达成。但总归比原地不动要强！萍乡的发展亦要有这般坚定不移的定力。

2023 年 3 月 22 日于萍乡安源

萍乡的雨绵且长

宜人之春

宜春，单是这名字，便会让人不由自主地联想到那春意融融、令人赏心悦目的美好景象。原本计划先前往武功山，之后再奔赴宜春，可萍乡市区的上午依旧细雨纷飞，无奈之下，我只能对老同学"失信"了。好在同学本就是个喜静不喜动的人，去武功山也不过是为了品茶休憩，并不会拉着我去登山，这便是他独特的招待之道。这场雨让我们俩无需互相迁就，还是留在微信或电话里唇枪舌剑吧，如此也省得彼此将就，徒然浪费时间。

从萍乡到宜春仅仅 70 千米的路程，一驶入宜阳大道，天空便豁然开朗，阳光倾洒而下，仿佛是在热情地欢迎我，那股暖意直抵我的心间。此时已过了午饭时间，我早已饥肠辘辘。眼瞅着路边有一大片停车空地，我赶忙将车停好。路旁便是一家饭馆，我刚一进门，却发现厅堂已然打烊，正欲转身离开之际，吧台里一位看似 40 岁左右的女子叫住了我："吃饭吗？"我心下暗自思忖，不吃饭谁会进来呢？她迅速从吧台走出，不卑不亢地引我入座，并为我和同行的司机倒上了水。

我拿着菜单反复斟酌菜名，足足花费了 15 分钟，才选定了两个小炒菜："野生小古鱼"和"韭黄炒竹笋"。"够了，你们俩若是不喝酒，这两个菜足够了。"她干脆利落地制止客人铺张浪费，虽说这并非什么独特的经营秘诀，但从她那认真的表情中我们能看出十足的真诚。

菜端上桌后，我瞧见两个风格迥异的盘子，心中不禁泛起一丝喜悦，

这饭店颇具艺术美感，老板想必是位有品位的美食家。我夹起一条仅有一寸来长的野生小古鱼放入口中，轻轻一嚼，那美妙的滋味瞬间让我的味蕾沉醉其中。津液如电波般在口腔中奔涌荡漾，恰似平静的湖面被一条巨蟒搅起的层层涟漪。这道菜辣中带酥，口感脆爽又富有嚼劲，每一口都令人满口生津，果真是典型的赣菜风味。

这家"赣宜家常菜"让我真切地寻回了久违的赣味。赣人向来以这种质朴却饱含浓郁情感的味道与外界交流互动，这道菜亦是如此。女子见我又是咂嘴又是吐舌（只因那辣味），表情极为夸张，便问道："老板，味道怎么样？"她的话语轻柔温婉，恰似这道菜的韵味。她或许对这道菜的味道充满自信，满心期待着能得到顾客的夸赞。她看起来也是个干脆爽朗之人，于是我便与她有一搭没一搭地闲聊起来。

原来，这女子便是饭店的老板。三年前，她一直在深圳打工，待孩子上小学后，才回到家乡宜春开了这家饭店。她认为宜春的外地人日益增多，像她这样的家常菜馆靠的便是客流量与翻台率。这家以赣菜为主打的菜馆，务必得有"辣"这一特色。民间一直流传着这样的说法："四川人不怕辣，湖南人辣不怕，江西人怕不辣。"赣菜中的"怕不辣"主要体现在菜品的"三辣"上，即"闻着辣，食后辣，还想辣"的口诀。女老板对赣菜的"辣"可谓研究透彻，她一心想让食客"一辣定终身"。这既是她店里的广告语，也是她不懈追求的目标。

我从饭馆走出时，内心满是那种终生难忘的畅快之感。宜春这座与湖南交界的赣西北城市，在饮食方面巧妙地融合了湘赣两地的风味精华。它将赣菜的辣提升到了一个无与伦比的境界，我不过是随便走进一家餐馆，便深切领略到了其中的独特魅力。

"轰隆隆"，大约凌晨四点钟，春雷在窗外阵阵炸响，这莫不是要下暴雨的征兆？在这个季节，江西的雨最为勤勉，也最具爆发力。我躺在床上，思索着早晨该如何出门。昨日的鞋子依旧湿漉漉的，好在还有一双干爽的备用跑鞋。跑步若是没有一双合脚的鞋子，不仅会对身体造成伤害，更是对跑步天性的严重压抑。我四处奔波，出门时的行李仅仅是双肩背包里的两双鞋。它们宛如我的亲密伴侣，是我跑步时光中最为璀璨的光芒。只要穿上跑鞋，我便会涌起腾飞的冲动，更有着跑遍神州大地的强烈渴望。此次在江西跑步，两双鞋交替上阵，在以往跑过的省份中，从未出现过这般情况。这固然与季节有关，但更主要的还是由当地的地理环境所决定。江西充沛的雨量，滋养了繁茂的万千植物和丰富的淡水鱼类，更是孕育出了江赣儿女如水般的柔情与如雨般的才情。

我躺在床上，辗转反侧，被春雷搅得有些兴奋，睡意全无。索性起身，看看运动表，还不到五点。我下榻的这家旅馆，住客并不多。办理入住时，老板问我打算住几天，我告知住一天。他说道："不多住几天？宜春好玩的地方可不少呢，明月山就很不错。"我也想去游玩一番，不过那是以后的计划了。

旅馆的厅堂仅有四五十平方米，老板睡在吧台里，权当值班员。这种家庭旅馆充满了浓浓的人情味，少了那些"您好""谢谢"之类的客套问候语，却多了居家般的温馨与自在。老板见我在厅堂内来回踱步，便起身问我需要什么。我说要出去，他诧异道："外面下雨，出去干啥？"他并不知晓，我的双脚一刻也闲不住，绝非他这旅馆能够挽留得住的。"你要出去，我给你拿把伞吧。"老板起身走向后厅。这里虽没有大酒店里成捆的雨伞供客人随意取用，但这种随叫随到的贴心服务，却给予了客人宾至如归的温暖。我连忙阻止他，雨伞对于晨跑而言，无疑是一种"束缚"。

我继续在厅堂内活动，老板对我的举动深感好奇，或许以为我是个遭受挫折后离家出走的客人。"睡不着啊？""春雷太响，吵醒了就难以入睡。""我们宜春每年春天雨季来临时都是这般情形，有时打雷却不下雨。""今天这雨不知要下多久。"我略显焦虑。店老板也不清楚会下多长时间，他干脆坐在折叠床上与我聊了起来。"一会儿就会停的。"他像是在安慰我。其实，这样的雨天在宜春是极为常见的。大约过了一个小时，雨果真停了。

出门向南不到500米便是鼓楼，"袁州谯楼"四个大字醒目地刻在拱门正上方，在晨曦中显得有些孤寂清冷。我从这个类似城门的孔洞中穿过，真切地感受着这历经 1000 多年风雨沧桑的"谯楼"所承载的厚重历史。据说袁天罡曾在"袁州谯楼"上著书立说，那本《推背图》能够推算 3000 年后的天象八卦、朝代更迭，已然成为民间演绎的神话故事的蓝本。虽说这个传说未必可信，但这本图册却有着无数个版本，看图说故事全凭每个观者的想象，故事的走向和结论也必定是观者心中所期望的。我站在谯楼底下那可供汽车通行的门洞里，仿佛能触摸到楼上曾经气象万千、纵横捭阖的开阔与神秘。我觉得千年前的袁州恰似中华神州的一个缩影，那时农耕的富足、商贸的繁荣、文化的昌盛，无论哪一方面都堪称世界的典范，每一项成就都足以举世瞩目。然而，如今的袁州谯楼却被四周的商业楼宇紧紧环绕。尽管如此，老城自有老城的豁达与坦然，哪怕孑然独立，也是一道永不磨灭的风景。

　　穿过白天热闹非凡的商业街区，我径直朝着市政府广场的方向慢跑而去。沿途的景色被湿气笼罩，显得有些朦胧不清，宜人的春色仿佛也隐匿到了云层之上。不过，秀江东路因秀江的映衬而增添了几分盎然春意，那股宜人的气息从心底油然而生，仿佛在鼓励行人尽情融入其中。这正如宜春家常菜的辣味，若不亲自品尝，着实难以体会其中的美妙滋味。

　　跑到市政府广场时，时间已到 7 点 40 分，虽说跑了 8 千多米，但耗时将近一个小时，比往日慢了许多。或许是在秀江边拍照耽搁了些许时间。我一直琢磨着设计一款能戴在头顶上的相机，如此一来，沿途的风景便能随着我的脚步一同入镜，我也无需费尽心思去记忆所经过的风景了。宽阔的市政广场上人影寥寥，偶尔有几个拎着黑色公文包匆匆而过的身影，也是朝着政府大楼的方向走去。在广场左前方水池的小径上，有个身着黑色夹克衫、年龄在 40 岁左右的男人正绕着水池慢跑。他脚下穿的是皮鞋，无任何运动装备，活脱脱一个跑步"临时工"，像是偶尔心血来潮才跑一跑。不过他的专注神情丝毫不受皮鞋和夹克衫的影响，偶尔还会抬起手腕看看手表，或许也和我一样给自己设定了跑多少圈的"任务"。我本想在市政府大楼前拍照留念，但看到眼前这位临时跑者，又不想去打扰他。

大约过了 10 分钟，夹克衫跑者跑到水池边的一个石凳旁，拎起放在上面的黑色公文包，快步朝着市政大厦走去。我猜测他是在这楼里上班的人，趁着早班前的空闲时间来活动活动身体。瞧他那娴熟流畅的动作以及淡定从容的表情，应该是每天都会重复这样的锻炼。他的跑步装扮极为低调，相较于他，我的跑步装备就显得过于"张扬"了。

此时距离旅馆还有 7 千米，照这样看来，今天的晨跑不仅会超出平日的里程，还可能会让我有些吃不消。若是一边跑一边走，或许能够减轻些负担，顺利抵达终点。

2023 年 3 月 23 日写于宜春袁州古城

仙女湖畔寻仙女

　　新余，作为江西最小的地级市，仅下辖两区一县，它规模小巧，结构简单明了。这里又有钢城的美誉，在计划经济时期，新余钢铁厂是江西举足轻重的支柱型重工业企业。我对新余的最初印象，便是源于新余钢铁公司。那时，有位同学毕业后被分配到新钢子弟中学任教，其月薪比分配到市县属中学的同学多出 18 块，这让我们好生羡慕。自那时起，我心中对钢铁便萌生了一种如钢铁般坚不可摧的敬仰之情。

　　虽说这是我首次涉足新余，但内心却满是期待。车驶过孔目江大桥，新余给我的初步印象是：它既不张扬，也不显得落后，彰显出特有的沉稳与内敛，甚至还散发着一种"勤俭持家"的质朴气息。仙来东大道两侧的小街里，隐匿其中的绿皮瓦房隐约可见，城市改造并未使新余焕然一新，不过这些冒着袅袅炊烟的狭窄小巷，却为新余的往昔留存了一份珍贵的记忆。

　　当我驾车驶上北湖路时，瞧见两侧正在兴建的楼盘工地上，吊车高高耸立，脚手架密密麻麻，我深切感受到新余的蜕变正在悄然蓄力，即将厚积薄发。

　　我在手机上查询到市区的北湖宾馆正在举办活动，每晚房费仅需 218 元，价格极为实惠。依照导航指引，我驶入北湖宾馆院内，宽敞的广场让我又惊又喜。相较于市里许多快捷商务酒店停车难的状况，这里简直可以随意停放车辆。然而，保安对车辆停放的要求却格外严苛，无论你是停在广场，还是停在远离宾馆正门几百米的角落，保安都会要求你将车子规规矩矩地停放在车位里，那认真的模样仿佛是在对待国宾队的礼宾车。即便是在雨天指挥停车，这位中年保安也依旧不慌不忙，好似要用尺子精准测量我车轮停放的左右间距是否对称，合格了才肯作罢。

大堂内空荡荡的，唯有前台的两位服务员在忙碌。这般超值的服务让我颇感意外与惊喜。回想起前一天在宜春入住了那家前台如同家里客厅的旅馆，而今日在新余竟住进了四星级宾馆，我不禁暗自疑惑：难道是新余的物价特别低吗？

酒店周边并未瞧见小吃店的影子，我们步行了半小时，最终在另一条街上的一家地下火锅店落了脚。我们点了火锅，鱼肉青菜样样俱全，总共才花费116元，价格实惠得令人咋舌。鱼和肉的分量，竟是北京火锅城的两倍有余。我不禁心生怜悯，暗自思忖：这般便宜，真的能盈利吗？女老板无奈地笑了笑："生意难做哟，食材又贵，只能是赔钱赚吆喝啦！就这么几个客人，连吆喝的机会都少得可怜。"一个需要顾客同情的老板，做生意确实得有极大的耐心。作为消费者，我自然乐于享受新余的物美价廉。

女老板一边为我搅拌着火锅底料，一边向我介绍新余的特色："你真该去仙女湖游览一番，新余正在全力将自己打造为以仙女湖为旅游中心的旅游城市，到时候来新余的游客肯定会络绎不绝。"她的话语里并无悲观之意，只是如同今日邂逅的春雨一般，她也会有停歇的时候。

回到宾馆后，我迫不及待地查阅起仙女湖的资料。原来新余不仅孕育了仙女湖的动人传说，千百年来，这里还培育出了有"中国草"之称的苎麻，诞生了《天工开物》，留存下了丰富多彩、各具特色的物质和非物质文化遗产，成为中华文明不可或缺的重要组成部分。在这春雨绵绵的日子里，探寻七仙女的足迹或许是一件浪漫至极的事情，仙女湖给予了我无尽的遐想与憧憬。

市区到仙女湖的距离是19千米，我突发奇想，决定跑着前往。说不定仙女会被我的痴心所打动，下凡到湖边与我相会呢！我婉拒了朋

友的陪同，选择独自慢跑，心想这顶多算是一场半程马拉松吧。

新余的雨愈发欢快地下着，一整夜都未曾间断。然而，我依旧像个精准的机器人，准时起床，准时出门。这些年养成的习惯，让我的生物钟仿佛深植于双脚之中。今晨，北湖宾馆的大门敞开着，但雨幕却好似一道难以逾越的屏障。看来，跑着去仙女湖的计划怕是要落空了，我索性就在门廊下绕着圈踱步。

站在门廊檐下的保安，全神贯注地凝视着马路上的雨花，仿佛在思索着诸多"雨问"。"值晚班吗？几点交班？"我开口问道。那位圆胖的保安正是之前指挥我停车的人，看上去50来岁。见有人与他交谈，他从沉思中回过神来："8点交班。"我在长宽约10米的门廊内转着圈，他的目光也随着我的身影移动。"一会儿雨停了就可以去院子里跑了。"他像是在善意地提醒我。"这雨会停吗？"我问道。"估计得等到下午。"我又跑了几圈，他们的岗位好像就在门廊的左角，他站在那里，没有挪动脚步，只是静静地看着我。此刻宾馆没有一位客人进出，外面唯有雨和雨中的车辆，他无事可做，只能看着我。

"你在这里工作几年了？"我问道。"一直在北湖宾馆，我是正式工。"他回答道。"工资高吗？"我又问。"四五千吧。"他说。"宾馆的客人好像不多？"我继续追问。"现在是雨季，政府的会议少，如果开会，就会满得没地方停车了。"他耐心地解释道。"你是来开会还是旅游？去仙女湖了吗？"他转而问我。"原打算今早跑着去。"我说。"跑着去？"他略显吃惊，看着我仍在匀速画圆，"哦，一看你就是个爱运动的人。"

我看到院内挂着一排字："爱我工小美，五年更辉煌"，"工小美"三个字是红色的草书体，宛如注册商标。昨天进这个院看到那三个字时我就在琢磨其含义。"工小美是什么意思？"我边跑边指着前方的标语牌问道。"哦，那是我们新余市五年目标的口号，就是打造工业强市、区域小市、山水美市。"他像作报告似的一字不差地给我解释。或许在这座宾馆的会议厅里，领导们对关于"工小美"的诠释已被无数次传颂，其影响力之深，就如同这几天几夜的雨，早已让干涸的大地浸润在润泽的春雨之中。突然，他的头顶上掉下一大块石灰——廊道顶部被雨水打湿后脱落的墙皮。宾馆确实有些年头了。保安有事可忙了，他要去清理石灰泥，而我也差不多跑了近一个小时。

这自然不能算作真正意义上的新余之跑，尽管手表显示我已经跑了 10 千米，但在跑图上，仅仅是一个原点。我决定在新余静候雨停，之后再跑去仙女湖。哪怕等到地老天荒，我也要跑着去见仙女，这是我发出的"约会"邀请，我绝不能"失约"，否则可就辜负了那位柔情似水的仙女。

下午，雨果真停了，天空还时不时地洒下几缕阳光。我赶忙换上跑鞋和运动服，路线早已铭记于心，目的地便是仙女湖。

我从宾馆前的北湖西路出发，朝着城区的西南方向跑去，跑上五一路后，基本上就出了城。当我跑上天工南大道时，便进入了新余的经济技术开发区。这里的厂房与绿地分布得极为均匀，道路宽阔，车辆稀少，行人寥寥无几。新余着力打造的山水美市画卷，从这里已缓缓展开。下午三四点钟，我奔跑在一段通往景区的道路上，路面平坦，几乎不见车辆。两边的人工绿化带犹如精心雕琢的模型，看不到一丝杂乱。这让长跑者满心欢喜，真有一种"赴约"的兴奋与激动。虽说早上我已经在原地跑了 10 千米，但这丝毫未影响我奔赴仙女湖的热情。这条仙女湖大道，恰似新余人精心设计的通向浪漫幸福生活的梦幻之路。我跑过众多地方，但以往每一次都是为了抵达终点，将双脚的感受抛诸脑后，就如同在梦中划船，只顾着划动，却忽略了沿途的风景。事后，脑海里也是一片空白，记不起路边的景致。其实，我内心特别享受跑步的过程，只是很遗憾，我对城市风景的感知就像一块尚未放映的电影幕布，高高地悬挂在墙上。而今日，我要用心欣赏仙女湖大道两侧的风景。这种跑步真可谓一步一个脚印，我是在数着步子前行，也极力想要数清路两边的青草。然而，我的脚步愈发沉重，呼吸也愈发不顺畅，我渴望那块电影幕布能徐徐拉开。

终于，我跑到了湖边。仙女湖畔的游客并不多，都是刚从湖心景区上岸的。看到一个大汗淋漓的人在湖边颠颠小跑，他们纷纷投来疑惑的目光。

　　我的手表显示，我已经跑了 19.8 千米，用时 2 小时 8 分钟。单从这个数字来看，只能算是慢跑，但我确实已经竭尽全力。我跑得疲惫不堪，算上早晨跑的 10 千米，今天总共跑了近 30 千米，怎能不累呢？这一切都是冲着仙女下凡的美丽传说而来，也是源于对新余"工小美"的坚定向往。我看到游客中心广场有一些工人在搭建舞台，或许有一场大型晚会即将在仙女湖畔精彩上演。这或许便是新余"山水美市"战略中，山水搭台、文化唱戏的精彩序章吧！

　　我等不到观看这场晚会了，也没有力气再跑回市区。幸好这里还有公交车。此刻搭上公交车回市区，对我而言堪称最大的享受。

2023 年 3 月 23 日于新余北湖

赣人赣州

从新余驾车前往赣州，一路上的风景美不胜收，4 个小时的车程仿佛眨眼间就过去了。赣州，这座坐落在江西省南大门的城市，蕴含着极为深厚的历史文化底蕴。其古建筑与古文物，尤其是宋代的文物，数量多得让人咋舌。被赞誉为"江南宋城"的赣州，同时也是客家文化的一座宝藏。有意思的是，赣州的地名看似和客家文化没有直接的联系，可它的独特魅力就在于：顶着赣人的名号，传承着客家人的文化与传统。

中午时分，我顺利抵达了赣州城区。在老谢的极力推荐下，我走进了素之康素餐厅，据说这可是赣州素食自助里最棒的一家。进去的时候已经是下午 1 点多了，不过眼前琳琅满目的菜品依旧让人眼前一亮。餐桌上摆满了各式各样新鲜的蔬菜、菌菇、五谷杂粮、甜品以及水果，味道更是出奇的好。

看到价格后，我们私下里忍不住讨论起来。25 元一个人的价格，让我们不禁怀疑这家餐厅到底能不能赚钱。之后又看到每一道菜品那新鲜的模样，我们也明白了餐厅的用心。这样的投入产出比，真的很难想象他们是怎么维持运营的。

在尽情享受美食的同时，我对这座城市也有了更深入的认识。赣州不仅历史文化丰富，更有着独具特色的客家文化。这里是客家先民从中原南迁的第一站，是客家民系的重要发祥地之一，全市客家人口占比高达 95% 以上。所以，这座城市被称为"客家摇篮"，在客家人

心中有着极为重要的地位。

漫步在赣州的大街小巷，我能深切地感受到客家文化那深厚的底蕴。从古朴典雅的建筑到别具一格的客家方言，都让人深深陶醉在其独特的魅力之中。

说实话，像我这样第一次来到赣州的人，才落地不到两个小时，就被它留下了如此深刻的印象，这种情况还真不多见。赣州不但历史文化底蕴深厚，客家文化风情浓郁，而且大街小巷里到处都是美食。

踏上赣州的土地，我的心情一下子就变得愉悦起来。这里天气晴朗，没有一丝阴霾和潮湿的感觉，让我完全不用担心早上会下雨。赣南的气候特征就像给我吃了一颗定心丸。我下午有充足的时间，可以好好逛逛赣州城，晚上老谢还要请我吃饭。他虽然在南昌开会，但是上午一直关心着我的行程，一会儿问问我到哪儿了，一会儿又打电话告诉我哪条路不堵车，电话就没停过。他说晚上才能回赣州。其实，我主要就是想见见他，吃饭倒是其次。

老谢是我在北京结识的。他说普通话时带着很重的口音，我听着感觉像福建人，而且卷舌音特别多，好多短句我都得琢磨意思。当我问他是哪里人时，他告诉我他是赣州的，老家在赣县，祖辈在那儿已经生活了两三百年。

老谢来北京之前在当地是个副局长，到北京后就在政府驻京办工作。那年北京举办奥运会，他为了组建商会四处奔波，只要是赣籍在京的企业家，他都一个一个去拜访。后来他担任了商会秘书长，为商会付出了很多心血。这个商会前些年还被评为 5A 级商会，影响力相当大。

老谢是个特别热心肠的人，只要是能做到的事情，他绝对不会推脱。就算是办不到的事情，他也会想办法帮你理出个头绪，或者先放一放，找找其他突破口。正是因为他那超强的公益心和组织能力，很多赣商都愿意加入商会。

我倒没找过他帮我解决什么麻烦事，是他听老乡说我在做养生产业，就专门来找我。他身材有点胖，说话都喘粗气，那口气好像总在嗓子眼堵着，一看就是中医所说的"气虚之人"。在我的跑步激将法下，他半年之内就爱上了跑步。原本一个走 100 米都嫌累的人，一年后竟然能每天跑 5 千米。我们每次见面，他都会说我把他从"苦海"里拉了出来，感激之情溢于言表。

称赞别人的好并不难，难的是不让别人夸自己，这可是需要很强的定力的。老谢帮别人的时候总是说"你给了我机会"，我觉得他是真心这么想的。

赣州和我的老家九江曾经有一段时间在争"江西老二"的名号，两地的人也经常为此争论不休。那都是 10 多年前的事了。老谢在只有我一个九江人的饭局上这么说：2000 多年前的秦朝，我们都统称为九江郡，那时候还没有赣州呢。他的意思是，争来争去有什么意思，赣州人看重的是"实干"。当然，如今赣州在江西已经是名副其实的老二了，不过老谢并没有因此而骄傲自满，他心里可能正琢磨着怎么让赣州更进一步，成为老大。

晚上，老谢在一家很有档次的酒楼约了一帮朋友，其中还有当地招商局和工商联的领导。我没想到他把场面搞得这么大，这让我有点不自在，感觉特别拘谨，本来见面时想好的调侃的话一句也说不出来，就像参加了一场特别正式的宴会似的。

酒过三巡之后，老谢拍了拍手，好像要宣布什么重大事情一样，让所有人都安静了一会儿。

"这次示单老师来赣州跑步，也是在给咱们赣州做宣传呢！他的第一本《跑者无疆》出版后，好多城市都找他做城市跑者的代言人呢！书里对每座城市的描写，都被拿去当成城市宣传语了。"老谢这么一夸，我脸都有点红了。这确实是老谢参加我的第一本《跑者无疆》新书发布会时看到的情况，不过他稍微加工了一下。

"大家出出主意，示单老师明天跑哪条能体现赣州特色的大道，才能代表赣州的文化历史风貌。"他这一提议，让饭局的气氛一下子热闹起来。各种各样的方案伴随着敬酒声纷至沓来，我都有点应接不暇了。老谢咧着厚嘴唇笑得特别开心，他在真诚和巧妙之间，把"地主之谊"发挥得淋漓尽致。他不是让我给赣州做广告，而是在给我做宣传。满桌的赣州朋友一下子对跑步充满了热情，好像生命的活力只有跑者才能拥有。我感觉这一晚比跑完马拉松拿了第一名还兴奋。

清晨的赣州，和其他城市一样，充满了蓬勃的朝气。无论是疾驰的汽车，还是清扫街道的环卫工人，都散发着同样的激情与活力。我决定沿着赣江，从客家文化城跑到赣州古城墙，全程大概 10 千米。

也许是赣州的包容、豁达，还有赣州人的实干与热情，激发了我的创作灵感。我就像一个灵动的舞者，欣然写下如下的诗行：

> 我如飞奔的猎人，
> 闯入了客家人的厅堂，
> 肆无忌惮地张望，
> 却被客家人收进记忆的罗网。

> 我在客家文化城中徜徉，
> 绕过一道道深宅大院，
> 跑过长长的古街，
> 踏过古浮桥，
> 来到了慈之塔下。

> 在这里，
> 岁月沉淀的痕迹与客家人的热情和微笑交相辉映，
> 每一块青石板，
> 每一道古巷，
> 都弥漫着历史的味道。

> 古城里，
> 岁月留下了无数故事，
> 客家人的歌声，

依然在回荡着千年的风霜。

在古城中游跑，
仿佛走进了一个又一个故事中，
我感受到了客家人的智慧和坚韧，
还有那份不变的信仰。

跑过古城，
我来到了郁孤台，
那高高的台子，
犹如客家人的精神，
挺立在城市的中央。

站在郁孤台上，
我眺望远方，
看到了赣州的未来，
看到了客家人的明天，
看到了文化的传承与发扬。

我跑进了赣州，
跑进了客家人的心中，
感受到了他们的热情和信仰，
见证了他们的历史和未来。

我跑进了赣州，
跑进了文化的海洋，
感受到了它的魅力和力量，
目睹了它的发展与影响。

我如飞奔的猎人，
在赣州街头飞扬，
赣州人的笑声，
仿佛将我抛到了赣江之上，
让我与这座城市共同飘扬。

2023 年 3 月 24 日于赣州

英雄城的新英雄

　　来南昌跑步，其实并没有太多特别新奇的感受可写。毕竟这里是省会城市，我曾在此生活过，后来也来过许多次。每次前来，我总会前往抚州路上的那家瓦罐汤店，喝上一罐南昌特色的瓦罐汤。那汤汁清鲜醇美，既能解渴又可生津，让我唇齿留香、回味无穷。后来，我在全国大多数城市都能瞧见挂着"南昌瓦罐汤"招牌的店铺，渐渐地，对南昌的那份思念也不再如往昔那般浓烈了。

　　这次从赣州抵达南昌，天气依旧晴朗，看样子不会再有连绵不断的雨天了。春天的太阳炽热而奔放，尽情地挥洒着它的热情。原本我打算在八一大道附近寻觅一家旅馆住宿，因为八一广场和八一大道就如同英雄城的"定海神针"一般，我对南昌的深厚情感正是围绕着这两个"八一"元素而展开的。我曾认为，如果在南昌跑步却不在八一大道上驰骋，不在八一广场"绕圈"，那就不算真正来过南昌。然而，宏森却觉得我的跑步路线不够与时俱进，提议我前往红谷滩跑步。这一次，我采纳了他的建议。

　　宏森是我的初中同学，他初中尚未毕业就随父母转学到邻县的一所中学就读。我们之间的往来始于大学毕业参加工作后的第五个年头，当时他从乡下中学考入县委成为一名干部，见面的机会逐渐增多，此后互动也越发频繁。他就像是我在人情世故方面的导师，而我则像是他人生道路上的精神引路人。

宏森住在红谷滩的女儿家，每年有半年时间来帮忙照顾孩子，另外半年则由他妻子接手。通常他在女儿家住上半个月左右后，就特别想念老家，想念那帮牌友，总是心心念念地找各种理由回去。女儿深知他的心思，便依照惯例每半个月给他放两天假。原本昨天又到了他放假的日子，但听闻我要来南昌，他便决定多留一天。他把南昌当作自己的半个家，我的到来让他觉得有必要尽到地主之谊。

　　宏森退休前是县委的一名科级干部。他在40多岁时身患重病，医生曾断言他若能熬过5年，便不会因该病离世。当他真的熬过5年后，医生拍着他的后背告知他可以回家，该吃吃、该喝喝，尽情享受生活了。他说自己有一种重获新生的奇妙感觉。于是，他仿佛焕发了青春活力，没日没夜地打起麻将来，好似要把生病期间缺失的欢乐时光都弥补回来。然而，当女儿的孩子出生后，他又找到了新的使命——离开牌桌，前往托幼所照顾外孙。他觉得这是在偿还对女儿的亏欠。如此一来，外孙和麻将成了他生活中的两大重心，两头都让他割舍不下。

　　昨天晚上，宏森约了我们小学、初中、高中的四五个同学聚会，其中一位是我的同村伙伴，其余四人皆是同乡。他们陆陆续续来到饭馆，先是满脸惊喜，随后便是感慨万千。有些人已经40多年未曾谋面，甚至连儿时的模样都已模糊不清，但彼此的姓名却依旧牢记于心。"大家都在南昌啊！"我的惊讶之情引发了他们的俏皮劲儿，"不止这些人，还有几个没联系上呢。我上半年统计了一下，我们初中同学有8个人在南昌呢！"那位同村同学像是在筹备一场盛大的聚会，显得有些兴奋不已。

　　这些六〇后们，他们共同的"任务"便是在南昌帮儿子带孩子。在这几个同学当中，除了宏森和另一位同学是大学毕业且有工作的，其他人都仅读到初中或高中。他们来到南昌后，除了自家儿女家和孙子或外孙的学校，几乎没有其他社交圈子，两点一线的生活模式将他们逐渐打磨成了典型的城市退休老人模样。虽然能看得出他们并非真心喜爱这样的生活，但又似乎有一种难以言喻的满足感。曾经的干部、农民或是老板，如今仿佛都回到了童年时天真无邪、少年时无忧无虑的时光，彼此嬉笑打趣，畅快自如。

省城南昌固然有着老家无法比拟的繁华景象，但同时也给他们增添了一些不必要的拘谨。他们都不约而同地说了一句话："再过几年，我们还是要回去的！"难道省会城市真的无法给予他们归属感吗？

南昌作为江西的省会，其存在感在周边地区的对比下略显黯淡。

无论是"南方昌盛"还是"昌大南疆"等蕴含美好寓意的称呼，还是英雄城市的响亮标签，南昌在过去20年里都一直在努力拼搏、奋勇向前。好在红色革命基因早已深深扎根于此，作为人民军队诞生地的那份豪情壮志、军旗飘扬所带来的荣耀，一次次将冲锋的号角声传遍赣鄱大地。于是，南昌省会的崛起让"左邻右舍"都不禁刮目相看。红谷滩、赣江新区成为南昌的耀眼名片，所以宏森建议我去红谷滩跑步确实有其道理。

南昌，宛如一颗闪耀在赣江怀抱中的璀璨明珠，它不仅是江西的政治、经济、科技、教育和文化中心，更承载着厚重的历史积淀与丰富多样的文化遗产。这座城市人才辈出，恰似一幅绚丽多彩的人文画卷，令人目不暇接、叹为观止。提及南昌的标志性名片，滕王阁无疑是其中的翘楚，它让南昌的美名远扬四海、闻名遐迩。南昌不仅坐拥众多历史文化瑰宝，还孕育出了深厚的人文底蕴，滋养了一代又一代杰出的文人墨客。唐代大诗人王勃的《滕王阁序》便是对南昌秋日盛景的绝妙描绘，使得南昌的声誉更加如日中天。置身于这座城市之中，你能够深切地感受到历史的深沉厚重，仿佛能穿越时空，瞥见那些历史人物的伟岸身影，他们的传奇故事和动人传说依旧在这片土地上久久流传、永不消散。

南昌，这颗镶嵌于赣江之畔的耀眼明珠，蕴藏着数不尽的历史记忆与传奇故事。作为江西的心脏区域，经济、科技、教育、文化在这里相互交融、交相辉映。这里孕育了无数的杰出英才，他们的才华如同夜空中闪烁的繁星，璀璨夺目、熠熠生辉。滕王阁作为南昌的一张亮丽名片，以其独特迷人的魅力吸引了全球的目光。此外，南昌还流

淌着浓郁深厚的文化血脉，从古至今的诗篇佳作和传奇故事都见证了南昌历史与文化的深远影响力。每一寸土地、每一座建筑都在默默诉说着南昌的往昔与未来，让人心中充满了无限的期待与遐想。

若不是昨晚的同学聚会饭局，我或许不会选择来红谷滩跑步。尽管同学们兴致颇高，但酒过三巡之后却无人贪杯。他们就像长途跋涉的旅人，即便有短暂的休憩时光，也不敢肆意放纵自己的慵懒，因为明天一早他们还有各自的使命需要完成——为了他们心中的"明天"。他们纷纷对我的到来表示感激，因为有了我，他们才有了相聚一堂的契机。由此可见，他们平日里相聚的机会实在是少之又少。

宏森昨晚并未回女儿家，而是与我一同住在酒店。他是个喜好热闹之人，以为我需要有人陪伴，但我向他解释道，跑步是一项个人活动，并非像居家过日子那般。他满脸同情地看着我，说我何苦如此，一个人四处奔波、自我折腾。正如我无法理解他对麻将的痴迷热爱，也时常会调侃他一样。如今，他们在人生的第二春里乐此不疲地为儿女奉献余热，尽情享受着天伦之乐，但又有谁能知晓他们内心深处是否真的安然自得呢？

清晨 6 点钟，我从前湖的学府大道出发。这个季节的南昌气候湿润宜人，春天的暖流相较于湿气而言，更有一种黏腻的感觉。学府大道两侧以及中间隔离带的绿植郁郁葱葱、繁茂生长，其绿化水准堪称世界花园城市的典范。这里坐落着南昌大学新校区，40 年前我在南昌生活时，此处还是一片广袤的农田。如今的繁荣昌盛，恐怕连书本中记载的祖先都会对这滚滚红尘心生向往，就连前些年在南昌新建区出土的海昏侯，看到这般景象，或许也会对着自己那些珍贵的瓶瓶罐罐自叹不如吧。

宏森的热情好客让我有些受宠若惊，他执意要陪我走到八一广场，还说自己跑不动，只是想找寻一下当年在大学读书时沿着赣江徒步的美好时光。我怀着同样的感慨婉拒了他，毕竟跑步终究是我个人的事情。

我原本以为他只需在终点等候即可，但没想到我的跑步过程竟成了他密切关注的焦点。过了朝阳大桥后，我又在沿江中大道上跑了大约3千米，接着跑上洪城路，转入八一大道，前方便是八一广场。

234

然而，当我跑到纪念碑正前方时，却瞧见宏森在向我挥手示意。明明出发时他还在宾馆，怎么就突然"瞬移"到我前面了呢？这种奇妙的穿越感让我感到十分好奇，仿佛置身于梦境之中。原来，宏森在我出门的同时，乘坐公交车，提前我半小时抵达了八一广场。我耗时1小时22分钟跑完这13.5千米的路程，而他却轻松地在终点将我"拦截"。他满脸得意地说道："你这个怪人，说一起走走不同意，非要特立独行。这不，我先到了吧！"我只好无奈地举手投降，笑着调侃他是在监督我是否能顺利跑完南昌的路程。

其实，我们彼此心中都明了，有一种无形的纽带将我们紧紧相连，都渴望能多相处片刻，聊聊往昔的岁月。他清楚我上午就要离开南昌，又要马不停蹄地奔赴下一座城市。我们曾无数次在八一广场漫步巡礼，向英雄城的英雄们致以崇高的敬意。而这一回，我要向宏森和那些老同学表达我深深的敬意，他们为了儿女辛勤付出、默默奉献的一生，同样堪称英勇无畏。

2023年3月25日于南昌

贵州篇

贵阳之贵

从贵阳东站驾车前往预订酒店的途中，需穿越数条隧道，而后驶上西二环，最终抵达那座位于山坡之上、略显孤寂的酒店。酒店位置较为偏僻，左边是一片平坦之地，右边却是陡峭的山崖，这般地势恰好彰显出贵阳起伏回旋的地貌特征，赋予了这座城市一种独特的阴柔韵味。而"阳"字之名，仿佛是特意用来平衡这份阴柔，显得极为贴切恰当。

眼前这座酒店，前无村落后无邻舍，实在难以让我心生兴奋之感。它距离贵阳北站仅 1.5 千米，然而与城区却相隔 12 千米之遥。我误将贵阳北站当作了老火车站，以为老火车站通常都处于老城区之中。我原本以为西部的省会城市有东站和北站便已足够，未曾料到贵阳东站、贵阳北站、贵阳站呈三足鼎立之势，共同构建起贵阳庞大的铁路交通网络，着实让我大开眼界，也深感自己的见识短浅。

我不禁为自己对贵阳的轻视而懊悔不已，后悔自己以老眼光看待其新发展。当我打算来贵州跑步时，竟然连最基本的功课都懒得去做，仿佛这只是一次前往自家后花园般轻松随意的行程。

如今贵阳正大力推进城市建设，倘若我想要领略贵阳之"贵"，自然需要在老城区内奔跑游览，而贵阳站无疑是最佳的起点选择。

贵阳站广场如今已被公交车停车场和人行道规划得井然有序，与20 年前那宏大喧嚣的景象截然不同。如今这里整洁有序，让人行走在人行道上都有些小心翼翼，生怕有警察盯着，被误认作逃票之人。回想起 1990 年我初次抵达贵阳，同样是在这个车站大门前徘徊许久。当时刚下火车的我因身份证丢失而心急如焚，四处寻找警务室报警。我想当然地认为警务室必定在候车室内，可询问了许多人都一无所获。最后，是一个流浪少年带着我找到了警务室。那个十五六岁的少年并非真正的流浪者，他说自己是在贵阳火车站与母亲走散的，已在车站候车厅等待母亲归来长达 5 年之久。他对车站及周边环境极为熟悉，见我惶恐不安，便主动充当起义工为我带路。直至今日，我仍清晰地记得那个瘦小的身影，脸上带着未洗净的油渍，圆溜溜的眼睛却机灵聪慧，没有丝毫的沮丧与不满。我随手递给他两元钱表示感谢，他却坚决不收，眨眼间便又跑回了候车室。那敏捷灵动的身影从此便深深印刻在我的脑海之中，挥之不去。

此刻，我在贵阳站广场踱步徘徊，心中竟隐隐期待着能再次遇见那个灵动敏捷的背影。广场空旷而寂静，我的目光被一位身着短裤和长袖运动上衣的跑者所吸引，这是我在贵阳今晨遇见的第一位跑者。他在护栏间自如穿梭，似乎正准备横穿广场。他也注意到了我，热情地向我挥手示意。虽然我们之间仅仅相隔 10 米的距离，但多道护栏将我们阻隔开来，无法靠近。那位贵阳的中年跑者仿若在八卦阵中穿梭一般，最终转出护栏，朝着解放路的方向疾驰而去。

我继续沿着自己的路线奔跑，尽管遇见同道之人让我感到一丝亲切，甚至涌起与他一同奔跑的念头，但由于我们的奔跑方向和配速各不相同，最终还是要各自奔赴终点。因此，那份擦肩而过时的热情，也只能算是人海中的匆匆一"瞥"。

我沿着遵义路奔跑，径直向甲秀楼而去。如果我想要在贵阳留下些许难忘的回忆，那么一定要在甲秀楼前"秀一秀"自己。古代文人游历名山大川时都会留下精妙绝伦的金句墨宝，以供后人传颂品鉴。而我来到贵阳跑步，自然也要在甲秀楼前尽情挥洒汗水，留下属于自己的独特足迹。

昨天傍晚，我和妻子宛如一对热恋中的恋人般漫步在甲秀楼前的

青石板路上。我深知这座虽号称明代修建、实则于清宣统元年重建的历史遗存建筑已经"秀"了数百年之久，它满足了贵阳市民对亭台楼阁的所有美好想象。三层三檐四角攒尖顶的阁楼，飞甍翘角，层层收进，堪称楼阁建筑中的经典佳作。但令我更为惊叹的是通往甲秀楼的那条青石路，青石板被岁月打磨得比精心抛光的青玉还要光滑润泽，泛着盈盈的饱满光泽，宛如一面天然的石镜。在这条路上，"躺平"似乎都有了一万个充足的理由。这条由岁月和无数双脚共同打磨而成的石路，远比那阁楼更加真实可感，更富有深厚的历史韵味。

此时正值学生放学时分，大批小学生从铺满青石的石拱桥上走过。甲秀楼后面有一所学校，孩子们每日上下学都要途经这条石板路。那些光洁的石板路见证了他们成长的每一个足迹，将学校建在这个小岛之上，无疑是对甲秀楼形象代代传承的一种启蒙教育，意义深远。

穿城掠池地跑步，如果不经过甲秀楼这样充满历史韵味的青石板路，无疑是一种极大的遗憾。这条石板路所承载的厚重历史足以让这座城市万古流芳。

清晨的甲秀楼湖，未经灯光的修饰装点，展现出一种质朴的真实感，仿佛触手可及。然而，青石板路已被栏杆拦住，尚未开放。好在昨日我已在这青石板路上来回漫步，留下了无数的足迹与回忆。

我沿着甲秀广场慢跑了一圈，陆续有市民进入我的视野。他们的生活节奏显得单调而闲适悠然，没有整齐划一的晨练队伍，三五成群结伴锻炼的人也较为少见。贵阳人喜爱喝下午茶，无论是独自一人还是三两好友相聚，都能尽情享受其中的惬意与自在。他们把晨练也当作了喝下午茶一般随意自然的事情，不刻意为之，不勉强自己。相比之下，我的跑步显得有些刻意为之，就像是在舞台上表演一般。但由于自身基本功不足，每到一地跑步都表现得十分蹩脚，到最后连自己都觉得索然无味，不愿再继续"表演"下去。于是，我决定随心所欲地跑，跑不动了就改为步行，不再勉强自己的身体。

昨晚，我们被这条青石板路的浪漫氛围所感染，决定前往对面的西湖巷，那里有一家看起来颇具情调的餐厅。餐厅的门头和灯光呈现出一种深沉的咖啡色，全景落地玻璃使得餐厅内的人影若隐若现，与门外的喧嚣热闹形成了鲜明的对比。我们决定在这家餐厅享用晚餐。

开门迎接我们的是一位身材婀娜的女孩，她用贵阳话询问我们有几位客人。我径直找了张空桌坐下，其实餐厅内仅有六张卡座，但它却给人一种小巧精致而又温馨舒适的感觉。点完菜后，我像在广东的大排档吃饭前一样，习惯性地想要把碗筷碟都洗刷一遍。然而，我却找不到盛水盘，于是叫来刚才那位女孩，问她洗碗水该倒在哪里。女孩告知我，他们的餐具都是刚从消毒柜中取出的，无需清洗。她转身去取盛水盘时，旁边桌的一对40岁左右的男女中的男子对女子轻声嘀咕了一句："矫情！"这句话清晰地传入我的耳中，妻子也听到了。她撇了撇嘴，表示赞同。我愣了一下，开始认真思考这几十年来每次去餐厅吃饭前洗刷碗筷的动作。我也曾对这个动作的有效性产生过怀疑，但每每见到邻桌客人大张旗鼓地洗涮餐具时，我也会不由自主地跟着装模作样地洗一下。此刻，我突然被"矫情"二字所触动，心中暗自对自己说道："又在装！"那个服务员拿来盛水盘时，眼里满是疑惑不解。玻璃窗外的烟雨朦胧了甲秀楼的身姿，使我陷入了深深的沉思：究竟哪种行为才更真实呢？

早晨的甲秀楼在晨雨的洗礼下显得愈发清晰明朗，曾被夕阳染金的飞檐灰瓦此刻更加剔透晶莹。

我绕过西湖路，径直踏上宝山南路。此时已经跑了11千米，但距离酒店仍有七八千米的路程！我不得不放慢奔跑的节奏，毕竟路面湿滑，天空也弥漫着雨雾，这实在不是适宜跑步的理想环境。然而，作为在贵州的首次奔跑，我又怎能轻易半途而废呢？

此刻，体力消耗颇为严重，或许是湿度过高的缘故，我突然感觉前方的路途变得异常遥远漫长。贵阳如此广袤无垠，我自然无法踏遍每一寸土地，但脚下的宝山南路，在这一刻，仿佛就是贵阳的全部。这时，我脑海中忽然浮现出英国耐力跑越野女皇丽兹·霍克在《跑者》一书中的话语："我们有许多种方式，在明净的空气里，孤独地在山中寻找阳光。"孤独的意义在于，只有我自己才能完成自己的比赛；

没有别人，只有自己。因此，从某种意义上说，比赛是生活的一种隐喻。路上的漫长时间让我们有足够的机会更深刻地认识自己，了解我们究竟是怎样的存在。

我在这个阴雨绵绵的早晨奔跑在贵阳的街头，是为了追寻那份孤独的真谛，还是被贵阳的"贵气"所感染？送车的小伙子、流浪的少年，他们的真实质朴远比洗刷碗碟时的装模作样来得更加自然真切。

我听闻贵阳之名的由来，是因其位于贵山的南面，即贵山之阳。尽管我不知道贵山究竟在何处，但贵阳的"贵"，不仅仅源于贵山，更在于贵阳那份难能可贵的韧性和质朴纯真的真实感。当跑完 19.2 千米的贵阳路程后，我并未夸张到口吐白沫的程度，但被雨淋湿的汗衫里已浸满了汗水。

2023 年 5 月 9 日于贵阳

黔南都匀桥上跑

都匀市，身为黔南布依族苗族自治州州政府所在地，虽说只是个县级市，却在黔南地区占据着极为关键的地位。在前来都匀的路上，我对它一直持有某种偏见，总觉得它不过是隐匿于深山之中的一座闲适小城罢了。然而，当我真正踏入都匀城区时，那些如竹笋般高耸入云的高楼大厦瞬间让我震撼不已。一丛丛的"竹笋"密密麻麻地矗立在剑江两岸，恍惚间竟让人有种时空错乱之感。诚然，高楼大厦本身并非稀奇之物，但它们在黔南这片绿意盎然、山水环绕的土地上拔地而起，便自然而然地散发出一种超凡脱俗的独特气质。

我不光留意到了这些挺拔的楼宇，还被湿漉漉的街道两旁的小吃店所吸引。此时已经是下午2点，我早已饥肠辘辘，而小吃店里不时飘出的浓郁的酸香与辣爽气息，对我而言无疑是难以抵挡的诱惑。我走进一家临近剑江的豆花面馆，店内三张桌子边坐着六位汉子，其中两位是戴着电动车头盔的快递小哥，每人面前都摆放着两个碗，吃面时那畅快淋漓的声响更是让我馋意大增。

我点了一份豆花面。5分钟后，女老板用托盘端来两个碗，一碗满满当当盛着清水煮就的面条，上面覆盖着一块白嫩的豆腐花；另一个碗里则装着由花生、红油、辣椒末、肉丁、香菜、葱花拌制而成的调料。这是我首次品尝豆花面，望着满大街的豆花面小吃店，我暗自揣测豆花面应当是此地的特色美食。它这名字取得着实巧妙，这两大碗一红一白，

看着不仅让人食欲大增，还颇具情调，宛如"咖啡伴侣"一般相得益彰。

　　我愣在那儿半天，不知该如何食用，于是试着舀了一勺调料放进面碗，尝了一口，却发觉味道寡淡无奇。女老板一眼便看穿了我这失败的"创意"，赶忙指点我将面条与豆花捞出来拌着调料吃。如此一来，味道瞬间就出来了：麻、辣、香，筋道、松软、爽滑，各种滋味一应俱全。这算是初次见面都匀给予我的一份独特"点心"，我由衷地钦佩豆花在其中的奇妙功用。

　　下午，我哪儿也没去，就静静地坐在西山大桥的回廊里，仔细观察着来来往往的人群。西山大桥在都匀可是响当当的招牌，听闻电影《无名之辈》曾在此取景，因此，这里成了一处网红打卡地。不过，我在回廊里坐了整整2个小时，却连一个手持自拍杆的游人都未曾见到。回廊外雨声淅淅沥沥，河面上水流悠悠缓缓，此刻或许并非取景的绝佳时机，但我却对眼前这份悠然闲适产生了极为浓厚的兴趣。这座桥的设计堪称精妙绝伦，人车分流且分为上下两层，使得这座由木头构建而成的廊桥散发出一种穿越时空的独特魅力。

　　当我坐到第三个小时的时候，终于按捺不住自己那有些恍惚的眼神，开始寻觅同样百无聊赖之人。就在这时，我发现了一位坐在距离我10米开外靠椅上的汉子，他正全神贯注地摆弄着手机，似乎并不像我这般在意河水以及过往的人群。我慢慢悠悠地走了过去，明知故问地说道："大哥，这座桥叫什么名字啊？"他抬起头，足足盯着我看了5秒钟，然后问道："你是来旅游的吧？"他的眼神里饱含着如河水般的柔和，却并不温热，恰似廊外那丝丝雨线。万事开头难，可一旦接上话茬就轻松多了。当他得知我来自北京时，便打趣道："你来晚啰，10年前来还能看到我们的破桥，如今可成了廊桥遗梦咯！"他的话语一语双关，而我却斩钉截铁地回应他："我更喜欢眼前的这座桥。"我就如同一位新上门的女婿，坚定地看好眼前的"对象"。

　　这位汉子刚退休不久，是土生土长的都匀人。他曾在机关单位任职，如今每月领着5000元的退休金。他告诉我，他的妻子前往深圳给儿子带孩子去了，只留他独自一人在都匀。他既不喜欢钓鱼，也不钟情于打牌，每天下午都会来西山大桥的廊道里坐上一两个钟头。他不像我是来看人的，而是专注于看手机。他还时不时地跟远在深圳的孙子视频通话，让孙子透过镜头领略西山大桥各个方位的独特风景。他说要让孙子从小就牢记家乡的这座桥，如此一来，长大后便不会忘却都匀。"让下一代铭记乡愁"，这便是他对我的一番教诲。

我觉得他这种"热爱家乡教育"的理念颇具新意，于是不遗余力地夸赞了他一番。他一听我夸赞，顿时来了精神，感慨道："娃们都离开了都匀，将来这廊桥上怕是都没人啰！"而我呢，心里却惦记着会不会有人来桥上拍摄视频，将这份独特的乡愁记录下来。

都匀这座城市，似乎并无早晚之分。清晨，一觉醒来，还不到六点，外面除了如绒毛般细密的雨丝，便是阴沉沉的天空，与昨天下午我在西山大桥上所见的天空如出一辙。我的起跑点选在百子桥西岸的桥头堡，虽名为跑，其实是在细雨中快步前行。我不能违背自己一路以来对跑步的承诺，无论快慢，只要秉持着跑的态度，缓行也好，疾驰也罢，都是跑者应有的姿态。在都匀，我并非将奔跑当作一场表演，而是在都匀剑江河上的一座座桥上穿梭而过，这便是我献给都匀的敬意，也满足了我对都匀大街小巷的那份"窥视"欲望。

沿着河岸顺流而下的是依岸而建的回廊，外面雨滴滴答作响，回廊里却能让人尽情奔跑。我想象着每天下午时分，回廊的木条凳上坐着一排中老年汉子，他们或是打牌、下棋，或是吹拉弹唱、聊天，各得其所。哪怕只是静静坐着的人也显得极为专注，默默地凝视着河面。还有些人什么都不看，只沉浸在自己的内心世界里。回廊之中承载着都匀人祖祖辈辈的烦恼与安逸。这条回廊竟然长达800多米，我在其中一口气穿行而过，仿若战场上匍匐前进的士兵。这哪像是在跑步啊，分明有一种"偷渡"的奇妙快感。

当我穿出回廊进入文峰园时，这才发觉，回廊不仅仅为都匀人提供了下午休闲的好去处，对雨天的晨跑者更是关怀备至。将回廊建于河岸边，其目的不单是为了观赏河上的风景，更是为了给上下游的过河桥搭建便捷通道。这种设计类似于城市闹市区的立交桥和人行走廊，

说实话，其实是现代都市对古代廊桥结构的一种模仿，而都匀便是其中的一处典范。都匀剑江河上的这段河岸回廊既温馨又独具匠心，为剑江增添了一份空中楼阁般的飘逸韵味。

在文峰园里穿梭时，我一时间竟找不到出园的路径。忽然瞧见河岸边站着一位貌似退休的老人，他正站在一块铁架牌子前，那是"贵州省河湖长公示牌"，上面绘制着清水江流域水系示意图。我向那位老者询问道："这条河是清水江还是剑江河？怎么画的全是清水江？"老人告诉我，剑江河是清水江流域流经都匀市的一段河流，是都匀人的母亲河。剑江河的历史皆铭刻在河上的百座桥之上。老人似乎有许多感慨，但见我浑身充满活力，不像是能停下来聆听他讲述剑江河故事的样子，便用那与河水融为一体的目光默默目送我离去。

跨过一座石拱桥，我来到了河东岸，此时已经跑了2千米。我决定以这座桥为起点，数一数剑江河上究竟有多少座桥，权当是今天晨跑的一项额外任务。

天气时而细雨蒙蒙，时而又转为晴朗，这使得我时而奔跑，时而又在桥头缓缓踱步。这全然不像是一座城市的早晨，倒像是一条河清晨的慵懒时光。剑江河那蜿蜒曲折的身姿，宛如一条玉带轻盈飘过，清澈的水流仿佛要压倒群山，也让那些华美的建筑在此刻显得格外温顺。只有玉带上系着的"结"在晨曦中缓缓转动，那是都匀早起的行人。跨河过桥是他们每天清晨唤醒两岸、促进互动的必修课。

当我跑到西山大桥的东桥头时，我的双脚不由自主地想要迈向桥廊，然而桥下河水中两位赤膊的泳者却格外引人注目。在那碧绿苍翠的河水里，烟雨朦胧的河道上，虽然他们有着搏击长空的豪迈姿态，但我总感觉他们搅扰了碧绿河水的宁静美梦，好似莽撞的汉子在清晨闯入了闺房，实在有些不合时宜。不过，河里的两位都匀汉子游兴正浓，他们在水中畅游，我在岸上奔跑，我们仿佛在比试谁更为自由。我甚至有些羡慕他们了。

仅仅数到第二十座桥，我便停下了脚步。此时，我已经跑了将近10千米，抵达了城市的边缘。但剑江河上依旧还有众多桥梁在我前方

都匀古韵，雨后闲逛

若隐若现，我的脚力实在难以抵达都匀剑江河上的所有大桥。倘若将都匀比作一位女子，那么剑江河便是她那明亮动人的眼睛，而河上的桥无疑是女子的秀丽眉梢。眉眼传情的剑江河必定会让都匀这位女子美得倾国倾城，她的眉梢总是挂着幸福，那不仅仅是充满烟火气息的平凡幸福，更是历经岁月沉淀却愈发迷人的妩媚风情。

当我跨到河的对岸，顺着剑江河继续前行时，街道上已是汽车轰鸣声阵阵、人流如潮水般涌动的上班早高峰。我必须在汽车与人流之间灵活穿梭，才能如同河水一般顺畅流淌，若是伫立在原地等待川流不息的汽车，必然会落后于河水的流速。与河水竞赛流速，我也算得上是一位痴心的跑者了。

我再次回到西山大桥时，发现那两位晨泳者仍在河中奋力搏击。此时，天空又飘起了小雨，我能够清晰地看到河中溅起的点点雨花。晨泳者与我一样，都是热爱运动之人，只不过我在岸上奔跑，而他们在水中遨游。运动的确不分环境优劣，只要拥有一颗永不停歇的心，任何地方都能成为我们挥洒汗水、释放激情的舞台。我忽然觉得，那一座座桥就像是我们从静止迈向运动的康庄大道，引领着我们不断奋勇向前。

当再次站在百子桥头时，我已圆满完成了今天在都匀的 15.6 千米跑程。我沿着剑江河两岸奔跑，跑过了一段近 8 千米的河段。如果说河东岸代表着都匀的前世过往，那河西岸彰显着都匀的今生今朝。那一座座大大小小的桥，不仅是连接两岸的交通要道，更是都匀人灵魂往返的精神通途。人们在命运的轮回中觉醒，在回归的旅途中重生，都匀就是这样一座伟大的桥城，承载着无数人的梦想与希望。

2023 年 5 月 10 日于黔西南都匀市

坡城凯里的游与跑

2023 年 5 月 10 日下午 1 点，我顺利抵达凯里。当天下午，我便驾车前往距离城区仅 30 千米的西江千户苗寨。次日上午 9 点，我离开苗寨，天空飘起了雨。接着，我驾车行驶 116 千米，来到了黔东南州的镇远古城，在那儿游玩了两个小时后，又继续驱车前往铜仁。

凯里城区的地形起伏不平，从最低处到最高处的落差大概有 100 米，给我的感觉就像是建在连绵丘壑之上的山地。不过，若要称它为山城，似乎又有些勉强，毕竟城市四周都是些不太起眼的小山丘。当然，与贵州境内那些绵延不绝的大山相比，凯里的坡道就像是躺在山里的少年，还略显稚嫩。

在凯里的街头跑步，真有一种爬山越野的体验。然而，当我下午到达离城区仅 30 千米的西江千户苗寨时，我发现那里就像是凯里城的浓缩版。苗寨依山而建，从山头到山谷呈阶梯状排列，宛如一幅精美的壁雕，层层叠叠。从最高处下到寨中央的河道边，仿佛是沿着直梯从天而降，根本没有回头的机会。苗寨人这种能在高处安然生活的能力实在令人钦佩，这也许就是黔南山区最常见的生存环境吧。

凯里城的坡虽然长，但比较平缓，依坡而建的楼房似乎并没有把这些坡当回事。站在坡上的楼里看坡下的房子时，我们也并不会产生那种居高临下的优越感，这就是城市坡路与山野坡地的低调之处。也难怪，城市总归是由房子堆积起来的，而道路不过是点缀。我见过像

威尼斯水城那样没有路的城市，在那里，水道才是主要的交通方式。所以，即便城市中央有最陡的坡路，那也只能算是一处"景点"。如果城市的楼房没有什么特别之处，道路也就只能对着"楼"叹气，被市民或游客所忽视。但在凯里，我完全没有这种感觉，因为从坡下跑到坡上后，我就被它的陡峭彻底征服了，只想找个地方休息一下。

早上醒来，我连房间的窗帘都没顾得上拉开，不到6点就兴冲冲地跑下楼，准备在凯里好好地爬一回坡。刚走出旅馆大门，又是一个"惊喜"——雨下得还不小。好在凯里的气温在我能承受的范围内，我想就算全身湿透了也不至于冻得瑟瑟发抖。来贵州这四天，每天都离不开雨，不过它也有停的时候。比如昨天下午的天气就特别清爽，我都想留在苗寨不回来了。最让我懊恼的是早上下雨下午停，不给我留一条干爽的跑步道路。我这么执着于早晨跑步，也没什么特别的原因，纯粹是习惯罢了。几十年来，早晨锻炼就像一碗永远吃不腻的白米饭，既是生活的必需，也是人类进化过程中的优选结果。晨练对我来说就像晚上必须睡觉一样重要。我把跑步安排在晨起之后，就当作是在迎接新一天的开始。我不太习惯下午或晚上跑步，大概也是因为这个原因。在外地跑步，我依旧把晨跑当作一种仪式，就像虔诚的修行者每天晨起的那一炷香，点燃它，让袅袅青烟驱散心中的杂念。晨跑就这样开启了我每一天充满活力的生命乐章，所以无论风雨交加还是寒霜凛冽，在这个时间点，我都会在路上与城中的建筑物交流互动。

确实，街上除了淅淅沥沥的小雨，就只有空荡荡的楼房。我跑到滨江路的凯里第二小学门口时，才跑了2千米，防雨服就已经湿透了，头发被雨淋得像"三毛"一样，这让我有点难以接受。我从学校大门的一块玻璃里看到了自己的狼狈样，不禁有些沮丧。晨跑的热情竟然被自己的形象给打败了，这还是头一回。

我之所以爱上跑步，是因为那矫健的跑姿就像座右铭一样刻在我的脑海里。每当我看到草原上骏马奔腾、雄狮迅猛追逐猎物的画面，就会有一种眩晕般的快感，仿佛我的灵魂附在了骏马和雄狮身上，在广袤的草原上驰骋。我无法容忍自己在跑道上有猥琐的模样，我觉得

路过镇远古镇

那是对奔跑的亵渎。

看到自己的"丑态"后，我停了下来，在门廊下整理了一下头发，努力让它恢复整齐。这时，保安室里走出一个人，不用问，肯定是学校保安。他是一个50岁左右的男人，皮肤黝黑，身体健壮，很符合保安的形象。他热情地对我说："进来避一避雨吧！"没有一点客套，就好像我是这所第二小学的老师。"这么个雨天还出来跑步？"他显然是听到我急促的喘息声才这么问的。

"嗯，凯里的路确实不好跑，上下坡太多了。"我也像和熟人聊天一样回应着他。

"你是住在新城的吧？老城没这么多坡。"他猜测道。

"不，我第一次来凯里。"我告诉他。

"难怪这么有活力。"中年保安一脸好奇，"你是从哪里来的？"

"从贵阳来，再远就是从北京来。"我很随意地回答，完全把他当成了相识已久的朋友。

随后我们便聊了起来。这位姓黄的苗族大哥家在丹寨县的一个苗寨。前些年，他一直在广东佛山的家具厂打工。他的大儿子已经工作了，小儿子去年才上小学一年级。他不想让小儿子在村里的小学读书，所以辞去了工厂的工作，回到离老家不远的凯里市区。他希望小儿子将来能考上一所好大学，坚信凯里市的教育肯定比他老家的山村学校要好。于是，他带着小儿子来市区找学校。可是，没有户口也没有工作，他被一所所学校拒之门外。后来，他打听到二小的教职员工子女有优

先上学的政策，但他既不是教师也不是职工，这个政策也帮不了他。于是，他天天来学校打听消息。得知学校缺一名保安后，他赶紧去保安学校参加培训。经过三个月的岗前培训，他终于如愿以偿地当上了二小的保安，小儿子也顺利地在这所小学就读了。

老黄讲述自己的故事时，总是乐呵呵的，这和他健壮的外表不太相符，流露出一种暖男的气质。可能是因为儿子在身边的那份温暖，也可能是儿子能在城里读书的那份幸福，又或许是想弥补一下在大儿子身上缺失的教育吧。我不太清楚。但在这个晨雨中，他的开朗和对未来美好生活的憧憬给了我极大的温暖。我在这所小学的门廊下避雨，仿佛真正走进了凯里的深处，与凯里产生了短暂的共鸣，被它丰富多彩的生活所打动。

雨势稍微小了一些后，我告别老黄，继续沿着滨江路慢跑。足足跑了 5 千米，我才跑到北京西路。小小的凯里城，让我在西江边深切感受到了城市对江水的依赖以及对山峦的征服。西江虽然不太宽阔，却是凯里城的温柔纽带，是大山母亲的生命通道。跑到北京西路，我感觉就像来到了平原。虽然细雨如丝，但我却有一种漫步在公园的惬意。这里是凯里市中心的主要干道，凯里的记忆也是沿着这条主街向两侧蔓延开来的。

不远处就是凯里老街。昨天傍晚，我去逛了一下这条老街。它很有特色，与其说它是一条街，倒不如说是一条小巷子，里面是一个百货市场。入口处有一普通的菜市场，摆摊的大多是穿着苗族服饰的阿婆。在华灯初上、行人稀少的时候，阿婆们正在收拾摊位，结束一天的生意。我听到她们和同行交流时说的是我听不懂的苗语，而和顾客交谈时就换成了凯里方言。这让我感到格外亲切。在这些苗族聚居的地方，阿婆们早已习惯了这种双语交流的方式。

阿婆们身上的苗族服饰基本上都是她们亲手缝制的，高高的帽子上绣着各种各样的图案。我对这样一套服饰充满了敬意。在西江苗寨，我就看到很多女游客争着购买这样的苗服，有的甚至迫不及待地穿上，在河边摆出各种姿势拍照，拍出苗家女儿的风采。她们是被苗家女那一身金银首饰的嫁妆深深吸引了。苗家女带着这份富足和对苗寨的眷恋，从一个苗寨走到另一个苗寨，世世代代传承着对上天、对大山的感恩之情。

老街除了卖菜的、卖衣服的、卖竹背篓的，就是金银首饰的手工制作店铺了。与繁华的大商场相比，老街确实有些破旧落后，但看起来却那么自然，充满了生活气息。也正是这样一条不起眼的老街，养活了一代又一代凯里人，承载着一代又一代人的青春记忆。

我从老街出来的时候，正好被一位阿婆手推车上一箩筐水果砸到了。水果没掉出来，倒是把阿婆吓了一跳。阿婆连忙拿出两个苹果给我，意思是向我赔礼道歉。我没有接她的苹果，而是帮她把那筐水果搬上了车。我笑着摆摆手，示意她可以走了。阿婆愣了一会儿，可能觉得遇到了一个善良的过路人。

其实，凯里街上的每一道坡都蕴含着温柔，即使是最陡的地方也有房子点缀，看起来十分和谐，一点儿也不突兀。眼前的凯里这座城，纯净得像山间的泉水，虽然里面鱼龙混杂，但一切都自然而有序。它没有盲目地投身于大工业时代的改革浪潮，但对于建设科技新城也充满了期待。它原本的发展轨迹依然在城市布局中延伸，缓缓地向前推进。就这样，凯里成为许多人的家园，成了一个可以让人安心栖息的温馨城市。

跑上北京路，我有一种回家的感觉。结束凯里的晨跑，我仿佛刚从一场热闹的酒会中归来，虽然跑得有些累，但那种酣畅淋漓的兴奋感却在身体里久久回荡。

2023 年 5 月 11 日于凯里

桃源铜仁，水韵碧江

在镇远古城游历了半天，我就被那有着 700 年历史的古城墙给深深吸引住了。那条沿着清水河而建的卫城垣，虽说如今只剩下 1500 米长了，可每一块青石那都是实打实的"老物件"呀，就连青石之间的缝隙，都还保持着 700 年前的宽窄模样呢。我想，这大概就是镇远古城能被评为 5A 级景区的关键所在吧。把它和那些号称千年古城的地方比起来，我都替后者感到"脸红"，毕竟镇远古城才是原汁原味的古城呢。可惜呀，镇远归黔东南州管，我还得接着赶路，不然的话，我非得在古城住上一晚，沿着城墙跑上十个来回不可，那也算是一场别具意义的古城跑了。

我的下一站是铜仁市。为了不耽误在铜仁的晨跑，我可得在天黑前赶到铜仁市区。虽说从镇远到铜仁也就不到 200 千米的路程，可一听说路上可能堵车，我这心里就七上八下的，忐忑不安。所以，我在镇远只能走马观花地逛了逛，留下了些仓促的痕迹，然后在下午 5 点的时候，匆匆忙忙地出发，直奔铜仁而去了。

我到铜仁城区时，只见万家灯火——我都分不清这地方到底是冷清还是热闹了。大概晚上 9 点，我到了碧江区，一眼就瞧见好多写着"水韵碧江"的霓虹灯广告牌。虽说这会儿看不到水波荡漾、韵味十足的景象，可那闪烁的霓虹灯和高楼里透出来的灯光，把"碧江"映照得别提有多富丽堂皇了。我虽然感受不到碧水的柔和韵味，也听不到江水轻拍岸边的声音，却被这迷离的夜色中所展现出来的铜仁的那份柔情，还有那种世外桃源般的悠然淡定给感染了。我住的酒店就在锦江边，我心里还直犯嘀咕呢：碧江和锦江到底是不是相通的呀？碧江又到底在什么地方呢？

晨曦中的锦江，就像一块深藏在幽谷里的碧玉，和昨晚那璀璨耀眼的样子截然不同。这会儿的锦江河畔，宁静之中透着一种悠然自在、从容不迫的气息，仿佛是一位闲适的孕妇，既透着悠闲劲儿，又好像肩负着重大使命似的。我不禁在心里琢磨，到底哪种模样才是铜仁的真实面貌呢？城市的样子就跟变戏法似的，一会儿一个样，可能心境随着环境变化而变化，这就是我们能体会到的真实情况吧。

记得 2016 年的时候，我和两位好朋友一起去游览梵净山，那地方离这儿也就 40 千米远。7 月的天气，山下那叫一个闷热啊。我们爬到一半，到了"蘑菇石"那儿，他俩就已经累得气喘吁吁的了。我打算接着往上爬，去"红云金顶"看看，可他俩一看那石阶又窄，只能容得下半只脚，而且陡峭得跟直立的梯子似的，就打了退堂鼓。更要命的是，这时候乌云密布，瓢泼大雨一下子就来了，这下可好，彻底把他们爬上老金顶的那股子劲头给浇灭了。我没管他们，自顾自地接着往上爬。等我爬上老金顶一看，嘿，那景色真是绝了，云雾缭绕在山间，寒风呼呼地吹着，山峦在云雾里若隐若现，寺庙看上去也是那么自在逍遥。我当时就觉得，梵净山的魅力所在，大概就是这老金顶呈现出来的样子了。

下山后，我花了 20 来分钟才找到他俩。一听我说爬上老金顶了，他俩异口同声地说："不可能！"我一听急了，就在我们三人的旅游小群里发了两张在金顶拍的照片，想证明给他们看。哪知道呀，其中一个朋友还打趣我呢，说："山上还有穿羽绒服的人啊？不可能！山下热得穿 T 恤都嫌热呢。"我那照片里拍的可都是穿着棉袄、披着雨披的人，一个个冻得瑟瑟发抖的样子。他俩就觉得这肯定不是当天拍的照片呀。这下可好，我就跟那被人识破了把戏的妖精似的，他俩觉得我是在"吹嘘"，看我的眼神里都透着不屑呢。我这脸一下子就红

到了耳根子，本来爬老金顶就累得够呛了，哪还有力气跟他们争辩啊。就因为这事儿，打那以后，我在他俩那儿就成了爱吹牛的人，我发的那些旅游"到此一游"的照片，也都被他们当成是我在"吹嘘"的证据了。为了这么个事儿，我们之间的关系也慢慢疏远了。想想还挺遗憾的呢。

这会儿，我忍不住遐想起来，要是站在梵净山的金顶往锦江这边俯瞰，那会是怎样的一番景色呢？城市的夜晚和清晨，就好比是阴阳两极似的，相互转换，可又各自有着独特的风景。

我沿着锦江向北跑去，才跑了1千米，就到了花果山路。这条路虽然算不上陡峭，但是曲曲折折的，越往里走越幽静，还别有一番韵味呢。说实话，我就是被这条路的名字给吸引过来的。本来我是打算沿着锦江一直往北，绕着锦江跑的，可一看到左手边路牌上写着"花果山"三个字，我立马就联想到了孙悟空待的那个自由自在的花果山。这么一想，我就顺着路牌跑上了花果山南路，也没顾得上考证这个花果山和《西游记》里的花果山有啥关联。不过铜仁市处在武陵山脉这儿，说不定还秉承着桃花源前世的那种韵味呢，它们之间好像有着千丝万缕的联系，就像一脉相承似的。在这几条江交汇的地方，还真有点陶渊明笔下"武陵山下，桃花源中"的那种意境，让铜仁沾染上了一种"与世无争，无为而为"的悠然气质。这孙悟空的"花果山"，更是给这块桃源之地增添了几分自在逍遥的感觉。

我这一路对这条路的各种遐想，倒也没影响我跑步的速度。虽说这是条上山的路，可因为路途幽静，连个人影都没有，我跑起来就跟在平地上似的，特别顺畅。这种小跑的感觉可太美妙了，就好像一下子海阔天空了似的。路两边的小院看着也挺有意思的，充满了让人想象的空间。前面有一间茶室，还兼着卖简餐呢，就像是咖啡和茶的融合体，可这会儿门是关着的，我也没看到有像我想象中那样坐在里面慢慢品咖啡的人。我又接着往上跑了几百米，忽然有一种"福地洞天"的感觉，仔细一看，原来铜仁市人民政府就在这儿呢。我下意识地加快了脚步，继续往前跑去。

这花果山的清凉劲儿啊，就好比是大中午的时候吃上一口冰激凌，那种甜甜的幸福感和凉凉的舒适感，一下子就能把人心里的烦躁给压下去。铜仁的这个花果山，可不是孙悟空大闹天宫的那个摇篮，倒更像是承载着祥瑞与责任的大本营呢。

我下山后，就直奔外环路去了。只见一大群中小学生在辅路上，有的走得快，有的走得慢，都朝着学校的方向走去。这些小学生，有的是自己一个人，最多也就是三个人结伴一起走，我愣是没看到有一个成年人陪着他们。这些胆大的孩子，无忧无虑地走在街头巷尾，这时候太阳都还没升起来呢，我就寻思着，他们难道不怕那些藏在阴暗角落里的危险吗？他们的爸爸妈妈难道就不担心街上那些横冲直撞的汽车吗？不过再想想，这些心大的父母，说不定是这世上最幸福的一群人呢。这时候我就不禁想起那些大城市里的情况了，父母和孩子总是一块儿出门，要么开车接送，要么手牵手走路。和这比起来，铜仁西外环大道上这些独自上学的中小学生，让我感觉说不定这才是教育原本该有的样子呢。

我跨过了大江坪大桥，来到了锦江东岸。顺着江往上走，就看到铜仁城墙遗址蜷缩在岸边的中南门古城旁边。这古城是新修的，遗址却是老的，铜仁的历史就在这新与旧之间生生不息，支撑着这烟火气一代又一代地传承下去。这既是铜仁人的福气，也是这片质朴又神秘的土地肩负的责任。我有个习惯，每到一个地方的古城墙边，就特别想伸手摸一摸，感受一下它承载的那段历史。可铜仁这城墙遗址周围都围着护栏呢，我只能凑到跟前眼巴巴地看着，根本没机会上手摸一摸。可能，也就只有脚下那缓缓流淌的锦江能懂我这心思了。不过，靠着这古城墙遗址建起来的中南门新古城，倒是给锦江东岸增添了一股复古的氛围。在城墙遗址的四周，古城有序地铺展开来，巷子又深又开阔。那些店铺，除了大门和门板的颜色看着有点厚重之外，其他的布置看着还是挺让人舒心的，灯箱上画着的卡通图案、印着的二维码，还有那随风摇曳的红灯笼，都在告诉我这儿可比以前热闹繁荣多了。路边横七竖八地扔着一堆堆烧烤竹签，还有些零散的一次性饭盒和易拉罐，

从这些就能想象出昨夜这儿是多么的灯火通明，又是多么的热闹非凡、烟熏火燎。当然，当成千上万的新铜仁人在这儿围着古城墙悠闲地品尝美食的时候，他们那底气，就来自铜仁城这股生生不息的精气神。

在这座城市晨跑，能有这种仿佛在时空里穿梭的感觉，可真是一种别样的乐趣。说不定这就是我到处奔波，寻找那种行者无疆的乐趣的源头呢。铜仁还给了我更深的感悟：不同的路，就有不同的走法。

等我跑到逸群小学大门前的时候，好家伙，一群小学生正乌泱乌泱地往学校里涌呢。这所学校的大门又高大又气派，我琢磨着，这可能是中南门古城开发商为了小区配套建设的学校吧。它的师资力量估计也跟这崭新又敞亮的校舍一样，相当不错，这肯定是那些盼着孩子有出息的家长们梦寐以求的好学校。

此时的景象和我半小时前看到的景象可真是天差地别，这会儿这些学生和家长聚在一起，空气中都透着一种急躁和紧迫感。那些送孩子来的家长，一个个都是又激动又满怀期待的样子，仿佛每天接送孩子就是他们最重要的事，是上天给他们安排的任务似的。

"妈妈，我的语文书好像忘了拿。"一个看着像三四年级的小女孩站在路边，着急忙慌地翻着书包。年轻的妈妈一听就急了，大声吼道："跟你说了多少遍了，上学前要检查一下书包呀！"

"不就是你催的嘛！"小女孩也不甘示弱，回怼了过去。

"急死人了！"年轻妈妈气得耳朵上的精致耳环都跟着直晃悠。

我从旁边跑过去，也没影响到她们的着急劲儿，可我看着都替她们着急。也不知道是妈妈回家去拿书，还是小女孩得跟老师请假呢？反正这母女俩今儿早上又得折腾一番了。

这和我在外环西大道看到的上学场景完全不一样，那边是稀稀拉拉的人流，孩子们都是慢悠悠地上学，在铜仁的一江两岸，这差别可太明显了。我也说不好哪个才是真实的铜仁，不过有一点倒是能确定，铜仁的生活节奏，就跟别的城市一样，都有着自己的一套，按自己的方式进行。

我跨过了解放路的大桥，又回到了锦江西岸的锦江北路。今天这晨跑的终点就在前面不远了，10千米的路程，我跑了1小时11分钟。这慢悠悠、自得其乐的晨跑，不正像是在铜仁这个世外桃源里畅快地游玩了一番吗？

2023年5月12日于铜仁

遵义是红色的

　　在遵义市区跑步，我把环绕凤凰山国家森林公园当作了不二之选，这既是遵义给我指定的唯一路线，也是我明确的跑步方向。

　　遵义，作为贵州省的第二大城市，红色无疑是它最鲜明的特征。虽说它经济实力强劲，有当老大的资本，可它却始终保持着甘居老二的低调姿态。遵义会议可是中国革命史上具有标志性意义的伟大转折，那面红旗将永远猎猎作响。而位于遵义地界的茅台镇，更是贵州经济的重镇。虽说在行政方面有各自的管辖划分，但近 30 年来，茅台经济对遵义乃至全贵州产生的深刻影响，是谁都无法忽视的。

　　我从铜仁出发，径直奔向仁怀市的茅台镇，大约在中午 12 点的时候抵达。在距离茅台镇还有 12 千米的国道上，我就已经隐隐闻到了酒的香味。这也没啥好奇怪的，想当年我去四川泸州市的时候，也是到处都能闻到酒香，甚至在睡梦中都能嗅到。这大概就是酒乡独特的魅力吧，可不就是"喝着空气中的酒"嘛。茅台镇，那可真是当之无愧的酒香福地。当我穿过那长达近两三千米狭窄的街道时，街道两旁的酒坊、酒铺、酒厂一家挨着一家，我感觉自己仿佛被那浓浓的酒香紧紧包围，都快喘不过气来了。我把车停在了茅台镇人民政府的大院里，这里已经停满了来自全国各地的车辆。这些人肯定都是来参观酒厂、品酒、买酒的。而我呢，一个滴酒不沾的人，跑到茅台镇来凑啥热闹呢？

　　然而，当在茅台文化广场漫步的时候，我发现就算像我这样不喝白酒的人，也会被茅台酒文化深深吸引。倒不是因为它展示了酱香白酒的酿造实景，而是因为文化广场上那些热情的"导游"。他们只是跟你聊聊茅台镇哪里好玩，问问你是从哪里来的，然后就随手递给你一瓶取自赤水河的瓶装水。在茅台镇，他们请你喝水，而不是请你喝酒，这种独特的文化是不是把酒文化发挥到了一种极致呢？当我接过一位中年女士的问候和那瓶赤水河的水时，我被她的热情关怀打动了。她还热心地为我当了半小时的导游，最后顺利地加了我的微信。紧接着，她就在微信里一个劲儿地向我推销她酒厂的酒。我这心里还真就有点动摇了，哪有来茅台镇不买茅台酒的道理呢？最后，我还真就收藏了一箱并非茅台酒厂生产的、来自茅台镇的酒。这箱散发着醇香的白酒让我的心情也跟着变得美美的，我就这样一路"飘"到了遵义市区。

一走进遵义的街头，我立刻就被满眼的红色给吸引住了。这里有"红军路"，有"红色教育基地"，还有那随风飘扬的红旗，这些共同构成了遵义独一无二的"中国红"。

遵义城里有一座凤凰山，而遵义会议旧址就静静地坐落于凤凰山的山脚下。我今天的晨跑路线，正是围绕着这座充满厚重历史韵味的山峦展开的。

早晨的遵义街头，没了白天的那种喧嚣与躁动，它就像一位精心梳妆打扮后的淑女，静静地休憩养神，仿佛在期盼着、等待着什么。我在上海路上看到的景象，和昨天傍晚时截然不同。汽车喇叭声消失得无影无踪，街道上也看不到横穿马路的人，那些慌慌张张、匆忙流动的人群也不见了。偶尔，只有那么一两个像绵羊般温驯的人缓缓地走着。其实所有城市的早晨都是清醒的、轻松的、温柔的，遵义自然也不例外。于是，我也就坦然地接受了它清晨这份难得的宁静。

虽说昨天下午我已经去参观了遵义会议会址，但今天晨跑的时候，我还是决定把它当作必经之地。会址那里的游客络绎不绝，昨天下午4点30我进去的时候，还有好多参观者在排队等候呢。尽管工作人员不停地提醒大家闭馆时间快到了，可参观者们对遵义会议那段历史的神秘与庄严依旧充满了眷恋。这种具有转折性意义的历史事件总是充满了神奇的色彩和力挽狂澜的力量，每个参观者都怀着敬畏之心，沉浸在解说员的讲解之中。参观结束后，关门的铃声此起彼伏地响起来，我突然想起了一件事，于是急匆匆地返回进门的主厅。那里排列着十几个当年遵义会议的参与者和决策者的铜像，看上去高瞻远瞩。我特别渴望能和他们"合"张影，哪怕只是铜像也行。这时候大厅里已经没有一个游客了，只有一个保安。我请求他帮我拍张照，他接过我的手机告诉我，如果不是下班了，他是不能帮游客拍照的。这可和我之前的担心正好相反，我原本以为下班了保安着急回家，不会帮游客呢。所以我还挺庆幸自己选了这个下班的时刻。

今天早晨，我在遵义会议旧址广场转了一圈，既没看到晨跑的人，也没瞧见练太极或者跳晨舞的大爷大妈。放眼四周，红旗在广场和大街上的每一个路牌或者门楼上随风飘扬，仿佛在提醒着每一个来到这里的过客：这里的底色就是红色！这里到处都是酒店、文化街、饭馆和商店，可真是个名副其实的游客广场，当地居民似乎并不会随意来"占用"它。

我沿着一条像河却又不是河的碧云路往前跑，过了可桢桥之后，我感觉自己好像不是在城市中心跑步，而是跑进了城郊接合部。在这里看不到高楼大厦，车辆也很少，路边还有小桥流水的景致。我总是忍不住想要眺望远方，却被前面的树木和高低不齐的房子挡住了视线。这种视线受阻的感觉反而让我心里充满了期待。这时候，跑步的功利性就体现出来了，我就想着赶紧跨过脚下的路，穿过眼前的障碍，甚至可能会忍不住对既定的跑步路线进行调整，不知不觉就跑到一条所谓的"光明大道"上去了，浑然不知已经偏离了原来的方向。

当在新华路的三岔口跑到大兴路上的时候，我感觉自己好像跑错方向了。我正站在那里徘徊、左右张望的时候，后面来了一位穿着红色T恤、短裤也是红色的中年男子。他脚上那双红色跑鞋我一眼就认出来了，是在抖音上买的，因为我也有一双一模一样的。他戴的红色遮阳帽虽然帽檐是白色的，头顶却红得晃眼。这位中年跑者一副气定神闲的样子，这和他全身那鲜艳的红色装扮似乎有点不太搭调。不过作为一个晨跑者，他可是相当投入的，脖颈上的汗水就足以说明他已经消耗了不少卡路里。

我伸出一只手，做了个拦住他的动作，问道："请问去中华北路是这个方向吗？"他停下脚步，摘下耳机，看了我一眼，好像没听清楚我的问题，不过却猜到了我要问啥，说道："大哥，你跑错了，方向搞反了！"他那神态让人感觉特别亲切，我有种相见恨晚的感觉。接着，他一连串地问了我好几个问题："你对路不熟悉啊？""第一次来遵义跑步？""你是哪里人？"就这样，我们在一问一答间靠近了彼此。

两个陌生跑者之间的交流，有时候就靠着那相似的装扮。要是想保持长时间的交流，那就得方向一致、配速相当。这位红衣跑者似乎对我挺感兴趣的，"哎呀，这正是我也想跑的路线呢，可惜我现在还得上班。"他听说我在贵州跑步旅行，还有跑遍全中国的目标后，激动得都拍大腿了："大哥，我陪你跑完剩下的路吧。"红衣跑者这爽快的邀请，正好印证了我们之间那种惺惺相惜的感觉。

我们沿着中华南路一边跑一边聊，他早就把耳机摘下来了，成了一个认真的陪跑者。这位红衣跑者姓钟，是遵义市红色长跑协会的成员。就从他这一身打扮，我就能断定他们协会可真是名副其实。他告诉我，协会里有50多位跑友，都是遵义市的企业家，主要从事酒业和健康产业。这可引起了我的好奇心，我问道："在遵义卖的酒都是茅台镇的吗？"他笑着回答："当然不全是，听说五粮液在遵义也卖得挺好的。""那你卖啥酒呢？"我追问道。"我们长跑协会就我一人是做民宿的。"钟跑者一脸自豪地说，"遵义人卖酒、卖健康产品，都是靠着红色文化这块招牌。我就担心他们把红色文化用得太过了！"他抹了抹脖子上的汗水，接着说："我的民宿叫红树林，在三重堰村，和他们比起来，我这日子过得可悠闲多了。"

他的经营之道肯定有其独特之处。那自信中透着的坚定，就像他跑步的姿势一样，朴实无华又毫不张扬，往后勾腿的时候既自然又充满力量。我特别想停下来，好好欣赏欣赏他跑步的背影。这种想要欣赏的感觉，在我经历过的那么多马拉松赛场上都很少出现过，今天这偶然的一次，让我打心底里觉得赏心悦目。

当我们跑到中华北路，跑到中华路小学门前，正好赶上家长们送孩子上学，人特别多。我们只能在家长和小朋友们中间穿插着跑，就像两只蝙蝠在狭窄的空间里左右碰壁。这所小学位于这条繁华又狭窄的街区里，可能也是没办法的事儿。它的大门只有五尺宽，在这有限的时间里，孩子们的进出就像回笼和放飞的鸽子一样，只能在这狭小的"笼子"里挤来挤去。

"没办法，家长们都想把孩子送进好学校，结果就是大人孩子都遭罪咯。"钟跑者忍不住感慨了一句。"哪座城市都有这种情况。"我安慰他说。各地都存在教育资源不均衡的问题。

"遵义可不一样哦，这可是红色城市，可不能有拥堵，教育资源均衡了，红色才能更鲜艳嘛。"他这话好像一语双关，可能还有更深层次的含义。我能看出来，他对红色的理解和热爱充满了智慧，这和他浑身的红色装扮特别相称。

跑到上海路，我的晨跑终点就到了。虽然这时候上海路已经车水马龙了，但交通秩序井然，并没有挑着箩筐横穿马路的人。城市依旧保持着那种大家闺秀般的优雅姿态。我特别想邀请钟跑者一起去喝个茶，可他却说："我还有 12 千米要跑呢！"看来他今天早上打算跑完半个马拉松。他朝着苏州路的方向跑去，那从头到脚的红色慢慢变成了一个小红点，就像朝着太阳升起的地方滚去一样。最后，那个小红点好像融入了太阳之中。

我意犹未尽地站在酒店门前的台阶上张望，被遵义的红色紧紧环绕着，浑身的汗水仿佛都被染成了浅红色。

2023 年 5 月 13 日于遵义

遵义会议馆门前必须穿正装

在毕节遇到卖花姑娘

　　毕节城区的街道弯弯曲曲，这大概和它所处的山川地貌脱不了干系。依山而建的房屋自然难以排列得笔直整齐，沿河修筑的道路也只能随着河流的走向拐来拐去。在我眼中，毕节城区就像一位新媳妇，左右受限，既不能像北方城市那般大气磅礴、肆意舒展，又得瞧着山河的"脸色"，顺着城市的"脉络"迂回前行。不过，这种城市脉络也有曲径通幽的妙处，在城中走上两条街巷，保准你就晕头转向，东南西北都分不清了。

　　进城找旅馆的时候，要是不靠着导航，那可真跟盲人摸象没啥区别。有些酒店偏偏位于三角地带，导航到了这儿也会犯迷糊，刚提示"右转"，车却已经过了红灯。我在洪山路和拥军路交会处的红灯下转了两圈，才好不容易找到去酒店的路。毕节的街道，真给我一种误入八卦阵的感觉。

　　晚上，我本想找一家家常炒菜馆，可从洪山路走到清毕路，愣是一家都没瞅见。放眼望去，到处都是烤串店、干锅店、火锅铺之类的。后来在公园路那片灯火辉煌的沿河露天广场，无数小摊小吃沿着河边摆得满满当当。我从上游逛到下游，发现所有的小店、排档不是卖烧烤就是卖火锅，那热闹劲儿，感觉比淄博的烧烤还火爆。看来毕节人在追赶潮流这事儿上，还真有股子倔强劲儿。我问了一个正在烧烤炉上忙活的小伙子，他满不在乎地回我："淄博烧烤那都是小打小闹，我们毕节的烧烤的历史可比它悠久多了！"虽说他这自信里有点吹牛的成分，可他烤串的手艺那叫一个娴熟，动作行云流水般顺畅，一手能抓起30串，翻来覆去各5次，撒调料如播种般均匀，没有一丝多余动作。他还热情地向我推销："来几串？"我有点不好意思地小声说："半份行不？"实在没好意思说只要五串。"行！"小伙子随手分出一半递给我，连数都没数。等我吃完才确定，他这半份的数量那是一点儿不差。我索性又要了一瓶啤酒。本想着这也是夏季里最美的吃喝搭配，可谁知道我的肠胃不买账——昨夜的我，上蹿下跳，跑了好几趟卫生间。

做了一整晚的功课，还是没定下来早晨要跑的路线，最后我干脆决定来一场随心所欲的晨跑。夜里拉肚子可真不是滋味，吃烧烤这事儿我一直都心存顾虑，偶尔这么放纵一次，睡觉都成了次要的，一夜爬起来好几回，快到早起的时候又迷迷糊糊地多睡了半小时。虽说脑袋还昏昏沉沉的，可跑步的热情却像热恋中的小年轻的心情一样，炽热得很。

走出酒店大门，我竟瞧见一个抱着鲜花的小姑娘。她看着像是个初三的学生，皮肤白白净净的，不像山里的孩子，模样还挺腼腆，不像是个卖花的老手。我心里纳闷，她怎么这么早出来卖花呢？一般不都是下午或者傍晚才卖花吗？这让我隐隐觉得，毕节这座城市说不定会给我带来意想不到的惊喜，可别小瞧了它，虽说它地处川、滇、黔交界，但也有自己的独特之处。

这座城市的上进心，就如同它那九曲十八弯的街道，总能给你带来各种意外之喜。

大清早碰到这个卖花的小姑娘，我的心情顿时好了起来，疲惫感也烟消云散。"小姑娘，这花咋卖呀？"我问道。

"康乃馨5块钱一枝，红玫瑰6块钱一枝。"小姑娘不太熟练地叫卖着，眼睛只顾盯着花篮里的花。

"你家是毕节的吗？"我又问。

"是啊，我就在前面不远的一中读书呢！"她以为我怀疑她花的来源，"这些花是我妈从花卉市场批来的。"

"那我每种买五枝吧。"我扫码付完钱后,小姑娘明显放松了许多,抬头看了我几眼。她大概没想到买花的会是我这样穿着短衣短裤、戴着遮阳帽的人,就像我也没想到卖花的会在清晨出现一样。

"你不去上课吗?"我最后问道。

"上呀!卖完就去。"我拿着这十枝还有点扎手的鲜花,心里也犯嘀咕,不知道自己为啥要买。是为了图个好心情,还是被这小姑娘的单纯和羞涩给打动了?小姑娘跟我聊天时没了戒备:"今天是母亲节,我本来想给妈妈个惊喜,送她份小礼物,可我妈说不要,她希望我能送她份有新意的礼物。我想来想去,就打算把这些花卖给想送花给母亲的人。我家离这酒店不远,所以就来这儿卖花了。"小姑娘像背书似的说着,我能看出她为自己的这个想法挺自豪,"叔叔,你这花是送给你母亲的吗?"这一问,差点把我的眼泪给问出来,我一时不知道该点头还是摇头,就转身进了酒店大堂。我把鲜花放在吧台上,打算跑完步回来再拿回房间。

这时候都快 7 点了,起跑比平时晚了半个多小时,不过可能是因为有鲜花相伴,我倒没觉得仓促。我跑上拥军路,再转到麻园路,心里铆足了劲,想着怎么也得完成今天在毕节的 10 千米任务。要是晨跑随便糊弄几下,那后面的行程可就不好办了。要是因为昨晚没睡好,就当出来吸吸西南山区的氧气,补充补充能量,那这晨跑就轻松多了。毕竟这是我头一次来毕节,所有新鲜的场景都能给我动力。在陌生的地方跑步,就有这点儿好处。

跑了 3 千米后,我来到了毕节汽车北站,这是个小汽车站,大门前就是陡峭的台阶,没有宽敞大气的回旋广场。关键是它也建在三角地带,要是我开车路过,肯定找不着大门。不过这个汽车站的外墙和大门都给人一种暖暖的感觉,透着回家的期盼。这车站应该只有通往下面各县镇的班车。我在这儿停留了两分钟,犹豫着是接着往北跑,还是左转。虽说随心所欲地跑,但也得有个度,万一跑进条没回头路的隧道可咋整?最后我决定左转,结果跑上了环北路,感觉都快进山了。这是条开山凿出来的新路,我怀疑它通往城外。就在我犹豫的时候,前面一个身着青衫长袍的男子朝我跑来，他的出现，就像给我打了一针兴奋剂。这男子一看就是僧人的打扮，没有赶路的匆忙，完全是个从容的跑者。僧人跑步也不算稀奇，日本好多寺庙里的僧人就用长跑修行。

"请问，前面有路吗？"我问道。

"没路我从何而来？"僧人回答得干脆利落。

"山那边是城市吗？"我又问。

"翻过去就是城市该有的模样。"他这话里带着点禅意。

可别以为这是电视剧里的台词，这真是我和僧人实打实的对话。这僧人好像只穿了双布袜在跑步，我笑着说："您是我在毕节遇到的第一个跑步的人。"

"毕节那么大，跑步的人肯定不少，只是你没瞧见罢了。"他语气还是那么硬邦邦的，似乎不太想停下来和我多聊。

我朝他点了点头，和他擦肩而过。相遇不一定就是缘分，就像我每天跑过的路，有宽有窄，有平有陡，只要跑着舒服就行。

翻过这个坡路，果然出现了一大片楼房，城市在这里又展现出另一番景象。这里是毕节的七星区，算是老城区。当我跑到沿河东路时，几乎能断定，三四十年前，这儿肯定是毕节的商业中心。

穿过一条正等着拆迁的大街，我走进了桂花路，毕节市第一中学就在这条路上。我突然想起酒店门口卖花的小姑娘，她说在一中读书，她的花卖完了没？学校门口挤满了学生，我看了看表，快8点了，也该上课了！这时，一个穿着校服的女孩正盯着我——这不就是早上卖花的小姑娘吗？她大概也认出了我，可能是我的大汗淋漓引起了她的注意，我朝她挥了挥手，她今天应该挺开心。

酒店就在1千米外，等我跑到酒店院子里，路程还不到9千米。今天的任务还没完成，不过这种随心所欲的跑法让我特别自在。要是这算惊喜的话，那路程长短又算得了什么呢？跑者无疆，不就是那份无拘无束的洒脱吗？

为了这份洒脱，我决定好好吃顿早餐，把昨晚的遗憾给补上。酒店餐厅里人不多，我和爱人在餐厅中间找了张四人座的长条桌坐下。

没一会儿，一位走路颤巍巍的大妈端着盘子坐到我爱人旁边。我心里还纳闷，那么多空位，她咋非得跟我们凑一块儿。不过大妈是个爽快人，一坐下就说："今天要吃面！今天要吃面！"她重复了一遍，像是在提醒自己，又像是跟我们唠嗑。我看她盛了满满一大碗面条，心想她能吃得完吗？

"你们从哪儿来的？"大妈大大咧咧地问我们，我还以为她也是住客。"我家就住在学院路，"大妈先报了家门，"女儿把我送上公交车，我就来了。"她吸了口面条接着说，"今天是母亲节，女婿单位发了一张这家酒店的早餐券。女儿就让我来吃，说是犒劳我！"她像是跟邻居显摆，又像是理所当然地接受了一份礼物。我一边吃一边听她唠叨，慢慢地听明白了她的家庭情况。她年初从乡下老家来毕节市区小女儿家住，今年都 81 岁了。她小女儿是来市区陪外孙读书的，女婿在市政府机关开车，生活不宽裕，还欠着不少房贷。昨天晚上她女儿对她说："妈，明天早上你去酒店吃吧，那儿的早餐可丰盛了。明天是母亲节，算我们送你的礼物！"女儿半开玩笑地跟她说，她就乐呵呵地接受了。

我和爱人看着大妈把那一大碗面条吃完，又盛了一盘子香肠、蛋糕、水果啥的。我觉得她这食量都顶我和爱人两顿的了，不禁对她肃然起敬。这位大妈把所有人的母亲节过成了自己的生日，真是个心怀大爱的母亲。看着她心满意足地咂舌抹嘴，我的心里也满是欢喜，就像看到了我母亲在我身边吃饱喝足时的样子。

我们一起下楼，我想扶她一把，她甩了甩胳膊表示不用。路过大厅接待台的时候，我突然想起存放在前台的那捧鲜花，心里顿时有了个主意。"大妈，今天母亲节，我也送您一捧鲜花。"大妈一听乐了："送啥花哟！你们北京人就是不一样，大气！"其实我也是个乡下人，北京只是我暂居的地方。"你不像北京人，一点架子都没有。"在她印象里，北京人都该是当官的。

我把她送到街边的公交站，没一会儿公交车就来了。她抱着花上了车。我突然有种错觉，感觉这儿不像西南边陲的毕节小城，倒像是我的老家江南。这满满的仪式感，让这座城市充满了尊严和浓浓的母爱。我又想起那个卖花给我的中学生，真得好好感谢她的鲜花，传递给我这么多温暖的爱意！

2023 年 5 月 14 日写于毕节市

凉都六盘水很热闹

　　六盘水被称为凉都，我想着它肯定凉快，于是穿了不少衣服就去了。结果一到这座城市，我就被眼前热闹的场景弄得有点蒙。这儿的气候暖和得跟夏天似的，市民的热情更是高涨。我车还停在旅馆对面路边，离旅店还有段距离呢，旅馆老板就跑出来要帮我拿行李，那架势，好像生怕我跑去别家。其实我早就在网上订好房间了，本来也没打算再找别的地方，但老板这热情周到的服务，真的特别暖心，搞得我都有点不好意思了。这热情满满的"凉都"，就像给了我一个大大的拥抱，让我感觉像是登上了滇、黔两省交界的乌蒙山区的活力大舞台。

　　以前我老是把六盘水和宁夏的六盘山弄混。我就寻思，一个山名一个水名，说不定有点联系呢，其实根本不是那么回事儿。中国的地名可有意思了，千万别光看字面瞎琢磨，不然就闹笑话了。六盘水这名字是从六枝、盘县、水城三个地名里各取第一个字凑起来的，看着简单，其实可有深意了。50 年前，六盘水连个城市的样子都没有。而六盘山在西部早就稳稳地立在那儿了。我以前还想过，有了六盘山，再有个六盘水也不错，就当给这新城市免费宣传了。当然，这都是我自己瞎想的，实际上六盘水后来是靠"水"发展起来的。

　　我住的地方挨着水城古镇，这儿就是六盘水的老城区。说老城，其实以前就是水城县。80 年前，这儿就几间砖瓦结构的木屋，城墙都是土堆的，周围全是水沟和田地。我下午去古城里的贵州三线建设博物馆参观，看了那几张 80 年前拍的照片，才对水城以前啥样有了清楚的认识。时间这东西，真能改变人的记忆。60 年前三线建设的时候，六盘水把水城的房子都改成砖混结构了，山沟里到处都是机器响，热闹得很。特别是改革开放这 40 年，就一个"盘"的水城变成了六盘水市，市区面积一下子扩大了 20 多倍。凉都大道、钟山大道、人民路这三条主干道，把六盘水规划得特别大气，再也不是以前那种"藏在深山无人知"的感觉了。现在，大街小巷纵横交错，高楼大厦拔地而起，六盘水已经是个现代化都市了。我都不敢相信，1946 年照片里那几栋小砖瓦房，能发展成现在的六盘水市区。我们这代人能亲眼看到这样的变化，真是太幸运了。

早上起来，怕着凉，我特意穿了件厚运动服出门。走在街上，我感觉确实有点凉飕飕的，初夏的六盘水，这凉意刚刚好，不过可别指望它像巴马的百魔洞那么凉快。

我打算从钟山大道往六盘水火车站跑，大概 3.6 千米的路程。我每到一个新城市，就想去火车站和长途客运站广场跑一跑。这些地方，最能给游客留下深刻印象，也是离家或者回家的人最牵挂的地方。我好多回在清晨或者深夜，一个人在这些热闹的广场上溜达，把对那座城市的思念和期待都放在这小小的地方。所以，火车站和汽车站对我来说，就像城市的名片一样重要。

快到六盘水站广场的时候，我发现这儿全被私家车"霸占"了。整个广场停满了五颜六色、整整齐齐的私家车，从天上看，肯定像一群甲壳虫在聚会。我拍了一张照片，背景是"六盘水站"四个红字，下面全是车，就像一幅现代画。这些乖乖的甲壳虫，好像在好奇地看着匆匆忙忙的人群。突然，人群的匆忙停住了，就剩下甲壳虫在那东张西望！这里有出发的人，也有归来的游子。在这乌蒙山区里，以前大家都往外跑，现在呢，一股回流的力量正在形成。就像平静的湖水里慢慢转出的漩涡，它把那些在外面的六盘水人都吸了回来，十分热闹。

我突然就想在这些车中间跑来跑去，就像个着急找自己车的游客。于是，我就在一排排车的缝里跑起来，拐来拐去地跑。我有一种超过快速行驶的汽车的兴奋感，这是一种整体的超越。我感觉自己像堂·吉诃德一样，要和这些甲壳虫比赛。

六盘水市区就三条主干道，我本来以为跑完这三条路就差不多能有 10 千米了。结果，当我跑到富民路和迎新街拐弯的地方，一辆自行车从后面撞到了我。车上有个小男孩，被撞得从后座掉了下来，骑车的大男孩赶紧双脚撑地，稳住了车。他脸涨得通红，惊慌地看着我。小男孩爬起来，看着大男孩，一脸害怕又有点委屈的样子。

"对不起，叔叔！"大男孩没顾上小男孩的抱怨，有点不知所措。他那紧张的样子特别单纯，我把裤腿撩起来，露出被撞出血痕的小腿，他那无辜的眼神好像在说：我不是故意的，都怪我弟弟（后来我才知道那小男孩是他弟弟）在后面乱动，我没稳住车把。

"没事，没事，别紧张。"我安慰大男孩，看到他们都背着书包，穿着不同颜色的校服，肯定是在上学路上。我就奇怪了，这大街上怎么能让学生骑车带人呢？

"你们学校在哪？"我问。

"我是六中的，我弟弟在幼芽小学读书。"大男孩以为我要去他学校找老师，急忙说，"叔叔，我不是故意的！先去医院吧！"

他这认错的态度，让我都不忍心怪他。我放松了表情，冲两个孩子笑了笑。虽然小腿痛，但我想这俩孩子还小，我得为这意外的碰撞负责。要是我就这么让他们走了，他们是会庆幸呢，还是以后还这么骑车带人乱跑？我觉得我得"教育"他们一下，这也是我该做的。这时候，小男孩一瘸一拐地过来帮他哥哥扶住自行车，好让哥哥专心跟我"商量"。

"你腿怎么了？"我问小男孩。

"他从小就这样。"大男孩替他回答了。

我的态度让两个孩子慢慢平静下来，他们回答我的问题就像在课堂上回答老师一样，又紧张又详细。原来这兄弟俩，哥哥在钟山区六中读初一，弟弟在幼芽小学读五年级。他们家在水城东边，父母离婚了，爸爸在广州打工，妈妈嫁到安顺了，他们只能跟着奶奶生活。弟弟出生时腿就有点畸形，走路一瘸一拐的。上小学的时候，他俩在

六盘水的跑道很开阔

一个学校，哥哥就背着弟弟上学。后来哥哥上初中了，两个学校隔了2千米，要是哥哥先送弟弟再去学校就得迟到，于是哥哥就骑自行车了。虽然自行车载人在六盘水不允许，但小学校长帮了忙，哥哥拿着学校证明去派出所报备了一下。不管派出所同不同意，这男孩每天都风风火火地先骑车到幼芽小学送弟弟，再自己去六中。放学后又去接弟弟。

兄弟俩平平淡淡地讲着自己的故事，没有一点想让我同情的意思。我能看出来他们家里不富裕，他们也没有被娇惯的样子。但他们眼神里的坚定和担当特别亮眼。我也说不上是欣赏还是心疼，反正脸上一直笑着，可能是想让两个孩子信任我吧。

这时候，好多小学生和家长从旁边路过，有几个孩子跟跛脚的小男孩打招呼，但没人停下来听我们说话。离幼芽小学就两三百米了，我让大男孩先把弟弟送去学校，"我在这儿等你！"我像命令他一样，

"一会儿咱俩一起去你学校。"我的语气让他觉得这事儿还没完。

不到10分钟，大男孩就骑车回来了。他要下车的时候，我拍了下他肩膀："别下来，接着骑！你骑车，我跑步跟你去你们学校。""您脚不痛吗？要不您坐后面，我带着您。"他以为我要去学校找老师告状呢。

我挥挥手，轻轻推了他一把。在人民路上，就我和一个骑车的初中生并排跑着。在这座城市里这样跑着，心里装满了故事，每一口粗气都在感受城市的烟火气，也在吸收它的美好。这样跑步才能跟上城市的节奏，这样的跑者才是城市的伙伴。我不知道小男孩心里是不是七上八下的，但他表情已经很淡定了——这孩子，真能扛事儿！

跑到六中门口，我又拍了拍大男孩肩膀，温柔地说："上课去吧。"

"叔叔，您不去找老师了？"他问。

我摆摆手："我就是想让你陪我跑一段路。"

和他告别后，我突然觉得有点羞愧。我为自己的"高姿态"羞愧，这大男孩的眼神一直在我眼前闪，烫得我脚都发热。这种发热的感觉，比六盘水的风景更让我难忘。

2023年5月15日于六盘水

兴义不只是山地玩都

　　兴义人给我的感觉就是热情好客，一点都不敷衍，特别实在，就像茅台镇的酱香酒，一口下去，那股劲儿直往喉咙里钻，又快又清爽。这儿浓郁的少数民族风情在大山和河谷间弥漫开来，喀斯特地貌简直就是地理学教科书里的经典范例。兴义世世代代住着能歌善舞的布依族和苗族。纳灰河畔、万峰林下，吊脚楼冒着青烟，黄楠树高大翠绿，布依族老人在纺纱织布，木叶声清脆悦耳，还有浪漫的情歌、悠扬的八音坐唱，这些构成了一道原汁原味又多彩迷人的风景。好多人都说兴义是山地玩都，可我来了之后觉得它更像义气之都。

　　2015 年我第一次到兴义的时候，这儿交通可不太方便。它作为黔西南布依族苗族自治州的首府，当时连高速公路都没有，更别说高铁了。我从贵阳到兴义整整花了 8 个小时。廖一凡是个中医师，自己开了家中医馆，不过生意不咋地。他想把未医堂项目引进他的中医馆，就请我去兴义考察，让我给他出出主意。我和他聊了两个晚上，发现他对中医的热爱颇深。这让我决定帮他好好整理一下中医馆的文化。他跟我说，中医就是他生命里的一股"气"，这股"气"能让人有活力，还能净化灵魂。可他这股"气"不太顺，连房租都快交不起了。

　　廖一凡的中医馆在前进路上。在中医界都觉得经验越老越吃香的时候，他不到 40 岁，主要就靠给感冒病人打点滴来维持中医馆的运转。偶尔他也会把脉、看舌头，开点中草药方子。他也不知道有多少方子被病人拿去药店抓药了，不过他觉得用了他方子的病人可能就不会再来找他了。

廖一凡老家在纳雍县。他从贵州中医药大学毕业，被分到兴义市中医院工作。上了2年班，他就辞职开了自己的中医馆。那次我在他中医馆待了三四天，帮他把苗医配方和未医堂的外治疗法结合起来，弄出了一个有特色的外敷苗膏贴中医馆。后来听说他的苗膏贴卖得特别火，还申报了省级非遗项目。不过之后我就没再关注他了。我们都3年没联系了，这次来兴义，我本来就打算待一个晚上，也没想去他的中医馆。廖一凡不喜欢剧烈运动，尤其不喜欢跑步。

这次从六盘水开车到兴义只用了3个小时。我住在盘江北路的一家宾馆，打算下午有空就好好逛逛兴义城。兴义虽然地方不大，可它独特的喀斯特地貌和满街的民族风情，就是它的招牌。要是能在这儿找个小房子养老，那可真不错。兴义有个笔山书院，是清乾隆时候办的，好多当官的都在这儿上过学。可惜现在就剩个遗址了，一块石碑上刻着"笔山书院旧址"几个字。我打算下午去看看。现在跑的地方多了，我养成了个毛病：觉得哪个城市都适合生活，都想留下来养老。有时候我都想自己能变出几百个分身，这样就能到处跑了。这可能就是中国这片土地的魅力吧，到处都有好风景，生活在这个时代真的很幸福。

没想到，我刚进宾馆大门，就看到廖一凡在那儿。这个中年男人看着比以前结实了，还是有点儿害羞。他说打我手机打不通，问了公司的人才知道我住这儿。我一看手机，原来是欠费了。这么多年，我们俩居然都没加微信。

这次廖一凡可热情了，非要请我吃饭，还一定让我去看看他的中医院。中医馆都扩建成有十几个病房的中医院了，真了不起。想当年他连自己都养不活，现在都有三四十个医护人员和职工了。我开玩笑说："这次是来看兴义的，不是来看你的。"他听了有点儿不好意思，我的玩笑好像让他有点失落。"那你给我个建议，我在兴义该怎么跑？"他回过神来问我。我笑着说："下午你带我去爬山吧。来兴义不爬山，可看不到黔西南的峰林！"他很认同地点点头，意思是下午就这么定了。

我能感觉到，他是想弥补 8 年前把我"困"在他诊所，哪都没去成的遗憾。我们俩就是很有默契。

然后我们就到兴义市第五中学旁边，走了大概 3 千米。廖一凡一直喊："出来玩，干嘛搞得这么累呀？"他都快走不动了。"累了才能记得住！"我故意逗他。从酒店出来的时候，他想开着车到五中这儿，我没同意。他也没好意思坚持，毕竟是他要陪我爬山的。一个不爱运动的人和一个运动狂在一起，连呼吸都像是两个极端。不过廖一凡被另一股劲儿推着，也只能强打起精神。

其实我们爬的这座山廖一凡也不知道叫啥名。贵州的山和峰没啥太大区别，好多峰都没名字，一座山头其实就是一大片峰林里的一部分。我们顺着永康隧道旁边的山路往上走，感觉这条路走的人不多。再往上爬，就是水泥台阶和木梯子了。我一边爬一边说："兴义万峰林就是这样的吗？"廖一凡停下来，看着我认真地说："要是你喜欢满眼青绿的山野，这儿就是你想去的地方。"他这话很有诗意，让我更有劲儿往上爬了。

这座山和北方的山可不一样，它有一种南方特有的温柔、精致的感觉，小巧又清新。

385 年前，大旅行家徐霞客来过这儿，被兴义壮观的喀斯特地貌震撼到了。他在《滇游日记》里写兴义的山峰："独以逼耸见奇……伫而回睇，始见其前大坞开于南，群山丛突，小石峰或朝或拱，参立前坞中。而遥望坞外，南山横亘最雄，犹半与云气相氤氲，此即巴吉之东，障盘江而南趋者也。"

我们沿着徐霞客的脚步，走进了这幅漂亮的山水画卷。往远处看，山下的房子一排排的，像石笋一样立着，街道弯弯曲曲的看不到头。大自然的神奇和人们的智慧造出的现代城市，融合在一起，好看得让人不想走。

这时候廖一凡指着山下兴泰隧道出口不远处的一块空地，神神秘秘地问我："你觉得那块地怎么样？""肯定是块好地方！"我想都没想就说。在我眼里，兴义到处都是好风景，是养生的好地方。"我打

黔西南州的街头

算把一凡中医院搬到那儿，地都批下来了。"他兴奋得说话都有点儿喘，能看出来他特别高兴。这真让我挺意外的，算是个惊喜。看来他的中医院靠着特色疗法帮了不少人。"8 年前，您跟我说开中医馆得有定位，这 8 年我就靠苗药外治疗法这个定位，把我的中医诊所慢慢做大了。"

我知道他为啥非要爬这座山了。站在这山顶，能把整个兴义市看个遍，他要建中医院的新地方虽然不大，但是能靠着这座山，安静又安稳。这个男人就像养儿子一样经营他的中医馆。现在这个"儿子"长大了，能出去闯了，可中医院的发展还没完呢。

我们沿着山路往下走，还有 2 千米就到他中医院的新址了。

回到旅馆都晚上 9 点了，我一点儿都不累。我从包里拿出《跑步铸就灵魂》这本书，觉得这时候读它正合适。明天晨跑的路线，我就打算按今天下午走的来。虽然路上的风景都看过了，但是重温一下也是对过去的怀念。

2023 年 5 月 16 日于兴义市

安全顺利完成黔跑

在贵州的这 9 天里，我开车跑了 2600 多千米，一路上穿过数不清的隧道，越过无数的桥梁，在 9 座城市里穿梭奔跑。在这些地方，大街小巷各有各的精彩，浓郁的民族风情更是让我陶醉其中。虽说这 9 天实际跑步的里程只有 125 千米，但这一路跑下来，就好像在连绵的山峦间奔走，每一个弯道就如同山谷里的溪流，清澈又能让人内心通透。在每条路上，我都能感受到贵州独特的风情，在贵州跑步，我真的沉浸在这山谷的韵味里了。

安顺是这趟行程的最后一站，我打算就在这儿结束我的奔跑之旅，心里默默祝愿贵州这 17 万多平方千米的土地都平平安安，3800 万百姓都顺顺利利。当然，这些祝福只能写在文字里，可不能跑到大街上大声喊出来。

不过，我可以用我的双脚来"传达"这份祝福。昨天中午赶到安顺市区的时候可真不容易，不是因为堵车，而是找个吃午饭的地方太难了。黄果树大道上好几家菜馆都排着长队。都下午 1 点 30 分了，我想着在这个四线城市，午饭时间应该差不多过了，大家都该去休息了吧。结果，我去的第一家饭店连个空位都没有，第二家餐馆新鲜的蔬菜都卖光了，第三家倒是有座位也有菜单，可服务员都忙着给大厅里吵吵嚷嚷的食客上菜、上酒，根本没人来招呼我点菜，就好像我不存在似的。我和同伴只能干等着，也不知道要等多久。没办法，我只好起身出门，找了一家大概 20 平方米的面馆,匆匆忙忙吃了碗素面。安顺的素面可真是够"素"的,所有调料都放在桌上,你就算放半碗辣椒末也没人管。也许是那个 50 岁左右的老板急着给十一二岁的儿子检查作业,才忘了给我的面里放调料吧?当然,这只是我的猜测,说不定人家本来就是这么做的。这种做法既环保又合我的口味,我怕辣也怕咸,这素面的味道正好能自己掌控。虽说为了吃饭只跑了三家饭馆,全程也就 2 千米,可每次停车都特别费劲。有停车位的地方没餐馆,有餐馆的地方的门口又都停满了车。现在想想,还是我自己规划没做好,每到一个地方都想人车不分开,这其实也是个麻烦事儿。我们的生活有时候就是被这些额外的东西给限制住了,还以为能有帮助,其实就像被绳子绑住了一样。黄果树大道看着又长又宽,可我一到安顺就在这儿折腾了两个多小时。

其实啊,在这条大道上跑步肯定特别畅快,后来我跑的时候也确实有这种感觉。

安顺和贵州其他城市一样,很难找到古城的痕迹。虽然安顺的历史底蕴很深厚,就像空中飘着的浓厚云烟,可一到地面上,看到的都是现代化的高楼大厦,到处都是。安顺的历史很久远,可日常生活的节奏却很舒缓。从战国时期的"夜郎国",到明朝朱元璋时候因为"西南冲要,夷汉襟喉,土厚水深,川漤峰列"设立的安顺军民府,这片土地承载了太多的历史。从那以后,"安顺"这两个字就正式出现在官方文件和方志典籍里,这片土地也成了"扼塞强固,辐辏逶迤,边鄙都会,滇黔要区"(《安顺府志》)的重要地方,"居于中而雄其上"。有这样的历史地位,安顺也有了成为"平安顺意"的"都会"的资本。

不过,当我走到中华路中段的"安顺古城历史文化街区"时,却惊喜地感受到了古城的味道。虽然来来往往的年轻人可能对古街古景会有点陌生感,但在他们叽叽喳喳的指指点点中,也能看出他们对这片历史街区的好奇和兴趣。也许是丝绸店里时尚的衣服吸引了他们的目光,又或者是茶馆里五颜六色的果汁让他们口渴了。正是历史的痕迹和人们的休闲生活融合在一起,才形成了现在这片独特的古城街区。

在这片古街区里，我满脑子都是想象，把下午有点儿热的时光都寄托在安顺过去的"旧"日子里。

我就从这儿起跑，虽然这是城中之城，但安静的早晨一点儿都没有昨夜热闹的影子。我习惯在这个时候和每一座跑过的城市交流，不管它是晴天还是阴天，是冷是热，我总是把清晨的深情留给安静的街巷。记得刚到贵州的第一个早晨，贵阳街头下着雨，我就像个第一次和情人约会的小伙子，紧紧地拥抱穿着湿漉漉棉袄的少女，贵阳那种饱满润泽的感觉让我着迷。而现在的安顺也特别美，像一朵含苞待放的荷花，在清澈的水面上安静地等待开放。

在贵州这 9 天的晨跑里，有 7 天都碰到了雨，我感觉自己就像被贵州的雨彻底洗礼了一遍。这让我对山和雨有了更深的理解，山里的雨没有那么猛烈，反而特别温柔。不管是雨花在山里轻轻吟唱，还是大声呼喊，都是人间最美好的祥和景象。这时候，天刚刚亮，美好的一天就要开始了。

在中华北路上，只有很少的汽车和我抢道，这些车都不霸道，开得稳稳当当的，很符合安顺人的温和性格。车从我身边开过去的时候，都会放慢速度，然后静静地开走。安顺的街头有一种情人约会的浪漫氛围，这真的是我没想到的。在这种氛围里跑步，真的是一种享受。我常常想，每天像这样换着地方晨跑，到底是为了什么呢？也许就是为了这种不期而遇的祥和与空灵的感觉，这是跑步的时候身心合一才能感受到的美好。

天空特别清澈，当我转到黄果树大道的时候，已经跑了 4 千米。昨天傍晚，我就特别想在这条路上试试跑步，这条路不仅特别有人情味，还有黄果树瀑布那种奔放洒脱的感觉。路两边的风味街、风情街，能让你吃得过瘾、看得过瘾。数不清的美食，各种各样的民族风情，都成了这条大道的特色。

最让我感动的就是它的名字——黄果树。看到这个名字，所有人都会想到黄果树瀑布飞腾而下的场景。离这儿只有 30 千米的黄果树瀑布，是中国的名片，也是安顺的标志。我第二次去黄果树瀑布是 7 年前，

和我一起去的是江西老家的一个朋友。当我把我们俩的身份证递给售票员买票的时候，只收了一个半人的票钱，我很奇怪。售票员指着我的身份证说，这个省份的身份证可以免半票。还有省份优势？我没多问，估计是安顺人对北方游客的感谢，因为北方人来贵州路程远、路费贵。在去瀑布洞口的路上，我听到一个北京口音的游客说：那是因为京津冀对口帮扶了贵州，贵州人懂得感恩。我不太清楚门票优惠到底是为什么，但黄果树瀑布景区的那种人情味，就像瀑布的水一样，永远存在于黄果树的天空。

在黄果树大街上，我想一直往东北方向跑下去。安顺的这条大街对跑步的人来说最大的好处就是路很直，一眼能看到头。虽然喀斯特地貌的小山在不远处，好像挡在了大街的尽头，可当我跑近的时候，小山就乖乖地在旁边立着，像一只小猫趴在街道的脚边。整个安顺市区有不少这样的小山，它们点缀在城市中间，使得城市就像一个大的盆景。这样的城市，真的是生态很好的城市。

这时候，太阳出来了，给黄果树大街铺上了一层金色的光。这是在贵州这 9 天里第一次在晨光里跑步，我特别兴奋。

当跑到永丰大道和迎晖大道交会处时，我已经跑了 9 千米，可是离起点还有 5 千米。我拿出手机，正想拍右前方的山峦，没想到脚突然崴了一下，一阵剧痛马上就传遍了全身。哎呀！我心想，贵州之行的最后这一段路，居然给了我这么个"纪念"，真是太意外了。

我没办法，只好坐在地上，不停地揉着受伤的地方。更糟糕的是，我的右膝盖也扭伤了。脚踝和膝盖都被路上的小坑给"坑"了，这可是我 3 年来第一次受伤。我坐在地上，一边揉一边反思，我对道路的尊重都跑到哪里去了？我对自己身体的责任心呢？每次我高兴的时候，是不是都太放纵自己了，就像不管不顾其他事情一样？这到底是一种潇洒，还是贪图一时的快乐呢？就像我放下工作，到处跑步，我真的把握好节奏了吗？

我知道这一次扭伤，不仅是对我跑步节奏的一个提醒，也是对我未来跑步的一个疑问。

揉了半天，疼痛也没减轻，可我距离酒店还有 4 千米。我只好慢慢站起来，拦了一辆出租车，回酒店去了。

就这样，我的贵州跑步之旅结束了。膝盖的疼痛让我有时间休息调整，也让我有了更多的思考。

2023 年 5 月 18 日写于安顺

内蒙古篇

乌兰察布没有夏天

　　我把在内蒙古的奔跑之旅安排在了夏天，因为呼伦贝尔大草原那鲜嫩的绿色与巴丹吉林沙漠那灿烂的金黄，在夏季会共同勾勒出一幅美轮美奂的奇景画卷。

　　七月的时候，江南早已被烈日烤得酷热难耐，而内蒙古却是清风徐徐，凉爽惬意。在北京出发前的那几天，我一直琢磨着能有个跑伴。毕竟要在同一天里兼顾开车、跑步和写作，我心里总有些发怵，就怕在某个地方、某个时刻突然脑子迷糊，不知道会出什么岔子。这次的行程长达 20000 千米，一个人跑确实有点孤单，要是有个陪跑的，路上也能解解闷儿。巧的是，老家有个朋友总跟我抱怨他那马上要上高中的儿子，整天待在家里，手机片刻不离手。他看到我在朋友圈里"招兵买马"，就提议让他儿子来给我当陪跑，跟着我去内蒙古、新疆跑一圈，说不定能让他儿子戒掉手机瘾。这哪是帮我呀，分明是让我给他当"家教"。不过，当我看到这个身高 1 米 86 的大男孩时，心里突然涌起一股助力。他还不到 16 岁，可嘴上已经长出了胡子。

　　"你会用手机拍照吗？"我问他。"这有谁不会呀？"他带着一股少年老成的劲儿回答道，"连视频都会做呢。"他又补充了一句。

　　"你跑步怎么样？"我像个考官似的追问，这孩子满不在乎地说："我可是学校 800 米跑冠军！"

　　这就够了。不过，这孩子个性挺强，想到得和他相处一两个月，我心里还真有点没底。他叫小哲，是我老家县城二中的高一新生。他坐在我车后座上，时而冒出一句："好空！好轻！"我都不明白他啥意思；时而又一声不吭。

一进入乌兰察布境内，气温一下子就降了下来，凉飕飕的，仿佛提前进入了深秋。天空好像比别处高出好几千米，人在这种环境里，感觉身体都被拉长了，视线也被拉得老远老远。在这里，完全没有那种看云得仰着头、看地得低着脑袋的局促，只要平视就好。在我平视的视野里，乌兰察布市就像是被装进了我的"凸透镜"里，一切都那么清晰、开阔。

美国作家保罗·索鲁是个旅行家，他写的游记又像小说似的，充满了天马行空的想象力。在《在中国大地上搭火车旅行记》里，他描述刚进入内蒙古时看到的"罕见风景"是这样的：

> 我们又踏上旅程，马上就要穿越这片广阔的平原了。那是个又长又热的下午，视野里偶尔才能看到几个人或者几只动物。我瞧见几只骆驼在慢悠悠地吃草，一群群的马，还有三三两两在空中翱翔的雀鹰。沿途的车站都是用蒙古语命名的，像查干特格和郭尔本敖包，这些车站的建筑虽然简单朴素，但是都粉刷得干干净净，有着瓦片铺的屋顶和尖尖的屋檐。

这确实算得上"罕见"！可在我眼里，小说家的"想象力"有时候还真赶不上时代变迁带来的风景变化。现在的乌兰察布，展现出来的是一幅清新通透的草原生态城市模样，骆驼、马匹、雀鹰都成了点缀，它们珍贵又和谐地生活在一起，就像山水画里的小精灵，数量虽少却充满灵动，个头不大却格外耀眼。

我直接奔着乌兰察布火车站去了。我一直觉得，要是去一座城市，却没亲自到过它的火车站或者汽车站，没看到那醒目的站名大字，那就别随便说自己到过"乌兰察布火车站"之类的。不然的话，不仅可能会把出租车司机给搞糊涂，还会把这座城市的坐标都弄乱套了。当"集宁南站"那四个红红的大字出现在眼前时，我都有点不敢确定自己是不是真的到了乌兰察布市。这里确实是乌兰察布的集宁区，三十年前它可是中心区，也是京包铁路上从内陆进入草原的第一个大交通

乌兰察市站前广场，下午的阳光刺眼

枢纽。不管怎么说，集宁南站承载了一个时代里草原清风和黄土沙风的交汇碰撞，也让集宁有了青黄交错的美名。它勤勤恳恳地运送着外地人对草原的向往，也释放出内蒙古大草原的豪爽与率真。

我们住在怀远路上的一家酒店，它离集宁南站还不到 1 千米。怀远路是乌兰察布市贯穿南北的主干道，紧挨着京包铁路在城市里穿梭，既保障着铁路在市区的运行安全，又是城市里人和车川流不息的大动脉。我想让小哲感受一下这座北方小城与众不同的宽阔，还有那种无拘无束肆意延伸的感觉，好让他从南方小城狭窄的小巷子里走出来，迈着那种"想要和天空比高低"的大步子，在内蒙古辽阔的大地上把手机给"扔"掉。这也算是我跑出了一种"神奇造化"的境界吧。

第一天的跑步把我们带到了遥远的内蒙古，就连平时一沾枕头能睡着的小哲都激动得一晚上翻来覆去没睡踏实。我们约好早上 5 点起床，他 4 点 30 分就爬起来了，兴奋地喊："叔叔，天亮啦！"北方夏天的早晨亮得早，我虽然没搭理他，就躺在床上等着准时起床，但心里也被他的热情给感染了。

起床后，我第一件事就是给小哲讲这次出来跑步的规矩和要注意的事儿，算是给他上的"第一课"吧。怀远路还在晨睡当中，和昨晚的热闹喧嚣比起来，它这时候显得有点懒洋洋的。偶尔有一辆车开过去，就像一阵狂风呼啸而过。

能在草原边缘的城市再次开跑，真是一件特别开心的事。就在昨天之前，我还在闷热的北京和北京南边的城市里跑步呢，现在一下子就到了这座不大的城市。这里有一眼望不到头的蓝天，还有像奔腾骏马一样踏实有力的方言。当在这样的环境里跑步，还没有任何负担，肯定会忍不住怀疑：这是真的吗？也许是因为跑得太轻松了，这种一闪而过的幻觉会给整个晨跑过程带来一波波的兴奋。我觉得，这可能就是我为啥总是热衷于到处跑来跑去的原因吧！

小哲显然是把这次晨跑当成学校里的800米比赛了。我们一起跑的时候，他撒开腿就往前冲，根本不给我当领队的机会。跑到离集宁南站还有几百米的时候，他的速度明显慢了下来，不一会儿就弯着腰、手扶着膝盖在原地大口喘气。"我们这是10千米长跑，不是百米冲刺。"我对他开头的跑法提出了意见，可他只顾着喘气，连看都不看我一眼。

集宁南站广场静悄悄的，可能是早班车还没到，我看不到一个进出车站的人。"集宁南站"这四个字特别显眼，就像草原上的四盏大红灯笼，远远地就能让人感受到家的温暖。这时候正合适拍照，广场上没有乱糟糟的人群在镜头里晃来晃去。我可以在这儿拍一段视频，开启我在内蒙古跑步的第一站。昨天下午来广场的时候，我感觉有点乱糟糟的，而且太阳落山的时候一直挂在"集宁南站"四个字后面，老半天都不下去。逆光拍照会让我开跑的照片看起来黑乎乎的，所以我只能把拍开跑"典礼"视频的希望寄托在今天早上。时间和环境都特别给力，"集宁南站"那四个红字迎着晨光，看起来格外清爽。

而我呢，"由西向东迎着朝霞奔跑在乌兰察布的集宁南站广场上，他是要奔向草原深处，用双脚踏遍内蒙古的沙漠草原"，这是小哲给出的拍摄方案。他的这个主意让我看到他玩手机玩出来的天赋。他这时候不再是那个一心想跑第一的选手了，更像个经验丰富的摄影师，推着摄像机和演员一起跑。我也特别投入，一边跑一边嘴里念叨着：

"各位朋友，大家好！现在是 2022 年 7 月 7 日清晨 5 点 30 分，我来到了内蒙古乌兰察布市集宁南站广场。我将从这里出发，开启健康万里跑内蒙古第一站的旅程……"我感觉自己像个演员，又像是"战地记者"。把跑步当成"演戏"还真有点意思，不仅得对自己的身体负责，还得"照顾"好镜头的需求。沉浸在其中，真的是两全其美。

　　我停下脚步，检查了一下小哲拍的视频。那段只有我上半身和"集宁南站"四个字背景的视频，取景特别干净利落，我都怀疑他是不是专门学过摄影。

　　集宁南站被我们甩在身后，我们沿着怀远路往北跑，没想到不到 2 千米就到了路的尽头，这可真出乎我的意料。这么一条像人体任督二脉一样重要的主干道，如果就这么突然断了，那肯定是临时的"凑合"办法。其实，这条路只是拐了个 90 度的大弯。跑到团结大街上，又是一种全新的景象。

　　我仔细看了看两边的房子，才发现这里全是铁路局的地盘。很多年前，这里到处都是火车的鸣笛声和蒸汽机的轰鸣声。就像怀远路尽头那排又矮又小、刷着红绿相间油漆的道班房，它的作用从来没变过，只是现在没以前那么热闹了。

　　在团结大街上，我们跑了 3 千米。小哲知道控制自己的速度了，紧紧跟在我后面。跑到工农路的时候，他就慢慢跟不上了。我还是按照原来的速度跑，也想试试小哲的耐力。看着他跑一会儿走一会儿，我就知道他快坚持不住了。

　　工农路上的车越来越多，我决定改变路线，不再往文化街方向跑了，于是转到了解放大街。

　　在乌兰察布市，我完成了在内蒙古的第一个 10 千米，用了 1 小时 10 分钟，比平时慢了十多分钟。小哲垂头丧气的，可能是累了，也可能是和他预想的不一样。"我要去草原跑！"他喘着粗气说，像是在跟我撒娇，又像是在赌气。"好，下一站就是草原之城包头。"我给他又一个盼头。

2022 年 7 月 7 日于乌兰察布集宁区

阳光包头不见"钢"

包头，这座靠着钢铁和稀土声名远扬的城市，论实力那可是能和省城呼和浩特不相上下。不过这几年，它好像在金融和互联网领域开始发力，正悄悄地从硬实力朝着软实力转型呢。包头一直都在踏踏实实地埋头苦干，就说城市建设这一块吧，包头人那可真是创意十足，把"钢"城的"硬"和稀土的"软"巧妙地融合进了金融的"千头万绪"之中，包头高铁站就是这一理念的最好证明。

从乌兰察布到包头，有 320 千米的路程，中间会路过呼和浩特。我寻思着，等我从新疆回来的时候，再到呼市舒舒服服地睡上一整天吧，毕竟我亏欠呼市太多了，可不想就这么匆匆而过。

下午 2 点，我们到了包头市。从 210 国道下来后，在创业大街找了个饭馆。小哲嫌饭馆里羊肉的膻味太重，不太愿意进去，我跟他说，要是受不了羊味，就别想着去新疆了。我们随便吃了碗面条，主要是想问问路。店老板是个 50 来岁的西北女人，皮肤保养得还不错。这女老板不光热情、讲究，字写得也漂亮。

我问小哲："你觉得包头市咋样？"

"比我们县好点，就是太散了。"他可真敢说，拿一个省级的大城市和一个小县城比，还真有点"年少轻狂"的劲儿。

我们在富强中路找到酒店的时候，太阳已经落山了。这时候，市区的夜宵氛围就像一堆半干不湿的柴火在慢慢烧着，那小火苗追着街

上的行人，把他们往露天广场和街边的小吃摊赶。这座城市的烟火气在夏夜可是相当浓烈。

所有城市的清晨都有相似之处：安静里透着点热闹劲儿，不过包头的早晨就像一支驮着皮毛的马队，呼呼啦啦地穿过大片平原后，留下一团团雾气和草屑的气息。这些气息在头顶飘散，在楼宇间萦绕，把包头的清晨包裹得朦胧又充实。

历史悠久的包头向我敞开了它像西北汉子一样宽阔的胸怀。我沿着富强路朝着包头火车站的方向开始晨跑。我没带小哲出来，他对包头的兴趣可比不上对睡觉的兴趣。我得慢慢引导他爱上跑步，昨天早上他第一次跑就太猛了，有点儿吃不消，所以今天早上就让他歇歇吧。包头这么大的地方，我怕他会觉得无聊，我自己一个人倒可以尽情地跑，说不定能把包头的韵味都跑出来。

大概跑了 4 千米后，我来到了稀土高新区广场公园。按照 6.5 分的配速，这个时候我还在调整状态，呼吸有点急促，感觉就像周围的高楼一样有点压抑。"稀土高新区"那几个金光闪闪的大字特别显眼，我拿出手机打算拍个视频。可就在这时候，我和一位大叔迎面相撞，手机都掉到地上了，大叔的手机也同时掉了。我心想，坏了，这配速得停了，得在这儿处理这"撞到老人"的事儿了。

大叔站起来后，我们对视了两秒。我赶忙一个劲儿地道歉，点头哈腰地陪着笑。虽然没看到他哪儿受伤了，但我还是等着他说怎么解决这事儿。"没事，没事！"大叔拍了拍身上的土，好像是他自己不对似的。"第一次看你在这儿跑步呀？"这时候，我才有了和他聊几句的勇气。

我们聊了差不多 20 分钟，最后还成了朋友，他还加了我好友呢。这位姓祁的大叔 72 岁了，是包钢的退休工人，老家是河南商丘的。他 50 年前到包头钢厂当了锻造工，20 年前企业改制提前退休，后来开了个饭馆，挣了些钱。10 年前去日本旅游，看到马拉松在日本特别流行，就爱上了慢跑。

可能是我的自我介绍让他挺佩服："你可真厉害，跑遍中国！"

包头，来一张中规中矩照

他看我的眼神就像看到了大英雄，满满的都是敬佩和亲切。我就是说了个事实，没想要他夸我。"我现在每天能跑5千米。"他像是找到了同道中人，"这个公园就是我的跑道，十几年前这儿还是乱糟糟的矮房子和荒地，现在都被高楼大厦给盖住了！"他说"盖"字的时候故意说得很夸张。"我刚内退那会儿还真想回老家养老，没想到这几年包头从空气到绿化都像换了个城市似的。"老祁越说越激动，能看出来他是真心话。

"真没事？"我看了看他的腿。"有事也没啥大不了的。我们这岁数的人，一辈子不知道摔了多少跤，没那么娇贵。"老祁是真心实意的。我们互相挥挥手告别，我接着往南跑。

可能是休息了20分钟的缘故，也可能是和老祁这一撞结下的缘分，包头给我的那种温暖的感觉比夏天的阳光还强烈。我脚下轻快得都想飞起来，跑步跑到这种状态可太让人着迷了。要么就一股脑儿跑到终点，要么就把速度拉回到平常的配速。

哪儿是终点呢？在包头的街上跑着，我感觉自己就像在无边无际的草原上，追着一群飞奔的马，马群渐渐跑远看不见了，我还在傻乎乎地往前跑。

阿尔丁街的尽头，包头站在那儿立着，就像一块里程碑，挡住了我往南跑的路。它不光给京包铁路、包兰铁路"守着门"，更像是这些铁路线上的"补给站和休息厅"。我看了眼手表，已经跑了9千米了，这时候太阳还没升到包头站的屋檐上，站前广场就已经有旅客拖着行李箱走动的声音了。

我一时兴起，决定今天早上用半程马拉松的距离在包头画个圈。调整好配速后，我朝着喜悦广场、包头乐园的方向跑去，完全进入了一种随心所欲的跑步状态，就跟着脚下的感觉和周围的环境跑。跑着舒服、看着整洁就是我跑路的标准，跑着跑着，我发现每条街都有这种魅力，就算跑到钢铁大街附近的小商品批发市场，也还是觉得很舒

包头高新广场上"碰瓷"后的再次起跑

服。这儿以前可是包钢的总部，几十年前，只要来这儿走一趟，就能明白"钢铁是怎样炼成的"。包头以前既有"软"实力又有"硬"实力，才把这座西部工业重镇推到了"一线明星"的位置。要是说金融资本是硬实力，互联网创新是软实力，那经过这十多年的发展，新时代包头的软硬产业又把这颗草原上的明珠给托起来了。

作为内蒙古最大的城市和工业中心，包头从阴山边上的要塞变成了草原工业的核心，它的城市发展历程就是北方大多数工业城市兴衰变化的缩影，它也见证了无数建设者来来去去忙碌的身影。我坚信，包头在蜕变过程中的升华就是超现实的杰作。

当我跑到富强路尽头的迎宾公园时，里程刚好是 21.63 千米，比半马的距离多了几十米，不过全程用了两个半小时，也就相当于老年组的水平吧。这次晨跑让我深深体会到，城市工业化的升级可不是光把烟囱拆了就行，更多的是得重新思考工业化的定位。要是城市里就剩下商业、休闲、娱乐、居住、教育和医疗，那就违背了人类建立城市的本意。因为生产和制造才是城市的骨架。没了骨架，城市的"肌肉"又能依附在哪里呢?

2022 年 7 月 8 日写于包头

乌海之海，刚柔相济

乌海，真的是一座很独特的城市。草原和沙漠，就像一对双胞胎，在这片土地上相依相伴，湖泊又与沙漠相互映照，形成了"沙中有湖，湖中有沙岛"的奇妙景观，这种景色只有乌海才有。乌海市位于内蒙古西南部，处在黄河上游，黄河从城中穿过，带来了丰富的水资源，于是就有了沙漠与湖泊共存的奇特景象。

从包头到乌海，有400千米的路程，一路往西走，草原渐渐看不到了，沙漠却越来越近。这本来就是内蒙古西部自然的样子，小哲却被这特别的景色吸引住了，一路上不停地提问。和他比起来，我在包头市区跑完半程马拉松后，累得直打哈欠，屁股痛，腿酸胀，腰也酸。

"叔叔，这里的沙地会消失吗？"小哲提了个挺有深度的问题。我像缺氧似的摇摇头，只顾着开车，好在路上车不多。

大概下午3点，我们到了乌海市。我没直接去酒店，而是带着小哲来到了乌海湖边。我想让他亲眼看看，在这水比油还珍贵的沙漠里，湖水是怎么和沙漠和谐共处的。这就像阴阳两极对立又统一，当平衡的状态主导一切时，"阴平阳秘"就成了一道永远的美景。乌海的湖和沙和谐相处，一起营造出了这座城市独特的气质，让它看起来超凡脱俗、充满活力。我和小哲对乌海的看法特别一致：要是能在这儿住上几天就好了！

傍晚的时候，我们走进了火车站附近的一家东北菜馆。店里有两

内蒙古篇

个人在喝酒，外面热得像火炉，屋里却冷得让人直哆嗦。东北人的豪爽在这儿体现得淋漓尽致——这里菜量特别大，冷气也给得足足的。吃完饭结账的时候，我好奇地问老板："您是东北哪里的？"

"乌海人！"老板带着沙哑的鼻音回答，让我对他的招牌产生了怀疑。

"那为啥叫东北菜馆呢？"我接着问。

"因为我媳妇是东北人。"老板解释道。

这下我明白了，原来是个听老婆话的乌海男人。

回到酒店后，我问小哲明天早上想不想跟我一起跑步。这孩子很有自己的想法，对大人的安排常常有点抵触，只有他自己心里愿意的时候，他才会答应。"跑！"他回答得很干脆，看来他已经被乌海迷住了。

小哲比我醒得还早，不到 5 点就起来了。为了配合他，我把跑前的准备工作都缩短了，热身和拉伸都只做了一半时间。虽然这不是跑者应该做的，但我现在得先照顾小哲的情绪，把跑者该有的严谨习惯先放一放。等他上路了，我再慢慢恢复。我这样是不是在惯着他呢？我想，他沉迷手机是不是也是他父母惯出来的。

我们从新华西街出发，昨晚的热气还没散完，空气中弥漫着湖水洗净沙尘后的清新味道，闻起来很舒服，眼睛也觉得清爽。街上几乎看不到人，就算真的有很多人，我也觉得此刻就像一把沙子撒在一盆清水里，很快就沉到水底，让人心里安静又踏实。乌海市区就是这么淡定、大气，它的湖光和沙色是留给那些能包容、能欣赏的人的。

沿着甘德尔街往西走，得穿过铁路桥。这条铁路贯穿乌海市，把乌海市和乌海湖、甘德尔山紧紧连在一起。乌海市区和这样的自然风景构成了一个铁三角，人、山、湖一起组成了大乌海宏伟的画面。

我现在在城市里跑来跑去，就是为了感受乌海鲜活的气息，给我有限的生命补充点"山川湖草沙"的力量，让自己有更丰富、更深刻的生命体验。

西区是这座城市精心打造后展现出的迷人面貌，高楼大厦和绿草

绿树相互映衬，创业大街、市府广场、金融中心、博物馆和会展中心都在这儿，组成了一幅充满活力、繁荣热闹的城市画卷。在创业大街的人行道上，有一对年轻情侣在跑步，男的超过女的几十米后就停下来等，就像主人带着小狗出门散步，小狗总是好奇地跑到前面，然后乖乖地等慢悠悠的主人。不一会儿，我们就超过了他们。超过他们的时候，我看到女青年的脚被不合适的鞋子磨破了。他们互相照顾着，我不知道他们跑了多久，但肯定是朝着家的方向跑。男青年弯着腰想背起女青年，那股怜惜和呵护让人看了很感动。

我们超过他们的时候，女青年转头看了我们一眼。也许是因为我和小哲并排跑，动作很整齐，看起来就像一头老公牛带着小牛犊在草原上漫步。也许是小哲又高又瘦，我又矮又结实，从背影看，我们有点像父子，很温馨；从侧面看，又像一对老少搭档在比赛。她是在猜我们是什么关系，还是感受到了我们之间那种默契的温暖呢？

小哲也跟着看，他虽然放慢了脚步，但还是忍不住回头看女青年有没有上男青年的背。"哎哟！"突然，小哲一只脚踩到路面断裂的缺口里，脚崴了，蹲在地上起不来。"是不是光顾着看漂亮女孩了？"我心里这么想，但肯定不能笑话他，因为他受伤了，至少会给我添麻烦。我给他揉了揉，又让他试着走和跳，觉得伤得不重。可是小哲坚决不跑了。这时候我们才跑了 7.98 千米，离目标还差两千米呢。这里是乌海市人民政府广场，广场前面有一大片湖边绿地公园。我说："你在这儿休息，我沿着公园跑一圈，跑完今天的量，我们打车回酒店。"小哲同意了。

我沿着滨河大道慢慢跑着，心里觉得小哲的脚伤应该不严重，崴脚可能只是他找的借口。这几天相处下来，我发现他应变能力很强，自我保护意识也很强。我突然觉得，这次带他来蒙新跑步，又开心又有点烦。

十几分钟后，我回到市政广场，拦了一辆出租车。司机是个 50 多岁的大姐，她告诉我她 20 年前从山东来到乌海，之后就没离开过。我跟她说我们从北京来乌海跑步，她特别惊讶，不停地说："跑那么远，

乌海是鸟的海洋

跑那么远！"我本来想跟她解释我们不是从北京一路跑来的，后来一想，算了，就让她惊讶吧。毕竟，很多时候想象比行动更厉害。我们不用在意别人的赞美，也不用纠结别人的疑问。

车到乌海火车站广场的时候，我让司机停车。这儿离酒店不到 200 米，正好让小哲活动活动脚，看看他伤得到底怎么样。广场上很多拖着行李箱的旅客在招手打车，也有一些人旁若无人地径直往前走，好像他们的家就在前面。这时候，广播里传来一首歌的旋律，是《乌海姑娘》的深情吟唱……

远望是天堂，走近是故乡。
乌海姑娘，我几度凝神望。
一枕金沙月，一汪碧水琼浆。
乌海姑娘，我闻到花儿香。
你脚下有温暖，心中有太阳，

小哲摇头晃脑地跟着唱起来。"你还会唱这首歌？"我问。"跟着学呗。"他回答。看来他的脚不痛了，刚才他在市政广场旁边还装得很痛，每走一步都很痛苦的样子，现在却完全陶醉在那悠扬的歌声里。我们俩都在想，刚才一瘸一拐的乌海姑娘，是不是还在她爱人的背上呢。

乌海的湖泊与沙漠，乌海的姑娘与情郎，刚柔相济，相得益彰。我都想早餐还去那家不是东北人开的"东北菜馆"吃了。

2022 年 7 月 9 日于乌海市

巴彦淖尔不临河

巴彦淖尔市和乌兰察布有几分相似，它的主要城区临河区，以前其实就是临河市。临河火车站在市区胜利南路的尽头。回想起1987年11月下旬的一个凌晨，我到了标着"临河站"三个字的广场，当时周围除了安静，就只有昏黄灯光下早点铺子的模样，包子、棒子面的香味和刺鼻的煤烟味混在一起，直往我鼻子里钻。我在没人的出站口等了好久，来接我的朋友却一直没出现。那时候这儿还叫临河市，我以为它靠着某条有名的河，还想象这里肯定像江南似的，到处是河湖。哪知道，临河其实是硬生生建在沙漠里的。

今天早上，我和小哲闹得不太愉快。叫他起床的时候，他说脚痛得厉害，不想跑步。我一听就来气了，觉得他昨天早上是装的，今天还在装。这想法是因为昨晚在临河站广场拍照的事儿。我本来想拍几张火车站热闹的照片，可小哲拍

空旷的临河站前广场

的照片背景全是排队的出租车，就我一个人在画面里匆匆走过。他说巴彦淖尔人不多！等我让他重新取景的时候，刚出站的乘客都走光了，真像他说的那样，最后就给我留下一张空荡荡的广场照片。

他既然不想起，就让他睡个够吧。一个人跑步也有一个人自在的地方，我心里这么想着。

天亮前下了一场大雨，把满城的杨柳絮打得像浪尖上的泡沫，一茬接一茬。环卫工人还没来得及打扫，这清晨的街道就有点"调皮"，脚印就像胭脂脸上一串串的汗珠，到处都是。

我第一个要去的地方是临河人民医院。我沿着胜利路往前走，找着记忆里的样子。

那年冬天的清晨，天刚有点亮，我走出临河火车站，在站前广场转了一个小时，来接我的人却没来。我刚到这儿，心里有点慌。按照呼和浩特朋友老康给的地址，我就往临河市人民医院的职工宿舍去了。

宿舍离火车站不远，在一条胡同的尽头。我找到了一排红砖平房，敲了敲对应的门牌号。开门的是个50岁左右的大姐，她看到我站在门口，有点吃惊。我这才知道，她是老康的姨姐，老康的连襟昨天突然脑梗，正在医院抢救，本来该去火车站接我的就是他。听到这个消息，我腿都软了，像掉进了冰窟窿。

那年，我为了推广工厂的新品蛇胆川贝液，给老康写信，让他在内蒙古帮忙找销路。他就让我把蛇胆川贝液发到临河市人民医院来。本来这就是一次没什么把握的推销之旅，可我却深深感受到了朋友的义气和热情。50多岁的大姐，丈夫病得那么重，还留在家里等我这个外地来的、找他们"麻烦"的生意人。我心里对老康充满了感激！

其实，老康的姨姐，这个大西北的女大夫，答应了别人的托付后，她的坚守和诚信就像个守身如玉的姑娘。现在，我只记得她说话的声音，她的样子都模糊了。大姐安排好我，就急忙去医院照顾丈夫了。从内蒙古临河回到老家后，我心里便多了个亲切的地方——临河市。

早晨的朦胧和30多年前很像，就是少了那种哈气成冰的冷，多了点湿热，把街面弄得湿乎乎的。同样的地方，不同的季节，我却找不

回以前的感觉了，只能感叹时间过得太快。这就像乡愁，有时候淡，有时候浓，想忘掉是不可能的。真到了这个地方，思念就像火山喷发一样。我到处找"临河市人民医院"。也许它都改名了。

巴彦淖尔的盛夏，城里到处是绿色，我们在街边的杨柳树下跑，光影晃来晃去，阵阵微风带着夏日阳光和泥土的味道吹过来。杨柳树好像已经成了这座城市的一部分，如果说它的灵魂有颜色，那肯定是杨柳绿。

我从胜利路跑到临河站广场，围着广场转了两圈，想把眼前的景象和30多年前那个早上重合起来。这么找来找去，我就像失眠的人翻来覆去，心里再平静，也睡不着。

带着这种怀旧的心情，我在一条热闹的大街上找以前的影子，东看西看。这不但影响了我的跑步姿势，还让我的心率升得很快。我看了下表，心率都到145了。我没办法，只能又放慢了步频。

对跑者来说，在跑道上跑得顺畅是种很棒的感觉。心里有出离心、敬畏心、慈悲心再上路，就能跑得很自然。跑者的出离心就是不贪恋以前的成绩，不纠结配速，不硬撑着跑量；敬畏心就是要知道身体的极限；慈悲心就是把对跑步的热爱和对周围的善意融合起来，跑步只是一种形式，其实世间万物都在"动"！可这时候的我，哪是在跑啊？我就像被一根别针别住了，困在记忆的路上走不出来。

建设北路上好多人和我擦肩而过，我很想停下来问问他们临河医院在哪。可真要是知道了答案，可能又觉得没意思了。

建设路太宽了，和记忆里窄窄的胡同差太多了，医院的大门应该在那些小街小巷里。于是我拐进了滨河街，这里又安静又干净，街道显得更空了。从滨河街跑到新华东街，一路笔直，一眼看不到头，两边都是树，一家店铺都没有，安静得只有几辆车在跑。在我的记忆里，那道拱形门是临街的，上面用红色亚克力做的"临河市人民医院"几个字，就像一张照片，深深地刻在我脑子里。

前面，一个老奶奶在空荡的街上走得很快，她的背影看起来很精神。这背影不像在晨练散步，也不像在赶路回家，倒像是在等路过的人。突然，我觉得那背影有点像老康的姨姐，她现在应该有 80 来岁了吧。我忍不住加快速度，像冲刺一样跑到那个背影前面，却发现刚才那精神的背影不见了。我有点迷糊地到处看，老人的背影在胡同里忽然又出现了。不能再追了，这是幻觉！我提醒自己，可心里多希望能回到 30 多年前的场景啊！

　　跑步跑到这种情况，我还是第一次。巴彦淖尔的晨风让我跑得很辛苦，后来在胜利路上跑的时候，我都记不清街两边的样子了，结果跑了好多重复的路。

　　我跑过好多城市，从来没有像今天这样，跑完 10 千米还这么郁闷、心里这么乱。这一路下来，我的平均心率高得像跑了场马拉松。可能我还在纠结临河市人民医院到底在哪，好像只要找到了那排矮平房，就能找到那份乡愁！我不是不懂得感恩，只是现在巴彦淖尔太繁华了，我的感恩之心都不知道放哪了。我就像个要饭的孩子，连看都不敢看周围同情的目光。好在巴彦淖尔的绿色盖住了我乱糟糟的情绪，让这座绿油油的河套之城，揭开了那些旧事的面纱。露出来就露出来吧，只要能让思念有个出口，就算完成了一次心灵的旅程。

　　临河虽然不挨着河，但巴彦淖尔到处都是河套的美景。

2023 年 8 月 2 日写于巴彦淖尔临河

阿拉善的风

阿拉善盟的盟府在阿拉善左旗的巴彦浩特镇，可我却把在阿拉善盟跑步的目的地定在了额济纳旗的达来呼布镇，这可违背了最初的计划。

阿拉善的地理布局很神奇，在内蒙古那辽阔的版图上，巴丹吉林、腾格里、乌兰布和三大沙漠都归阿拉善盟管。不是阿拉善盟生来就和沙漠有缘分，而是它的土地里有滋养沙地的河流。这里的生态环境一直在变，就像在演一场从没见过的"科幻大片"，从满眼金黄到黄绿交错，再到现在像江南春天一样的景色，阿拉善就像魔法师的调色盘，变个不停。

额济纳旗的达来呼布镇，在巴丹吉林沙漠的深处，就像一颗种在沙漠里的葵花籽，周围的胡杨林就像向日葵的花瓣。在这茫茫沙漠里，这样一朵"向日葵"站在那儿，好多穿越巴丹吉林沙漠的人都会停下来，在这个小镇住一晚。这么神奇的小镇，早就被我在地图上盯上了。

我对阿拉善特别好奇。又因为参加过两次阿拉善生态环保组织基金会的宣传活动，我就更喜欢这儿了。我看着中华人民共和国地图上"鸡背"那块金黄的地方，如果我的脚印没在这儿留下，好像就对这只"大雄鸡"不尊重似的。如果我跑遍全国的计划里缺失了此处，那可就太遗憾了。所以，额济纳旗就成了我在阿拉善盟跑步的必选之地，就算破坏了原来的规则，我也要完成这个重要的事。

这次决定横穿巴丹吉林沙漠，到额济纳旗的达来呼布镇，过程可太曲折，差一点就来不了。

京新高速在阿拉善盟境内有814千米长，开了一整天车，我都没顾得上看路两边的沙丘。那些不太像纯沙子的沙土上，这儿一撮那儿一撮地长着草，看着又有生机又有点干巴巴的，好像在宣告对生命的渴望。下了高速，在离额济纳旗镇还有20千米的地方，有个特别大的停车场，停满了各种各样的车。从车牌能看出来，全国各地的车都有，这儿就像个大中转站。进出新疆、甘肃、宁夏的车，都会在额济纳旗停一下。这么长的路，在这个中转站休息一晚是个特别好的选择。所有的车都在登记、检查，这可能是小小的达来呼布镇给旅客准备的"见面礼"。我们本来没"资格"进小城，可把小哲急坏了。等了3个小时，我们终于能进城了。

一到镇上，我们就被那土黄色的街道吸引住了。这可是个有几百年历史的老镇，街面又宽又整齐，就算那些看着很旧的黄砖土瓦房子，也都透着股时尚劲儿，临街的墙面也干干净净的。都晚上8点了，太阳还没落山呢。我开了12个小时车，又累又饿。街边一家叫"小蜀成都"的饭馆引起了我们注意，蓝绿红三色珠子串成的门帘轻轻晃着，里面肯定人很多。进去一看，果然坐满了人。原来街上没人是因为大家都在屋里吹空调呢。这个只有一万多人的边境小镇，房子就像人们的堡垒，能挡风沙，能遮太阳，所以街上安静是正常的。我看了看这个不到80平方米的饭馆，就门帘边还有张小桌子没人坐。小哲坐下就大声点菜，服务员就是老板娘，听口音是四川人。"每天都这么热吗？""对，晚上就凉快了。第一次来吧？""嗯。"我们要了一份醋熘土豆丝、一份凉拌海带丝和两碗肉丝面。我吃完饭去前台结账的时候，女老板满脸笑容，她的笑就像阿拉善那不停的风，笑得嘴都合不上。在这种氛围下，我就放心地问她额济纳旗有多大、多少人口、有啥历史。结果每个问题她都没给我详细回答。"老板，这个镇有多少人口呀？""这个我不太清楚哦，你得去县政府问问。"人家还算客气，没只说"不知道"。我都不好意思了，怪自己不会聊天，太直接了，以为聊天就像跑步一样简单。

算了，还是去小镇上转转吧。我拉着小哲上了大街，这时候落日的光还很亮，一点都感觉不到黑夜要来了。热气都被赶到远处的胡杨林了，丝丝凉意在街上轻轻飘着。我在苏泊淖尔路溜达的时候，觉得这条路的尽头就是胡杨林，胡杨林可比这个小镇老多了。

那些不超过两层的临街房子，都分不清是店铺还是住家，全都关着门。泥黄色的墙让人感觉特别清凉，就像古诗里说的"大漠孤烟直"。这场景和我想象中的沙漠深处小镇一模一样，小哲也像走进了武侠小说里的西域世界。他的眼睛在到处看，有点害怕又有点好奇。不过天太黑了，我没法知道更多关于达来呼布镇的街景和布局，只能等明天早上再好好看看了。

"我们今晚就住这儿吗？"小哲那害怕的样子在我看来有点夸张。其实我们住的小旅馆有十几个房间，都住满了。旅馆屋里的装饰和凉飕飕的空调让我们很安心。

清晨的天空，蓝得好像伸手就能摸到，又好像在浩瀚太空里怎么也摸不到，十分缥缈。沙漠深处的小镇有这么大的天空，这就是阿拉善人的精神家园。我一定得拉着小哲来感受感受。我小时候，老家有过这种特别蓝、特别深的晨光，就像特别遥远的佛界，一直陪伴我从小孩长成少年。现在我又看到了，就像重新出生了一次。小哲很幸运，第一次就来到这么纯净的早晨，这可能会改变他的一生。

我没带任何工具，手表和手机都没拿，不想被固定的路线和设定的参数限制。我把手机给了小哲，让他随便拍，拍背影、拍侧面、拍天空，我们各干各的。

从小镇老街往新城跑的路上，有一大片旧房子和空地，肯定没

额济纳旗不在沙漠里

巴丹吉林沙漠上的 "腾飞"

人住。但我觉得这些房子有它的用处,它怎么在那儿不重要,重要的是它在那儿就代表着生机,代表着人气,代表着生命一直在延续!达来呼布镇靠着泥墙土坯有了过去,现在一栋栋高楼又在书写它的未来。我们已经在居延海公园逛了一圈,在额济纳旗中学和旗医院的高楼外面跑了跑。这些新建筑都在一片胡杨林里,胡杨林往沙漠深处长,把小城的气息带到了沙漠中间。

2022 年 8 月 3 日于额济纳旗

温暖如夏鄂尔多斯

　　早些年，"鄂尔多斯羊绒衫温暖全世界"这句广告语传遍大江南北，后来，鄂尔多斯的煤炭资源又让当地人赚得盆满钵满，完成了财富的原始积累。从 2005 年开始，鄂尔多斯的国内生产总值在内蒙古一直排在首位，差不多相当于排名第二的包头和第三的呼和浩特加起来的总和。不过，鄂尔多斯的城市发展过程并不完整。所以在很长一段时间里，鄂尔多斯人要是想唱歌、洗脚放松一下，就得开车去不远的包头，或者坐飞机去北京。这可不是瞎编或者开玩笑，这是鄂尔多斯人心里的痛。

　　不管是广告语的影响力，还是外地人对鄂尔多斯的羡慕嫉妒，现在的鄂尔多斯已经把羊绒衫和煤炭带来的那种"温暖"放在一边，开启了新时代的温暖模式。

　　我从山西朔州开车出发，沿着荣乌高速跑了 300 千米，一过山西就到内蒙古了。高速两边是连绵不断的山，这些绿色的山峰是草原和山峦结合的独特造型。从山脚到山顶，一棵树都没有，全是像草坪一样的植被，又平整、又柔软、又茂盛，这应该就是草原上的山丘吧！

　　鄂尔多斯就在这西高东低、长满青草的草原和开阔平缓的波状高原上。回顾 1000 年前的鄂尔多斯草原，到处都是像星星一样散布的蒙古包，就像草原上的宫殿，把茫茫大草原装扮得特别美。成吉思汗的马队就是从这儿冲向中原的。从那以后，鄂尔多斯就成了蒙古人进军中原的一个重要站点。而鄂尔多斯作为一座城市的历史，其实也就只有百年左右。

鄂尔多斯的新，主要体现在新楼、新城、新街这些地方。从荣乌高速下来，走了20多千米的省道，就到了鄂尔多斯市东胜区。这里的路很宽，高楼大厦林立，但是街上的人和车都特别少，就像一座刚建起来的新城。实际上，鄂尔多斯的主城区包括东胜区和康巴什区。东胜区以前是东胜市，康巴什区是近些年才新建的城区。两个区隔了30多千米，市政府在康巴什区。按照我自己的习惯，本来应该在康巴什区住下，但是东胜区的高楼大厦太吸引人了，我就决定在这儿晨跑。

鄂尔多斯的日出和日落都特别美，让人看了就忘不了。这里夏天的时候，日照时间长达17个小时，这是老天爷给鄂尔多斯的特别礼物，也让鄂尔多斯人一年到头都能晒到温暖的太阳。

虽然夏天的太阳有点热，晒得人难受，但温暖本来就是它的特性。我想，冬天的太阳肯定会让鄂尔多斯人觉得特别舒服。

早上5点，阳光就已经洒满整个城区，我感觉自己就像在空旷的高原上，被永远不会落下的阳光照着。

鄂尔多斯虽然是座年轻的城市，但要是说起它悠久的历史，肯定会让路过的人吓一跳。在14万到7万年前，"河套人"就在伊克昭盟乌审旗境内的萨拉乌苏河流域生活，创造了有名的古代"鄂尔多斯"文化，历史上叫"河套人文化"。这让像我这样只是路过的人，对它多了几分敬重。我两只脚踩在这片几万年的土地上，心里有点慌慌的。我只能放慢脚步，慢慢地和几万年前的"河套人"在心里聊聊天。这时候，我的心率只有118，配速在6分以上，这是我最低的有氧心率状态。也许是河套人那种悠闲自在的生活方式，让这片土地上的民族有了一种爱奔跑的基因。

我从迎宾路出发，往南跑，街道空荡荡的，就像在沙漠里一样。我跑得很慢，感觉自己就像在旷野里慢慢爬。要是这时候天上有架无人机拍到地上有只"蚂蚁"在爬，那这只"蚂蚁"就是我。

蚂蚁为了活下去要搬家的时候，会排着长长的队伍；要是为了找

美味的食物而自己出去，那蚂蚁的天空就特别大。我这时候就像蚂蚁一样。在这个热闹的大城市里，我特别渺小、特别孤单，又像个开心的"糊涂虫"，自己跟自己说话，自己做自己的事。

也许，就是鄂尔多斯这么大的地方，把我的渺小衬得更明显了。不过，我还是在这片土地上自由自在地"爬"，因为我知道，就算大象来了，也踩不到我。

从体育街到西贸路，路是高高低低的，像飘舞的彩带。这样上上下下地跑比在平地上跑更费氧气，但是我的心率一直保持在"平均心率"130，这都是因为我有蚂蚁那种坚持的精神。跑到109国道上的时候，我被这儿的风景惊到了。在别的城市，国道、省道一般都在城市边上，但是鄂尔多斯的国道是从城里穿过的，成了城市里一道特别美的绿化带。

在109国道的辅路上，我碰到了两个一起跑步的年轻人。他们穿着一样颜色、一样款式的运动服，看着就像情侣装。我看着这两个从我后面像旋风一样跑过去的年轻人，他们身上那种青春活力也让我觉得自己年轻了不少。

这就是鄂尔多斯的魅力，这是一座年轻的城市，到处都是充满活力的年轻人。

跑到大桥路，穿过一条条铁轨，道班房里没人。可能是因为已经过了火车来来往往的高峰时间，也可能是因为这条铁路线现在只有货车在跑。我记得三十四年前从呼和浩特去银川的时候，东胜车站是必须经过的地方。那时候，我坐在绿皮火车上，呆呆地看着东胜城区边上两座大火力发电厂的烟囱，和烟囱里冒出来的白烟，思考了很久。

现在，这条以前很热闹的铁路线没有火车通过，周围特别空旷，天上白云飘飘，我的心情也像白云一样轻松自在。

跑到天骄路，我才真正感觉到鄂尔多斯是按照现代化都市的样子来建设的城市。这条路上到处都是金融、保险、商业综合体这些很高的建筑。对我来说，这些建筑既没有让我觉得压抑，也没有让我觉得亲切。我还是那只蚂蚁，只是这时候的天空好像小了一点。我还是按照自己的方式"爬"着，我的快乐都是因为周围的阳光。

天骄路一直通到国贸大厦，我保持着 5.5 分的配速，左看看、右看看，希望能碰到一个跑步的蒙古族同胞。

跑完民族西路，我就回到了今天出发的地方。虽然跑的路线不是个正圆，但我觉得已经把鄂尔多斯东胜区的主要地方都跑过了。

今天一共跑了 18.95 千米，虽然只是东胜区的一部分，但对我这个外来的跑步的人来说，这已经是对鄂尔多斯最"霸气"的一次丈量了。

现在的鄂尔多斯在内蒙古还是承担着很多"榜样""先进""老大"的责任。不管以后鄂尔多斯如何变化，有一点肯定不会变：鄂尔多斯温暖的阳光会一直照着。这比煤炭和羊绒更实惠、更有人情味。

2022 年 07 月 10 日于鄂尔多斯

寻找巴彦塔拉饭店

　　有些经历啊，是值得慢慢品味的；有些情感呢，得用脚步去好好报答。跑步，就是一种很特别的"偿还旧情"的方式。我这样一城一地地疯狂奔跑，其实是怀着寻找过往风景的心思。就像初夏的风，轻轻拂过没过膝盖的草丛、在光着的脚上轻轻划过的那种痒痒的感觉。可当想弯腰去挠的时候，草丛却没了，只剩下风，空空的，只吹着脚。

　　呼和浩特的风，带着湿润的味道，在燥热里横冲直撞。这是草原的风与沙漠的风相互碰撞的结果，虽然天气热，但这风却有它独特的韵味。一进呼和浩特市区，小哲就兴奋地问我啥时候去看成吉思汗博物馆。我一下就愣住了，呼和浩特可没有成吉思汗博物馆呀！这孩子的想象力可真丰富。不过，他这么想也有点道理。我猜他说的可能是建在乌兰巴托的成吉思汗博物馆。其实，对于曾经的草原帝国的历史，我和小哲都懂得不多。但是，呼和浩特作为内蒙古的省会，那可是内蒙古文化和历史的一颗耀眼明珠。

　　我这个普普通通的跑者，对呼和浩特最深的牵挂，就是市中心新华广场边上的巴彦塔拉饭店。我是想去参观一下，还是想住进去呢？我自己也不清楚。就是有这么个单纯的念头，想马上看到它。其实，这个小愿望本来很容易实现，北京离呼和浩特又不远，开车几个小时就到了。可这 30 多年来，我就是没去成。我还为自己的犹豫责怪过自己，不知道犹豫是因为懒，还是这个念头没那么强烈。我也为自己的冷淡感到不好意思，只能一直把这个念想放在心底。

　　1987年是我"下海"的第一年。我没去南方的广东，而是跑到了遥远的北方草原中心——呼和浩特市，来找市场机会。为了能做个体面的广告，我住进了巴彦塔拉饭店。这饭店在呼和浩特市新华广场的东边，位置就跟北京天安门广场旁边的中国历史博物馆似的。虽然它只有十几层，但长度很长，能挡住新华广场东边一半的视线。这里号称是呼和浩特的外宾聚集地，我住这儿，是为了和广场对面那座二层小楼里的《内蒙古信息报》报社广告部合作。

　　我的想法很简单：先做广告，后付款。我跟广告部主任老康说："您看我住在巴彦塔拉饭店，肯定不会欠报社一分钱的。"老康信了，当然这也是经过社长兼主编老周同意的。

　　那时候，我从老家弄了几卡车黑木耳拉到呼和浩特。在内蒙古，黑木耳还算稀罕东西。可广告登出去后，没多少人来买。不知不觉两个月过去了，广告费和房租加起来都快抵上黑木耳一半的价值了，可那堆黑木耳还是堆在那儿，一动不动。快过年的时候，家里发电报说"有急事速回"。我就退了巴彦塔拉饭店的房间，还请老康帮忙找个地方放黑木耳。老康找了他在郊区一个工厂当厂长的同学，把黑木耳运到那个工厂的旧仓库里放着。

　　过完年，我又回到呼和浩特，去报社找老康。结果他同事跟我说老康停职了！我吓了一跳，和老康一个部门的小王偷偷告诉我，因为我欠的广告费，老康得承担所有责任。我说这是周社长同意的呀！小王挺同情我，拿了张报社的便笺写了老康家的地址给我。

　　走出报社，我看着对面特别显眼的"巴彦塔拉饭店"那几个汉文和蒙文大字，心里的愧疚比那大太阳还强烈十倍。我觉得自己好像弄脏了这饭店的名声。我穿过好多条铁路，终于找到了老康家。老康开门看见是我，好像松了口气，说："我还怕你不来了呢！"进了屋，他马上掀开床垫，一大沓人民币就铺在床板上，有10块、5块、2块的。"这是卖黑木耳的钱，你拿去还报社广告费吧，"他说，"应该还剩不少，不知道你还亏不亏？"他说得就像他欠我钱似的，老康

的平静让我一下子鼻子就酸了，差点哭出来。

那天晚上，我留在老康家吃饭。老康的酒量就像拉长的新鲜面皮，越喝越多，很快就有点醉了。我就问他老婆这是咋回事。老康的老婆那时候在呼和浩特电视台当记者。我觉得，老康是被我给连累了。

老康的老婆跟我说，我回去之后，老康借了辆三轮车，一袋一袋地把黑木耳拉到各个单位，求那些街道工厂、郊区工厂还有福利好的单位收下，给职工当年终福利。当然，那些单位的领导都是老康当年当知青时候的战友。按他老婆的话说，老康把他的好人缘一下子全用完了。后来，还剩十几袋实在卖不出去，他就每天早上拉到早市上去摆摊，直到不久前才全卖完。现在听着像个故事，可那时候就是一个北方汉子实实在在、特别淳朴的经历，也不好跟别人说。对老康来说，不管我是住在巴彦塔拉饭店还是站前旅社，他的豪爽和真诚就像鸟会飞一样，是天生的。

现在的呼和浩特和30多年前完全不一样了。先不说那些高楼大厦，就连空气都变得特别清新。

我们住在呼和浩特铁路一中附近，我记得老康家就在铁路那边。今天早上，路灯还亮着，我一定要带上小哲一起去。我昨天把老康的故事讲给他听了，想在呼和浩特的街头巷子里再感受一下当年的氛围，让小哲体会一下这世间友情的纯粹，就像小孩子啥都不藏着掖着，坦坦荡荡的。

我们直接往北走，果园东路是刚改造不久的大街，街上只有昏黄的路灯。突然，一个骑自行车的中年男人从我们身后快速骑过，他宽阔的背影在路灯下晃来晃去，我忍不住盯着看，想追上去，这也许是我的一种执念。我完全陷入了一种时空错乱的感觉里。

深夜两点，外面零下25摄氏度，老康骑着自行车带着我，在全是平房的胡同里穿来穿去。他送我去呼和浩特火车站，我要去临河（现在的巴彦淖尔市），去临河市人民医院找他的连襟推销蛇胆川贝液。老康的气息在昏黄的路灯下像一团白烟在我脸上飘着，我的手冻得不敢扶自行车，就直接伸进他的口袋里。"我口袋里可没钱啊！"他一边逗我，一边用力蹬车。火车站就在前面了。

那次在老康家拿到黑木耳的钱后的第三天深夜，我在老康家和报社来回跑了两趟，把报社的广告费还清了，还跟社长老周解释了好多遍。当老康听到我做生意亏了钱，还到处借钱的时候，他说："你把货发到临河去吧，找我连襟帮帮忙，看能不能在他们单位卖点。"老康又帮我揽了一桩生意，好像他是我的合伙人似的。其实，那天让我数黑木耳的钱的时候，我拿出一部分递给他，老康瞪了我一眼，说："不缺你那点钱。"他的认真让我很羞愧，我只能用这种简单的商业逻辑来回报他，坚持让他收下。"你要真给我钱，你就放下，以后别来我家了。"这是我听过最实在的拒绝。几天后，当我又听到老康主动帮忙的时候，我觉得他就像个活菩萨，他的善良让我觉得自己特别渺小。

上坡的路，老康晃着身子使劲蹬车，夜晚安静得能听到他用力时的心跳声。要是那时候我相信"缘分"这东西，老康就是在我落魄的时候来救我的"神仙"。

从寒冷的深夜到清凉的夏日凌晨，几十年的时间过去了，这些就像一场梦。后来我和老康失去了联系，不知道他是提前退休了还是换了单位。我写了好几封信寄到《内蒙古信息报》和老康家，都石沉大海，没有回音。没几年，那家报社也没了，我和老康之间的联系就断了，我只剩下深深的怀念。

现在，我凭着记忆在这片高楼大厦的居民区里跑着，当年那些矮房子只在我的脑海里了。跑到车站西路，模糊的画面渐渐清楚了。虽然街面又干净又宽，像阅兵广场似的，但站前路特有的那种热闹劲儿还在街道上空飘着。站前广场还没睡醒，"呼和浩特站"几个字也在朦胧的晨曦里不太清楚。

我已经跑了 7.5 千米了，正对着火车站广场的大道是锡林郭勒北路，前面 2 千米就是新华广场。我不想在站前广场拍照，尽管小哲让我拍几张"呼和浩特的晨光"，用火车站名当背景，可我的心思都在前面的巴彦塔拉饭店上——不知道它还在不在。

锡林郭勒北路在呼和浩特的历史上，不管啥时候都是一条特别气派的迎宾大道。在这条路上跑着，我感觉自己好像融入了内蒙古的政治、文化、经济的氛围里。终于，我看到了"巴彦塔拉饭店"那几个金字，一下子激动起来，就像被春风吹醒的青蛙，差点叫出声来。我停住脚步，像个乡下孩子一样到处看。原来像大蟒蛇一样的大厦，现在被周围的高楼围着，它就像一个经历了很多事的老人，还在和周围的年轻人比谁更有活力。

我走进大堂，直接到前台去问，才知道这座主楼已经改成办公楼和公寓了。我不甘心，又上了八楼，当年老周带着老康到八楼，看到我满屋子的黑木耳，才和我签了广告合同。我站在当年住的楼层，格局还是老样子，就是走廊被铁门锁住了，这里已经变成一家培训公司的办公室了。我下楼走出大门，回头仔细看着"巴彦塔拉饭店"几个字，心里满是惆怅。

小哲看我一步三回头，知道我在怀念过去，他也不催我走。相反，他被我凝重的表情感染了，也学着我看着那金光闪闪的"巴彦塔拉饭店"几个字。

我对呼和浩特的这份感情特别深，每次跑过这些曾经有故事的街道，城市的新样子都会让我有一种完全变了的感觉。那些过去的情感，就像放在了一个念想的博物馆里，我常常会走进这个博物馆，看看自己的内心。

沿着锡林郭勒南路往南跑，我朝着酒店的方向去，那里是我这次跑步的临时终点。13.8 千米，呼和浩特的这份念想暂时结束了，但心里的情感永远不会消失。

2022 年 8 月 1 日于呼和浩特市

直通辽阔的薰衣草园

　　通辽是我计划中必定要跑的一站。去年从新疆回北京路过呼和浩特市时，我没敢再往东北方向继续跑，留下了内蒙古的五个盟市，就像留下了个小尾巴，打算今年来完成。我觉得这样安排还挺合适的。7 月初，妻子一直念叨北京这年太热了，于是内蒙古的呼伦贝尔大草原就成了我心中向往的清凉之地。借着避暑的机会，我想开启结束内蒙古跑的"收尾行动"。

　　7 月 28 日，水哥从江西来北京看我，我问他愿不愿意一起开车去呼伦贝尔，他立马就点头答应了。我和水哥之间的默契就是这样，常常一句话、一个点头就能把事情给定下来。不过，要是谈到价值观和人生观这些大话题，我们就会各说各的，绕来绕去说半天，也很难得到对方的认同。他快 60 岁的时候离了婚，那决定做得特别干脆，就像咬断甘蔗一样——咬断了却不怎么嚼。我认为婚姻就是有合有离，像门一样开开关关，顺逆交替，就像八卦图那样自如。要不是老家几个朋友非让我跟他聊聊，去"管管闲事"，我还真不敢涉足他的这些私事，都不知道该从哪儿说起。

　　前年暑假前夕，我正准备去青藏跑，突然灵机一动，想拉着水哥一起去青藏高原，说不定那里的风能把他对婚姻的想法给吹清醒了。我们一路往西走了 45 天，他既当司机又当监督员，把我照顾得像个专业运动员似的。要是没有他陪着，我肯定没法一口气跑完青藏高原的

所有城市。可是，45天过去后，我想当说客劝他的想法也失败了。其实，"你了解到的不一定是事实，你看到的事实也并非真相"这句话，用在我朋友们对水哥婚姻的了解上再合适不过了。鞋合不合适只有自己知道，我们所知道的水哥婚姻的情况早就不准确了。从青藏回来后，朋友们都问我水哥的婚姻能不能再和好，我笑了，笑得很勉强。如果说前年和水哥去青藏我是想当说客，那么这次我们一起出行就纯粹是游玩了，就想好好感受一下内蒙古大草原的美景。

开了7个多小时车，下午3点终于到了通辽市西郊的一家酒店。用"通"和"辽"这两个字来形容通辽市的大街特别贴切，街道又通又宽，真让我吃惊。我大概看了看，通辽最宽的街道——建设大街，至少得有80米宽，火车站附近最窄的小巷子也有20米宽，这座城市真不愧叫"通辽"。

下午剩下的时间不多了，我决定开车在街上转转。要是通辽就只是街道宽，别的没什么特色，可能会让人觉得有点无聊。可是，等到晚上，城市里的灯光一亮起来，整个城市就像穿上了漂亮衣服，一下子就把那种空旷和平淡给盖住了，我沉浸在青龙山大街的灯光美景里了。

吃晚饭的时候，我喝了半杯啤酒。可能是天热，也可能是水哥有点累了，他不像前年我们去青藏高原的时候那么有精神了。我们在通辽有名的夜市街上找了家东北菜餐馆，要了两个凉菜和三份面条，水哥一口气喝了一瓶啤酒，他就用这办法解乏。我对烟酒一直都比较克制，水哥对此有点不屑。

他对我每天坚持晨跑也不太赞同，常说："乌龟不爬的时候没事，一爬就能爬好久。为啥不安静待着，非要动呢？"他的想法总和我相反。不过，他倒愿意在我晨跑时陪伴，就是在旁边远远看着，一点也不激动。

早上，天刚有点亮，我就从市政府广场出发了。这时候的城市就像草原上没洗脸就出来放羊的姑娘。宽阔的大街上，车和人慢慢多起来，就像一个个小泉眼汇聚成了小溪，我也跟着融入了这股人流里。

　　我住在辽河南岸的新城，可新城没让我有想跑的冲动。街道又宽又直，我感觉自己就像一滴水进了大河，都不知道往哪儿去了。每到一个新地方，我都想好好了解这个城市，至少要去老街小巷走走，和城市的过去见个面，这样才算真正感受了这个城市的前世今生。通辽的过去在哪里呢？我把它和火车站联系起来，决定直接去高铁站（通辽就这一个火车站）。从我住的旅馆到火车站只有 7.5 千米，来回就是15 千米。我叫水哥一起去，他开始不愿意，说跑不动，于是我就说两个人一起出发，他走，我跑，终点都是火车站，看看走和跑有啥不一样。他不太情愿地答应了，还说就这一次，下不为例。我觉得这样争取还挺有意思的，不管他明天还出不出来，今天早上我们一起出门，两双眼睛、两双脚，说不定能发现通辽不一样的地方。

　　到了哲里木大桥的南桥头，我们就开始各走各的了。我很快跑到了大桥中间，水哥还在桥头。哲里木大桥横跨辽河，是连接新城和老城的重要通道。建国路从辽河南岸经过哲里木大桥一直通到老城，能直接到火车站，让通辽的南北两边联系很紧密。我把水哥甩在后面，是想自己好好看看老城的风景。

　　这时候的通辽老城还没完全热闹起来，街上的店基本都关着，就像卸了妆躲进洞房的新娘，只能听到点动静。我每到一个十字路口都忍不住看看两边，总想进小街胡同里找找通辽的烟火气。可是通辽的胡同都特别通透，一眼就能看到头，没什么神秘感，我的好奇心一下子就没了。还是专心跑步吧，建国路的尽头就是火车站，在通辽跑步就像一只蚂蚁在白纸上爬一圈那么简单。

　　等红灯的时候，一个 70 多岁的老人从红胜大街走过来，看他身体不错，应该是晨练的。我喜欢和晨跑或者晨练的人聊天，就凑过去问："请问离火车站还有多远？"我一边跑一边问，想让他知道我是个跑者。老人没停下，就用右手指了指火车站方向，然后从我身边走过去了。我这套近乎的想法失败了，可能是我太着急了。过了十字大街，老人进了一个写着"法官小区"的楼里。那是个五六层的红砖楼小区，看着很普通、很旧，"法官小区"四个字在拱形铁架上也不怎么显眼。

我猜那个老人可能是个退休法官，在法庭上不爱说话，在生活里也是这样。接着，我又看到了"消防小区"，也是那种六层的板楼。我敢肯定那是消防队员的家属区。通辽这种布局和标识让我特别佩服这个城市的实在和直接。我不知道这和"通""辽"的名字有没有关系。

火车站站前广场虽然不大，但是商业广告的风格和通辽人的直爽性格完全不一样，到处都是拐弯抹角的广告语，好像全世界的广告都这样，通辽也不例外。

回程只能走原来的路，因为我得和水哥会合，走老路也是没办法，都怪我一开始没安排好！我本来以为我跑他走，就像汽车和拖拉机，汽车等等，拖拉机就能跟上。这和龟兔赛跑的故事有点像，不过最后是乌龟赢了！

我跑了 10 千米了，还没看到水哥，我以为他这时候应该出现了，因为他只要走 5 千米就行。可这只是我的想法。

建国路已经到了上班高峰期，汽车和电动车把宽阔的大街都塞满了，我只能在人行道上挤着走。我觉得得给水哥打个电话，可是打了也没人接，可能他没带手机或者没听到。快跑到哲里木大桥的时候，还是没看到水哥，我想他可能走了别的路。算了，先回酒店等他吧。

等我跑到哲里木大桥南岸的时候，听到水哥在桥下喊我。他在 100 米外招手，让我下去。那里有一大片薰衣草，看着紫色的花就像喝了一壶米酒，又香又让人陶醉。早上出发的时候也路过这儿，怎么就没发现呢？水哥说我不专心，光想着跑了。他看到河岸边这个薰衣草庄园，就不管我们的约定了。他说我回来还得路过这儿，就当他在这儿等我。这可和我的计划完全不一样。

我跟水哥开玩笑说："花比约定还重要？"意思是他不遵守约定，自己来看花，有点"见色忘友"。水哥也回我一句："正人君子走正道，有色心没色胆。"他这话里有话，只有我能明白。

在辽河岸边，城市的西边，大桥的桥头，有个几百亩的薰衣草庄园，这又让我感受到了通辽人的大气。

我特别想冲进那片薰衣草花海里。可是我不能在这儿待太久，这

VVV
内蒙古篇

321

让我想起有一年我们去法国普罗旺斯，我妻子在薰衣草庄园里逛了一整天，像丢了魂似的，她对薰衣草喜欢得不得了。眼前这片薰衣草，比普罗旺斯的更纯粹、更宽阔、颜色更鲜艳。我没理由把妻子一个人留在旅馆，这是通辽给她的惊喜，也是通辽送给我们的礼物！

这时候，已经有很多游客往薰衣草庄园来了。我们打算吃完早饭，也跟着去凑凑热闹，好好感受一下通辽的这份浪漫。

通辽不仅仅拥有直白和宽广，它还孕育着一个风情万种的未来。

2023 年 7 月 29 日于通辽

红城乌兰浩特

　　一出通辽市区，便是起起伏伏的丘陵草原。我一直向北开，被那满眼的绿色吸引着，被那轻柔的微风推着往前走。大地就像铺上了一层绿色的毡子，我的车在上面自由自在地跑着。那细密嫩绿的草坪一路延伸到乌兰浩特。这个城市和一个叫科右前旗的县城挨得特别近，都分不清界限在哪，我只能靠导航去找兴安盟人民政府。

　　内蒙古的行政区划和别的省级行政区不一样，其中最特别的就是地级行政区叫"盟"。兴安盟虽然名字有点特别，但也是内蒙古的一部分。它在内蒙古的东北部，周围被好多省市围着，正北是内蒙古呼伦贝尔市，东北是黑龙江省，东南是吉林省，正南是内蒙古通辽市，正西是内蒙古锡林郭勒盟，西北还和蒙古的东方省接壤。

　　兴安盟的地势比较简单，西高东低。西边是有名的大兴安岭，越往东地势越低，东边就是东北平原的一部分。至于地名为啥好像没那么浓的内蒙古味儿，是因为兴安这个名字和大兴安岭有关。"兴安"在满语里是"丘陵"的意思。不过，兴安盟的驻地乌兰浩特的地名有很典型的内蒙古特色。乌兰浩特以前叫王爷庙，我本来以为这是成吉思汗的庙，到了乌兰浩特市区，当地人才告诉我，这"王爷"说的是札萨克图旗的王爷，不是"汗王"。我这才明白，这种误解在很多历史上可能也会有。后来，它改名叫乌兰浩特，还是内蒙古自治区的第一个省会呢，1947年就成立了，不过没多久首府就因为各种原因搬走了。在蒙古语里，"乌兰"是红色的意思，所以乌兰浩特就是"红色之城"。

　　兴安盟的首府乌兰浩特市一点都没有大城市的那种架子。我从西往东穿过这个城市的时候，被它的悠闲自在感染了。在这之前虽然阳光特别刺眼，我就像是在金闪闪的聚宝盆里一样，可我一点都没觉得高兴。到市中心的盟府广场之前，我都不知道该在哪停下来歇歇脚，我之前还把这个小城想象成是一个个蒙古包堆起来的，圆圆的顶，圆圆的框，和太阳一样的形状。可眼前全是高楼大厦和时代广场，原来这里也是钢筋水泥的世界。感觉设计者好像是在屋里或者下雨天画的设计图。我当然知道城市不能没有高楼大厦，可要是在方方的楼顶上弄个圆顶，是不是就能让蒙古的民族特色和日月一样闪亮呢？这想法可能有点奇怪。

当雄伟的乌兰牧骑宫金光闪闪地出现在我眼前时，蒙古宫殿的模样，一下子就挡住了我的视线，我突然就对乌兰浩特肃然起敬了。这座乌兰牧骑宫是内蒙古自治区成立 70 周年的时候，乌兰浩特送的礼物，从这里能看出它在内蒙古大草原上有多重要。夕阳快落到草原深处了，乌兰牧骑宫庄严的样子让乌兰浩特多了一份大气。大太阳没那么刺眼了，变得安安静静的，城市上空一下子沉甸甸的，好多凉风吹过来，好像是从周围草原涌过来的。我想，等城市的夜色融进辽阔的草原，这城市得多小啊。所以，不管在哪、什么时候的风景，都不用太放在心上，享受现在才是旅行者该做的。

我们住在五一广场附近的一个酒店，这儿离盟政府广场、火车站、成吉思汗庙、乌兰牧骑宫都差不多 3 千米远。把这几个地方连起来，就是我在乌兰浩特的游玩路线。

早上，天还没大亮我就出去跑步了。虽然看不太清，但我比昨天更清楚该往哪跑了。没人和我抢跑道，我也感受不到比赛的那种紧张。盛夏的乌兰浩特就像一座安安静静的雕像，在这跑步，就像走在夜里的路上，稍微有点动静就能听到自己的心跳。这样的开始特别有吸引力，让我光注意脚下和眼前了。每一步都像踩在大地的穴位上，被吸住了一样，我感觉脚下的街面好像有股气在动，每走一步都被这股气带着。

跑到乌兰浩特市第一中学的大门前，那亮闪闪的大字一下把我前

面的路照亮了，天也完全亮了。我看到两个高中生在学校门口转来转去，他们是来补习的，还是到学校操场晨练的呢？就这一闪而过的瞬间，我后悔没让这两个高中生给我拍一张"跑过乌兰浩特一中"的照片，也没和他们聊几句。跑了两三千米才碰到这两个人，我可不想错过这机会。可等我反应过来，我都离学校大门 100 多米远了。等我再跑回一中大门，那两个高中生已经进学校了，门卫也把大门关上了。

跑到铁西北大路的时候，我已经跑了 4 千米了。除了那两个高中生，我没看到第三个人。这时候太阳升得挺高了，阳光透过稀稀拉拉的树枝照过来，我跑得更热了，出了好多汗。这时候，对面走来一个男的，离着 10 多米就问我："前面有早餐店吗？"听口音像是当地人。我跟他说没看到开着的早点铺。"明明说这儿有个煎饼店呀。"那男的嘟囔着。"那边有吗？"他指着另一条街。我没往那边去，心想他是不是把我当成当地人了！他还想问呢，可我已经从他跟前跑过去了。他好像转身还想问："去看看！"他自己跟自己说话的样子，让我觉得自己就这么跑过去不礼貌，尤其他似乎都把我当邻居了。我又后悔了。

这种后悔的感觉一直到我跑到乌兰浩特火车站都还有。那儿人多了点，可没几个像我这么急急忙忙的。他们的表情好像在说："你太着急了！"

乌兰浩特这个边塞小城又安静又淳朴，安安静静地在边疆待着，看着每天的日出日落、云卷云舒。这儿的人也特别淳朴、热情，脸上透着幸福和满足。这种幸福把这个红城都包围了，我好久都没见过这么真心觉得幸福的人了。在乌兰浩特，这样的人到处都是。

我用 7 分的配速朝着成吉思汗庙慢慢跑，跑完了今天差不多 11 千米的晨跑。跑得这么慢，就是想多感受感受乌兰浩特的安静和直爽。

可能，这就是乌兰浩特的特别之处：它不繁华，但是能让人心里踏实；它不热闹，但是能让人觉得满足。我想，说不定明年我还会来乌兰浩特。到时候，我可能带着不一样的人、不一样的故事来，在这儿放松放松，看看原野，找找属于我的那份安静。

2023 年 7 月 30 日于乌兰浩特市

呼伦贝尔大草原

　　这一站，是我心心念念的呼伦贝尔大草原。虽说我也去过不少别的草原，像坝上草原、高原草原、沙漠草原，可要说纯粹的草原，那还得是呼伦贝尔大草原。

　　当走进这片大草原时，我感觉全身的鸡皮疙瘩都变成了一个个惊叹号：原来，天堂真的是绿色的！这儿没有山林挡着，没有田野把它隔开，更没有钢筋水泥的建筑，只有望不到边的绿草，就像人类还没怎么涉足的原始地方。我沉醉在这儿，不是一时兴起，心里最大的愿望就是能一辈子躺在这片绿草地上。

　　我们一路上被这满眼的绿色弄得晕晕乎乎的，一直到下午6点才到呼伦贝尔河东区。在伊敏河安达大桥桥头堡那儿有个酒店，这酒店就像个不负责的士兵，我怎么叫它都没反应。我想靠近它，却发现它虽然看着近在咫尺，可就是找不到门。这是个典型的大门朝西、被桥头堡堵得死死的酒店。不管是从风水还是交通方便的角度看，这都像是个"没出路"的酒店。我真佩服这酒店老板选地方的胆量。

　　我走到前台，问那个兼着老板的女士："你们家酒店的房间真的都订满了吗？"她没搭理我，左肩膀夹着手机，两只手在电脑上不停地敲。"对不起，您别来了，没房间了，刚才在网上下单的客人已经来了。"她对着手机大声说。手机里的男人急了："我刚才打电话你不是说还有两间房吗？"我听得清清楚楚。"我以为他们不来呢！对不起啊！"

女老板不慌不忙地操作着电脑，然后把手机从肩膀上拿下来，瞅了我一眼说："你要不是在平台上下了单，这会儿哪还有房间。"

"生意这么好，怪不得不在乎大门朝向好不好呢！"我小声嘀咕了一句。她接着说："在呼伦贝尔，一年就做两三个月的生意。"我这才明白为啥房费贵得吓人，原来是市场供求关系决定的。这个只有20多个房间的小旅馆，是我在网上找了好久才找到的一家，价格还勉强能接受。可见，这么热

呼伦贝尔的伊敏河边

的夏天，呼伦贝尔成了好多人避暑游玩的热门地。

来的路上，我为找住的地方急得不行。等安顿好，天都黑了，灯都亮起来了。我本来想去呼伦贝尔古城逛逛，结果看到水哥在前台和女老板聊得正欢。我挺佩服他跟陌生人能马上熟起来的本事，有他在，聊天就不会冷场。我也凑过去听了听，原来是女老板把他房间的空调遥控器拿走了。女老板看他房间没人就关了空调，水哥在外面抽完烟回房间，怎么都找不到遥控器，就到前台来"要说法"。女老板挺客气的，说起自己的难处，说只能靠省水电费才能把酒店维持下去。她说别看今天一间房收好几百块，平均到一年也就一百多块钱一天，因为她家酒店除了6、7、8这3个月，其他时候基本没人来住。"位置不好，又不敢租好点的房子，租金先不说，装修费就是一大笔钱。家里的钱只够供女儿上大学，等女儿大学毕业了再说吧。"这个做事干脆利落的女老板，显然已经把水哥当成朋友了。

水哥拉我到河边走走，他说他是听着《家乡的伊敏河》这首歌长大的，到了伊敏河，怎么能错过它的夜景呢！平时一点都不浪漫的水哥，这时候居然诗意大发。这儿是一大片湿地公园，好像刚建好，沿着伊敏河岸延伸出去。公园里的地灯五颜六色的，照着绿草，也映在河水里，看起来一大片黄晃晃的。只有头顶的夜空蓝得像块墨玉，河两岸的灯光稀稀拉拉的。我们都忘了这是个安静的湿地，公园里一个人都没有。我们这两个大男人，像一对情侣似的并排走着。"那个女人真不容易，离了三次婚，现在一个人带着女儿，"水哥显然被女老板的经历感动了，"这么漂亮的城市也有烦心事。"他还在感叹着。

早上，伊敏河好像睡醒要开始活动了。安静了一晚上，随着阳光照下来，河面上慢慢升起一层雾气，往两岸的城市弥漫开来。这条呼伦贝尔的母亲河，把大草原的养分不停地送给两岸，让城市充满生机。虽然大部分城市都靠着江、河、湖、海，但呼伦贝尔靠着的伊敏河，流的是草原的血液和养分，它承担着这片广袤土地上生态文明发展的重任。我走上安达大桥，朝着海拉尔站的方向跑去。

海拉尔站前广场人特别多，比我之前经过的两座火车站热闹多了。一方面是因为呼伦贝尔市和俄罗斯接壤，地理位置好；另一方面，它是这25万平方千米范围内最大的现代化城市，繁华是自然的。我看着"海拉尔"三个大红字，正想着要不要到广场中间去拍照，突然被人撞了一下。一个小伙子拖着拉杆箱直接撞到我怀里，他好像还没撞够，转了一下，手里那杯奶茶全洒我身上了。这一撞一洒把我弄蒙了，脑子里一下闪过一个疑问："是我的错还是他的错？""你不看路吗？"小伙子理直气壮地问。难道是我刚才光看那几个字，没注意到有人朝我过来？可能真是这样！我这个只看字的人和那个眼里没人的小伙子撞在一起，这事儿就成了"糊涂账"。

我挥了挥手，一边拍掉身上的奶茶，一边示意小伙子走。我都不知道"对不起"这三个字该他说还是我说。

海拉尔火车站广场给了我这么个"意外"，让我就像在草原上摔了一跤，虽然不疼不痒，但印象特别深。这直接影响了我后面的跑步。

我跑到呼伦贝尔古城时，也只是匆匆穿过，没法好好欣赏古城新貌的美。

我回到旅馆的时候，已经 8 点 15 分了。今天才跑了 12.5 千米，却用了两个小时。时间都花在哪儿了？肯定是海拉尔站广场。

我觉得应该到呼伦贝尔大草原深处去好好跑一跑，看看那儿有没有也会撞到我怀里的奶茶。

我们开车一个半小时，到达了草原上的一个景点。那儿的草皮有点发黄，能看出被车马踩轧过的痕迹，不过在这片无边无际的大草原上，天空是完整的圆形，没有高楼大厦破坏它。天边和地平线连在一起，画出一个完美的圆形。

躺在软软的草地上，看着湛蓝的天空，就能体会到古人说的"天圆地方"的感觉。在这片草原上，可以沿着公路开车，就像在美国西部平原上开车一样，感觉能一直开到世界尽头。

在这儿，我能近距离地接触那些悠闲的牛、羊和小马，还能骑着马在草原上尽情跑！我也能像蒙古族人那样祭拜敖包，许个心愿，而且给敖包许愿不用还愿，因为蒙古族人相信长生天一直都在。

在这片大草原上，我深深感受到了大自然的神奇和生命的力量。它好像把我和天地紧紧连在一起，让我体验到一种自由自在、无拘无束的感觉。在这儿，我能忘掉世上的烦心事，感受到生命的意义。

呼伦贝尔大草原不只是一幅漂亮的画，更是一首动人的诗。在这儿，我尽情享受着大自然的魅力和生命的活力。这真是个让人来了就不想走、一直惦记的地方。

2023 年 8 月 2 日于呼伦贝尔市

内蒙古篇

锡林浩特的暴雨

经过两天马不停蹄地赶路，我们终于在 8 月 2 日凌晨 1 点多来到了锡林浩特市。这两天呀，我们一路穿过呼伦贝尔草原和锡林郭勒草原，满眼都是绿，那绿色好像都要渗到心里去了，让人感动得直想掉眼泪。太阳也特别厉害，一点儿都不藏着掖着，火辣辣的阳光直直地照到皮肤上，好像能穿透到肌肤底层似的。

昨天清晨，我们从满洲里出发，一直到晚上 9 点 30 分才赶到霍林郭勒市，这一天就开了整整 700 千米呢。今天又接着开了 6 个小时，才抵达锡林郭勒盟锡林浩特市。

原本我想着锡林浩特就是个小城，毕竟它是县级市，市区人口也就 35 万嘛。可等进了市区，我发现自己想错了。这座小城大大方方地铺展在锡林郭勒草原的正中间，东西方向起码得有 10 千米长，南北方向横跨过去也至少有六七千米呢。我站在贝子庙后面的公园，往四周望了望，心里十分震撼。

更让我没想到的是锡林浩特的雨。到酒店办好入住手续，都已经是下午 2 点了，这时候想找个吃饭的地儿可太难了，好多饭店要么关门，要么菜都卖光了。我们可不想随便吃点方便面对付对付，就在网上到处找，还真发现了一家评分挺高的网红餐厅。我们就决定去那儿，好不容易找着个停车的地方，导航显示离那网红店就 100 米远了。可刚停好车，外面的雨就毫无预兆地下起来了，而且下得特别大，一下

子就把我们困在车里，足有 10 分钟呢。我看着车窗外的街道，雨中的那些店铺模模糊糊的，看着都没什么精神。我心里还琢磨呢，内蒙古的雨也能下这么大呀？这雨下得太猛了，就好像头顶的天都被捅破了似的，真有蒙古汉子那股子威猛劲儿。

雨稍微小点了，我这肚子早就饿得咕咕叫了，实在不能再在车里耗着了。远远瞅见那家网红店的招牌，我想着冲过去顶多就是淋个头呗。哪知道一打开车门，那雨就跟一盆水似的，从头到脚给我浇了个透。我身子晃了一下，想再回车里已经来不及了，那风和雨好像把车门给紧紧吸住了一样。没办法，我只能朝着饭馆大门冲过去了。就这几十米的距离，我就被淋得浑身湿透，感觉就像刚从大海里游了一圈回来似的。

锡林浩特这场雨，下得猛，停得也突然，说停就停了，一下子天就晴了，就好像天它又在冲我们笑呢。我浑身湿漉漉地进了饭馆，妻子还笑话我，说我太心急了，都等了那么久，最后两分钟却等不了。我听了这话，心里还琢磨呢，我喜欢跑步是不是跟我这急性子有关系呀？要是天天练太极拳，我能不能也练出个名堂来呢？这还真是个挺有意思的事儿，也算是对我的一种考验吧。

不过这场雨可没把我的食欲给浇没，反而让我更期待这家店的菜了。等菜一端上来，那色泽看着就让人觉得心里暖和，味道是微微辣，还特别鲜香，挺适合南方人的口味，分量又跟北方菜一样足。我们十分满足。尤其是送的那一碟花生米和一碟萝卜干，真是太贴心了，正好当个开胃菜。就因为这虽然不起眼但很贴心的服务，来这儿吃饭的客人可多了。锡林浩特的这份温柔，就像春天的风一样，吹到有心人身上，让人感觉特别温暖。

那暴雨就跟突然打了个喷嚏似的，来得快去得也快。下午的阳光一下子就变得特别灿烂，照得人精神十足的，感觉锡林浩特把它最拿得出手的景点都摆出来给我们看了。我站在额尔敦敖包公园的最高处，俯瞰锡林浩特市区，这可比在手机地图上看全市的风景清楚多了，我心里也更有数了。我就开始盘算明天早上跑步的路线，指着几处高楼

雨后伫立在锡林浩特
广场中央

和大桥，想着把它们串成一条线，让我在这留下跑步的脚印。这还有点像是在指点江山，可能这就是我当初出来跑步时的那股子心气儿吧。跑了这么多城市之后，那种想在每个地方都"跑马圈地"的豪情已经淡了些，现在好像跑习惯了，非得每天换个新地方跑，才觉得有意思，才有跑步的那股氛围呢。

　　回到贝子庙广场的时候，我看见一个四五岁的小男孩正撒欢跑着呢，结果不小心绊了一跤，摔倒在我脚边。这时候传来"别跑！别跑"的声音，原来是一位30多岁的女士推着儿童车快步走过来了，儿童车上还坐着个一岁多的小婴儿呢。那女士推儿童车的动作可麻利了，就跟推滑板车似的。我看着小男孩倒在地上没起来的意思，心里还犯嘀咕，怕女士以为是我把她孩子绊倒的。不过也顾不上想那么多了，先把孩子扶起来再说呗。这时候，女士的儿童车都顶到我脚背上了，我赶紧抱起小男孩，结果小男孩又想跑，被女士一把给抓住了。"快谢谢叔叔！"女士让小男孩谢我，脸上满是无奈的样子。"他就从来不好好走路，

锡林浩特大桥

就爱瞎跑。"这小男孩可太淘气了，把这位女士折腾得够呛，看着都挺累的。我的心情一下子就变好了，一方面是有人让个四五岁的孩子管我叫叔叔，心里挺高兴的；另一方面呢，我看着这小男孩跑那么快，心想这孩子说不定还真有跑步的天赋。"这孩子跑得可真快呀！"我夸了夸孩子，也是想谢谢女士没因为这事儿怪我。"家里都成他的跑道了！一岁不到学会走路就开始跑了。"女士又无奈又有点自豪地说，"每天下午带他来广场，就跟放风筝似的，根本管不住。"

"小朋友，叔叔教你跑步，好不好呀？"我厚着脸皮，尽量把"叔叔"这俩字说得特别亲切，就盼着他别排斥我。我还做出要牵着他跑的样子，就跟我每天早上从旅馆冲出来，跑到街上去的姿势差不多。好在这是在空旷的大广场上，周围有闲逛的人、跳舞的人，还有望着天空发呆的人。他们都能证明，大白天的，在这么多人面前，我这个陌生的"叔叔"可没什么坏心思呀，我心里这么想着。

可没想到，女士盯着我看了一眼，然后赶紧用右手拉住她那四五岁的儿子，左手推着儿童车，转身就走了，走得还挺快。我这冒冒失失的一句话、一个动作，让她有了防备心，想想还挺遗憾的。防备心可能就是人的一种本能吧，天生就带着。

看着女士拉着两个孩子离开的背影，我突然觉得自己以前把跑步单纯看成健身，这想法也太简单了。

虽然我本来都把在锡林浩特的晨跑路线记得清清楚楚的了，打算穿过锡林浩特大桥，沿着锡林大道跑，经过锡林浩特市一中、汽车站、贝子庙广场、滨河路，这么跑一圈估计有 12 千米，跑完就算完成我在锡林浩特的跑步计划了。可早上起床后，我又改主意了，决定就沿着锡林大道跑。那条大街笔直横穿整个锡林浩特市，全长有 15 千米。

我花了 1 小时 12 分，配速 5.5 分，跑完了这 15 千米，这可是我近半年来跑得最快的一次了。跑的时候感觉就像是在发泄什么似的，可又说不清楚到底要发泄啥。跑完我累得够呛，似乎被它的"实力"给教训了一顿。我累得站在空旷的锡林大道尽头，愣在那儿。也许，得多被暴雨淋几次，才能更真切地明白生活的那些道理。

在草原的辽阔怀抱中，
锡林浩特，你散发着古老的韵味与深深的魅力。
贝子庙，作为历史的见证者，
矗立于城市的心脏地带，
岁月轻轻梳理着你的故事，
每一篇章都充满历史的沉淀。

贝子庙的殿宇，古老而庄严，
宛如草原上的明珠，文化的瑰宝熠熠生辉。
每一砖每一瓦，都诉说着岁月的沧桑，
每一雕每一刻，都闪烁着智慧的光芒，
彰显着古代工匠的精湛技艺。

锡林郭勒草原，你的怀抱宽广而温暖，
碧绿的色彩为城市增添了勃勃生机。
你的美丽，是自然与文明的完美交融，
你的魅力，是古老与现代共舞的和谐篇章。

城市的繁华与草原的宁静形成鲜明对比，
宛如一幅生动的画卷，缓缓展开，
展示着锡林浩特的独特魅力与风采。
草原的风，轻轻吹过城市的每个角落，
带着古老的信息，也带着未来的希望，
诉说着这片土地的传奇与梦想。

锡林浩特，你是草原的骄子，
古老与现代的交融让人赞叹不已。
你的风光如诗如画、如梦如幻，
让人流连忘返、心醉神迷。
在你的怀抱中，我感受到了历史的厚重与深邃，
在你的风景里，我领略到了自然的美丽与神奇。

锡林浩特，你的故事将被永远传唱，
你的风光将被永远赞美，
因为你是这片草原上最璀璨的明珠，
永远闪耀着独特的光芒与魅力。

2023 年 8 月 3 日于锡林浩特市

∨∨∨ 内蒙古篇

红山在赤峰

我爱赤峰，我爱红山

到赤峰市三道街的时候，已经是下午4点了。赤峰给我的第一感觉就是热闹里透着点浮躁。丁字形的阴河就像被钉在城市中间一样，和英金河正好形成个"T"形。虽然河道不宽，但让人觉得交通似乎不太方便，这两条河好像都是从红山脚下流出来的。赤峰这天特别热，人们好像都躲屋里去了，街上没多少行人，只有汽车在路上飞快地跑，看着都让人害怕，连街道都被震得热烘烘的。我没心思逛街，连对出去吃饭都没有兴趣，干脆就在房间里叫了外卖。

傍晚的时候，我开车去了红山公园。夕阳照在红山的山棱上，那鲜红的山崖可太吸引人了。公园里一个人都没有，我就像在找一串丢了的钥匙似的，在草地里、花丛中、青石板路上到处看。可是在地上根本看不到远处那红色，我只能着急地把目光投向前面那座让人向往的山峰。红山，在蒙古语里叫乌兰哈达，就是红色山峰的意思。深厚的文化和辉煌的文明在此处交汇融合。这座山就像一团烧得正旺的火，高高地立在眼前，又鲜艳、又雄伟、又傲气！在夕阳下面，它就像舞

台上的聚光灯，那赭红的颜色把周围的东西都比下去了。我觉得，不管谁第一次看到这座山，都会像我一样忍不住说："真好看！真红啊！这就是红山，名不虚传的红山！"

可能是因为它颜色像火一样红，让人想到打扮得漂漂亮亮的姑娘，红山以前也叫九女山。传说在很久很久以前，有九个仙女犯了天规，西王母很生气，要惩罚她们。仙女们一慌，把胭脂盒打翻了，胭脂洒到人间，就变成了九座红色的山峰，这就是红山的来历。

红山遗址博物馆里介绍说，红山是 1 亿多年前地壳变动的时候，地下喷发的火山熔岩凝固成的山脉。站在红山的山顶上，我好像能回到 6 千年前，看到那时候文明刚刚开始的样子。这片神奇的土地里还有好多秘密等着我们去发现呢。

昨天在那儿找东西，其实是想找一块红山玉石。我在这片神奇的地方，总觉得随便一捡就能捡到一块玉石。这也是我把赤峰当成内蒙古最后一站的原因，我还想着能带着红山玉石回去呢。这想法有点像做梦！可是文化这东西，太容易得到了就不珍惜，甚至随便浪费。回到酒店，我在空调屋里躺着，还可惜没找到一块红山石头。

我一晚上做梦都在找红色的石头，结果比平常早醒了 20 分钟。我是被酒店外面的声音吵醒的，打开窗户一看，原来是一所学校的体育场，环形跑道上跑步的人一波接着一波，那场面就像跑马拉松似的。我一看到有人跑步就兴奋，赶紧起床。

我从酒店大门出去，跑到凉爽的街上，开始晨跑。跑了 2 千米后，我发现街上没别的晨跑的人，兴奋劲一下子就没了。赤峰这城市可真贴心，把市民都集中到操场上锻炼，又安全又专业。好多城市都把学校当成禁地，和外面隔开，哪会开放体育场啊。

我从三道街直接往红山公园跑，去看早上的红山。和昨天一样，红山安安静静的，好像在吸收空中的灵气，给城市积攒能量。红山不说话，只要它一发光，赤峰就好像进入文明的世界，到处都光彩照人。今天早上我又跑到红山，踩着一点红霞，走进它几千年的"磁场"，这时候跑步都好像变成了一件能流传很久的事。你说这样到处跑是不是很有意思？

　　我接着往赤峰火车站跑去。从红山公园到火车站，这 10 千米的路差不多把半个赤峰都绕了一圈。热闹的火车站广场把我眼里的赭红都变成了一碗猪肝汤。广场右前方的美食街上，正有人在喝猪肝汤，把它当早餐。摊主挺热情的，客人问："北方人不是不吃猪肝汤吗？"摊主只是笑着不说话。靠卖这个能挣钱吗？这摊主可真奇怪。我也挺好奇的，那猪肝汤闻着太香了，我就停下来喝了一碗赤峰的猪肝汤。

　　我在赤峰街上边跑边逛，没记住街上有啥风景，也没被那些新奇的东西影响，我对赤峰的印象就停留在红山的壮观和它那耀眼的红色上。

游赤峰街头

红山脚下水潺潺，火车站前人潮翻。
七千文化沉淀久，古老战士立岁间。
兴衰见证岩石记，歌谣轻唱史留痕。
悲欢离合水声诉，现代符号站前繁。
桥梁连接过与未，人潮吞吐活力显。
街头游跑感底色，千年文明力推前。
红山古老藏力量，河水柔弱歌声延。
火车站繁见未来，深爱此城诗赞传。
愿君闻此知赤峰，美丽城市魅力展。
古老柔弱与未来，共绘赤峰新篇章。

　　带着这首诗，我们离开了赤峰，直接回家。

2023 年 8 月 4 日上午于赤峰

福建篇

福满巷坊

福州的冬天，太阳明晃晃的，树叶硬挺挺的，街头湿漉漉的。我这时候从北方跑到南方来，一是想暖和暖和，二是为了在大地上好好跑跑步，实实在在地把跑步坚持下去。

这是我第一次来福州，以前虽然在福建沿海的不少城乡都跑过，但一直没机会来福州，我还以为自己没福气，和"福"字不沾边呢。所以这次来福建跑步，就先到福州，想把以前错过的福分找回来。

今天正好是大雪节气，北京冷飕飕的，虽然没下雪，但寒气逼人，可福州这边却是阳光灿烂，暖和得像春天。二十四节气里对大雪的描述，在福州好像不太适用。在福州，大雪节气有另外一种"雪"的意思。我觉得福州有它自己的一套规律，也有它繁荣发展的底气，这说不定就是福州从明朝开始就一直是福建省会的原因之一。福州的人文和历史都刻在闽江和福山（福州有座山叫福山）这片土地上，世世代代在这儿生活的人，都习惯了大雪节气的时候阳光明媚、微风轻吹。

在这个大雪节气来到福州，我第一感觉就是特别舒服，就像阳春三月那么暖和。我住在市中心的五四路，这儿有省会城市该有的那种庄重、沉稳和大气，附近有商业中心、省立医院、市第一中学，政府机关也很多。虽然城市在不断扩大，资源会被分散，但这儿还是福州的核心地带。我把跑步的路线定在这儿，挺合适的。

老胡来看我，让我在福州的跑步之旅多了不少乐趣。老胡是我老乡，我们是在北京认识的。十多年前，他是一个县招商办的副主任，却经常在北京待着。我不知道他招商的成绩咋样，但他在北京的人脉可广了。我跟他在一起的时候，老觉得不好意思，他夸人的话能让你当真！他看了我写的《未医学的崛起》后，每次有饭局都叫上我，还一个劲儿地夸我，我去了两三次就不敢去了，怕真被人当成"大师"。后来老胡提前退休了，前几年到福州给女儿带孩子。他每到五一、十一、元旦、清明这些节假日前后，就给我发信息，让我来福州，我一次次让他失望，到后来都不敢回他微信了，怕他觉得我这人不讲信用。这次来福建是临时起意，和他没关系，但我一到福州就告诉他了，就像还他个人情似的。

　　老胡比我小1岁，个头和我差不多，身体很结实。他当过兵，体力自然不错。他跟我说，他16岁就来福州当兵，一直当到38岁。从连队指导员转业后，在地方上不太顺利。那时候招商是个大事，他就申请到北京去，在北京待了10年。50岁的时候，地方领导让他提前内退，他就又回福州了。这些是老胡这次当面跟我讲的。我看他和10年前没多大变化，皮肤和头发这两个能看出年龄的地方，看着比同龄人年轻5岁，就是说话比以前慢了点。福州对老胡挺好的，让他还是那么精神，我都有点羡慕了。

　　老胡跟我说，福州有两个好：比老家空气好，比北京生态好，所以在这儿过得很舒服！他这是用幽默来回应我对他的羡慕。我说那是"三好"。

　　"你这样到处跑就是为了实践未医学的理念？"他又提起10年前的话题。我跟他说，我跑步没什么功利目的，就是单纯喜欢跑，就像美食家想尝遍天下美食一样。他想的比我还深。

　　老胡建议我们去附近的三坊七巷逛逛，感受一下福州的巷坊文化。我们从东街走过去，没多远就到了。东街是福州老城区的主干道，教育、文化、医疗这些重要机构都在这儿。正好是下班高峰期，一辆辆电动自行车从我们身边开过，大街上的小汽车和公交车都在红灯前规规矩矩地等着。人行道上的人走得急，但不慌张。这些来来往往的车和人，和晚霞融在一起，慢慢被夜色笼罩。在热闹的大街上能这么

平静不容易。车和人都很自觉地不吵闹，城市的氛围就很安静。不只是表面安静，连空气里都透着沉稳。走在福州繁华的街上，就像在林间小道散步，凉风吹着，心里很踏实。

不知不觉，我们就到了"南后街"牌坊前，就像老胡说的那样。这片街区是福州保存得很好的巷弄和街坊，也是个网红打卡地。来这儿的外地游客好像也被这儿的氛围感染了，都安安静静地拍照，不紧不慢地吃东西。就连那些平时很兴奋的主播，也压低声音对着镜头小声说话，好像在三坊七巷里，什么都得慢慢体会，不能大声嚷嚷。

"福州的福是从巷坊里来的，你看这巷弄弯弯曲曲的，很安静；街坊们都很勤劳，干净得都不用打扫。"老胡开始给我讲福州的巷坊文化。他把自己当成老福州了，在他眼里，福州不仅有文化，还很有哲理。

老胡提议去一家酒楼吃大餐，我就调侃他："多没品位啊，福州的美食家也有没办法的时候！给我来点地道的小吃吧。"我的意思是让他带我去吃特色小吃。老胡嘿嘿笑了笑，有点不自在，好像被我说中了弱点。他这人大大咧咧的，就怕别人说他俗气。后来他在官巷找了一家鱼丸铺子，一边说着"将就一下吧"，一边熟练地要了几个小吃。

福州的鱼丸很有名，味道不用我多说。口感有弹性又不黏牙，细腻又柔软，特别是鱼丸里的肉馅，咬一口就滑进喉咙，都不用嚼。这都不算啥，在这深巷里，喝着热乎乎的鱼丸汤，都能听到自己咽口水的声音。这不仅是口福，还让人感受到一种平静的生活气息。住在这儿的人就像被负氧离子包围着。

晚上大概 10 点回到酒店，酒店里安静得超出我想象。我问前台是不是没几个客人住，前台小姑娘轻声细语地说"都住满了"，她的语气让我没法怀疑。不过这样我也放心了，晚上能睡个好觉。在热闹的市区能这么安静，这大概就是福州的福气吧！

老胡主动说要陪我跑步，还想跟我比速度。他这是在激我呢，以为我会上当。我没同意，因为他女儿家在台江区，离我住的酒店至少有 30 千米，就算我们各跑 15 千米，刚见面又得分开跑。我说："你好好陪外孙吧，把清晨的巷坊留给我一个人去探索。我也想感受不一样的福州，不能光听你说呀。"把老胡送到地铁站后，我和爱人就回酒店了。

福州巷坊是个历史悠久、文化底蕴深厚的地方，有它独特的巷坊文化。这种文化就像个活了千年的老人，满身都是岁月的故事和历史的痕迹。

早上，我在福州的小巷里跑来跑去。那些老房子的每一块砖、每一片瓦都好像在讲过去的事。这儿的巷子不宽，但四通八达，像一张密密麻麻的蜘蛛网，在里面容易迷路，但也很有趣。

巷子里的老人坐在门口的竹椅上，喝茶下棋，眼睛半闭着，享受着平静的生活。他们脸上有岁月的皱纹，但眼神很坚定，好像在说："这就是我们的生活，这就是我们的福州。"

福州的街头巷尾总有各种香味。那些好吃的福州小吃，每种都有自己的故事。比如福州鱼丸，是一位热情的老板娘用心做出来的。她用新鲜鱼肉手工打制鱼丸，每一颗都饱含她的心意。咬一口鱼丸，鲜美的味道在嘴里散开，我们能由此感受到她的用心。

这个早上，我跑了21条巷子，像七拐弯巷、南宫巷、横锦巷、花巷、石井巷、织缎巷等等。这些巷子没有一条直路，就像它们的名字一样，弯弯曲曲。但每条巷坊里都是充满生活气息的小世界。我就像个早起的环卫工人，用脚步把各家各户门前的冷清都"清扫"了一遍。

福州的巷坊像个慈祥的母亲，用自己的方式守护着这座城市，用手艺和热情让城市充满生活味。它是福州的灵魂，也是福州人的依靠。

福州的巷坊是个宝藏，等着我们去发现、去欣赏。它是珍贵的遗产，也是福州人的骄傲。福州的福就是从巷坊里散发出来的，在安静舒适的日子里弥漫，让城市更有魅力。

2023 年 12 月 8 日于福州

夜逛福州三坊七巷

山海交融跑宁德

　　宁德市在福建省东北翼沿海，这可是块超棒的风水宝地。它靠着山挨着海，就像一艘超级大轮船，在闽东这片富饶的土地上特别耀眼。

　　闽东的山水就跟一幅超美的泼墨山水画似的，宁德市呢，就像是画中最灵动的那一抹亮色，让人看都看不够。

　　说起来，宁德市就像一首流传了千年的山歌。这儿的人特别淳朴热情，他们的笑容就跟闽东的阳光一样，又暖又亮。在这片土地上生活的人们，靠着自己的勤劳和智慧，给这儿增添了独特的乡土味道。品一品闽东的茶，刚喝的时候就觉得清新爽口，细细品咂则能感受到岁月留下的深深痕迹，以及那浓浓的乡土情。

　　可别忘了，宁德市还是一本超厚的历史书，每一页都写满了故事。这儿的风土人情、地理位置都让宁德市魅力无限。不管是想去海边凑凑热闹，还是想尝尝闽东的茶香，宁德市都能让你满意。

　　我又来到宁德了，这次就想痛痛快快地跑一跑。早在20年前，我就对宁德人有一种特别的好感。他们就像一尊尊石雕，静静地立在福建的东北角，和外面世界的喧闹保持着刚刚好的距离。他们在活力满满的城市里，过着质朴又真实的生活，就像海边的礁石，稳稳当当又让人觉得温暖。

　　他们的生活节奏不快不慢，特别自在。早上，宁德人喜欢在海边散散步，感受海风轻轻吹过，那种清醒又宁静的感觉特别棒。他们的

早餐简简单单却很好吃，通常就是一碗热乎乎的米粥，配上一碟新鲜的咸菜。

宁德人的性格就像海浪，表面看着平静，其实内里充满力量。他们热情好客，有空的时候就喜欢和朋友一起喝茶聊天。他们很看重家庭，对家人的爱特别深。虽然生活简简单单，但他们过得特别开心满足。他们每天的作息也很有规律。早早起床开始干活，中午回家吃一顿丰盛的家常菜，下午稍微休息一下，然后在太阳落山前，再到海边走走，看看美丽的日落。

宁德人的生活就像一首优美的诗，虽然平平淡淡，但每一刻都充满了生活的味道。他们懂得享受生活，也懂得欣赏生活里的美好。他们的生活虽然简单，可快乐和满足一点都不少。这就是宁德人，他们是生活里的艺术家，是生活里的诗人。

现在的宁德人还是老样子。我有20年没来宁德了，现在的宁德估计街道多得像蜘蛛网，高楼大厦也到处都是，说不定连山头都被开发了呢？一下高速，那些高楼大厦就像大山一样压过来，我都记不得20年前这儿啥样了。现在的宁德，也就山和海的位置没变，其他的都让人眼前一亮。

李月给我发了她店里的位置，让我先去她店里喝茶，然后再去酒店。2008年的时候，我在马莲道茶城认识了李月。当时我想做一款养生茶，在茶城逛了好几天。在李月的店里，我喝了她给我泡的几壶茶后，就决定跟她合作。她的茶有一股特别的麻苦味，正好和我要开发的养生茶对上了。她说这是她的祖传秘方，我就信了。那时候她才30岁，泡茶的手艺那叫一个厉害，让人看得眼花缭乱。她想教我，我可不想学。不过后来她想跟我学艾灸，就这样，我们在茶和艾灸里找到了共同话题。有时候她展开的话题能让我想半天。李月是个聪明的女人，还有着一股特别坚定的劲儿。在她的世界里，好像除了茶，其他的都是陪衬。

那年北京疏解非首都功能，她店铺所在的马连道茶城要往河北搬，她儿子在北京也上不了初中，于是她就回了老家宁德。这次是我主动跟她说我要来宁德的。

宁德屏南四坪村的柿子红了

她的茶铺在侨兴路。还没到地方，我就远远看见了"李月茶艾馆"的招牌，李月在门口东张西望，肯定是在等我。我走进她那大概200平方米的茶馆，首先闻到的是一股艾香，茶的香味好像被艾香轻轻地裹住了。我不知道李月又搞出了什么新花样，这个只知道闷头做事的女人不光爱思考，还是个行动派，经常能给人带来惊喜。

果然，她把茶馆弄成了艾灸和喝茶一体的养生馆。来做艾灸调理的客人，她都会精心准备几款养生茶给他们尝尝；来买茶喝茶的茶客，她肯定会亲自给他们做肩、颈、背的艾灸。品茶的时候，袅袅的艾烟在茶香里飘来飘去，钻进皮肤里，带着茶的香味滋养着五脏六腑。这就是李月的本事，她说茶叶市场竞争太激烈，想用中医文化给茶叶市场加点新东西。没错，这看起来是跨界，其实是在给茶叶市场创新呢。李月跟我说，她的连锁店都开了六家，三明、龙岩、厦门都有分店，她甚至还想回北京再开分店。我们就在茶香和艾香里聊着天，不知不觉都过了吃饭的时间。她笑着说："好在宁德的夜宵就是晚餐。"意思是宁德的晚餐啥时候吃都行，她可没有慢待我。

宁德人起得早，不到6点我就在东湖路的人行道上活动活动筋骨，做做跑步前的拉伸和热身。街上已经有几个老人结伴在散步了，也有年轻人骑着自行车目标明确地在路上跑着。可能勤劳的城市都有一种劲头——有着使不完的劲儿，永远停不下来。

我跟李月约好早上7点钟在塔山公园正门见面，她家离那儿近，她帮我拍点视频，就算完成"接待"我的任务了。我不需要她带路、陪跑，想给她留点自己的时间，也给自己腾出点跑步的空间，让自己的脚在宁德好好撒欢儿。宁德人有在家做早餐的习惯，她儿子今年高三，她每天早起给儿子和老公做好早餐，然后出去跳跳早操，接着就去店里，这是她上午固定的安排。为了给我拍视频，她今天把早餐的活儿交给了她老公。她很准时地出现在公园门口，一见面就跟我说，今天早上8点宁德有一场马拉松比赛！她特别兴奋，我听了也觉得挺幸运的。"你怎么没报名参加？"她还以为我是跑马拉松的专业选手呢！我跟她说，一是这次来宁德主要是为了见她，二是真不知道有这个比赛，就是碰巧赶上了，心情当然不一样。这几年，中国好多城市都流行办马拉松比赛，真的让以前欧美人才玩的马拉松运动，在各个城市都流行起来了。近10年，市民们的心肺功能和肌肉耐力都提高了不少，这都多亏长跑运动越来越火。我在跑遍中国的路上，在西安、曲阜碰到马拉松比赛都是意外之喜，今天在宁德又赶上一场，这可算是最好的待遇了。

　　我直奔宁德市体育中心，这儿已经开始戒严了，乌泱泱的人群里，穿着天蓝色T恤衫的选手都准备好了，就等着枪响开跑。我突然觉得自己好像也是他们中的一员，因为我穿的短袖T恤颜色和那些马拉松选手的上衣一模一样，一点色差都没有。我赶紧把黑色的长袖运动服脱了（出门的时候怕凉穿了件外衣），一下子就像个冒牌选手。我肯定进不了起跑线，但是就算在外面看着，也特别兴奋，心里直痒痒。我这股子热情就像个冲动的小年轻，被这浩浩荡荡的马拉松大军撩拨起来了。虽然这场写着"宁德时代·2023宁德马拉松"的比赛我参加不了，但我从这氛围里得到了不少快乐，也给我的"宁德跑"画上了一个很有意义的标记。

　　我又回到昨天晚上想好的跑步计划：从山边往海边跑。这是这座城市给我的灵感。就像昨天和李月讨论的：宁德是山城，还是临海城市？我说它是山城，因为三面环山，暖和、安逸，还很内向。海城是有向外扩展的感觉，宁德可内敛了。李月不同意我这随便说说的看法，她说：宁德是山海交融的大气城市！

宁德市实验学校的大门前，有一条弯弯曲曲的路，我觉得这是市区最靠山的路了。它沿着闽东路中路朝着大海的方向延伸，就像一条巨龙在山海之间飞腾。我就像个从山上下来的小和尚，揣着出海的决心，踏上这条路就往前冲。

在这条路上，我能感受到生命的跳动和自然的节奏。沿途好多路段都成了马拉松比赛的赛道，选手们跑得满头大汗，拼命往前冲。可因为道路封闭，我只能临时换条路跑。但这没让我灰心，反而让我更有决心了。

"向山而行，向海而生"，这就是我今天跑步的口号。我把跑步当成一件特别庄重的事，就像在进行一场神圣的仪式。在这个过程中，我感受到了生命的珍贵和自我挑战的乐趣。

山和海，就像茶和艾，一阴一阳，相互平衡。艾灸像山一样稳稳当当，给人踏实的感觉；茶就像海一样波澜起伏，让人感受到生命的变化。这是阴阳的和谐，也是文化的力量。在宁德这片土地上，人们就在这山海交融里，实现了阴阳互动，一起创造了繁荣的景象。

现在的宁德，就是这样一个活力满满又魅力无限的城市。它有优越的自然环境，山和海相互映衬，就像一幅美丽的画。这儿的人们也有坚定的信念和决心，一直追求进步和发展。我相信，以后宁德肯定会更繁荣，成为一个超级棒的城市。

2023 年 12 月 10 日于宁德

与"宁马"同框

武夷山上望南平

南平，这地方可不得了，北边有北平那样响亮的名字，南边的它则靠着巍峨的武夷山，稳稳地矗立在闽北。它处在闽、浙、赣三省交界的地方，是闽北的关键门户。南平的地形很有代表性，把我国南方"八山一水一分田"的特点展现得淋漓尽致，到处都是丘陵和山地。这儿交通特别方便，铁路、国道、省道、水路都在这儿汇聚，是福建的水陆交通枢纽。南平作为千年古城，一直都很热闹繁华，以前还有"小香港"的称号呢。它的夜景更是出名，大家都爱说"夜看南平"。市区对岸高高的九峰山，那可是观赏延平夜景的绝佳地点。

南平下面管着延平区、建阳区这些地方。我十多年前就到过延平区，当时因为南孚电池的一个项目在那儿待了好几天，所以我对延平城区印象特别深。

延平在闽中谷地的最低处，它三面都被山围着，是闽江河水长时间侵蚀形成的河谷的深处，也是去福建东南沿海的天然通道。城市主要集中在闽江沿岸，江滨带状公园和九峰索桥一横一纵的地方，就是城市的核心区域。虽说这几年上下游建了好多桥，但市区最热闹的地方还是以索桥为中心的江滨一带。

我到延平的时候都傍晚6点了，这个时间正好在市区里溜达溜达，看看夜景。闽江两岸到处都是灯火通明的，江滨公园这边的主城区尤其热闹。跳广场舞的一群一群的，江边的游乐场也是光彩夺目。

九峰索桥上人挤人，有散步的、闲聊的、摆摊的、唱歌的，十分热闹。唱歌的尤其热闹，《爱拼才会赢》这首歌一直在广场上空响着。这些五六十岁的大叔都是"拼搏"的受益者，退休了还在回味拼搏的日子。看来福建人天生就有一股拼劲。在滔滔江水上面，这么多人聚在一起，这种景象在别的地方可不多见。对岸九峰山公园的灯光像条长龙一样，一直延伸上去。城头、桥上、山顶的灯光映在闽江的碧波里，五颜六色的，特别好看。"夜看南平"，真不是白叫的。

九峰索桥肯定是延平的标志性建筑，不管白天还是晚上，它都是市区里人气最旺的地方。我穿过索桥去爬九峰山的时候，发现索桥桥面上也是人来人往的。自发形成的夜市把整座桥都占满了，卖土特产、服装鞋帽的小摊小贩在那讨价还价，人多得像水流一样，热闹非凡。站在桥上，脚底下是深深的闽江水流，索桥就像在空中的集市一样，清风吹拂，这种感觉在别的地方可找不到。

从九峰山往城区看，江水碧波荡漾，桥梁把两岸连接起来，桥上的车辆来来往往，对岸的楼台高低错落，排列得整整齐齐。这里四周都被山环绕着，就像一幅画一样，蓝天碧水，青山绿树，一片宁静祥和的景象。

这个季节，闽江里没有游泳的人，但是江面上有很多船在慢悠悠地漂着。公园的树荫下，有人在唱歌跳舞，还有几个老人在闲聊。延平的街头巷尾，看起来就像那种曾经辉煌过，现在有点平淡的老城区，有那么点从容自在，有那么点悠闲，也有一点过去辉煌留下的痕迹。这一切就像深情的闽江水一样，不舍昼夜。

南平的风景好得没话说，有山有水还有文化。这儿不仅地理位置重要，自然环境也特别美。

我都痛痛快快玩了一圈了，连第二天早上跑步的路线都想好了，可到酒店登记的时候，前台那个笑眯眯的女士给我弄出了个小意外。她很快就给我办好了入住手续，然后不停地跟我说怎么在网络平台给她好评。我随口问了一句："市政府离这儿有多远？"她马上就回答："一百多千米呢。"我看了她一眼，心想这肯定不对啊，哪有市政府离市区这么远的？于是我有点怀疑地又问了一遍："到底多少千米？"我的语气让前台服务员有点紧张，生怕我不给好评了。

说实话，来南平之前我啥攻略都没做，很多判断都是靠以前的经验。前台那么肯定的语气让我很懊恼，我马上用高德地图查了一下路线，结果一看就傻了眼。原来南平市政府已经搬到建阳区了，延平区到建阳区真的有一百多千米远！我在跑青海和广西的时候也碰到过这种事，在海东市和河池市就遇到过。这种搞错的事又发生了，对我来说可真是个笑话。

我一晚上都翻来覆去地睡不着，一直在想跑步的路线。要是留在延平晨跑，那我这个"跑者无疆"的计划里，南平跑好像就缺了点什么，不太正式。可我现在又不想去一百多千米外的建阳。这么犹豫来犹豫去，我跑步的热情都快没了。这就像跑马拉松的时候，一开始步子迈得太大，后面就没力气跑了。心里的劲儿没使对地方，心气就没了。

突然，我想到了武夷山。为啥不去武夷山跑呢？武夷山不管是高度还是名气，在南平境内都是排第一的。它因为高被叫作"华东屋脊"，名气大得很，是丹霞地貌和"三教"文化的代表。虽然它在江西和福建交界的地方，但武夷山市可是福建独有的。福建南平对这座名山可重视了，把武夷山的文化打造得特别好，南平也跟着沾了不少光。武夷山离南平市就50千米，把它当成我在南平的跑步场地不是挺好的吗？

这个想法让我一下子来了精神，心情也好了起来。我要把一场普通的跑步变成有文化内涵的活动，这也算是一种新体验。于是我赶紧收拾东西，第二天一大早直奔武夷山。这哪是跑步啊，简直就像跟着旅行团旅游似的，起早贪黑地追着景点跑。虽然这样有点累，但旅游不都是这样嘛。我可不能因为自己对南平不了解，就到武夷山随便跑跑，还说是为了体现南平的伟大。我得好好想想怎么在武夷山跑才对！

武夷山景区南门的游客不是很多，毕竟这个季节是旅游淡季，但是武夷山很大气，免费让游客进去，这种做法可不是每个景区都能有的。武夷山把自己经营得很好，不管什么时候都有很多人来。

我鼓足了劲，打算用登山代替跑步，爬上"华东屋脊"就算完成"南平跑"了。我穿着短裤长袖，那些装备齐全的游客看到我都很惊讶。经常旅游的人都知道山上特别冷，都穿着羽绒服、冲锋衣，他们很谨慎，而我就像个冒失鬼，一头扎进山里。

过了检票口，我没坐摆渡车，直接朝着第一峰——天游峰去了。我小跑着到了云窝，准备登上天游峰。在"壁立万仞"的山峰下抬头看天游峰，它就像好多布缎从天上垂下来一样，曲折的石阶就像通往天上的梯子。好吧，我就把这当成一次越野马拉松赛，爬上天游峰不就 848 级台阶吗？这个数字让我想起珠穆朗玛峰的 8848 米，当然它少了前面的"8"，这就感觉没那么难了！还有一个人和这个数字有关，就是传说中活了 848 岁的彭祖！这个养生界的老祖宗，一直让后人羡慕他的长寿。不是有人问我天天跑步能不能长寿吗？是不是爬上这 848 级台阶，登顶天游峰就能像彭祖一样长寿呢？这个想法很有意思。

我参加过几次越野马拉松赛，爬山和下山都有点儿经验，所以很快就超过了一群群专业游客。当我爬到 700 级台阶的时候，看到几个 50 岁左右的男人停在台阶上，靠着护栏大口喘气。一个说："这山没有我浙江的天台山高。"另一个说："我们江西庐山才是最高的！"我很想跟他们说这天游峰才是"华东屋脊"呢。其实我也是在一篇介绍武夷山的文章里看到这个说法的，但我不想破坏这两个男人的好心情和自信，就接着向天游峰爬去。

等我好不容易登上峰顶，看到石碑上的介绍时，我吓了一跳。天游峰的海拔才 408 米，这可太出乎我意料了。我大老远跑到武夷山，又费了好大劲爬上我以为最高的天游峰，本来还想着能站在山顶俯瞰南平市，带着"一览众山小"的豪情，把"跑者无疆"的旗插到山顶呢。我的自尊心又一次被自己的盲目自大给打击了。

怀着对南平的愧疚，我从天游峰往武夷山景区南门走。问了景区导游之后，我才知道武夷山的最高峰其实是黄岗山，在浙、闽、赣的交界处，海拔有 2158 米。可是时间来不及了，我今天肯定爬不了黄岗山了，只能回去，回南平。

武夷山下、闽越王城的闲庭信步

我像个泄了气的皮球一样，特别沮丧。可在景区南门，一块紫色的路牌吸引了我，上面写着"闽越王城遗址"，这个遗址就在前方 20 千米外的城汉村。这是世界上保存最完整、年代最久远的汉城遗址，也是闽越国的发源地。这片土地上有太多的历史和文化，就像一个活生生的历史博物馆。

我决定接着走，就算累倒在路上，也要完成这次从山到城的跨越。武夷山只是我南平跑的开始，闽越王城才是今天的终点。虽然我没能站在天游峰上看到南平城的楼顶，但闽越王城也许就是南平的"过去"。这个遗址让我感受到了历史的厚重和文化的底蕴。虽然没爬上黄岗山，但在探索这片土地的过程中，我有了更多的感悟和体会。

2023 年 12 月 12 日于南平

沙县小吃福满三明

三明，在福建算是个神秘的地方。它不属于闽南，和闽北更近些，就好像是福建悄悄藏起来的一个小惊喜。你想想，在这个不太吵闹的城市里养老，是不是挺惬意的？当然了，三明可不只是养老的好地方，对年轻人来说，这儿的小吃也特别有吸引力。

一提到三明，大家肯定先想到沙县小吃！沙县现在已经变成三明市沙县区了，离三元区就 25 千米远。正宗的沙县小吃就在这儿，这儿每年还会办美食节呢。光想想那香喷喷的面条、皮薄馅大的小笼包，大家是不是就忍不住流口水了？

三明沙溪河大桥上自拍

沙县小吃在咱中国餐饮界那可是相当厉害，甚至在全球小吃界都是响当当的。你可能觉得小吃店到处都是，这有啥特别的。其实沙县小吃不一样，它可不只是吃的，还代表着一种文化、一种精神、一种生活态度。你随便在咱中国哪个城市的大街小巷走走，要是看不到那块白底红字写着"沙县小吃"的招牌，那才奇怪呢！

沙县小吃的历史可悠久了。据说早在秦始皇那时候，沙县的老百姓就开始琢磨各种小吃了。这两千多年发展下来，沙县小吃已经有了自己独特的风格和味道。你不得不佩服沙县人对吃的那份热爱和执着，真值得咱学习。

沙县小吃的种类多得很，拌面、扁肉、炖汤、炸鸡翅等等，啥都有。每种小吃都有自己独特的风味。就说拌面吧，那酱汁特别，面条口感也好；扁肉呢，汤鲜味美，肉还特别嫩；炖汤的汤底醇厚，食材新鲜；炸鸡翅外皮酥脆，里面的肉还多汁，吃了就让人难忘。

还得夸夸沙县小吃的价格，真的特别亲民。跟那些高档餐厅比起来，一份拌面或者扁肉的价钱，也就跟一杯奶茶差不多，量还特别足，肯定能让你吃饱。

沙县小吃的文化内涵也很丰富。在沙县人眼里，小吃可不只是填饱肚子的东西，还是享受生活的一种方式。他们用心地做每一份小吃，真诚地对待每一位客人。这让人不得不感叹，沙县人对生活的热爱和追求，真让人尊敬。

三明这个城市啊，就是个典型的南方山水城！靠着山挨着水，沙溪从城市中间穿过，就跟世外桃源似的。沙溪听起来像条小溪，其实是条很宽的大河，跟好多号称"江""河"的河比起来，它都要宽上不少。沿着江滨路河岸看，水面最窄也有200米宽，最宽能到300米左右。河水清得能看到底。谁能想到这么宽的河是泉水汇聚成的溪流呢？这就是三明人的低调，把这么大气的河叫"沙溪"。怪不得沙县人能把不起眼的小吃做成闻名世界的大产业。低调的三明人不仅让沙县小吃全国闻名，还让"沙县小吃文化城"都成了很了不起的"文化招牌"。

走在三明的街上，我感觉整个城市就像嵌在山里一样，再加上沙溪从城里穿过，景色美得就像走进仙境一样。

我第一次到三明的时候是晚上，这个城市没有大城市那么吵，特别安静。夜市不少，海鲜烧烤啥都有。我当时就奇怪，这个城市人口不多，可夜市灯火通明的，吃的喝的到处都是，而且价格还便宜得让人觉得顾客是老板的亲戚。走在路上，整个城市就像建在山里的幽静

的公园。周末街上也不吵闹,汽车和人能一起走。城市虽然小,但是啥都不缺。

三明的夜晚很有味道。沿着沙溪散步,听着潺潺的流水声,四周都是山,空气特别清新。散完步之后还能吃个夜宵,这地方可真养人。在三明,晚上散散步、听听水声、呼吸新鲜空气、吃点儿夜宵,平时到处也都是绿油油的,骑个车或者开个车到处转转——人生最舒服的事也不过如此了。

我这次是中午到三明的,熟悉的街道,熟悉的沙溪,还有那满街似曾相识的味道,一切都好像还跟昨天一样。城市的景色在岁月里沉淀着,就像一坛老酒,又香又醇。

晚上,我和妻子去了新和路列东实验幼儿园附近的一家小吃店。小吃店老板是个 50 岁左右的女人,围着围裙站在档口,一只手能同时干三件事,利索地捞面、切肉丝,还能给客人算账,真是个能干又勤快的三明女人。我们站在档口不知道点啥好。女老板指了指屋里的菜单,意思是让我们到屋里去选,别在档口挡着后面客人下单。我往旁边挪了几步进屋,屋里一整面墙都是小吃的名字和价格,看得我们眼花缭乱!我们俩选了足足 5 分钟,最后点了一份青葱拌面、两碗馄饨、两块卤豆腐、二两活肉、一份盐卤水笋。我们不知道"活肉"是啥,问了三次,女老板都没时间搭理我们。一个跟老板年龄差不多的女服务员回答了三次,可她说的是客家话,她以为我们是本地人,然而我们根本听不懂客家话。没听懂就没听懂吧,我们看屋里屋外那五六张桌子上的客人都点了那盘肉,热气腾腾的,肉的颜色像酱卤过的,样子又像水煮肉那么清爽鲜嫩,就特别想尝尝!很快,五样六份小吃都端上来了。拌面、馄饨、盐卤豆腐、盐卤笋子的香味就不用说了,至于那份活肉,我们吃完了也不知道是啥动物的肉。我对美食不怎么敏感,只要吃饱就行。虽然也有过吃了东西觉得香、看了好吃的流口水的时候,但要我形容美食在舌尖上的美妙感觉,我可不会。付了 40 元饭钱后,我和妻子站在街边半天没说话,不是吃撑了,是还想再尝尝别的小吃。

三明的夜晚这么热情地招待我们,让我觉得我们好像就是来吃三

跑上沙溪河大桥，拍下三明市美景

明沙县小吃的。可是走在三明的街上，我们又发现了一个好玩的事：街上各种各样的地名小吃店特别多，像"上海包子""黑龙江碳烤串"，就连附近的县名小吃"永安小吃"也经常能看到，可就是很难看到"沙县小吃"这四个字。也许就像景德镇是瓷器的代表一样，沙县小吃在三明也成了这个城市独特的标志，不用专门挂招牌了。

我从新市北路开始晨跑，这条街是三明市政机关办公楼集中的地方，也是商业中心，街边酒店一家挨着一家，小吃店也到处都是。我以为早上街道会很安静，没想到小吃店早就开门了，灯亮着，香味飘出来，还有好多我没吃过的特色小吃。当我跑到一家叫"乐子跑步鸡"的店门口时，我停住了。吸引我的不光是这个特别的招牌，还有那股又麻又酸的香味。我被这香味迷得腿都软了，要不是在跑步，我肯定马上就进店去尝尝那"跑步鸡"。这个"跑步鸡"的招牌对我来说就像个比喻——我来三明跑步，不就像一只快乐的"跑步鸡"吗？

接着跑，我过了麒麟公园，过了列东大桥，到了沙溪河北岸。我又沿着河岸的人行道跑了大概2千米，从梅列大桥底下穿过，沙溪的宽阔真让我吃惊。河水和人行道好像连在一起了，人在河边跑，从远处看就像在河面上跳舞。清晨的沙溪河畔，就像一个刚睡醒的美女，在阳光的抚摸下，慢慢露出她的样子。早晨的阳光不太强，天边的红霞也不刺眼，光线就像初恋情人般轻轻摸着河畔的脸，温柔地把她叫醒。微风吹过，她的困意被吹走了，留下一片清新。

河边的树就像她的保镖，静静地守着她。树随着风轻轻摇，好像在向她敬礼。树叶在阳光下亮晶晶的，好像在展示它们的忠诚和勇敢。河边人行道上，有人开始晨跑了，他们脸上带着健康的笑容，充满活

力和热情。那些散步的人呢，就像在欣赏这个城市的美丽和优雅。

河面上的水波，就像她的舞者，跟着清晨的节奏轻快地跳动。水波轻轻拍打着河岸，发出柔和的声音，就像在为她唱一首好听的歌。阳光照在水花上，水花一闪一闪的，就像在展示它们美妙的舞姿和动听的歌声。

清晨的沙溪河畔，就像一个充满生机活力的舞台，每个东西都在为它的苏醒表演。而我，就像一个安静的观众，沉浸在它的美丽和魅力里。

我的脚步被那清澈的河水和水波吸引住了，就像被它的美丽迷住了一样。我沿着河岸慢慢跑，感受着早晨的清新和安静。河水清得能看到底，水草在水里轻轻摇，好像在向我展示它的柔美和优雅。

河边的花草树木也在向我展示它们的魅力。那些开着的花，就像少女的脸，又害羞又灿烂；那一片片绿油油的草地，像翡翠一样绿，让人看了心里舒服。

沙溪河畔，真是个充满诗意的地方。在这儿，我就像在一个美丽的梦里，感受着大自然的美丽。在这儿，我好像找到了心里的安静和平和，体会到了生命的美好和意义。

如果说沙县小吃让三明人吃得开心，那沙溪的水就给三明人带来了精神上的滋养和清爽。三明人喝着沙溪的水，享受着沙溪的清流，在美食方面他们已经很满足了，更让人佩服的是，他们还把这种满足分享给全世界。

2023 年 12 月 14 日于三明

∨∨∨
福建篇

龙飞岩洞凤呈祥

　　龙岩市，就像一颗特别耀眼的明珠，在福建省西部的大地上闪闪发光。这座城市不但有着悠久的历史、深厚的文化底蕴，还充满了现代化城市的活力与生机。

　　龙岩的地理位置非常棒，东边靠着厦门，南边接着广东，西边和江西相连，北边与三明市相邻，是福建省很重要的交通枢纽。龙岩市是亚热带海洋性气候，气候温暖湿润，四季都很分明，这样的气候让人觉得特别舒服。

　　客家文化是中华民族传统文化里很重要的一部分，在龙岩市，我们能看到它深厚的历史和独特的魅力。龙岩是客家人聚居的地方之一，客家文化特别浓郁，客家风情也很独特。游客来这儿可以尝尝客家美食，听听客家民歌，好好了解一下客家人的传统习俗和风土人情，感受一下客家人勤劳、节俭、团结、互助的美德。

　　除了丰富的客家文化，龙岩市还有好多让人惊叹的历史文化遗产和自然景观。古田会议会址就是其中一个，这可是中国共产党历史上很重要的会议地点，游客在这儿能了解到革命先烈的英勇事迹和革命精神。天宫山是个既有壮美自然景观又有独特佛教文化的好地方，大自然的神奇和佛教文化的精深在这儿相互映衬。还有神秘的古龙洞和美丽的梅花山国家森林公园等景点，都能让游客好好感受大自然的奇妙。

　　龙岩市，就是这样一个历史文化底蕴深厚、自然景观漂亮、民俗风情独特的旅游好去处。

我一到龙岩的酒店，就发现跑鞋忘在三明的酒店了，心里特别懊恼。我赶紧联系三明酒店的前台，却得知快递当天到不了龙岩，只能让酒店把鞋子寄回北京。这双跑鞋我穿了三年，陪着我跑遍了大西北、西南和青藏高原，加起来都跑了七八千千米了。鞋头因为长时间磨损，被脚大拇指顶出了个洞，但是因为穿着太合脚了，我一直舍不得扔。中间我也试过两双新跑鞋，可都不舒服，不是硌脚就是顶脚。跑步的时候没有一双合适的跑鞋，可太难受了。所以第二天我还是穿上了这双旧鞋出去，就像舍不得老情人一样。这次出门本来想多带一双新跑鞋的，但是背包地方有限，只能装一双。想来想去，我还是带了它。现在它半路上"掉链子"了，好像在跟我告别。所以我到龙岩的第一件事，就是去买双新跑鞋。

福建是生产运动鞋的大本营，我想龙岩卖鞋的店应该不少，特别是我喜欢的那个牌子。于是我就去了万达广场，可转了半天，除了各种各样的餐饮店就是小吃店。福建人对吃的热爱和讲究真让人佩服，相比之下，鞋帽店就少多了，更别说找到我喜欢的牌子了。看来在这儿，吃比运动更受重视。我觉得可能是没找对地方，就问了好多人，他们都建议我去老商业区中山路步行街看看。在中山东路那条店铺密密麻麻的街上，我终于找到了一家男女运动鞋专卖店。两个女店员正在玩手机，看到我进店都马上站了起来，特别热情。店里有好几种品牌的鞋，都是我没见过的泉州本地品牌，还有些是网红品牌。我试了 5 双跑鞋，不在乎颜色和款式，只要合脚就行。每试一双我都在店里跑几圈试试。那个年纪大点的女店员一个劲儿地夸我细心，可能是嫌我麻烦了，因为每双鞋都被我踩得鞋底全是土。要不是那个年轻点儿的女店员一直盯着我，我都想跑到街上去试试了。哪有这样挑鞋的顾客呀？但我是真怕明天早上跑步的时候顶脚，完不成晨跑任务，所以才这么仔细地挑。"我就喜欢这个牌子的跑鞋，每天早上跑步就穿它。"年纪大点儿的女店员很真诚地说。"你也跑步？"我忍不住追问了一句。接着我问了她一些配速、步频、心率这些比较专业的问题，她都回答得很好。再一问，她告诉我她还参加过两次半程马拉松比赛，这让我更感兴趣了。于是我不再犹豫，跺跺脚说："就它了！多少钱？"我指着脚上的鞋问。

这个还不到40岁的女店员告诉我，打完折这双鞋只要139元。我心想，在福建买跑鞋可真便宜！

这个女店员其实就是店老板，是个客家女子。当知道我专门来龙岩跑步时，她特别尊敬地看着我。她马上给我推荐了一条跑步路线，还告诉我她每天早上都在体育中心跑10圈。我心里想：她算不算我的跑友呢？她好像怕我不相信，打开手机里的照片给我看，照片上的她戴着马拉松完赛奖牌，特别帅气，脚下穿的就是这个品牌的跑鞋。她要加我的微信，我当然不好拒绝。

"大哥，你对跑鞋要求这么高，应该定制一双。"店老板像个体育经纪人一样给我建议，我其实也有过这个想法。但我只听说过服装定制，鞋定制应该是运动员才有资格吧，而且只有顶尖运动员才行，肯定很贵！

"其实不太贵！你脚下这个品牌就接定制鞋订单，全部算下来，一双鞋不会超过一千元。"她像个专业制鞋师一样给我解释，"你这双脚有点儿外八字，所以每双鞋都会磨脚后跟外侧，同时脚尖的受力点在脚大拇指尖，所以你的鞋前帮会被顶破。"她这么专业，让我没了疑虑，"我已经接了二十多双这款运动跑鞋的定制订单了！"说着，她把手机里的订单信息给我看。她的话我都信，但是有一点，我得等明天早上跑完龙岩城区，看看这双鞋是不是真的合脚，才能决定要不要定制一双跑鞋。

最后，她居然告诉我：定制运动鞋的建议是她跟工厂提的。她专门去工厂找老板谈了两次，才拿到这个授权。她以前只是这个品牌的经销商，有了定制权后，她就成了这个品牌的"设计中心"。她很自豪地说："我的这个建议让品牌很快成了网红品牌，可能不久就要开始在网上接定制订单了。"

我对这个女老板越来越感兴趣了。她的机灵和智慧真的很吸引我，

在龙岩体育中心边跑边等人

还让我明白了一个道理：只要有梦想并且去行动，就能创造出属于自己的辉煌。

今天早上，我按照运动鞋专卖店老板给的路线，从漕溪中路跑到龙岩体育中心，再经过九一南路、龙川东路、南溪路和莲庄南路，最后回到起点，全程 12.5 千米。这一路几乎把新区和老城都跑遍了，还把城中最高的莲花山公园也包括在我的跑圈里了。

可是这一路我都在关注脚上的跑鞋。这双跑鞋就像是我忘在三明的那双鞋的"重生"版，穿在脚上感觉就跟没换鞋一样。我一路上都以为这是错觉，还担心跑几千米后会出问题，所以时不时蹬蹬脚，确认这确实是双新鞋。

跑到体育中心的时候，我决定要定制一双这样的跑鞋。这时候，女老板出现在我眼前，她正在体育场边跑边四处看。"跑鞋怎么样，合脚吗？"她跑到我身边，就像专门来做售后服务的。

我告诉她我决定定制一双，打算用微信转账付定制费。可她却说不行，得去她店里量一下脚，做个三维模型才能下单。

吃完早餐后，我专门去她店里做了脚模型。正准备用微信给她转账的时候，她却有点不好意思地朝我笑了笑："大哥，您看这样行不行？这双鞋我免费给您定做，您只要每到一个城市跑步，就拍张照片发给我，我们用来做宣传。这只是个口头约定，您不同意也没关系，您还是我的客户，也是我跑步的老师。"她的话让我特别惊喜，感觉自己像个明星似的。好吧，那我就把这当成我跑步以来收到的第一笔"广告费"吧。她把我的流量变成了生产力，真是个很有想象力的厉害女子。

看来，龙岩的女子也像龙一样厉害！她比山洞里的龙经历的风雨还多、见过的世面还广。她有龙的灵活，又有凤的高尚。生长在这片土地上的女子，她们的坚韧和毅力真让我佩服。

2023 年 12 月 15 日于龙岩

花样漳州冬日暖

我带着旅游的心情来到漳州，这座城市在我记忆里已经很模糊了，我只记得一些地名和人名，城市的人文景观就像梦里的画一样。我打算把早上跑步当成重新游览漳州的机会。

漳州在闽南金三角这片地方，就像一块藏在岁月里的宝石，既有闽西绿水青山的柔和，又有闽北秀丽风景的自在。这是一座历史很久的文化古城，丰富的文化和独特的民俗风情就像丝丝轻烟，飘在城市的各个角落。

冬天的漳州，就像一首暖和的诗，一段悠扬的曲子。阳光明亮，轻轻地照在古老的街道上，照在那些经历了很多风雨的古建筑上，也照在特色满满的土楼文化里。这儿冬天不冷，气温基本都在 10 摄氏度以上，阳光暖烘烘的，好像是这座城市独有的温柔。

在漳州街头散步，你会被那些漂亮的自然景观吸引。这儿有山有水，有花有草，每一处景色都美得像画。那些古老的建筑和文化遗产更是让人不想离开，特别是土楼，它可是福建传统民居建筑里的宝贝，建筑风格很特别，充满了浓浓的福建本地特色。这些土楼就像历史的痕迹，见证了漳州人民的智慧和才华。

漳州的美食也让人吃了还想吃。这儿的饮食文化多种多样，特色小吃多得数不过来。卤面、手抓面、牛肉丸……每一种美食都能让人口水直流。这些美食就像漳州的文化标志，带着这座城市独特的味道和深深的底蕴。

漳州这座又美、又暖，文化底蕴又厚的城市，在冬天更是一幅温馨的画面。阳光暖得像诗，景色美得像画，文化深得像海。可是漳州的早上雾蒙蒙的，一点都没有海滨城市该有的清爽。天还没亮，酒店大堂就有工作人员在忙了。一块特别显眼的鲜红喷绘广告牌上写着"欢迎中国女排回娘家"，原来这儿今天要举办"漳州女排训练基地成立50周年纪念座谈会"活动。

早上6点，我在院子里做跑步前的拉伸动作。外面的天色跟深夜差不多，我感觉漳州的早上好像更晚。按说沿海城市应该比内陆更早看到太阳，可能是气候原因吧。我使劲活动每个关节，想让身体多吸收点漳州早晨的气息。今天的拉伸动作不像往常那么连贯，和晨跑前必做的跑步操不一样，有点随便。各种动作都不太顺，脑子里还在想着昨晚和老李的聊天。昨天晚上11点才睡，漳州的老朋友老李夫妇来看我，我们从6点一直聊到晚上10点30分。

老李是漳州平和人，1993年因为我的"一次性浴巾香皂"项目辞职下海办厂。他当时是平和县二中的老师，因为有点台海关系，经常从台湾弄些电子产品到漳州卖，赚了不少钱。他想办自己的工厂，不想再担惊受怕地摆摊卖东西，他要做自己品牌的大众消费品。在大半个中国考察后，他选中了我的项目。我当年去平和县两次，每次都要住半个月。一开始老李的工厂生产的"一次性浴巾香皂"卖得不好，周转资金不够，贷了很多款，甚至把家里五层的祖宅都抵押了。他老婆是我见过最朴实的闽南女子，一直默默支持他。她比老李大两岁，从农村到平和县城，没上过一天学。老李说是他舅妈介绍认识的，他舅妈跟老李说："娶她是你一辈子的福报！"老李不知道福在哪，但相信舅妈的话，对老婆特别好。

我去平和都住在老李家，怕我吃不惯闽南菜的清淡，他老婆就专门给我做湘赣菜，味道很棒。我那时觉得贤惠的女子就是这样：话少、爱笑、勤劳、体贴丈夫、会过日子。她不仅都做到了，还多了一条——能给丈夫出主意。这个闽南客家女子给我好好上了一课。可是没过几

年老李竟然和他老婆离婚了。他跟我说不能让老婆承担债务！漳州男人在财富上，对女人也是很大方的。就是那一年，我和老李搞出了"一次性湿纸巾"项目。后来，这个产品让老李的工厂成了漳州的龙头企业，他不仅还清了银行贷款，还和老婆复婚了。

那几年，他为了公司上市，天天和银行、政府部门打交道。"他天天喝酒，把胃都喝出血了。"他老婆插了一句。老李的老婆陪他来看我，她是听老李说我老婆也在漳州，才一起来的。她坐在我老婆旁边，不怎么说话，突然冒出这么一句。老李嘿嘿笑了一下，"闽南人做事情都爱拼，为了上市我也要拼呀！"这句话像是他的感慨，又像是自嘲。

公司改制让老李很激动，但也让他陷入管理纠纷。为了做大，他兼并了平和的一家国有企业，这一下让他忙得晕头转向。各种各样的财务指标，大大小小的投资人，慢慢让他失去了公司控制权。更没想到的是，教育局找他谈话，想让他回二中当副校长。老李心里有种枯木逢春的感觉，他老婆的话更让他心里有了新想法，"你从学校出来的，回到学校去，也算是轮回吧！"她是看老李在企业里没了方向，还是怕他"胃穿孔"呢？

老李就这么回到了学校。"公司的股权换成了副校长。"这是老李后来最自嘲的总结。他从副校长做到正校长，去年退休了。老李的经历不算太曲折，但我不明白，他本来满脑子都是做生意，怎么在一个他不喜欢的行政岗位上也能干得挺好，还能这么平静地接受。他不仅得了"五一劳动奖章"，还被评为"全国特级优秀教师"。是老李想明白了什么，还是漳州人本来就有拼劲和韧劲？我想，这就是漳州人多彩生活的样子吧。

在这个冬天的晚上，滨海漳州暖乎乎的夜空很温馨，我听着老朋友讲他的故事，不是那种浪漫的回忆，也不是辛苦的感叹，而是他多彩人生的闪光点。

我站在闽南漳州的土地上，感觉海洋的潮湿空气围着我，好像有一种要努力向前的责任。我也感受到了闽南人开拓进取的决心，他们在寻找自己的方向。空旷的院子里，只有我在树荫下活动胳膊腿，还没想好往哪跑、跑到哪算完。老李说过，漳州哪条街都值得跑一跑，因为每条街都有很多联系，但又各有不同。那我就沿着胜利路一直跑吧，能跑多远算多远，哪怕一直跑到头。这是一种坚持，也是没办法的选择。今天早上，我把这种"无奈"都放在对漳州的喜爱上，就当它是漳州的典型路段，是漳州的"路标"。

　　其实，这就像找朋友聊天。朋友很多，但在某个时候、某个地方，和某个朋友一起喝壶茶、喝壶酒，这比说很多话都强。漳州有很多街，就像我在漳州还有其他朋友，不可能都去打招呼。而老李，他就像我在漳州的"跑道"，是我在漳州难忘的回忆。

　　胜利路很长，从东到西贯穿漳州城区。我跑了不到 3 千米的时候，天突然下雨了。其实出发前空气里的湿气就提醒我了，我却没在意。这时候，我正好跑到漳州一中大门前，那贴着朱红色墙砖的门楼一下就把漳州教育的形象定在严谨、有内涵、重学习的感觉上。这突然出现的朱红金字的门楼，让我对漳州的晨跑有了一种庄重的感觉。这可能就是晨跑时被突然出现的地名、招牌、楼宇，或者山河带来的震撼和快乐。这是对所在城市的尊重，也是对生活在这里的人的祝福。这也是我喜欢在城市里跑来跑去的原因之一。

　　我不想在漳州一中门前停下，虽然雨越来越大，双脚还是忍不住往前跑。几百米后，我跑到了市政府门前。没想到市政府的大门比一中的门楼还简单，更没想到市政府还在这热闹的市区里。以我看过的那么多市政府办公楼来说，沿海的漳州不管从经济还是城市开发面积看，市政府都应该在开阔的新区。但漳州不是，市政府就在城市的"未来"旁边，像是在保护它，又像是它的依靠。

　　我不能在这儿闲逛，雨太大了，我穿的短袖 T 恤都湿透了。关键是气温突然下降，沿海的天气变得真快，一点儿缓冲都没有。

　　回到酒店大堂，我看着运动表上显示的 7.2 千米路程，心里有点儿遗憾。我想，这算不算跑完了呢？大堂里已经挤满了来开会的人，我换了身干衣服，就去餐厅吃早餐。吃自助早餐的人不多，我拿了些小吃刚坐下没吃几口，餐厅里就来了一群个子都在 1 米 8 以上的女士，都坐在我们周围的桌子旁。那些都是中国前女排队员，有几个人的名字我马上就能说出来：孙晋芳、侯玉珠，还有女排原主教练陈忠和。这些女士都是 20 世纪 80 年代中国女排五连冠的主力，是那个时代中国人拼搏的榜样！我们都是同一个时代的人，今天看到坐在旁边的她们，我还是很激动。

　　从餐厅出来，我马上决定：留在漳州，明天早上一定要跑完 10 千米。

2023 年 12 月 16 日于漳州

鼓浪屿的诗和琴声

到了厦门，我明显感觉冷了好多。和漳州的暖和比起来，厦门更像冬天，虽然它们就隔了 50 千米。我琢磨着，可能是因为海更开阔，或者风更喜欢厦门岛吧。我知道，是冷空气先到了厦门。以前每次来厦门，我都能强烈感受到浓郁的南国风情，椰树晃悠，海风轻吹，就像在热带雨林里一样。还有那各种各样风格的建筑，它们把厦门打扮得像画一样美。欧式的教堂、中式的院子、现代的高楼大厦，相互映衬，就像一幅漂亮的画。这座美丽的海滨城市，就像一个身姿优美的少女，在东南沿海欢快地跳舞。清新的海风、湛蓝的海水、细腻的沙滩，都特别吸引人。所以说，气候就像城市的化妆品，会给人错觉。

我这次来厦门是要去鼓浪屿。去鼓浪屿可不像说起来那么简单，从大岛看小岛，也就 400 米远，可去的过程很麻烦。得提前买票（旺季还得预约）、等船，排着队上船、下船，前前后后得花一两个小时。我就纳闷了，这么一个风情万种、到处是名人名墅、洋房洋园的岛，厦门为啥不架座桥到岛上呢？这样既方便厦门人不用隔海看，也能让外地游客少些折腾。

我到西堤路第一码头的时候，找停车位就花了些时间，还得等每隔一小时一趟的轮渡，又要等一小时。我拖着行李箱，背着双肩包，拎着跑步装备，就像全家出动似的。我妻子可高兴了，在鼓浪屿住宿

是她提的建议。她还说让我把在厦门的跑步计划放在鼓浪屿。这次来福建，鼓浪屿在她的旅游清单里排第一。她说岛上的钢琴声让她着迷，林语堂的故居她也想去看看。我老婆年轻时可喜欢林语堂了，《京华烟云》她看了三遍，每次看完都哭得稀里哗啦，话都说不利索。我说，鼓浪屿不光有琴声，还有诗呢！

在鼓浪屿还没被大力保护起来之前，我来过两次。那时候从厦门坐轮渡特别方便，没什么客流限制，说走就走。虽然岛有点旧，但很干净，闲逛的游客没多少，除了岛上居民，就是来岛上办事的人，街道安静又有点单调。

我们拖着行李，一边看路牌，一边查手机，到处找我订的民宿。岛上的民宿不像我想的那么好找，很少挂着"某某民宿"的灯箱揽客。我转了三条巷子，连"民宿"俩字都没瞧见，甚至连张小纸片都没有。只有一些大方点的老板会在院门口挂个巴掌大的木块，用两种颜色的笔写着"今日有房"。这么不积极的揽客方式，能看出岛上居民真有"顺其自然"的态度。可苦了我们这些刚来的游客，本以为这 1.8 平方千米的小岛，随便走走就那么几条路，哪知道巷子里面有住家，住家里面有院子。给店老板打电话，她说走不开，让我慢慢找。

在三明路上，我看到一个女青年在院门口张望，以为找到了。这个 20 来岁的女孩就是民宿老板，她租下这 200 多平方米的林氏祖宅开民宿有两三年了。"生意这么好吗？都不去接客人？"我听出她话里有点不高兴，"来我店里住的都是年轻人，他们自己能找来，不用我接。没想到您二位是……"店里的女孩实话说了，意思是我们的年龄出乎她意料。

我看了看民宿的装修风格，挺有文艺青年的感觉，就自嘲说："一对文艺老年啊。"

把行李放房间，简单收拾下，换了跑鞋和运动服，我就出了民宿院子。这时候都下午 4 点了，我妻子急着去听钢琴，打算先去钢琴博物馆。我说："你去听琴、看海、找林语堂，我先环岛跑一圈，咱们在岛内某个名人故居那儿碰头。"我们俩就把鼓浪屿当成大公园了，以为能随便逛。

我跑步不是为了看风景，是要用跑步的方式感受它的历史，体会它的味道。这个小岛虽然小，可经历了很多，还一直有独特魅力，它以前的繁华、衰落、变化、复兴都在这岛上留下了深深的痕迹。

我自己一个人，在小巷子里穿梭，沿着海边的路，往那古老的灯塔跑去。每一个拐弯，每一块石板，都好像在讲这个岛的特别故事。我跑过老房子、教堂、那些有故事的街角，深深感受到鼓浪屿历史和文化的交融。

岛上的居民，从他们的生活、笑容、眼神中，都能看出这个岛的独特气质。我跑过码头、公园，在热闹或安静的地方跑来跑去，使劲呼吸这里的空气，感受这里生活的变化和烟火气。

我在海边停下，看着海浪拍打礁石，听着海鸥叫，这时候也听到了鼓浪屿出名的钢琴声。那悠扬的琴声，就像小岛的灵魂，穿过时间，传了很久。

我站着听，琴声就像在讲故事，讲鼓浪屿的老故事。每个音符都有历史的回声，每个旋律都有文化的跳动。那琴声让我沉浸在这百年的历史文化里，更深刻地感受到鼓浪屿的魅力。

这个充满故事的岛，让我的脚印和它的每一寸土地、每一缕风、每一滴雨都连在一起。它诉说着历史文化的真话。我在这儿跑，就是为了更深入地感受它、理解它。

在这儿跑步，我深深感受到了鼓浪屿的历史文化。我找到了和这个岛的共鸣，也找到了和历史的联系。

沿着鼓浪屿最外面的路跑一圈，竟然有 7.2 千米，比我想的多，我原以为最多就三四千米。别看岛小，弯弯绕绕的路加起来可不短，就像岛上的房子，都是百年风雨的见证。

天黑了，我跑了一个多小时，我妻子已经回旅店了，我也返程吧。刚进院子，店老板看我穿着短裤跑鞋，就问："出去跑步啦？穿短裤不冷吗？"她没想到我到岛上第一件事是跑步。我在她的茶室兼办公室坐下，看了看四周，发现书比茶还多。墙上挂着一幅相框，是她和

诗人舒婷的合影，看来她真是个文艺女青年。我忍不住问："你认识舒婷吗？"她回答："她家就在前面那条巷子。"我突然想起在书上看到的事，就说："难怪汪曾祺上鼓浪屿找舒婷时……"她笑了笑说："你是诗人吧？"我摇摇头。"不是，就是喜欢。"说话间，她递给我一本她出的诗集。我翻了翻作者介绍，原来是个网红女诗人，虽然年轻，可出了好几本诗集。这时候，我妻子看我和女诗人聊得好，也过来坐在茶台边，一起聊天。

我妻子告诉我，林语堂故居其实叫廖家别墅，是林语堂夫人廖翠凤娘家的别墅。1919 年 8 月 9 日，林语堂和廖翠凤在这儿办了婚礼。后来林语堂在厦门大学教书时，也经常带着夫人和小女儿来岛上住。我妻子还神秘兮兮地说，她还去了林语堂喜欢的陈锦端的故居——木香端。林语堂《京华烟云》里的姚木兰，就是照着陈锦端写的。林语堂的女儿林太乙说过，在父亲心里最深处，陈锦端一直有个位置。我妻子好像找到了自己年轻时喜欢林语堂的原因。

"名人故居都有些商业故事。"女诗人好像很懂，"不过廖家别墅被当成林语堂故居，都是游客传错了。"

我妻子还在念叨钢琴博物馆里那些弹过世界各地名曲的百年钢琴，说得头头是道，好像钢琴声还在她脑子里响。我却在听女诗人泡茶的声音，那清脆的声音，就像鼓浪屿的琴声一样好听。

俄国作家果戈理说过："建筑是世界的年鉴，当歌曲和传说没了声音，建筑还在说话。"在这个神秘的小岛上，我好像能听到古老建筑在轻轻说话，讲着过去的事，展示着历史的痕迹。琴声就像大海浪拍岸的声音，从古老建筑里飘出来，在每个角落回荡。

鼓浪屿的建筑，不管是古老的教堂、寺庙，还是普通民居，都有很深的历史文化内涵。它们见证了鼓浪屿的变化发展，也见证了厦门和世界的交流融合。这些建筑不光有独特的艺术价值，更是人类文明的重要遗产。

琴声就像那一直不变的海浪拍岸声，可能会一直传下去，成为永恒。在这永恒的琴声里，我好像看到了鼓浪屿的过去、现在和未来。

它是永远存在的，是历史的见证，是一本活着的"世界年鉴"。

琴声和建筑，是鼓浪屿两大吸引人的地方。琴声是鼓浪屿的灵魂，给这个小岛带来独特的文化艺术氛围；建筑是鼓浪屿的载体，承载着它的历史文化，也显示出厦门人民的智慧和创造力。

鼓浪屿有着永远的琴声和会说话的建筑，是它的幸运，这些也是厦门给世界的特别礼物。在鼓浪屿散步，感受那永恒的琴声和建筑的韵味，就像能摸到历史的脉络和文化的底蕴。

在这个变化很快的世界里，鼓浪屿用它永恒的琴声和会说话的建筑，给我们提供了一个能静静思考、感悟人生的地方。在这儿，我们能沉浸在永恒的琴声里，感受独特的艺术文化气息；也能在古老建筑里，寻找历史的痕迹和文化的传承。

难怪厦门市不在小岛上架桥，可能是怕太容易过去，会给这本"年鉴"添太多负担。

我们一起守护这永远的声音吧！

明天早上，我要在每个街巷里穿梭，一个个看那些名人故居、教堂、领事馆、公馆，然后再环岛跑一圈，肯定超过 10 千米。这是对鼓浪屿这个充满诗意和琴声的文化岛的回报，也是在收藏厦门留给我的珍贵纪念。

2023 年 12 月 18 日于厦门鼓浪屿

从石狮到泉州

　　泉州市往西 20 千米的地方，有个石狮市。在 20 世纪 80 年代末的时候，它还只是晋江县下面的一个镇。现在可不一样了，石狮真成了泉州的"招牌"，它那闻名全国的石狮服装，就像龙卷风，在各地服装市场到处都是。我从石狮往泉州跑，就像是从县级市往地级市跨越着跑。

　　这是个有点"冒险"的决定。虽说路程也就相当于一次半程马拉松，可路况咋样，路上有啥障碍，我都不清楚，就像开盲盒一样，是一场"盲盒"马拉松。我喜欢在城市的大街小巷跑，对我来说，街巷就像盲盒，充满惊喜。在城与城之间跑，只能和旷野为伴，那种乐趣，只有自己跑了才知道。其实，从一座城跑到另一座城，会有一种越过边界的成就感。

　　前天在鼓浪屿的时候，蓝义就不停地给我打电话，问我啥时候到泉州。我把到的时间和订的旅馆都告诉他了，可他非让我住他家，就像我是从国外回来的一样。我一直推脱，他却一个劲儿地坚持，他的热情真让我感动，我们俩在电话里说了好久。蓝义是我的晚辈，也是老家的亲人，比我小 10 多岁。他高中毕业后没考上大学，就来福建学裁缝了，在厦门、泉州、晋江都待过，最后在石狮安定下来。石狮对他来说，就像第二故乡。他会闽南语、客家话，会泡工夫茶，还喜欢光着脚穿皮鞋。他特别想跟石狮人一样有钱。他学了 3 年裁缝，手艺

晋江城外草地完美"收官"姿势

进步特别快，成了工厂里的明星工人。20 世纪 90 年代末的时候，石狮的小服装厂比街上的厨房还多，好多工厂老板都想偷偷把他挖走。那时候，他想在石狮扎根，多赚点钱，既不想对不起原来的老板，又不想得罪新认识的老板。他这人特别念旧情，还特别讲义气，这些老板让他特别为难。不过赚钱的想法就像上紧了的发条，推着他往前走，可钱就是攒不够。他看到做服装加工也就那样了，赚的都是辛苦钱。他算了算，就算再干 10 年，也不够在老家盖栋楼。于是，他就盯上了服装纽扣的生意，不是生产纽扣，是做纽扣模具，这主意可真不错。他认识的那些服装厂老板都很支持他。他在一家纽扣模具厂学了半年，就自己出来接活给工厂开模具了。听他说，订单多得忙不过来。那些开服装厂的老板朋友又劝他开个纽扣工厂。工厂一开，他觉得钱来得更快了。那年春节，我回老家过年，他也回去了。那时候他还不到 30 岁，在村里可神气了，红中华香烟见人就发。村里人把他的事传得可玄乎了，都说他在石狮开了个大厂，赚了大钱。

　　我在石狮市的石狮雕像旁边开始跑。南洋路十字路口中间的街心转盘上，立着一头特别霸气的狮子雕像。这石头狮子可把石狮人的豪情都表现出来了，特别形象，就像石狮人的精神象征。全中国把市名和市雕弄成一样的，也就石狮市了。可是今天下午的石狮有点儿冷清，就像一头大雄狮在大原野上找不到吃的，孤零零的。街上没什么人，这让石狮看起来有点失落。石狮城因为经济转型，好多外来打工的都回老家创业了。我听蓝义说，老家村里以前有一百多个 18—38 岁的年轻人在石狮打工，大部分都是做服装加工的。现在，他们都回去了，

石狮留不住他们了。

开始跑的前 5 千米挺轻松的。下午的时候，我腿上的肌肉经过一上午的活动，已经放松了，比早上跑步更容易进入状态。

从石狮跑到泉州的这条路，是蓝义推荐的。他给我找了条能看风景，车又不太多的路。上午他在宾馆等我的时候，非要拉我去他家，我说跑完了再去。这次他一见到我就说，欠我的钱快攒够了，明年就能还。之前他一直在还村里人的钱和银行贷款。听他这么说，我心里有点感慨。我帮家里的晚辈，原则就是授人以鱼不如授人以渔。

其实，在那年春节之前，我都不知道蓝义在干啥。不过春节那几天接触下来，我发现他对精细模具挺有悟性的。回北京没几个月，有一天他给我打电话，上来就找我借钱周转。他说得很诚恳，还说了还钱时间。我觉得借的钱不多，就借给他了。可是一年过去了，他又打电话借钱，这次借的钱比上次多了一倍。他还说了他工厂的订单情况，说外面有好几百万的账没收回来。我没忍住，又借给他了。看来，蓝义在石狮一直靠借钱过日子。

这座被叫"服装之都"的城市，好像有点消沉。不过别着急，这可不代表石狮就不行了。我觉得它在转型，在蜕变。我发现以前在服装厂干活的工人，现在都回老家了。他们没离开这个行业，可能在找新机会，或者在老家干相关的新业务。这是一种新的模式，更灵活、更适合现在的经济环境。

石狮市是靠服装业发展起来的，它的产业基础和经验可不能小看。我相信，随着市场变化和转型推进，这座城市肯定能找到新的发展动力。以后的石狮市，可能会更注重品牌、设计和研发，而不只是生产。这符合现在消费者的需求，也是提高产业附加值的关键。石狮市政府也在积极推动产业升级和转型。有政府、企业和工人一起努力，石狮市肯定能重新热闹起来。

任何城市的发展都不容易，都得经历调整和转型，石狮市也一样。它有潜力、有能力应对这些挑战，找到新出路。

街上人少不代表就不繁荣，可能我就是赶上没人的时候。跑到石狮大道上时，我感觉特别开阔，就像朝着大海跑一样。可是在这种城郊快速路上跑步，我呼吸有点困难，感觉不太安全。和汽车一起跑，是拿自己的生命开玩笑。不过既然选了这条路，我就得坚持跑下去。我跑到沿海大通道的时候，已经跑了10千米了，这时候身体分泌多巴胺，我感觉特别兴奋，右手边的海岸风光也让我更有劲儿了。

　　第二年快春节的时候，蓝义又打电话借钱，这次借的钱比前两次加起来还多好几倍。我很坚决地拒绝了。可是没过一天，他爸爸就给我打电话，说要是我不借给他，他会被债主绑架。这么严重？我又心软了。春节过后，他来北京找我，这次除了借钱，还有个想法：想在北京开个纽扣专卖店，让我给他出出主意。借钱我没答应，不过策划的事得给他个说法。这次我仔细听了他工厂的情况，简单说就是货被人拉走了，钱没收回来，还欠着原料商的钱。典型的三角债！我劝他还是回去做模具，可他不听。

　　回石狮不到一个月，他又打电话，非让我去石狮，到他工厂看看，帮他想想办法，改善经营模式。他把我当成商业大师了，我还挺无奈。他连机票都给我买好了。我虽然不太高兴，但还是去了。那时候的石狮市是年轻人的天下，街上一整晚都有人，我觉得卖夜宵都能赚钱。蓝义可讲究了，借了朋友的奔驰车去厦门机场接我。等我到了他那由民房改的工厂，我就觉得这次可能白来了。他的喝茶台可气派了，是用红酸枝老树桩做的，油光发亮。他泡工夫茶比当地人还地道。工厂没他说的那么大也没关系，他生产的纽扣确实好看。因为他自己开模，品种多，样式全。纽扣成本比别的厂低，又不用出开模费，所以很抢手。可他太要面子，讲义气，以前认识的服装厂老板来拿货，他从来不要钱，也不好意思去要。在原料商那也是这样。上游原料厂倒闭了，他的厂也跟着关门了。

　　蓝义说我不帮他，他挺生气的，村里人也这么说。我就成了大家眼里的"小气鬼"，只帮外人不帮自己人的"外人"。之后好几年，蓝义都不跟我联系，他都不敢回老家过年。我只知道他工厂倒闭后，欠了好多钱，老家的房子都被银行拍卖了。

这都是 10 年前的事了。现在我来泉州跑步，还想着这些旧事，难道我还放不下吗？

那次在蓝义民房改的工厂里，我喝了一天茶，跟他说："你的性格不适合当老板，把模具做好就行！"他听了很生气，说："就你适合当老板！"我一下子不知道说啥了。不过我还是把在北京跟他说过的商业道理又讲了一遍，然后就回北京了。

泉州的地理环境很特别，这让泉州人特别有开拓精神，敢拼敢赢，还开创了有名的"海上丝绸之路"。它通江达海，内地人都觉得来这能赚钱，是脱贫致富的好地方。蓝义和村里的年轻人来泉州石狮创业，这选择没错。

我进了泉州市区，有点累了。这么长距离的跑步，肯定不轻松。蓝义上午跟我说，在石狮最难的时候，他想起了我说的话。然后他把工厂卖了。他不想离开石狮，他喜欢这地方，就像注定要在这奋斗一样。后来他去了泉州发展，一家模具上市公司请他当师傅，年薪挺高的。他在那家公司干了 8 年，现在都当上设计总监了，真不容易。最让我吃惊的是，这 8 年他还了 500 万欠款，这可都是他在模具行业赚来的。我没想到他欠了这么多钱。

和石狮比起来，泉州人多车多，路一样宽，空气一样清新。我辛辛苦苦地跑，就是为了从一个地方跑到另一个地方。这是为了精神满足，还是为了发泄体力呢？

跑步有边界吗？跑者心里都有个界限，每次越过都是一种进步。不过有些界限，是跨不过去的。

我跑到郑成功公园的时候，已经跑了 22.6 千米。我爬上山顶，在郑成功雕像下看着整个泉州城。夕阳下的城市建筑像金色的积木盒子，这些积木盒子里还有好多小魔方盒。其中也有蓝义的一块小天地，我好像看到他在魔方世界里忙活着。他是不是在给我准备晚餐呢？

2023 年 12 月 20 日于泉州

跑到莆田我想说点什么

莆田的街道各有特色，有大气的迎宾大道、东园路、文献路，热闹的梅园路、胜利路，还有低调的海丰路、寿延路。这些街道弯弯曲曲，宽窄适度，尽显沿海城市的风格。我原本以为莆田不过如此，不像外界传的那样到处是财气，可实际上莆田人靠着执着把城市建设得既实在又繁荣。街上人们行色匆匆，忙碌的样子展现出城市的活力。

我来莆田就是为了跑步打卡，体验这里的独特风情，本没打算评价它。我只是个外地跑者，沿着自己规划的路线跑就行。莆田人的智慧和精明，我能了解多少呢？他们对家庭的重视更是我比不上的。莆田人把家庭看得极重，亲情在他们心中无比珍贵，这种深厚的情感我难以企及。

莆田人善于赚钱，这值得钦佩，他们用智慧和勤奋打造出自己的天地，坚韧不拔的精神和对生活的热爱让人赞叹。

莆田的魅力不光在于街道、建筑和风景，更在于这儿的精神、文化和历史沉淀。这是座有活力、有智慧且充满人情味的城市。

我到了莆田，感受到它独特的吸引力，这里人的热情真诚和城市的活力都让我想要夸赞。

要是说我能对莆田有什么评价，那就是清晨独自在街头跑步时感受到的宁静。我不禁自问：怎样才能与莆田产生共鸣呢？

早上起晚了些，莆田的冷空气在城区徘徊了两天还没走，今天更冷，气温只有 5 摄氏度，对莆田人来说这算得上寒冬了。我站在街上，看着

风中摇晃的树枝，深吸一口气。感觉这气候像北京的初夏，凉飕飕的还带着点寒意。我还是像往常一样穿着短裤长衫开始跑，经过田庄街，路过莆田市进修学院附属小学门口时，我被门卫拦住了。他穿着厚棉衣，正拿着扫帚清理门前垃圾，关切地对我说："你不冷吗？别滑倒了！"他的笑容和闽南普通话一样真诚。有这样的门卫，家长肯定放心。我笑着回应，带着点得意。我没告诉他我从哪来，也不敢调侃他们怕冷。我只想到一个道理：你觉得暖和，别人可能觉得冷。北方人不觉得零度有多冷，到了南方这就算严寒了。一个有 100 万元的人可能觉得自己穷，而只有 100 元的人却能开心地吃顿丰盛早餐。

所以在莆田，我只看着脚下的路跑，同时回想着自己跑过的其他城市。每到一个地方，我总是有很多想法，可那都只是自己的看法。就像那句话说的：你看到的不一定是别人看到的，没看到的才是世界的真相。

到了文献东路的古谯楼，它正门紧挨着大街，几乎没什么空隙，却和街上飞驰的汽车奇妙地和谐共处，界限分明。它的朝向就是城市的朝向，难怪《莆阳比事》记载："绍兴丁已秋试揭榜，谯楼有紫气光焰亘天，人异之。"把宋代莆田的人才辈出和谯楼联系起来，可见这标志性建筑在莆田人心中的地位多重要。

莆田历史悠久，文化遗产丰富。从古至今，莆田人在这片土地上努力劳作，创造出多样的文化。荔城、城厢、涵江等地的古建筑群，还有城隍庙、妈祖庙等古寺庙，都是莆田历史文化的珍宝，都体现出莆田人对历史文化的重视与传承。

另外，莆田还有独特的民俗文化，像妈祖文化、莆仙戏、湄洲岛妈祖庙会等。妈祖文化是莆田最有代表性的民俗文化之一，每年都有很多游客来参观妈祖庙和神像。莆仙戏是莆田传统戏曲，表演风格和音乐旋律很独特。湄洲岛妈祖庙会更是每年的盛大活动，成千上万游客来朝拜参观。

我绕着谯楼转圈，面对这庄严的朱红色建筑，它千年不变的沉稳让我敬佩。它就像从古代穿越到高楼林立的新时代，就像穿着木棉袄裟的修行者，在天地间淡定地走着，什么都不放在眼里。我不敢随便评价谯楼的建筑、人文和地理，但它让我有个简单联想：莆田的新城和老城一样有历史底蕴——没有大片开发区和高耸的玻璃幕墙大楼。街道地面不那么光滑，可坑洼里的脚印却让街道显得平和，没有那种高贵冷艳、一尘不染的感觉。城市布局有规律地变化着，就像古谯楼一样，千年后还是城市的标志。

　　莆田人用最质朴的方式展现城市性格。他们坚韧有毅力、聪明有智慧，深爱着这片土地，用勤劳和智慧书写城市的辉煌。

　　莆田的历史是奋斗开拓的长诗。从古到今，莆田人靠勇气和智慧创造无数辉煌，他们的故事铸就了城市的灵魂，是城市的骄傲。

　　我继续默默在莆田街头跑着，面对历史厚重的大街，我可以大口喘气，因为上班高峰像潮水涌来，淹没了我的脚步声，电动车的嗡嗡声和骑车人的笑声也盖过了我的喘息声。很快，我到了北大街的麟峰小学门口，学生和家长把路堵得死死的。交警严阵以待。早点摊和电动车一样多，热闹得像赶集。我左躲右闪，还是被一个挑箩筐的大叔碰到了，他箩筐里的红糖雪梨糕掉了一地。我很紧张，怕被讹诈，周围一下子堵起来。交警跑过来帮大叔收拾。我想今天跑步可能得停了，还可能有纠纷。我也弯腰帮忙，交警很快疏通了道路。那个闽南大叔笑着说："还站这儿干嘛，跑你的去吧！"交警像法官一样，让我走。我能走吗？我把大叔拉到旁边人少的地方，问候他。这个每天送孙子上学的林姓大叔，有祖传手艺，家里有四层独栋楼，不过没说其他财产情况。这有四个孙子的爷爷还出来卖小吃，他说是为了找乐子，我却觉得赚钱对他来说是种习惯。

　　大叔没找我麻烦，让我接着跑。

　　莆田靠海而生，特殊的地理位置和历史让它文化独特。这里传统底蕴深厚，又充满现代活力，古老与现代融合得很好。

　　我独自在莆田街头跑，感受着城市独特的魅力，看到了安静的街道、勤劳的人们和辉煌的历史。

　　世界上本来没有路，是勇敢探索、不断前行的人走出了路。就像那句名言说的："其实地上本没有路，走的人多了，也便成了路。"这不仅说的是人类历史，也给我们人生以启发。

我的跑者无疆之旅也是这样。踏上跑道后，我就一直在找自己的路，不断挑战极限、突破自我。过程中遇到了很多困难挫折，有时都想放弃。可一看到那些勇敢的跑者，他们的精神和毅力就激励着我继续。

在我看来，跑者无疆不只是运动，更是精神追求。它代表我对自由的向往、对挑战的喜爱、对未知的探索。每次跑步都是冒险，每次冲刺都是突破。在跑道上，我们是跑者，也是探险家和创造者。我们用汗水努力，铺就自己的路。我相信只要勇于探索、敢于挑战，就能走出自己的路。不管多艰难，坚持就能到达终点。

让我们一起探索未知、挑战极限、创造自己的路。在这过程中，我们既能享受到运动的乐趣，又能感受到人生的意义。

我在东园东路上跑，就好像这条路没有尽头。跑过 10 千米后，我告诉自己：后面的路，多跑少说话！跑者用脚步表达，不用嘴乱说。跑过的路是思想的展现，跑多久，声音就回响多久。

2023 年 12 月 21 日于莆田

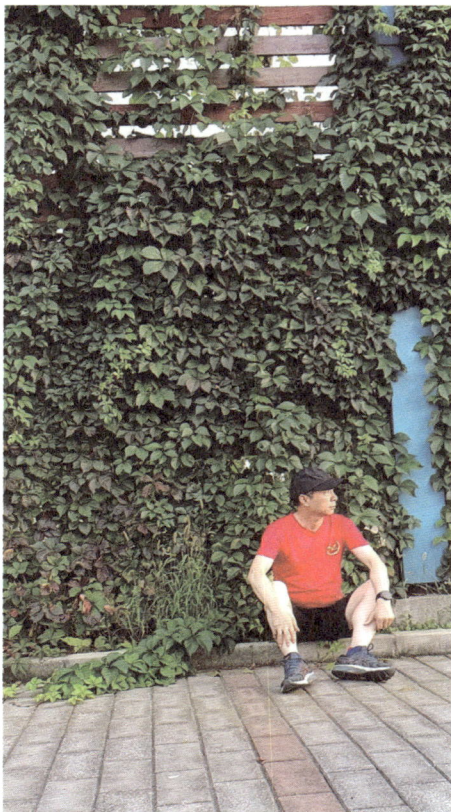

回不去的马拉松起点